간장

정령왕

엘퀴네스

이환 판타지 장편소설

8

dream
books
드림북스

정령왕 엘퀴네스 8

초판 1쇄 인쇄 / 2015년 11월 19일
초판 6쇄 발행 / 2021년 11월 11일

지은이 / 이환

발행인 / 오영배
책임편집 / 편집부
펴낸 곳 / (주)삼양출판사 · 드림북스

주소 / 서울시 강북구 도봉로 173
대표 전화 / 02-980-2112 팩스 / 02-983-0660
편집부 전화 / 02-987-9393 팩스 / 02-980-2115
블로그 / blog.naver.com/dreambookss

등록번호 / 제9-00046호
등록일자 / 1999년 3월 11일

ISBN 979-11-313-0165-4 (04810) / 978-89-542-4481-7 (세트)

* 지은이와 협의하에 인지는 생략합니다.
* 잘못된 책은 구입한 곳에서 바꾸어 드립니다.

이 도서의 국립중앙도서관 출판시도서목록(CIP)은 서지정보유통지원시스템홈페이지
(http://seoji.nl.go.kr)와 국가자료공동목록시스템(http://www.nl.go.kr/kolisnet)에서
이용하실 수 있습니다. (CIP제어번호: 2015031125)

정령왕
엘퀴
네스
8

Contents

제1화

1.

 문을 열고 나오자 눈앞에 화창한 하늘이 펼쳐졌다. 전혀 다른 장소일 거라 생각했는데 주변에 보이는 모든 것들이 낯이 익었다. 마른 암벽과 그 사이로 난 울퉁불퉁한 길. 그리고 커튼처럼 내려진 무성한 덩굴들까지. 처음 던전을 발견했을 때 보았던 바로 그 모습이 그대로 우리를 반기고 있었다. 들어왔던 입구로 다시 나온 것이다.

 아무것도 변하지 않은 광경을 보니 마치 긴 꿈을 꾸고 난 것 같은 기분이 들었다. 하지만 곧 이어진 요란스러운 목소리가 빠르게 현실감을 일깨웠다.

 ―아아! 이 후끈한 온도! 살랑거리는 바람! 드디어 밖에 나온 거군요! 언제나 이 순간만을 고대하고 있었어요! 이게 얼마만의 햇빛인가

요! 아아, 이프리트 님! 기뻐해 주세요! 드디어 제가 해내고 말았어요! 저를 그 어두운 지하에서 구출해 준 용사님을 만났다고요!

수다스럽게 떠드는 음성은 파이어 버스터의 것이었다. 짙은 먹색을 띤 장검의 존재는 우리가 지금까지 던전 안에 있었음을 증명하는 가장 확실한 증거품이기도 했다.

검 주제에 녀석은 바깥에 나온 기쁨을 온몸으로 만끽하고 있었다. 그 모습이 얼마나 감격스러워 보였는지, 이때만큼은 누구도 녀석의 부산스러움에 눈썹을 찌푸리지 않았다. 아니, 정확히는 그런 거에 신경 쓰지 못할 정도로 주위에 정신이 팔려 있다고 보는 편이 맞았다. 다들 쾌청한 하늘을 올려다보며 숨을 크게 내쉬느라 바빴기 때문이다. 밖으로 나와서 감격스럽기는 다들 마찬가지인 것 같았다.

사실 나 역시 그랬다. 던전 안도 꽤 넓은 편이긴 했지만 그래도 탁 트인 공간에 서 있는 느낌과는 비교할 수 없었다. 피부에 와 닿는 모든 것들이 새삼스럽게 선명히 느껴져 마음이 들떴다. 뭐랄까. 들어갔다 나온 지 그리 오래되지도 않았는데 굉장히 오랜만에 햇빛을 보는 것 같은 기분이었다.

"오랜만인 거 맞을걸? 한 달쯤 되었으니까."

"……뭐라고요?"

"너희가 던전에 들어온 이후로 한 달 정도 흘렀다고."

생긋 웃은 카노스가 엄청난 발언을 아무렇지 않게 말했다. 도저히 받아들이기 힘들 만큼 충격적인 말이라 머릿속이 그대로 멍해졌다.

한 달이라니. 같은 공간을 맴돌기 시작한 이후로 시간 개념이 모호해진 느낌이 들긴 했었다. 생각보다 더 많은 날을 머물렀다는 것 정도는 직감적으로 알았다. 하지만 그래 봤자 사나흘 정도이겠거니 했지, 그 이상까진 생각해 본 적이 없었다. 그런데 그사이 벌써 한 달이나 지났다고? 일주일도, 보름도 아니고, 무려 한 달?

"농담이죠?"

"내가 이런 걸로 왜 농담을 하겠어? 네가 생각했던 것보다 던전 안이 굉장히 크거든. 너희는 못 느꼈지만 한 층에서만 며칠씩 머물렀어. 물론 마지막 환상에 빠진 게 가장 시간을 오래 잡아먹긴 했지만."

"하지만 그런 것치곤 다들 멀쩡한데요? 그동안 식사도 하지 않았는데……."

"아, 그건 던전 안의 시간을 멈춰놔서 그래. 한마디로 그 안에서는 육체의 시간이 정지해 있던 셈이지. 네 일행들을 아사(餓死)시키지 않기 위해서 내가 얼마나 신경 썼다고."

어이없어하는 표정이 보이지도 않는지 카노스는 뿌듯한 어조로 으스댔다. 그 순간엔 나도 모르게 그의 팔을 잡아 뒤로 꺾고 싶다는 충동이 일었다. 그러자 살벌한 시선을 감지했는지 그가 냉큼 내 옆에서 한 발짝 멀어졌다. 눈치 하나만큼은 비상할 정도로 빠른 신이었다.

"흠흠, 불쾌한 기분을 폭력으로 해결하려고 하면 안 되지. 누가 엘뤼엔의 아들 아니랄까 봐, 이런 건 아버지랑 똑같구나?"

"애초에 맞을 짓을 하지 말자는 생각은 안 하세요?"

"냐하하, 내 지론은 오래전부터 단 하나야. 세상은 나를 중심으로 돌아간다!"

"……그것 참 당신다운 지론이긴 하네요."

화를 내는 것도 상대가 어느 정도 받아줘야 가능한 일이다. 너무 뻔뻔하게 나오니 더 이상 따지고 들 기운도 나지 않았다. 부풀었던 분노가 한순간에 사그라지면서 바람 빠진 풍선처럼 온몸이 파시식 늘어졌다. 무의미하게 흘려버린 한 달이란 시간이 그저 아깝다는 생각뿐이었다. 그렇지 않아도 돌아갈 길이 막막한데, 출발을 하기도 전에 기력을 다 써버린 것 같았다. 그에 비해 이사나는 의외로 차분했다.

"너무 마음 쓰지 마, 엘. 지금도 그렇게 늦은 건 아니야. 중간에서 일정을 많이 단축하기도 했으니까 한두 달 정도는 지체해도 큰 차이 없어."

"으음, 그거야 그렇지만."

"괜찮아. 그리고 돌아가는 길은 훨씬 더 빠를 거잖아. 라피스 님이 오기로 했으니까."

"아! 그러고 보니!"

잊고 있었던 사실이 떠올라 나는 탄성을 내뱉었다. 그건 사전에 미리 맞춰 뒀던 부분이었다. 우리가 마검을 습득하고 나면 그 시점에 맞춰 라피스가 데리러 오기로 되어 있었다. 정확한 위치만 알면 그가 공간 이동을 할 수 있다는 점을 생각해서 세운 계획이었다. 사실 여정에 들어가는 시간 대부분이 길에서 버려지는 거나 다름없기 때문에 그가 데리러 오기만 해도 자그마치 반이나 되는 기간을 단축할 수 있었다. 있는 능력을 이럴 때 활용하지 않으면 언제 하겠는가!

이런 이유로 내가 갖고 있는 통신석엔 추적 마법이 걸려 있는 상태였다. 일종의 GPS랑 비슷한 방식인데, 이 마법을 걸어 두면 언제든 물건이 있는 장소의 정확한 좌표를 알 수 있다는 모양이다. 지금도 우리가 머물고 있는 위치가 실시간으로 라피스에게 전달되고 있을 것이다. 사실 그게 아니라도 라피스라면 나와 연결되어 있는 마나의 흔적을 쫓아 이곳의 위치를 짚어낼 수 있겠지만 말이다.

"그렇구나. 라피스 그 녀석이 있었지."

막막하게 여겨지던 앞날에 희망이 보이는 듯해 나는 한결 마음을 내려놓았다. 귀환 시점은 우리 쪽에서 정하는 것이니만큼 언제든 연락만 하면 된다. ……문제라면 지금 라피스의 심기가 매우 불편한 상태일 거라는 점이다. 마지막으로 그와 연락을 했던 게 언제였더라? 아마 던전에 들어가기 한참 전부터, 꽤 오랫동안 소식을 전하지 않았던 것 같다. 그런 상황에서 (비록 본의는 아니었지만) 한 달이나 말없이 잠수를 탔으니 지금쯤 단단히 화가 났을 것이다. 기분이 상했다고 약속을 어길 성격은 아니지만, 툴툴거릴 그를 어르고 달랠 생각을 하니 벌써부터 머리가 지끈거렸다.

"라피스? 그게 누군데? 그도 엘의 동료야?"

시벨리우스의 질문에 나는 어색하게 웃으며 고개를 끄덕였다.

"그 녀석이 오면 돌아가는 일정이 훨씬 편해질 거야. 공간 이동을 할 수 있거든."

"마법사인가 보지?"

"마법사라면 마법사랄까. 정확히는 드래곤이야."

"드, 드래곤?"

"누군지 알 것 같습니다. 그 붉은 머리 남자 말씀이시군요."

놀라서 숨을 삼키는 알리사에 이어 데르온이 음산하게 중얼거렸다. 그의 눈빛은 승부욕에 불타오르고 있었다.

"그 남자만큼은 지금도 선명하게 기억이 납니다. 정체를 가늠하기 힘들 만큼 엄청난 마력을 지닌 자였죠. 보이지 않기에 떠난 줄 알았는데 놔두고 오신 거였군요."

"그는 따로 맡은 일이 있었거든요. 이쪽 일이 끝나는 대로 우리를 데리러 오기로 했어요."

"흐음, 그렇군요. 다음을 기약하긴 했습니다만 이렇게 빨리 해후하게 될 줄은 몰랐습니다. 그와는 언제 한번 제대로 겨뤄보고 싶었지요."

"……제발 참아 주세요."

"안 됩니까?"

멀뚱하게 눈을 깜빡이는 데르온은 무엇이 문제인지 모르겠다는 표정을 짓고 있었다. 이 일행, 정말 괜찮은 걸까. 갑자기 불안해지기 시작했다.

"당연히 안 되죠. 예전엔 적이었을지 모르지만 앞으로는 얼굴 보며 지내야 할 사이라고요. 사이좋게 지내라는 말은 안 할 테니 최소한 거친 행동은 삼갔으면 해요."

"그건 엘의 말이 맞습니다."

내 말이 떨어지기 무섭게 누군가 동조를 표했다. 그게 이사나라는 사실을 깨닫고 나는 눈을 휘둥그렇게 떴다. 지금까지 이사나는 데르온과 직접 말을 섞은 적이 없었다. 상대가 마계 공작이란 사실이 부담스러워서인지 늘 거리를 두고 대했기 때문이다. 그런 그가 지금은 시선을 피하지 않고 똑바로 데르온을 마주하고 있었다.

"데르온 공, 이렇게 불러도 되겠습니까?"

"편하신 대로."

"그럼 공, 말이 나온 김에 저도 당부해 두겠습니다. 마계의 생태계가 인간들의 세상과는 많이 다르다는 건 압니다. 하지만 앞으로 주로 접하게 될 사람들은 대부분 평범한 인간들일 겁니다. 우리와 함께하는 동안에는 불편하더라도 이 사실을 인지하고 배려해 줬으면 합니다."

"흠, 이곳의 규칙에 따라달라는 말이군요?"

"제도를 전부 따를 필요는 없습니다. 하지만 윤리적으로 문제가 될 만한 부분들만큼은 지켜 주십시오. 특히 살인은 절대 안 됩니다."

단호한 음성은 거의 경고에 가까웠다. 데르온은 어깨를 으쓱였다.

"뭐, 강조하지 않아도 저도 그 정도는 알고 있습니다. 인간들 사회에 섞여 있으려면 그 정도는 감수해야 한다는 걸요. 하지만 모처럼 당부까지 하시니 좀 더 조심하도록 하죠."

"그 약속을 믿겠습니다. 저 또한 공이 불편하지 않도록 최대한 배려할 겁니다."

담담하면서도 정중하게 답하는 이사나의 모습에선 전보다 더 많은 여유가 느껴졌다. 원래도 의연한 편이긴 했지만 조금은 상대에게 끌려가는 듯한 인상이 없잖아 있었는데, 지금은 본인이 주도하는 것에 조금도 주저함이 느껴지지 않았다.

정말 많이 성장했구나. 던전에서의 경험들에 감화를 받은 것 같더니, 변화가 점점 눈에 띄게 나타나고 있었다. 본래의 모습으로 돌아온 상태라 그런지 그 차이가 더 분명하게 보였다.

나는 새삼스럽게 이사나의 모습을 돌아보았다. 짙은 태양 빛 같은 금발과 새파란 눈동자의 조화가 참 잘 어울리는 소년이 내 시선을 느끼고 빙긋 웃었다. 변장했을 때만큼 화려한 느낌은 아니라도 충분히 시선을 끌 만큼 잘생긴 얼굴이다. 아니, 오히려 특유의 분위기가 더해지면서 인상 자체는 더 강렬해진 것 같았다.

이 얼굴이 이렇게 눈에 띄는 편이었나? 분명 예전에도 준수한 편이라고 생각은 했었다. 하지만 지금은 확실히 느낌이 달랐다. 그의 외모가 변한 건 아니었다. 조금 더 키가 커졌을 뿐 여전히 십 대 특유의 싱그러움을 품고 있었고, 얼굴 역시 아직 앳된 티를 벗지 못했다. 그러나 그를 이루는 분위기가, 사소한 몸짓이나 시선 같은 것들이, 그를 이전과는 다른 사람처럼 보이게 만들었다.

처음 만났을 때 이사나는 삶에 몹시 지쳐 있었고, 금방이라도 스러질 것처럼 불안정한 상태였다. 나와 함께하는 동안 점차 안정되어 가긴 했지만 대체로 자신 없는 얼굴을 할 때가 많았다. 그런데 지금은 어디에서도 그런 모습을 찾아 볼 수가 없었다. 당당하게 전방을 주시하는 얼굴은 빛이 날 듯이 화사했고, 굴욕을 모르는 사람처럼 전신에서 고귀한 태가 흘렀다. 과연 한 제국에서 가장 높은 곳에 있는 사람다웠다.

처음엔 검의 주인이 된 효과인 건가 싶었는데 이제 막 받아들인 상태인 만큼 이렇게 당장 영향을 받을 리가 없었다. 이건 이사나 스스로 일으킨 변화였다. 태도에서 묻어나기 시작한 자신감이 얼굴에 생기를 일으켜 그의 인상까지 바꾼 것이 분명했다.

앞으로 그는 점점 더 달라질 것이다. 아직 멋모르는 내 눈에도 그것만큼은 분명히 보였다. 기특하고 뿌듯한 마음이 크긴 한데 동시에 어딘지 아쉬운 기분도 들었다. 바람직한 성장임은 틀림없지만, 갑자기 훌쩍 자란 것 같은 이사나가 조금 낯선 것도 사실이었으니까.

내가 이럴 정도니 다른 일행들은 말할 필요도 없을 것이다. 시벨리우스와 데르온이 그를 내하는 게 한층 조심스러워진 것이 느껴졌다. 알리사는 아예 그와 눈조차 맞추지 못하고 있었다.

"저어, 알리사……."

"어어? 뭐, 뭔데……!"

"……으음, 아니야."

말을 걸 때마다 화들짝 놀라다 보니 심지어 그녀와는 대화조차 제대로 이어지지 않았다. 시작하자마자 끝나버리는 대화가 벌써 여러 차례 반복되고 있는 중이었다.

'생각보다 오래가네.'

나는 축 처진 이사나의 모습을 보며 중얼거렸다. 의젓해진 그도 이런 일에만큼은 시무룩해진 티를 감추지 못했다.

"마, 말도 안 돼! 정말 저 사람이 이사나 씨라고?"

황당해하다 못해 경악에 가득 찼던 목소리가 아직도 생생히 귓가를 맴돌았다. 모습이 달라진 이사나가 검을 들고 내려오자, 알리사가 기겁하면서 외쳤던 말이었다. 당시의 상황을 회상하면 지금도 웃음이 나온다. 처음 한동안 이사나는 그녀의 반응을 이해하지 못해 어리둥절한 표정을 지었다. 이후 내가 거울을 보여주고 나서야 뒤늦게 사태를 파악해서 허둥거리기 시작했는데, 얼마나 당황했는지 변명은커녕 말 한마디도 잇지 못했다. 사람의 얼굴이 이렇게까지 붉어질 수 있구나 싶을 정도였다.

단지 검을 잡았을 뿐인데 마법이 풀렸으니 황당할 수밖에 없을 것이다. 이사나에게 걸려 있던 폴리모프 마법이 풀린 건 아무도 예상하지 못한 돌발 사고였다. 카노스의 설명에 의하면, 파이어 버스터의 힘이 이사나의 몸에 각인됨으로써 그가 지닌 기운의 성질이 달라진 탓이라고 했다. 즉, 처음 마법을 걸었을 때와 발동 조건이 달라지는 바람에 더 이상 유지하지 못하게 된 것이다.

마법 수식이란 게 복잡한 계산이 들어간다는 건 알고 있었지만, 생각했던 것보다 더 섬세하고 정밀한 분야인 것 같았다. 본래는 이런 것까지 감안하고 마법을 설계한다는데, 이사나의 경우엔 처음부터 가볍게 걸어둔 거라 쉽게 풀린 거라고 했다. 물론 상황 자체가 매우 특수한 편이기도 했다. 살아가면서 타고난 기운의 성질이 바뀔 일이 몇이나 되겠는가.

어차피 언젠가는 풀어야 할 마법이라 시기를 조금 앞당겼다고 생각하면 딱히 문제 될 건 없었다. 다른 일행들도 대체로 아무렇지 않게 받아들이는 분위기였다. 하지만 알리사의 입장은 달랐던 모양이다. 그녀는 남자답게 준수해진 이사나의 얼굴에 좀처럼 적응하지 못했다. 워낙 스스럼없는 성격이라 쉽게 납득할 줄 알았는데 생각했던 것보다 배신감이 컸던 모양이었다.

이후로 그녀는 지나칠 만큼 이사나를 경계하고 있었다. 이사나도 그 기분을 배려해서인지 묵묵히 그녀의 눈치만 살폈다. 물론 처음엔 그 나름대로 분위기를 풀어 보려는 시도를 하긴 했었다. 하지만 그때마다 알리사가 격한 반응을 일으키는 바람에 별로 좋은 결과를 거두진 못했다. 말을 걸자마자 바짝 가시를 세우니 없던 용기마저 사라질 수밖에 없었다.

그래도 지켜보는 입장에서는 별로 걱정이 되진 않았다. 아예 외면하고 있는 거라면 모를까, 알리사 역시 이사나를 다분히 신경 쓰고 있는 게 눈에 보였기 때문이다. 시선이 닿지 않는 곳에서 그를 흘끔 흘끔 살피는 것이 그 증거였다. 바로 지금처럼.

"라피스 님한테 연락은 어떻게 하지? 통신구는 라피스 님 쪽에서만 사용할 수 있었잖아."

"정령을 보내면 될 거야. 시간은 좀 걸리겠지만."

"아, 그런 방법이 있었구나."

가벼운 의논을 나누고 있으려니 쳐다보는 시선이 더욱 강렬해졌다. 워낙 노골적이라 이사나 역시 금방 그녀의 시선을 알아차렸을 정도였다.

"알리사, 왜? 물어볼 거 있어?"

피하기 바쁘던 소녀가 쳐다봐 준 것이 기뻤는지 이사나의 얼굴에 반가운 기색이 떠올랐다. 그가 부드럽게 웃으며 시선을 맞추자 알리사의 얼굴이 단숨에 뻣뻣해졌다.

"아, 아무것도 아냐!"

빠른 대꾸와 함께 그녀가 얼른 고개를 돌렸다. 기대를 품고 있던 이사나의 얼굴이 단숨에 흐려졌다. "그래……." 대답하는 목소리엔 기운이 쭉 빠져 있었다. 그 모습에 마음이 흔들린 것일까. 눈을 질끈 감은 알리사가 굳게 결심을 다진 얼굴로 다시 입을 열었다.

"저기! 우리 이제 어디로 가는 거야?"

"응?"

돌아보는 이사나의 표정이 다시 환해졌다. 나는 아련한 기분으로 그를 바라보았다. 유순하긴 해도 단순한 성격이라고 생각해 본 적은 없었는데, 이제 보니 세상에서 이보다 더 쉬운 사람이 있을까 싶다. 그래도 덕분에 알리사는 용기를 얻은 것 같았다. 망설이듯 벙긋거리기만 하던 입술이 뚜렷한 목소리를 내뱉었다.

"최, 최종 목적지 말이야. 이곳에서의 용건은 끝났으니 이제 이사나 씨의 본국으로 가는 일만 남은 거잖아? 그런데 아직 어느 제국 사람인지 말해 준 적 없는 것 같아서."

다소 굳어 있긴 하지만 제대로 말이 이어졌다. 여전히 시선을 제대로 맞추지 못하는 상태긴 했으나 긍정적인 반응임은 틀림없었다. 자신이 주도해서 계속 어색한 분위기를 만들어 왔으니 그녀 역시 미안하긴 했을 것이다. 도망치지 않고 똑바로 버티고 있는 고개에서 어떻게든 다시 화해(?)하고자 하는 노력이 엿보였다. 행여 다시 흐름이 끊길세라 이사나 역시 서둘러 대답했다.

"아, 그러고 보니 그랬구나. 우리가 갈 곳은 스왈트 제국이야."

"스왈트? 마신전의 본단이 있는 신성제국 스왈트 말이야?"

"응, 맞아. 알고 있구나?"

"대륙에서 신성제국은 스왈트 제국이 유일하잖아. 당연히 알고 있지. 그런데 지금 거기 가도 돼? 곧 내전이 일어날 거라고 들었는데."

"그런 것도 알아?"

"무, 무시하지 마. 서녀이긴 해도 백작 가문에서 자랐는걸. 아버님이 다른 귀족들과 국제 정세에 관해 말하는 걸 들은 적이 있어."

"와, 그렇구나. 그걸 다 기억하고 있다니 굉장하네. 알리사의 나이엔 들어도 이해하기 어려운 내용이었을 텐데."

칭찬은 고래도 춤추게 한다더니. 그 한마디에 알리사는 긴장을
완전히 푼 듯했다. 그때까지만 해도 조금은 굳어 있던 분위기가 한
순간에 가벼워지는 것이 느껴졌다.

"물론 그 정도는 당연히 기억하지. 스왈트 제국의 황제는 나이가
어리다며? 정무에는 별로 관심이 없고 방탕하게 놀고먹기만 해서
주위에 황제를 이용해 먹으려는 간신배들만 가득하다고 들었어."

……비록 중심 화제가 이사나에게는 비극이긴 했지만. 어쨌거나
알리사는 다시 예전처럼 친근한 태도로 재잘거렸다. 이사나는 거북
해하지도, 기뻐하지도 못하는 얼굴로 주춤거렸다.

"그, 그래?"

"응, 그 사람들이 황제를 꼬여내서 숙부인 섭정왕을 제거하려고
했대. 하지만 전세가 뒤집혀서 오히려 섭정왕 쪽이 이겼다던데? 황
제는 간신히 목숨만 부지한 채 달아나서 지금은 후일을 도모하는
중이라고 하더라고. 그래 봤자 이미 중앙 귀족 대다수가 섭정왕의
편이라 내전이 오래가지는 못할 거라고 했지만."

"으음, 그런 식으로 알려져 있구나."

"아니야?"

아무렇지 않게 되묻는 말에 나까지 식은땀이 흘렀다. 아마 알리
사는 지금 자신이 한 말이 장본인 앞에서 험담한 꼴이나 다름없다
고는 전혀 상상하지도 못할 것이다. 순수하게 의문을 품고 바라보
는 시선에 이사나는 난감해하는 표정을 지었다가 이내 진지한 눈으

로 알리사를 응시했다. 전부 털어놓을 결심을 굳힌 얼굴이었다.

"나이가 어리고 미숙한 황제였던 건 사실이야. 하지만 숙부를 치려고 한 적은 없었어. 그런 유혹이 아예 없었던 건 아니지만 반대한 사람이 훨씬 더 많아. 오히려 가신들은 전부 반대하는 쪽이었지. 선황 폐하가 서거하신 지 얼마 되지도 않아 그럴 경황도 아니었고, 무엇보다 섭정왕은 평판이 좋은 사람이라 건드려 봤자 득보다 실이 더 컸거든. 어차피 성인이 되면 저절로 돌려받을 자리인데 괜히 무리해서 취할 필요가 없었어. 급습해 온 것은 오히려 섭정왕 쪽이야."

"정말? 황제가 아니라 섭정왕 쪽에서 공격한 거라고?"

"그래. 그의 병사들이 새벽에 갑자기 쳐들어와 황궁을 점거했어. 눈치채는 게 늦어서 몰래 빠져나가는 게 고작이었지. 황궁의 시종들과 친위대 기사들이 몸 바쳐 지키지 않았다면 아마 그대로 붙잡혔을 거야."

"그렇구나. 근데 이사나 씨는 그 상황을 어떻게 그렇게 잘 알아?"

"하하, 겪은 장본인이 모르면 누가 알겠어?"

"장본인?"

잠시간 어리둥절해하던 눈동자가 크게 흔들렸다. 그 말에 담긴 진정한 의미를 깨달은 것이 분명했다.

"설마……."

굳어버린 얼굴에 사라졌던 경계심이 다시 뚜렷하게 떠올랐다. 이사나는 당황하는 표정을 지었지만, 결국 자신이 감당해야 할 문제라고 생각했는지 차분하게 입을 열었다.

"이사나 란느 스왈트. 이게 내 본명이야. 처음부터 밝혔어야 했는데 이제야 말하게 돼서 미안해."

"……이사나 씨가 스왈트 제국의 황제 본인이라고?"

"그래."

망설임 없는 대답에 알리사는 헛숨을 삼켰다.

"그, 그럼 그동안 거론되던 대공이라는 사람이 혹시……."

"그가 내 숙부야. 신탁을 위조해서 내 아버지를 죽이고 피로 얼룩진 제위를 탐하고 있는 섭정왕, 유카르테 대공이지. 나는 돌아가는 대로 그를 끌어내리고 거짓된 소문을 바로잡을 생각이야."

"……."

충격이 컸는지 알리사는 한동안 아무런 말을 잇지 못했다. 혼란스럽게 일렁거리던 눈빛이 차분해졌다가 다시 복잡해지기를 빠르게 반복했다. 그런 그녀의 모습을 지켜보던 이사나가 씁쓸한 표정을 지으며 말했다.

"이제 모든 사실을 알았으니 네 입장도 이전과는 달라졌겠지. 다시 한 번 물을게, 알리사. 아마 돌이킬 수 있는 기회는 이게 마지막일 거야."

"돌이킬 기회라니……."

"너도 알다시피 스왈트 제국은 내전을 피할 수 없어. 나와 함께 가면 너와는 상관없는 전쟁에 휘말리게 될 거야. 그래도 함께할 수 있겠어?"

"당연하지! 갈 거야!"

돌아온 대답은 거침이 없었다. 이렇게 선뜻 대답할 줄은 몰랐는지 이사나가 어안이 벙벙한 얼굴로 눈을 깜빡거렸다. 그것을 본 알리사의 표정이 샐쭉해졌다.

"우린 이미 한 배를 탄 운명 아니야? 이제 와서 새삼스럽게 물어보는 게 오히려 더 섭섭해."

"하지만…… 제대로 설명을 듣지 못한 상태였으니까."

"그런 건 상관없어. 설마 내가 그 정도 각오도 없이 덥석 같이 가겠다고 한 줄 알았어? 이사나 씨가 범상치 않은 사람이라는 건 처음 보는 순간부터 알았다고 말했잖아. 설마 황제일 줄은 몰랐지만. 새삼 결정을 재고할 정도는 아니야."

"저, 정말?"

"당연하지! 엘 님이 정령왕이라는 사실을 알았을 때에 비하면 아무렇지도 않아. 놀라기는 그때 이미 다 놀랐다고. 그리고 우린 약속도 했잖아."

"약속……?"

"앞으로 무슨 일이 일어나도, 또 무엇을 알게 되더라도, 당신들을 그 자체로만 보겠다고. 그건 이사나 씨의 외모와 신분까지 전부포함했던 거 아니었어?"

"기억……해 줬구나."

이사나가 참았던 숨을 낮게 터트렸다. 알리사를 바라보는 그의 눈동자가 울 것처럼 흔들리고 있었다.

그 약속은 나도 기억하고 있다. 그녀를 일행으로 받아들이기로 한 날 이사나가 미리 내걸었던 조건이었다. 아마도 이런 날이 올 것을 대비해 포석을 깔았던 거겠지만, 실제로 지켜질 거라고 기대하진 않았던 모양이다. 그래서 오히려 그녀의 말에 충격을 받은 것 같았다.

"그럼 그걸 벌써 잊었을까 봐? 뭐야, 없던 일로 하길 바라는 건 아니겠지?"

"아니."

이사나는 다급히 고개를 저었다. 조금이라도 반응이 늦으면 돌아서기라도 하는 양 안절부절못하는 모습이었다. 그것을 본 알리사가 활짝 웃었다.

"그럼 이사나 씨도 의심하지 마. 난 그 약속을 지킬 거니까. 뭐, 이사나 씨 원래 모습에 적응이 안 돼서 조금 서먹하긴 했지만. 이젠 괜찮아. 사람이 달라졌나 싶었는데 지금 보니까 성격은 여전한 것 같네. 내가 아는 이사나 씨 그대로라 안심했어. 황제처럼 까마득히 높은 사람이랑 편하게 지낼 수 있다는데 나야 손해 볼 거 없지. 나중에 말 바꾸기 없기다?"

장난스러웠지만 결코 가볍지는 않은 대꾸가 이어졌다. 그 순간 긴장으로 굳어져 있던 이사나의 얼굴에 천천히 미소가 번져나갔다. 음울하던 공기가 걷히고, 주위가 빠르게 화사해졌다. 마치 흑백으로만 이루어진 세상에 갑자기 선명한 색이 피어나는 것 같았다. 그가 얼마나 이 순간을 기뻐하고 있는지 절절할 정도로 전해져서, 나까지 가슴이 벅차올랐다.

의외였던 건 알리사의 반응이었다. 새삼 눈앞의 존재를 인지했다는 듯이 얼굴이 새빨갛게 달아오른 것이다.

"다행이다. 난 알리사가 날 어려워하면 어떻게 하나 했어."

"바, 바보 같긴. 내가 고작 그런 거에 쩔쩔맬 사람으로 보여? 내가 얼마나 담이 센 사람인데!"

"응, 그렇게 말해 줘서 고마워. 정말 고마워, 알리사."

북받친 감정을 제어하지 못한 듯, 이사나가 알리사를 덥석 끌어안았다. 날 때부터 엄격한 예법을 익혀 온 그로서는 흔치 않은 행동이었다. 아마 정신이 들면 누구보다 가장 많이 당황할 테지만, 지금만큼은 체면이나 주위의 시선은 전부 잊은 듯이 보였다. 덕분에 알리사의 얼굴은 아예 붉게 타오르다 못해 터지기 일보 직전이었다. 그래도 밀어내지 않고 얌전히 안겨 있는 걸 보면 싫지는 않은 모양이다.

"흐음, 나이가 어려도 별의 결속은 강하다는 건가. 하긴 운명의 별들 중에서 가장 재밌긴 하지."

"응? 그게 무슨 소리에요, 카노스?"

중얼거리는 목소리에 나는 어리둥절해져서 고개를 들었다. 흥미로운 시선으로 이사나와 알리사를 보고 있던 카노스가 피식 웃으며 답했다.

"저 꼬마 아가씨를 가호하고 있는 별 말이야. 그녀가 제왕의 반려가 될 운명을 타고났다는 건 알지?"

"어? 그게 진짜였어요?"

언젠가 대장장이 팔론이 입에 침을 튀겨 가며 열렬히 설파했던 내용이 떠올랐다. 그의 설명에 의하면 알리사는 푸른 별 아래 태어난 반려성이었다. 그 말을 믿지 않은 건 아니었지만, 반쯤은 동화 같은 이야기로 여겼던 것도 사실이었다. 당장 진실 여부를 확인할 수 없는 운명의 별보다는 땅의 정령사로서의 특징이 더 부각됐기 때문이다. 하지만 신인 카노스가 직접 언급할 정도면 그 운명이란 게 정말이었던 모양이다.

"사실 반려성은 혼자 나타나지 않아. 반드시 제왕의 별과 동시대에 태어나게 되어 있지. 그래서 반려성이 나타났다는 건 제왕의 별도 태어났다는 것을 의미해."

"으음, 그럼 처음부터 짝이 정해져 있는 거네요. 다른 사람이랑은 이뤄질 수 없는 거예요?"

"어느 한 쪽이 죽지 않고서야 거의 어렵다고 보면 돼. 운명에 속해 있는 별은 서로를 강하게 끌어당겨서 아무리 멀리 떨어져 있어도 어떻게든 인연을 맺고 말거든. 마치 지금 네 계약자와 저 아가씨처럼 말이지."

"그렇군요. 이사나와 알리사처럼…… 헉? 자, 잠깐만요! 이사나요? 그럼 이사나가 제왕의 별이란 거예요?"

깜짝 놀라 외치자 카노스는 빙긋 웃었다. 그것도 몰랐냐는 표정이었다.

"두 사람을 보면서 강한 운명의 이끌림 같은 거 느끼지 못했어?"

"이사나가 유난히 신경 쓰는 눈치는 있었지만……."

"하하, 하긴 이런 걸 한눈에 알아볼 수 있는 건 정령왕들 중에서는 트로웰 정도겠지. 나중엔 좀 더 구분할 수 있게 될 거야. 운명의 별을 타고난 아이들은 남들보다 조금 튀거든."

나는 조금 묘해진 기분으로 두 사람을 바라보았다. 그사이 뒤늦게 정신이 든 이사나가 붉어진 얼굴로 알리사에게 거듭 사과를 건네고 있었다. 운명이 정해준 연인이란 사실을 알게 되어서일까. 조금 전까지만 해도 남매처럼 풋풋하게만 보이던 관계가 새삼 특별하게 느껴지기 시작했다.

"그렇구나. 알리사와 이사나가……."

과거에 스치듯이 지나쳤던 장면들이 다시 인상적으로 와 닿았다. 두 사람이 처음 만났을 때 강렬하게 마주친 시선이라든지, 궁지에 몰린 알리사를 돕기 위해 거리낌 없이 나섰던 이사나의 모습. 종종 서로 마주 보며 웃던 얼굴까지.

어쩌면 우리가 이 제국으로 오게 된 것도 두 사람의 만남을 위해 마련된 안배였던 건 아닐까. 당사자는 달가워하지 않을지도 모르지만 지켜보는 입장에선 괜히 설렜다. 하지만 들떴던 기분은 곧 한순간에 가라앉았다. 카노스가 찬물을 끼얹은 것이다.

"뭐, 그래도 너무 기대하진 마. 저 둘이 정말 결실을 맺을지는 앞으로 두고 봐야 할 문제니까. 순조롭게 이뤄진다는 보장은 없거든."

"네? 왜요? 운명의 별이면 서로 이뤄져야 하는 거 아니에요?"

"보통은 그렇지. 하지만 안타깝게도 이번 시대에 태어난 제왕의 별은 둘이라서 말이야."

"엥?"

"한마디로 말해서 저 소녀에게 고를 수 있는 선택지가 두 개라는 소리지."

"……!"

그 말이 가리키는 바는 명백했다. 나는 반사적으로 알리사를 쳐다봤다가 그녀와 시선이 마주치곤 어색하게 웃어 보였다. 경직된 내 얼굴을 의아한 듯이 바라보던 그녀가 흥미를 다시 거두기까지, 묵묵히 견딘 잠깐의 시간이 천근만근처럼 무겁게 느껴졌다.

"……설마 삼각관계가 될 가능성이 있다는 건가요?"

잠시 후 알리사의 시선이 떨어진 후에야 나는 작은 목소리로 물었다. 질문하면서도 내가 오해한 것이길 바랐는데, 카노스는 야속하리만치 쉽게 고개를 끄덕였다.

"서로를 끌어당긴다고 했잖아. 가능성이 있는 정도가 아니라 무조건 그렇게 된다고 봐야 할걸?"

"그럴 수가……."

"각오 단단히 해둬. 그냥 귀여운 소꿉놀이 수준이 아닐 테니까."

"그, 그건 또 무슨 뜻인데요?"

불안해하는 내게 카노스는 짓궂은 미소를 보냈다. 이후 그가 들려준 이야기에 나는 크게 낙담해야 했다. 몇백 년 전에도 제왕의 별이 두 개였던 적이 있는데, 그들이 벌인 전쟁으로 수만 명의 사람이 죽었다는 것이다. 반려를 차지하기 위해 시작된 다툼이 정복 전쟁으로까지 번진 것이 원인이었다.

당시 두 제왕을 낳은 제국은 알폰프와 카터스 제국이었다고 했다. 운명의 별을 타고난 두 제왕은 서로 부족한 구석 없이 매력적인 남성들이었는데, 하필이면 바로 그 점이 문제가 됐다. 둘 다 괜찮다 보니 반려성이 그들 사이에서 갈 곳을 정하지 못한 것이다. 결국 두 제왕은 집권하는 동안 쉬지 않고 전쟁을 벌였단다. 말이 좋아 '집권하는 동안'이지, 장장 60년이 넘는 기나긴 기간이었다. 지독한 전쟁은 반려성이 죽고 나서야 간신히 끝을 고했지만, 그 사이에서 백성들의 삶은 말도 못하게 피폐해졌다. 그래서 아직도 두 제국은 원수처럼 지내고 있다고 했다.

설명을 들으면 들을수록 머릿속의 핏기가 가시는 기분이라 나는 연신 신음을 흘렸다. 인간의 역사는 끊임없이 반복되고, 비슷한 상황에선 더더욱 재현될 가능성이 높다. 즉, 머지않은 미래의 이사나에게 닥칠 상황이라는 소리나 다름없었다.

"이, 이사나 말고 다른 제왕의 별은 어디에 있는 누구예요?"

"글쎄, 그건 나도 모르지. 이전처럼 다른 제국에 있을 수도 있고, 또는 같은 제국 안에 있을 수도 있고."

"하아아……."

설마 그게 대공인 건 아니겠지? 생각만 해도 끔찍한 기분이라 저절로 탄식이 흘러나왔다. 대공이면 문제겠지만, 그가 아니라고 해도 상황이 썩 낫다고 할 순 없었다.

도대체 이사나의 팔자는 왜 이렇게 사나운 걸까. 제위를 두고서도 싸워야 하는데 이젠 운명의 연인까지 다른 자와 두고 다퉈야 하다니. 아예 처음부터 주어지지 않았다면 모를까, 당연히 가져야 할 것을 마음껏 누리지 못하게 꼬여 있는 걸 보니 더 안타까웠다.

"……으음, 이렇게 된 거. 다른 쪽을 만나기 전에 일찌감치 두 사람의 결혼을 추진해 버릴까. 알리사가 아무것도 모를 때 낚으면 될 것 같은데."

심각하게 고민하는 나를 보며 카노스는 킥킥거리고 웃었다.

"지금 그 표정, 제법 정령왕다웠어."

칭찬인지 아닌지 모를 말에 얼굴이 저절로 찌푸려졌다.

"아무튼 난 충고했으니 잘해 봐. 아아, 앞으로 일어날 재화를 미리 알려주다니. 나라는 신은 너무 쓸데없이 친절해서 탈이라니까."

"……그것참 근심거리만 더 늘려주셔서 참 감사하네요. 이왕이면 다른 쪽 제왕의 별이 누군지도 알려주셨으면 더 좋았을 텐데요."

"알아서 뭐하게? 네 성격에 그자를 찾아가 미리 제거할 수 있는 것도 아닐 텐데."

"윽, 그건 그렇지만…… 최대한 만남을 늦춰본다든가."

"어차피 피할 수는 없다니까. 그런 걸 고민할 시간에 네 계약자더러 저 아가씨 마음이나 사로잡아 두게 해. 그러는 편이 좋게 풀릴 가능성이 훨씬 더 높으니까. 그쪽 입장에선 선수를 놓쳤다는 사실만으로도 이미 충분히 약 오를걸? 네 둔한 계약자랑은 다르게 그쪽은 운명의 별에 상당히 관심이 많거든."

"누군지 알기는 하는 거군요?"

불만스럽게 응시하는 시선에 카노스는 말없이 웃기만 했다. 하긴 명색이 마신인데 그 정도도 모르진 않겠지. 답해 줄 의사가 없는 상대를 향해 괜한 진을 뺄 생각은 없어서 나는 빠르게 단념했다. 그의 말대로 내가 안다고 해서 어쩔 수 있는 것도 아니었으니까.

그렇다고 카노스의 말처럼 이사나를 부추길 수도 없다. 그렇지 않아도 운명에 관한 것들은 싫어하는 녀석인데, 이 사실을 알면 오히려 알리사를 밀어내려고 할지도 몰랐다. 그래도 괜찮으면 상관없지만, 그렇게 쉽게 거부할 수 있는 거라면 애초에 운명이란 이름으로 정해져 있지도 않았을 것이다. 내가 보기에 이사나는 이미 알리사에게 꽤 많은 마음을 내주고 있었다. 섣불리 밀어냈다가는 돌이킬 수 없게 돼서야 후회할 가능성이 컸다. 그러니 지금은 모르고 있는 게 오히려 약이었다.

그래도 일찌감치 연이 닿았으니 다행인 건가. 서로 감정도 싹튼 것 같으니 이대로 좋은 분위기를 끌어간다면 은근슬쩍 결혼을 추진하는 것도 가능할 것이다. 물론 알리사의 나이가 어리니 아직은 머나먼 이야기이긴 했다. 다른 제왕의 별이 어디에 사는 누군지는 모르겠지만, 제발 두 사람이 이뤄진 후에야 니타나길 바랄 뿐이었다.

2.

 —용사님! 언제까지 이러고 계실 거예요? 이제 출정할 시간이에요! 이 파이어 버스터! 모처럼 섬기게 된 주인님을 위해 끝까지 헌신할 준비가 되어 있어요! 자, 용사님! 얼른 마왕을 물리치러 가요! 네? 네?

 한 장소에서 지체하는 동안 어느새 꾸역꾸역 날이 저물어 가고 있었다. 그동안 바깥 공기에 웬만큼 적응이 되었다 싶었는지, 파이어 버스터가 본격적으로 본성을 드러냈다. 재촉하는 소리가 길어지기 시작하자 이사나가 조곤조곤 타일렀지만 큰 효과는 없었다. 결국 참다못한 알리사가 나섰다.

 "야, 시끄러! 용사는 무슨 용사야? 이사나 씨한테 억지 좀 부리지 마."

 —뭐라고요? 외부인은 빠지세요! 나와 용사님의 교감을 방해하지 말라고요!

 "내가 왜 외부인이야? 난 이사나 씨의 친구라고!"

 —친구? 배신하면 남보다 못한 그거요? 어머나, 알량하기도 해라. 고작 그 정도 가지고 용사님과의 관계를 내세우고 싶나요? 정말 어리시네요.

 "뭐어? 무슨 이딴 검이 다 있어? 네가 정령검이면 다야? 정령검이면 다냐고!"

 —물론 정령검이면 다죠! 이래 봬도 저는 이프리트 님의 지극하신 사랑을 받는 불의 상급 정령 이그니스라고요! 당신 같은 평범한 인간

여자와는 차원이 다른 몸이에요!

"하! 이거 왜 이러셔! 나도 평범한 사람은 아니거든? 재능이 무궁무진한 땅의 정령사라고! 이게 어디서 사람을 차별하고 난리야?"

가볍게 시작한 말다툼이 어느새 자존심 싸움으로 번져 가고 있었다. 나는 그들 사이에서 안절부절못하고 있는 이사나를 향해 단호하게 말했다.

"그냥 두고 가자."

두고 가자는 건 물론 겁이다. 알리사에게 잘 보여도 모자랄 시기에 오히려 점수를 깎아 먹는 짓을 하고 있다니. 물을 흐리는 겁 따위, 동의만 얻으면 지금 당장이라도 던전에 집어 던지고 올 의향이 충분했다. 그러자 용케 그 낌새를 파악한 파이어 버스터가 기겁해서 소리쳤다.

—네에? 절 놔두고 가자뇨! 안 돼요! 싫어요! 나빴어!

"네 의사 따윈 상관없거든?"

—히이잉, 그런 게 어딨어요! 엘퀴네스 님은 너무 차가워요! 본인이 엘퀴네스 님이라는 것도 속이시더니! 저한테 진짜 왜 이러세요오!

높아지는 목소리에 원성이 섞이는 걸 나는 한 귀로 듣고 흘렸다. 원래도 칭얼거리는 편이긴 했지만 내 정체를 알게 된 후로 더 심해진 것 같았다.

딱히 내가 녀석에게 정체를 알려줬던 건 아니었다. 이사나를 주인으로 받아들인 후 파이어 버스터가 저절로 깨달은 것이다. 나만이 아니라 다른 일행들에 대한 것들도 마찬가지였다. 에고 소드 중에서는 주인과 정보를 공유하는 것들이 있는데, 파이어 버스터가 바로 그런 종류라는 것 같았다.

물론 내가 정령왕이란 걸 알았다 해서 태도가 정중해지진 않았다 (마신한테도 막 나가는 강심장이니 기대하지도 않는다). 하지만 아무래도 본인을 이그니스라고 알고 있다 보니, 다른 이들보다 날 대하는 시선이 훨씬 호의적이긴 했다. 그게 너무 과한 나머지 응석으로까지 이어져서 문제였다.

"난 속인 적 없어. 그냥 말을 안 했을 뿐이지."

―어쨌든 서운해요! 정령왕이시라면 이럴 땐 제 편이 되어 주셔야 하는 거 아니에요? 제가 불의 정령이라 차별하시는 거죠? 정말 너무 하세요오!

"시끄러. 너무한 건 너잖아. 얌전히 따라가겠다더니 왜 말이 바뀌어?"

―그, 그치만 용사를 모시는 건 제 로망이었단 말이에요!

"그건 네 사정이고."

―헉! 어떻게 그런 심한 말을? 엘퀴네스 님은 바보! 바보예요!

"한 번만 더 떠들면 진짜 두고 간다."

진심을 다분히 실은 협박에 파이어 버스터는 울먹거리면서도 조용해졌다. 나는 언제 떠들었냐는 듯이 잠잠해진 검을 찝찝한 기분으로 노려보았다.

"저걸 정말 데려가도 괜찮을라나 몰라. 미안해, 이사나. 나 때문에 괴상한 녀석을 떠맡게 돼서."

"하하, 아냐. 난 괜찮아. 말이 좀 많긴 하지만 파이어 버스터는 좋은 검이야."

"진심으로 하는 말이야?"

"응. 직접 잡아 보니까 확실히 알 것 같아. 평범한 검과는 기운 자체가 달라. 아무리 대단한 장인을 찾아다녀도 이렇게 훌륭한 검을 얻긴 쉽지 않을 거야. 한 사람의 검사로서 영광이라고 생각해."

"뭐, 그렇다면 다행이지만."

강한 검이었다고 하더니, 그래도 쓸모가 있긴 한 건가. 사실 난 아직 좋은 무기를 알아보는 눈은 없어서인지 파이어 버스터의 대단함이 잘 와 닿지는 않았다. 그래도 이사나가 저렇게 칭찬할 정도면 꽤 좋은 검이긴 한 모양이다. 어쨌거나 주인인 그의 마음에 들었으니 앞으로 쫓겨날 염려는 없어 보였다. 그래도 저 수다만은 확실히 봉해 둘 필요가 있어서 나는 다시 한 번 경고했다.

"아무튼 너, 우리랑 한 약속 어길 생각하지 마. 있는 듯 없는 듯이 얌전히 지내. 알리사나 다른 일행들한테도 함부로 굴지 말고. 여기서 네가 무례하게 대할 사람은 아무도 없다는 걸 명심해 둬. 알았어?"

―치이, 알았어요.

파이어 버스터는 볼멘소리로 대답했다. 여전히 불손한 말투이긴 했지만 한결 맥이 빠진 듯한 모습이었다.

"엘, 라피스라는 녀석한테는 언제 연락하는 거야?"

시벨리우스의 질문에 나는 가볍게 주위를 돌아보았다. 날이 저물어 가서인지 찌르듯이 선명하던 수풀의 색감이 한층 낮은 톤으로 변해 있었다.

"일단 이곳을 벗어난 후에 하는 게 좋을 것 같아."

"하긴, 여긴 장소가 좀 그렇지."

그는 내 말에 바로 수긍하며 고개를 끄덕였다. 그 역시 나와 같은 것을 의식한 듯했다. 이 지역의 터줏대감인 지옥 땅거미들 말이다. 사실 그럴 수밖에 없는 게, 지금도 다수의 살기가 지척에서 느껴지고 있는 중이었다. 함부로 덤벼들지는 않는 상태였지만 점차 전세를 갖춰 가고 있는 것이 곧 공격할 기색을 노골적으로 드러내고 있었다. 그 수가 최소 수천은 되어 보였다.

어지간하면 우리를 건드릴 생각은 하지 않을 텐데, 무모하게 덤비려는 걸 보면 상당히 많이 굶주려 있는 모양이다. 하긴 저렇게 숫자가 많아서야 먹잇감이 부족하긴 할 것이다. 금역으로 지정된 지 꽤 되었다고 하니 사람의 발길도 뚝 끊겼을 테고.

어쨌거나 이대로 자리를 지키고 있으면 순식간에 둘러싸일 것이 분명했다. 라피스에게 당장 연락을 보낸다 해도 그가 도착하기까지 어느 정도 시간이 걸린다는 걸 감안해야 한다. 여기까지 와서 때 아닌 전투를 벌이고 싶은 마음은 없으니(한번 시작하면 소탕까지 가야 할 것 같아서 일단 귀찮다) 이왕이면 안전한 장소로 이동한 후에 연락하는 게 나을 것 같았다.

그에 앞서 나는 일단 마족의 알부터 배낭 안에 챙겨 넣었다. 아무리 깨지지 않는다지만 그냥 들고 다니다 혹시나 잃어버릴까 봐 걱정됐기 때문이다.

"카노스 님은 이제 어떻게 하실 거예요?"

일련의 작업을 마친 후 카노스를 돌아보자 그는 가볍게 어깨를 으쓱이며 대답했다.

"난 다시 루카르엠으로 돌아가서 하던 일을 마저 진행해야지. 너희들은 데리러 올 사람을 기다린다고?"

"네, 제가 모두를 데리고 공간 이동을 할 수 있으면 참 좋을 텐데 말이에요. 언령으로는 저밖에 움직일 수가 없으니 불편하네요."

"정령왕도 할 수 있긴 해."

"어? 정말요?"

생각지 못한 말에 눈을 크게 뜨자 그는 빙긋 웃으며 고개를 끄덕였다.

"마법을 배우면 되거든. 뭐, 정령은 애초에 마력을 사용하지 못하는 존재니까 일반적인 방법으로는 익힐 수 없지만. 편법을 사용하면 배울 수 있다고 들었어. 궁금하면 네 아버지한테 물어보든지."

"아버지? 엘뤼엔 말이에요?"

"응, 정령왕들 중에서도 그가 이룬 마법 수준이 가장 높았을 거야. 공간 이동 정도는 할 수 있었을걸?"

헉, 그랬단 말이야?

엘뤼엔은 역대 최강의 엘퀴네스였다고 했던 것 같은데, 설마 마법에도 능통했을 줄은 몰랐다. 세상을 다 가진 사람이라는 건 바로 그 같은 존재를 두고 하는 말인가 보다. 어쨌거나 다른 건 몰라도 한 가지는 확실했다. 내 삶에서 청출어람은 영원히 꿈도 꾸지 못할 단어라는 거 말이다.

애초에 차이를 알아서 그런지 새삼 비참한 기분도 들지 않았다. 오히려 손쉽게 배울 기회가 생긴 것 같아 다행이다 싶었다. 엘뤼엔 이라면 적어도 가르치면서 이프리트처럼 자존심을 긁어대지는 않을 것 같았다.

'나중에 가르쳐 달라고 해 봐야지.'

마법을 배우면 이사나한테도 지금보다 더 많은 도움을 줄 수 있을 것이다. 속으로 굳게 다짐한 후 나는 배웅할 생각으로 카노스를 쳐다보았다. 그는 내가 무슨 생각을 하는지 다 알겠다는 듯이 묘하게 웃고는 말했다.

"그러고 보니 돌아가는 길에 들를 곳이 하나 있었지 않았어?"

"네? 아아, 맞아요. 카이테인 씨와 엔딜을 만나러 가야 해요. 그런 것까지 다 기억하고 계시네요."

"그 엘프는 나도 인상적이었거든."

그러고 보니 엔딜을 만났던 곳에서 카노스와 처음 만났던가. 정확히는 루카르엠이긴 했지만. 쉽게 잊히지 않을 강렬한 만남이었던 걸로 기억한다. 카노스도 그 당시를 상기했는지 즐거운 표정을 지었다.

"냐하하, 좋아. 인심 썼다. 가기 전에 한 달 치 만회해 줄게."

"네? 그게 무슨……."

그 말의 의미를 이해하는 건 어렵지 않았다. 그 순간 눈앞이 새하얗게 변한다 싶더니, 한순간에 주변의 풍경이 변했기 때문이다.

"……어?"

정신을 차렸을 때 나는 어느 수림 안의 공터 안에 서 있었다. 찌르듯이 높은 절벽들도, 덤불 안에서 입구를 벌리고 있던 동굴의 모습도, 점차 흉흉해지고 있던 살기도 어느새 사라져서 보이지 않았다. 그 대신 울타리 쳐진 정원과 잘 가꾼 텃밭들이 눈에 들어왔다. 화초가 가득 심어진 마당 너머로는 낡은 지붕을 걸친 작은 집이 세워져 있었다. 사람의 흔적이 다분히 묻어나는 정경은 아무리 봐도 몬스터가 우글거리는 숲과는 거리가 멀었다. 눈꺼풀을 한 번 깜빡이는 사이에 벌어진 일이었다.

넋을 놓고 있는 건 나만이 아니었다. 다른 일행들도 모두 멍한 표정으로 주위를 둘러보고 있었다. 방금 전까지 화창하기만 하던 하늘엔 먹구름이 가득했다. 금방이라도 비가 내릴 것 같은 날씨였다. 주변을 맴도는 정령의 분포도도, 흐르는 공기의 냄새조차 달랐다. 나는 곧 상황을 파악했다. 사실 이쯤 되면 모르려야 모를 수가 없었다. 우리가 한꺼번에 다른 장소로 이동된 것이다.

"이게 대체……."

"빠른 운행을 약속드리는 카노스 발 신속 열차를 이용해 주셔서 감사합니다. 도착한 장소는 엔딜의 집, 엔딜의 집 앞이 되시겠습니다."

"……!"

얼떨떨해하는 우리들을 향해 마치 기차역에서나 울려 퍼질 것 같은 안내 말이 떨어졌다. 아마 그 의미를 정확히 알아들은 건 나밖에 없을 테지만. 역시나 일행들은 뜻을 이해하지 못하는 얼굴을 한 채 당황스러워하기만 했다. 나는 숨을 크게 삼킨 후 카노스를 올려다보았다. 엔딜의 집 앞이라니. 내 기억에 의하면 그의 집은 스왈트 제국의 국경 지대에 있었다. 그 찰나의 순간 대륙을 껑충 건너온 것이다. 그가 들러야 할 장소를 새삼 확인한 이유를 이제야 알 것 같았다.

"……이건 한 달 정도가 아니잖아요?"

"기간은 단축할수록 좋은 거 아니었어?"

"그, 그거야 그렇지만."

"이왕 베푸는 김에 인심 좀 썼지. 말했잖아. 난 친절하다고."

한껏 으스대는 얼굴도 이번만은 얄밉지 않았다. 아무튼 남을 놀라게 하는 데는 도가 튼 사람이었다. 허탈하게 웃으며 고개를 끄덕이자 그의 손길이 내 머리를 가볍게 쓰다듬고 지나갔다(이때 데르온이 부러운 표정을 지었다).

"난 이제 슬슬 가 봐야겠다. 몰래 빠져나온 거라 더 이상 시간을 끌었다가는 자리를 비운 걸 들킬 거야."

"네, 여러 가지로 신경 써 주셔서 고맙습니다. 어서 가 보세요."

"응, 혹시 무슨 일 생기면……아, 그렇지. 엘, 손 내봐 봐."

"손이요?"

무심코 손을 내민 즉시 나는 바로 후회했다. 그의 얼굴에 의미심장한 미소가 떠오르는 것이 보였기 때문이다. 뒤늦게 사태를 파악하고 손을 다시 빼려 했을 때는 이미 늦었다. 그가 허리를 굽혀 손등에 키스를 하는 것이 아닌가!

"헉!"

"흡!"

사방에서 신음을 삼키는 소리가 들려왔다. 마치 역린을 건드린 사람을 보는 것 같은 눈길이 카노스를 향해 쏟아져 들었다. 물론 그러거나 말거나 그는 전혀 신경 쓰지 않았다.

"……이게 대체 뭐 하는 짓이죠."

"작별 선물."

"하?"

작별 선물이 손등 키스라. 이건 마지막까지 날 농락해 보겠다는 의지의 표명인가? 훈훈하게 헤어지나 싶더니 과연 마지막까지 방심할 수 없는 신이다. 한껏 얼굴을 찡그리자 카노스가 푸흐흐 웃었다.

"너무 그렇게 노려보지 마. 인장을 새긴 것뿐이니까."

"네? 인장……요?"

"상황은 시시각각 변하니까, 나랑 연락이 필요한 경우가 있을지도 모르잖아. 그리고 지금 같은 시기에 스왈트 제국에 있으려면 그게 더 쓸모가 많을 거야. 네 아버지가 내려준 쓸데없이 눈에 띄는 인장보다."

시선을 내리자 정말로 손등에 새하얀 문양이 새겨져 있었다. 원형의 테두리 안에 한 쌍의 박쥐 날개가 펼쳐진 모습이었다. 마신의 문장은 처음 보는 건데도 왠지 눈에 익었다. 물론 이쪽이 훨씬 더 화려하고 섬세한 형태긴 했지만, 기본 구조가 친숙한 무언가를 떠올리게 하는 것이……

"……배트맨?"

"응?"

"아, 아니, 아무것도 아니에요."

의아하게 바라보는 눈길에 나는 급히 어색하게 웃으며 고개를 저었다. 그러고 나서야 비로소 이 상황에 실감이 들었다. 설마 마신의 인장을 얻게 될 줄이야. 그의 말대로 지금 시기의 스왈트 제국에선 마신관의 신분이 훨씬 편하긴 했다. 쓸데없는 추격도 받지 않을 거고, 무엇보다 마신전의 동태를 살피는 데도 매우 유용할 것이다. 아마 그것까지 전부 감안해서 준 것이겠지만.

"이제 내가 친절하다는 걸 좀 믿겠어?"

"……네. 정말 고맙습니다. 고맙긴 한데요…… 근데 왜 하필 이런 방식이에요? 엘뤼엔은 그냥 손만 가져다 댔었는데. 혹시 신마다 인장을 새기는 방식이 다른 건가요?"

"아니, 방법은 상관없어. 그냥 어쩐지 너한테는 이런 식이 어울릴 것 같아서 말이지. 여자들은 이런 거 좋아하잖아, 냐하하하!"

"……전 남자인데요."

설마 이 말을 이 남자 앞에서도 하게 될 줄은 몰랐다. 심지어 지금 막 마주친 시점도 아니고, 그 입으로도 지금까지 몇 번이나 '아들'이라고 언급했던 사람이 새삼 이런 식으로 나오니 배신감마저 들었다. 불퉁하게 노려보자 그는 손을 내저으며 웃었다.

"에이~ 뭘 그런 걸 신경 쓰고 그래. 어차피 정령은 무성인데. 성별 같은 건 그냥 둘 다 쓰면 되지. 남자도 되고 여자도 되고, 얼마나 좋아? 이게 얼마나 큰 이점인데 그걸 제한하려고 해?"

"전 별로……."

"그게 다 아직 경험을 안 해 봐서 그런 거야. 생활해 보면 의외로 여성 쪽이 더 마음에 들지도 몰라. 또 알아? 나중엔 여신이 된다고 할지."

"그게 말이 돼요?"

"왜 안 돼? 나도 원래 여성체였는데 남신이 된 건데?"

……뭐라구요.

나도 모르게 입이 저절로 벌어졌다. 이젠 어지간히 굉장한 말을 들어도 놀라지 않을 자신이 있었는데, 아무래도 내가 세상을 너무 만만히 여겼던 모양이다.

저 훤칠하게 큰 남자가, 정령왕 시절엔 여성체였다고? 묘하게 소녀같이 굴던 말투들이 실은 의도한 것이 아니라는 건가? 그런 건가?

어느새 주위가 지나치게 고요해져 있었다. 그의 말에 충격을 받은 사람이 비단 나만은 아니라는 증거라서 왠지 마음이 놓였다. 망부석처럼 움직이지 못하는 우리들을 보며, 카노스는 의아한 표정을 지었다.

"그게 그렇게 놀랄 정도야?"

"……차라리 엘뤼엔이 여성체였다고 하는 게 충격이 덜할 것 같아요."

"아, 확실히 그쪽이 더 어울리긴 하지."

카노스는 아무렇지 않게 키득거리며 고개를 끄덕였다. 진지함이라곤 조금도 찾아볼 수가 없는 모습이라 이번에도 장난치고 있는 게 아닌지 의심스럽기만 했다.

"근데 전부터 느낀 건데 말이야. 왜 엘뤼엔을 엘뤼엔이라고 불러?"

"네? 그야 엘뤼엔이니까요?"

"아니, 그거 말고. 네 경우엔 좀 더 친근한 호칭이 있잖아. 아버지라고 안 해?"

아, 그런 의미였나. 생각지 못한 질문이라 머릿속이 바로 돌아가지 않았다. 왜냐니. 왜였지? 처음엔 익숙지 않아 이름으로 불렀고, 그게 고정이 되다 보니 이젠 새삼스럽게 아버지라고 부를 시기를 놓쳤다. 내가 대답을 잇지 못하자 카노스는 다 이해한다는 듯이 웃었다.

"다음에 만나면 아버지라고 불러줘. 별말은 안 하고 있어도 그 녀석, 은근히 서운해하고 있을걸?"

"하하, 설마요. 그런 호칭에 연연해하는 성격은 아닌 것 같은데요."

"정말 그렇게 생각해? 네가 그렇게 여기고 싶은 것뿐은 아니고?"

정곡을 찔린 기분에 저절로 입이 닫혔다. 확실히, 그건 나 혼자만의 생각일 뿐 엘뤼엔 본인에게 확인한 사실은 아니었다. 오히려 지금까지 몇 번이고 아버지라는 점을 강조하던 모습을 봐서는 호칭에 신경 쓰고 있을 가능성이 더 컸다. 강요하지 않는 건 내가 그럴 마음이 들 때까지 기다리겠다는 거겠지. 강압적으로 부자 관계를 맺은 주제에, 이런 부분은 섬세하게 다루는 점이 그다웠다.

"사실은 아버지라고 부르고 싶지 않다든가?"

"아뇨! 그건 아니에요!"

행여 오해를 살까 나는 황급히 고개를 저었다. 민망한 느낌이긴 하지만 싫은 건 정말 아니다. 그렇다고 진짜로 그렇게 부를 수 있을지는 솔직히 잘 모르겠다. 막상 저지르고 나면 아무렇지 않을 것 같긴 한데, 그 벽을 넘어서는 게 의외로 어려웠다. 복잡해진 기분으로 서 있는 나를 보며 카노스는 묘하게 웃었다.

"……하긴 그 시절엔 이미 편하게 부르고 있었지. 애초에 의미가 없는 시험이었을지도 모르겠네. 그게 자각을 전부 마친 후라고 단언하기는 어렵지만. 딱히 크게 달라지진 않을 것 같단 말이지."

나직한 중얼거림에 신경이 온통 쏠렸다. 주어가 생략된 문장이긴 했지만 왠지 직감적으로 나한테 하는 말이라는 걸 알 것 같았다.

"무슨 얘기예요?"

"응~ 엘뤼엔이 전부 옳았다는 얘기."

"네?"

"귀여운 후배를 둬서 기쁘다는 뜻이야."

"그게 대체 무슨……."

또 다시 이해할 수 없는 화법이다. 생글생글 웃으면서 하는 말을 전혀 알아들을 수가 없어서 나는 얼굴을 찌푸렸다. 하지만 카노스는 친절하게 설명해 줄 마음이 없는 것 같았다. 돌연 그가 늘어지게 기지개를 켜고는 말했다.

"아아, 이제 정말로 가야겠다. 그럼 안녕! 다음에 또 보자!"

"엑? 잠깐만요, 카노스! 무슨 뜻인지는 설명을……! 카노스?"

갑작스러운 인사에 나는 서둘러 그를 불러 세우려고 했다. 하지만 이미 카노스의 모습은 안개처럼 흩어져 사라진 뒤였다. 정말 그대로 돌아가 버린 것이다. 여운을 남길 겨를도 없이 그야말로 순식간에 끝나 버린 작별이었다.

"……."

"……."

나는 물론 지켜보던 일행들 역시 아무런 말을 잇지 못했다. 한동안 얼빠진 얼굴로 서 있던 그들은 곧 비틀거리며 하나둘씩 자리에 주저앉았다. 마치 거친 바다를 표류하다 온 것처럼 지친 모습이었다. 나는 그중에서도 가장 타격이 커 보이는 데르온을 살폈다.

"괜찮아요?"

"예? 아아, 네. 아뇨. 아니, 네. ……으으음. 죄송합니다. 사실 저도 제가 지금 어떤지를 모르겠습니다."

횡설수설한 어조로 대답한 후 데르온은 두 손으로 머리를 부여잡았다.

"분명 받아들였다고 생각은 하긴 했는데 말입니다. 저렇게 혼을 빼놓고 사라지는 모습이 루카르엠이랑 너무 똑같아서. 뭔가 한 대 얻어맞은 기분이랄까요. ……정말 루카르엠이 마신이었군요. 새삼 그게 왜 이렇게 충격적인지 모르겠습니다."

"아하하, 그럴 만도 해요. 그리 오래 접하지 않았던 저도 그 사실을 되새기면 당황스러운 걸요. 데르온은 저보다 훨씬 더 오랜 시간 동안 루카르엠을 알아 왔을 테니 여운이 더 길게 갈 수밖에요."

"서로 알고 지낸 지만 몇천 년이 넘었습니다. 워낙 제멋대로인 남자라서 부딪히는 일이 종종 있었죠. 마신께서 지켜보고 계시니 똑바로 좀 살라고 하소연한 적도 있었는데…… 크윽! 쥐구멍에라도 기어들어 가고 싶은 심정입니다."

나는 창피한 나머지 온몸을 부들부들 떠는 그를 안쓰럽게 바라보았다. 다른 일행들도 비슷한 시선이긴 마찬가지였다. 심지어 마족에 관해서라면 좋은 인식이 없는 시벨리우스조차 동정을 금치 못하는 얼굴로 그를 보고 있었다. 아마 데르온은 앞으로도 한동안 기나긴 후유증에 시달릴 것이다. 새삼 카노스가 얼마나 악독한(?) 짓을 했는지 실감이 들었다.

"거기 누구 있습니까?"

"……!"

그때 조금 떨어진 곳에서 누군가 묻는 소리가 들렸다. 막 귀가중인 걸로 보이는 남자가 양손에 바구니를 든 채 우리를 향해 걸어오고 있었다. 바구니 안에는 약초로 보이는 마른 풀들이 한가득 담겨 있는 상태였다.

"여러분은 누구신데 이곳에…… 엘퀴네스 님?"

경계 어린 시선으로 이쪽을 살피던 남자가 일행들 사이에 서 있
는 나를 발견하고 눈을 크게 떴다. 나는 혼란에 빠져 있는 남자를
바라보며 환하게 웃었다.

"오랜만이에요, 카이 씨."

*   *   *

저벅—

내딛는 걸음 아래 발자국이 짙게 남았다. 흙먼지가 잔뜩 나부끼
는 마을은 황폐했다. 방치된 방책들과 병기들. 눈에 보이는 식물이
란 식물은 나무는 물론 길가의 잡초까지 전부 바싹 말라 비틀려 있
었다. 마치 생명이 존재하지 않는 유령 마을 같았다. 그나마 낡지
않은 건물들과 정비된 길이 얼마 전까지만 해도 이곳에 사람이 살
았음을 알려 주는 증거였다.

"이곳이 정말 확실한가?"

"예, 맞습니다."

뒤따른 남자의 대답에 질문을 건넨 남자가 얼굴을 찌푸렸다. 그
옆에 서 있던 또 다른 남자 역시 마찬가지였다.

"인기척이 전혀 없군요. 버려진 마을인 것 같습니다."

"그건 보면 알아."

"왠지 음산한 느낌이네요."

"주위를 좀 더 수색해 볼까요?"

남성으로만 다섯으로 구성된 일행은 멀리서 온 여행자들로 보였다. 한마디씩 주고받은 후, 네 사람의 시선이 모두의 앞에 서 있는 남자를 향했다. 선두에 서 있는 남자는 후드를 깊게 눌러쓰고 있어 얼굴이 잘 보이지 않았다. 다만 살짝 드러난 하관의 얼굴선이나 피부를 볼 때 그다지 나이가 많지 않은 사람인 건 분명했다.

반응을 기다리는 시선에도 남자는 그저 묵묵히 앞을 주시할 뿐, 아무런 말도 하지 않았다. 결정권을 지닌 자가 침묵하니 나머지 일행들 역시 이렇다 할 계획을 내놓지 못했다.

"뭐하시는 분들이시오?"

그때 그들의 뒤쪽에서 한 남자가 나타났다. 이 지역의 토착민으로 보이는 거구의 남성이었다. 움직이지 않는 일행들을 경계하는 시선으로 보던 그가 무뚝뚝하게 말했다.

"여행객들이신가 본데, 보다시피 이 마을엔 이제 사람이 살지 않소. 묵을 곳을 알아보는 거라면 날 따라오시오. 다른 곳을 안내해 주겠소."

그 말에 남자들의 눈이 재빠르게 움직였다. 이번에도 그들의 시선이 선두에 있는 남자를 향했다. 그가 허가를 내리듯 고개를 끄덕이자, 구성원들 사이에서 가장 활기차 보이는 남자가 나서서 물었다.

"그대는 이곳 주민인가?"

"얼마 전까지는 그랬소."

"제법 큰 마을 같은데 어쩌다 이렇게 됐는가?"

주민들이 살던 지역을 떠나는 이유는 대다수 몇 가지로 한정되어 있다. 보통은 이민족들에게 침략을 당해 터전을 빼앗기거나, 큰 전염병이 돌 때였다. 하지만 침략을 당했다기엔 이 마을은 아무리 봐도 전투의 흔적이 없었다. 전염병이 돌았다면 시체라도 있어야 하는데 무덤조차 보이지 않았다. 기이할 정도로 바짝 마른 식물의 시체라면 널려 있긴 했지만 말이다. 물론 식물들이 전부 죽어 있는 건 이상한 일이긴 했다. 쓰러져 있는 곡물들엔 심지어 알곡이 그대로 맺혀 있었다. 수확을 앞두고 갑자기 죽었다는 뜻이었다.

'누군가 수로에 독이라도 탄 건가?'

그렇게 생각할 수밖에 없는 광경이었다. 그러자 거구의 남자가 비웃는 것처럼 입술을 비틀었다.

"수호신이 떠났기 때문이오."

"수호신?"

"지금껏 받은 것들로 풍족하게 살았는데 그것을 주던 존재가 사라졌으니 어찌 되겠소. 전부 잃을 수밖에."

알 수 없는 표현에 남자들은 서로 의아한 시선을 교환했다.

"그…… 저주를 받았다는 뜻인가?"

"저주가 아니오. 그냥 받았던 걸 반납한 거지. 사실 내가 어릴 때만 해도 이 마을은 이렇게 큰 편이 아니었소. 가뭄이 들기 전에도 작물이 잘 자라지 못하는 척박한 토지였지. 다시 그때로 되돌아간 것뿐이오."

"그런데 사람들은 왜 없는 건가?"

"사람의 심리라는 게 간사하잖소. 일단 한번 누려보고 나니 다시 예전처럼 살지는 못하겠는 모양이오. 그래서 다들 떠났소. 뭐, 계속 이곳에 살기가 겁나기도 했을 거요. 울창하던 숲과 작물들이 하루가 다르게 시들어 가니 함께 죽어 가는 기분도 들었겠지. 흥, 나는 일찌감치 이리 될 줄 알고 있었소. 그렇게도 내 충고를 무시하더니만. 꼴좋게 된 게지."

투덜거리는 얼굴엔 망가진 마을에 대한 속상함보다는 오히려 통쾌함이 묻어 있었다. 남자들은 여전히 그의 말을 이해하지 못한 채 어리둥절한 표정을 지었다. 바로 그때 선두에 있던 남자의 입이 처음으로 열렸다.

"반려성이 떠난 건가?"

"……!"

무뚝뚝한 음성에 그의 일행들이 모두 눈을 부릅떴다. 하지만 거구 남성의 반응에 비할 바는 아니었다. 그는 숨이라도 넘어갈 듯이 컥컥거렸다.

"반려성을 찾아오신 분들이셨소?"

놀람을 담은 음성이 터져 나오자 남자들의 얼굴에 이채가 서렸다. 어딜 봐도 평범한 마을 주민으로 보이는 그가 반려성에 관해 알고 있을 줄은 몰랐기 때문이다.

"헛짚은 건 아니었군."

"그러게 제가 이곳이 맞다고 했잖습니까."

"그러면 뭘 해. 그래 봤자 이미 떠나고 없다는데."

되받아치는 말에 항변하던 사람이 바로 시무룩해졌다. 그들의 시선이 다시 거구의 남자를 향했다.

"그대의 이름은 뭐지?"

"나, 나는 팔론이라고 하오. 이 마을의 대장장이었소."

"반려성이 떠난 지는 얼마나 되었나?"

"몇 달 정도 되었소."

거구의 남자, 팔론의 대답에 그들은 얼굴을 찌푸린 채 저들끼리 떠들었다.

"고작 몇 달 만이라. 과연 놀랍구만. 반려성은 수호의 별. 대지를 비옥하게 만드는 힘을 갖고 있다고 하지. 그녀가 떠나는 바람에 더 이상 가호를 받지 못하게 된 거로군."

"으음, 하지만 좀 이상한데요. 한번 내려진 가호는 반려성이 숨을 거둔 후에도 몇 세대까지는 유지된다고 들었습니다. 단순히 자리를 떠났다는 이유로 고향이 황폐해졌다는 얘기는 들어본 적 없습니다."

"단순히 떠난 게 아니었겠지."

이번에도 입을 연 것은 선두에 선 남자였다. 그 말에 떠들고 있던 사람들이 일시에 조용해졌다. 그가 자신을 주시하는 것을 느끼고 팔론은 마른침을 꿀꺽 삼켰다.

"그녀를 쫓아냈나?"

"……!"

그들 일행 사이에서 숨을 삼키는 소리가 울렸다. 설마 그럴 리가 있겠냐는 표정이었지만, 돌아오는 대답은 그들의 기대를 배반하기 충분했다.

"말렸지만 소용이 없었소."

"……맙소사, 정말 쫓아냈군."

"어떻게 그런 일이."

"제정신인가?"

남자들의 입에서 탄식이 연거푸 흘러나왔다. 유일하게 침묵을 지키고 있는 건 선두에 있는 남자뿐이었다. 그러나 후드 속에 감춰져 있는 그의 표정 역시 좋지 않을 거라는 걸 알 수 있었다. 미개인을 바라보는 듯한 시선에 팔론은 차라리 눈을 감아버리고 싶었다. 직감적으로 알았다. 이제까지 반려성의 소문을 듣고 찾아온 어중이떠중이들과는 질이 달랐다. 이들은 진짜였다.

"어, 어디에서 온 분들이시오?"

심장이 벌렁거리는 바람에 묻는 목소리가 떨렸다. 남자들이 대답 없이 그를 주시하자 팔론은 질문을 다시 정정했다.

"반려성을…… 왜 찾으시는 건지 여쭤 봐도 되겠소?"

"왜 그런 걸 묻지?"

"아, 아가씨를 모시러 오신 건지 궁금해서 그렇소. 그저 호기심에 찾아온 자들도 많았던지라……."

"흥, 우리가 그런 한가한 작자들과 동급으로 보이나? 우리는 정식으로 반려성을 모시러 왔다. 그분은 제왕의 별 아래 태어난 존귀한 분의 반려가 되실 것이다."

"……!"

당당한 답변에 심장이 쿵 떨어졌다. 팔론은 억울해서 눈물이 날 것 같았다. 이런 자들이 왜 이제야 찾아왔단 말인가. 조금만, 조금만 더 빨리 왔다면. 그럼 아가씨를 괴롭힌 지독한 오해들도 전부 끝났을 것이다. 어쩌면 모두의 축복 속에서 떠날 수도 있었을 텐데!

원통한 그만큼이나 남자들 역시 안타까움을 금치 못했다. 몇날 며칠 잠도 아껴 가며 찾아온 존귀한 반려성이었다. 그들의 나라에서 태어났다면 날 때부터 축복 속에서 사람들의 보필을 받으며 귀하게만 자랐을 것이다. 그런데 이곳에선 쫓겨나듯 떠났다니. 실망이 이만저만이 아니었다.

"거참, 반려성이 알폰프 제국에 있다고 할 때부터 불안하더라니. 아무튼 미개한 놈들이란."

"세리엄 님, 듣습니다."

"내가 오죽하면 이런 말을 해? 반려성을 쫓아냈다잖아! 이 정도 말은 들어도 싸지!"

"세리엄 님!"

남자들 사이에서 옥신각신하는 소리가 빠르게 오갔다. 팔론은 긴장한 얼굴로 가만히 그들의 눈치만 살폈다. 여전히 정체를 알 수 없는 이들이었지만 알폰프 제국민이 아니라는 사실만은 분명했다.

"반려성이 어디로 가셨는지는 아나?"

"자, 잘 모르오. 갑작스레 가 버리신지라 작별 인사조차 하지 못했소."

"혼자 떠나신 건가?"

"아니오. 내가 알기론 함께 떠난 분들이 있었소."

"함께 떠나?"

"아가씨의 목숨을 구해 준 분들이셨소. 그분들이 아니었다면 아가씨는 이미 돌아가셨을 거요."

그 말에 일행들의 표정이 묘해졌다.

"혹시 반려성을 찾아온 자들이었나?"

"아니, 그렇지 않소. 반려성은커녕 그런 전설에 관심조차 없는 사람들이었소."

"그래?"

남자들의 얼굴에 안도감이 떠올랐을 때였다.

"아, 하지만 아가씨가 지닌 능력을 한눈에 알아보았소. 아가씨의 힘이 이상한 게 아니라고 말해 준 사람들은 그들이 처음이었소."

"그, 그래?"

"그들은 아가씨가 굉장히 뛰어난 땅의 정령사라고 말했소. 내가 말해 주기도 전에 아가씨가 미래를 보는 것까지 알고 있었다오. 굉장히 신비로운 일행이었소."

지금도 그 순간을 생각하면 벅차올랐기에 팔론은 조금 흥분한 어조로 떠들었다. 그럴수록 남자들의 표정은 어두워졌다.

"……이능력을 한눈에 알아보는 자들이 우연히 이 마을을 들렀다라. 이거 왠지 예감이 안 좋은데."

"설마 한발 늦어버린 건 아니겠죠?"

"불길한 소리!"

따끔한 호통과 함께 그들은 황급히 선두에 선 남자의 눈치를 보았다. 그는 아무 말도 하지 않고 있었지만 오히려 그래서 더 무서웠다. 간곡한 반대를 물리치고 직접 나서기까지, 빈말로도 순탄하다고 할 수 없는 여정이었다. 그런데 그 결말이 이렇게 꼬여버리게 될 거라곤 아무도 예상하지 못했다.

"일단 반려성을 찾는다."

한참의 침묵 끝에 남자의 입에서 단호한 음성이 떨어졌다. 일행들이 모두 흠칫 놀라 그를 바라보았다.

"이, 이대로 계속 추적하는 겁니까?"

"계획했던 것보다 일정이 너무 늦어집니다. 어디로 가셨는지도 알지 못하는데, 이러다 몇 년이 걸릴지도……!"

"그래도 상관없다."

만류하는 분위기 속에서 남자의 무심한 대꾸가 이어졌다. 후드 속에서 가라앉은 눈동자가 서늘한 빛을 뿜었다.

"이 여정이 끝나는 건 그녀를 찾을 때까지다."

싸늘하게 중얼거린 후 그는 먼저 몸을 돌려 걸어가기 시작했다. 남자들이 당황한 채 그의 뒤를 따랐다. 가장 후미에 있던 남자 역시 걸음을 내딛으며 한숨을 내쉬었다.

"어쨌든 점부터 다시 쳐야겠군."

제2화

1.

"왠지 아까부터 귀가 간지러워."

무료하게 앉아 있던 알리사가 멍하게 중얼거렸다. 나무늘보처럼 축 늘어진 몸과는 다르게, 그녀의 두 눈은 싸우기라도 하는 듯이 허공을 집요하게 노려보고 있는 상태였다. 그런 알리사의 모습을 이사나와 시벨리우스가 귀엽다는 얼굴로 바라보고 있었다. 나역시 가볍게 웃으며 말했다.

"누가 알리사, 네 얘기 하고 있는 거 아니야?"

"응? 그게 무슨 소리야?"

"내가 아는 어떤 나라에는 그런 말이 있거든. 이유 없이 귀가 간지러우면 누가 자신의 얘기를 하고 있는 거라고."

"정말? 누구지?"

"그냥 단순히 귀 청소를 게을리한 탓 아닙니까?"

신기하다는 얼굴로 고개를 갸웃거리는 알리사 옆에서 시큰둥하게 지나가는 말이 이어졌다. 무신경한 발언의 주인공은 데르온이었다. 알리사의 얼굴이 단숨에 빨개지는 것을 보며 나는 한숨을 내쉬었다.

"……데르온, 당신은 섬세함이 너무 부족해요."

"그렇습니까? 그래도 적의 살을 발라낼 때는 누구보다 섬세하다는 평을……."

"그러니까 바로 그런 점이 문제라구요."

기겁하며 말을 가로막자 데르온은 가볍게 어깨를 으쓱였다. 여전히 뭐가 문제인지 모르고 있는 게 분명했다. 대체 어떤 교육을 받고 자라면 저런 사고방식으로 살아갈 수 있는 걸까. 멀쩡했다가도 한 번씩 기함하게 만들 때마다 그가 마족이라는 사실을 실감하게 된다. 나는 배낭 속에 있는 알의 존재를 다시금 의식하지 않을 수가 없었다.

'부디 태어날 아이는 정상이어야 할 텐데.'

기세 좋게 떠맡긴 했지만 내가 정말 아이의 대부 역할을 잘 해낼 수 있을지 자신이 없었다. 내 쪽에서 적응하는 문제야 그렇다 치더라도, 아이가 날 따를지가 걱정이었다. 어차피 대부분의 육아는 데르온이 맡아서 할 거고, 난 그저 이름뿐인 대부에 그칠 가능성이 더 크다. 신경 쓰지 않아도 된다고 생각하면 편할 텐데, 왠지 그렇게 되지가 않았다. 이왕 책임지기로 한 이상 가능하면 잘 지내고 싶었다.

"엘 님."

머릿속을 가득 채운 상념은 잠시 후 나를 부르는 목소리에 빠르게 흩어졌다. 고개를 들자 쟁반을 들고 나오는 카이테인의 모습이 보였다. 그가 들어서자 편하게 앉아 있던 일행들이 다시 자세를 바로 했다. 카이테인은 인원수에 맞춰 가져온 찻잔을 하나씩 일행들에게 건네주었다.

"방금 달인 약초 차입니다. 입맛에 맞으실지는 모르겠습니다."

"아, 감사합니다. 잘 마시겠습니다."

마지막으로 자신의 앞에도 찻잔을 내려놓은 후, 카이테인은 내 맞은편 자리에 조심스럽게 앉았다. 여전히 난초처럼 정갈한 느낌을 풍기는 사람이었다.

지금 우리가 있는 곳은 엔딜의 집 안에 있는 응접실이었다. 여러 명이 머물기엔 다소 좁은 공간이었지만, 집 자체가 작은 편이라 불편함은 감수해야 했다. 그것만 빼면 꽤 아늑한 집이었다. 전체적으로 낡은 것에 비해 구석구석 신경 써서 깔끔하게 관리한 티가 났다.

"갑자기 돌아오셔서 깜짝 놀랐습니다. 아직 돌아오시려면 기한이 한참 남았다고 생각했거든요. 게다가 새로운 동료들도 생기셨군요. 라피스 님만큼이나 특색 있는 분들이시네요."

카이테인의 시선이 어색하게 앉아 있는 일행들을 한 번씩 스쳐

지나갔다. 특히 시벨리우스와 데르온에게 닿았을 땐 조금 더 오래 머물렀다. 요즘 시대에서는 찾아보기 어렵다는 블루 엘프(실제로는 더 희귀한 유니콘이지만)와, 한눈에도 마족이라는 티를 풀풀 풍기는 존재는 누가 보기에도 눈에 띄었다. 더구나 데르온의 경우엔 일전에 한 번 대치한 전적도 있으니 정체를 몰라볼 수가 없을 터였다.

"아하하, 어쩌다 보니 그렇게 됐어요. 갑자기 이렇게 몰려오는 식이 돼서 미안해요."

"아닙니다. 이렇게 돌아오셨다는 건, 가신 용무를 마치신 겁니까?"

"네!"

자랑스럽게 고개를 끄덕이자 카이테인도 기쁜 얼굴로 웃었다.

"정말 잘되었습니다. 이제 공작 전하의 병도 나을 수 있겠군요. 축하드립니다, 엘 님. 축하드립니다, 폐하."

애초에 원래 모습을 알고 있었기 때문인지, 그는 외모가 바뀐 이사나를 보고서도 당황하지 않았다. 그가 건네는 축하 인사에 이사나가 부드러운 미소로 화답했다.

"그런데 엘 님, 손등에 있는 그것은……."

"네? 아!"

아무 생각 없이 시선을 내리자 마신의 문장이 눈에 들어왔다. 아뿔싸 싶어 나는 얼른 손등을 가렸다. 그가 엘뤼엔의 사제라는 사실을 잠시 잊었다. 형벌의 교황인 내가 다른 신의 문장을 새기고 돌아왔으니 그의 입장에선 충분히 불쾌해할 만한 상황이었다.

"이, 이건 말이죠, 카이 씨! 여기엔 조금 복잡한 사정이……."

황급히 변명하려고 하자 카이테인은 묘한 표정으로 나를 바라보더니 이내 빙긋 웃었다.

"그동안 여러 가지 일들을 겪으신 것 같군요. 고초가 많으셨을 것 같습니다."

"아하하, 말로 다 설명할 수 없을 정도죠……."

"정말 잘 돌아오셨습니다."

따뜻하게 건네는 말에 가슴이 뭉클해졌다. 누군가가 맞아준다는 건 참 이상한 기분이다. 그에게서 풍기는 엘뤼엔의 기운 때문인지, 처음 오는 장소인데도 마치 고향에 돌아온 것 같은 느낌이 들었다.

"엔딜은 인간들의 마을에 나가 있다구요?"

"예, 최근 상가에서 일자리를 구해 저녁까지는 나가 있습니다. 이제 슬슬 돌아올 시간입니다."

"열심히 살고 있네요."

"기특하지요? 많이 노력하고 있습니다."

그동안 꽤 친해졌는지 엔딜을 언급하는 카이테인의 눈동자가 다정했다. 우리와 헤어진 이후 엔딜은 귀환하자마자 곧장 일자리부터 구했다고 한다. 정령사로서의 자신을 내세우지 않기 위해서인지, 영주관에서 오라는 제안도 거절하고 그냥 평범한 육체노동을 택한 것 같았다. 어부들에게 날씨를 알려주는 것도 그만뒀다는 모양이다.

"그러고 보니 세실이라고 했죠? 여동생의 병은 좀 어때요?"

"아아, 그건……."

평온하던 카이테인의 낯빛이 삽시간에 어두워졌다. 생각지 못한 반응에 몸이 저절로 움찔했다. 부드럽던 공기가 묵직해지면서 단숨에 어깨를 짓누르는 것 같았다. 카이테인은 초조한 듯, 난처한 표정으로 깍지 낀 자신의 손을 어루만졌다.

"사실, 엘 님이 예정보다 빨리 와 주셔서 지금 얼마나 기쁜지 모릅니다."

"……카이 씨의 성력으로도 별로 호전이 없는 건가요?"

물어보면서도 설마 싶었는데 예상이 맞았다. 카이테인이 씁쓸한 얼굴로 고개를 끄덕였다.

"한번 살펴보시겠습니까?"

2.

카이테인이 안내한 곳은 응접실 옆으로 이어지는 작은 방이었다. 호기심이 생겼는지 시벨리우스도 동행했다. 방 안은 침대와 서랍장만 놓인 단출한 구조로 이뤄져 있었다. 커튼을 쳐둔 탓에 전체적으로 어두침침했고, 사방 가득 약초 냄새가 짙게 풍겼다. 그곳에 작은 소녀가 잠들어 있었다.

"이 아이가 바로 세실입니다."

나는 누워 있는 소녀의 모습을 유심히 살폈다. 하얀 피부와 색이 바랜 듯한 금발, 오밀조밀하게 귀여운 이목구비까지. 전체적으로 오빠인 엔딜과 많이 닮은 모습이었다. 그러나 들풀처럼 생생하던 엔딜과는 다르게 소녀는 몹시 마른 데다 병색이 완연했다. 얼굴은 창백하다 못해 회색빛이 돌았고, 조금씩 내뱉는 호흡은 희미한 촛불처럼 약했다. 살아 있는 게 신기할 정도로 생기가 거의 느껴지지 않는 모습이었다.

　"엘프……인가? 순혈은 아닌 것 같은데."

　뒤편에 서 있던 시벨리우스가 소녀의 모습을 보고 중얼거렸다. 내가 보기엔 엔딜과 별다른 차이점이 없어 보이는데, 그의 눈에는 구분이 되는 모양이었다.

　"엘프와 인간 사이에서 태어난 혼혈이래."

　"흠, 역시. 근데 많이 아파 보이네."

　나는 씁쓸하게 고개를 끄덕이며 카이테인 쪽을 응시했다.

　"정확히 어떤 상태인 거예요?"

　"보다시피 기력이 쇠해서 움직이지를 못합니다. 성력을 쓰면 잠시간은 호전이 됩니다만, 몇 시간 정도가 한계입니다. 그나마도 유지시간이 점점 줄어들어서 최근엔 깨어 있는 날보다 잠들어 있는 날이 더 많습니다. 본인이 의식을 차리고 싶어 해도 일어나질 못하는 것 같습니다."

　설명하는 카이테인의 얼굴은 착잡해 보였다. 자신의 힘으로 어떻게 할 수 없는 현실에 수없이 좌절하고 고뇌를 느껴왔던 것 같았다.

나는 그가 느꼈을 당혹감을 이해했다. 카이테인은 엘뤼엔의 사제들 중에서도 대사제에 가까운 존재다. 그쯤 되는 존재의 성력이면 타고난 체질마저 개선할 수 있었다. 지금까지 그가 치료해서 낫지 않은 환자가 없었을 것이다. 엔딜을 돕기로 결정했을 때도 겸손하게 말하긴 했지만 완치를 의심하진 않았을 터였다. 나 역시 그렇게 생각했기 때문에 이곳의 상황에 대해선 별로 걱정하지 않았다. 그런데 설마 그의 성력으로도 호전이 되지 않는 병이라니. 예상했던 것보다 훨씬 더 까다로운 상태인 것 같았다.

"일단 제가 한번 시도해 볼게요."

"부탁드리겠습니다."

나는 살짝 심호흡을 한 후 한 손으로 소녀의 이마를 덮었다. 잠시 후 새하얗게 피어난 물안개가 소녀의 전신을 감싸기 시작했다. 치유의 힘이 온전히 스며들었다고 느껴졌을 때쯤, 창백하던 피부에 홍조가 조금씩 감돌았다.

"안색이……!"

지켜보고 있던 카이테인의 얼굴이 밝아졌다. 그러나 반대로 나는 얼굴을 찌푸렸다. 내 표정이 좋지 않은 것을 의아하게 여긴 듯, 카이테인이 어리둥절해하며 물었다.

"왜 그러십니까, 엘 님?"

"……좀 이상해요."

대답과 동시에 나는 조금 더 강하게 치유의 힘을 불어넣었다.

한층 더 짙어진 물안개가 소녀의 몸을 휘감더니 그 자리에서 천천히 흩어졌다.

"역시……."

짐작했던 대로였다. 손을 떼어내며 가볍게 혀를 차자 카이테인이 긴장한 얼굴로 나를 바라보았다.

"아무래도 이거, 치유로 해결할 수 있는 문제가 아닌 것 같네요."

"예? 그게 무슨 말씀이십니까?"

"아까부터 치유력이 스며들지 않고 겉돌기만 해요. 그냥 체력만 회복시키는 수준이에요. 보통 멀쩡한 사람을 상대로 치유력을 쓰면 이렇거든요. 고칠 수 있는 곳이 없다는 뜻이에요."

"하지만 이 상태는……."

"누가 봐도 죽어가고 있죠. 질환이 아닌 건 분명하고, 역시 체질의 문제인 것 같은데. 그렇다 해도 고쳐서 수습할 수 있는 쪽이었다면 나았을 거예요. 아예 영향을 받지 않는다는 건 애초에 '나아야' 하는 부분이 아니라는 소리예요."

"처음부터 치유의 대상이 아니라는 거군요. 저희들의 힘으로는 해결하지 못하는 부분인 겁니까?"

"아마도……."

나는 착잡한 기분으로 소녀의 상태를 다시 유심히 살폈다. 옆에서 덩달아 살피고 있던 시벨리우스의 얼굴도 심각해졌다.

"고칠 수 없는 체질이라니 특이하네. 없는 걸 만들어 내야 하는 거라면 모를까, 엘퀴네스의 치유력이라면 어지간한 건 다 고칠 수 있을 텐데. 장기(臟器)라도 하나 없는 건가?"

"으음, 그런 것 같진 않아. 엘프와의 혼혈들에게서만 생기는 증상이라는데……."

"엘프 혼혈한테서만?"

"응, 다들 성인이 되기 전에 죽는다나 봐. 시벨, 넌 혹시 뭔가 아는 거 없어?"

비록 진짜 엘프는 아니지만 오랫동안 살아온 존재인 만큼 갖추고 있는 지식도 많을 것이다. 기대감을 품고 묻자 그는 곤란해하는 얼굴로 고개를 갸웃거렸다.

"그, 글쎄. 그런 증상이 있다는 말은 처음 들어보는데?"

"그래?"

"응, 엘프의 피가 독도 아닌데 다른 인종과 섞였다고 해서 문제가 될 리……아."

대답을 잇다 말고 뭔가 깨달은 듯, 시벨리우스의 입이 멈췄다. 조금 굳어진 듯한 표정이라 나는 조급해져서 물었다.

"왜 그래? 뭔가 생각난 거 있어?"

"으음, 잠시만."

이어진 시벨리우스의 행동에 나는 깜짝 놀랐다. 그가 소녀의 손가락에 상처를 냈기 때문이다. 심지어 피가 맺히자 그것을 살짝 혀로 핥기까지 했다.

"시벨? 지, 지금 뭐하는 거야?"

기겁해서 물러서기 무섭게 그가 퉤 하고 피를 뱉어내더니 얼굴을 왕창 찌푸렸다. 손수건으로 몇 번이나 입을 닦아내는 모습에선 불쾌해하는 티가 역력했다.

　"젠장, 정말 하이 엘프였잖아. 누가 이런 미친 짓을 한 거야?"

　"응? 하이 엘프?"

　"이 여자애 엘프 쪽 부모 말이야. 그냥 평범한 엘프가 아니라 하이 엘프인 것 같아."

　나는 언젠가 카이테인으로부터 들은 적이 있던 엘프의 종류를 떠올렸다. 하이 엘프는 제사장 신분으로, 엘프들의 귀족 계급이라고 했었다.

　"그게 왜?"

　소녀가 하이 엘프와의 혼혈이라니. 그렇다는 건 그녀의 오빠인 엔딜 역시 하이 엘프라는 소리였다. 그게 조금 놀랍긴 했지만 시벨리우스가 경악하는 이유는 이해할 수 없었다. 단순히 신분이 높은 것뿐 아닌가? 어리둥절해져서 쳐다보자 시벨리우스는 조금 멈칫하더니 당황한 얼굴로 설명했다.

　"아, 그게, 하이 엘프의 피는 조금 성질이 독특하거든. 다른 종과 섞이지 않아."

　"어? 섞이지 않는다고?"

　"응, 정확히는 받아들이지 않으려고 한다고 해야 하나. 일단 혼합이 되긴 하는데, 하나로 융합되지는 않고 끊임없이 밀어내면서 공격하려고 해. 한 마디로 몸 안에서 두 개의 세력이 충돌하는 셈이지."

"설마, 세실이 지금 그 상태라는 말이야?"

"맞아. 이렇게 되면 육체가 자기 몸을 자해하는 거나 다름없어. 누구든 오래 버티지 못해. 그래서 하이 엘프들은 2세를 위해서라도 다른 인종과의 혼인을 금(禁)하고 있어. 무슨 생각인지 이 소녀의 부모는 그걸 잊어버린 모양이지만."

"그럴 수가……."

"그럼 살릴 수 있는 방도가 전혀 없다는 소리입니까?"

신음을 삼키는 내 옆에서 카이테인이 절망적인 얼굴로 물었다. 시벨리우스 역시 좋지 않은 표정이긴 마찬가지였다.

"없어. 엘의 말대로 이건 몸에 이상이 있는 게 아니야. 그냥 타고난 성질이 이런 거라 치료가 안 돼. 둘 중 하나의 피를 없앨 수 있다면 또 모르지. 하지만 그건 불가능하잖아?"

털썩.

순간 뒤편에서 무언가가 크게 떨어지는 소리가 들렸다. 놀라서 돌아보자 언제 돌아온 건지 엔딜이 문 앞에 멍하니 서 있었다. 바닥에는 그가 떨어트린 듯한 바구니가 엉망으로 엎어져 있었다. 그속에서 흘러나온 과일들이 바닥을 아무렇게나 굴러다녔다.

"엔딜……."

방금 전의 대화를 전부 들은 건지 그의 얼굴이 창백했다. 그는 부들부들 떨면서 시벨리우스를 노려보았다.

"그, 그게 무슨 소리야. 치료할 수 없는 체질이라니. 그럼……

세실은 절대 나을 수 없다는 거야? 무슨 짓을 해도?"

"네가 이 아이의 오빠야? 유감이긴 하지만 네 동생은……."

"성인이 되기 전에 죽을 운명이다? 지금 그런 소리를 하려고 하는 거야? 당신도 세실이 크레아 님의 저주를 받았다고 하는 거냐고!"

"……어른들이 그렇게 말했나 보지?"

"그래! 그렇게 말했어! 이 아이가 아직 제대로 눈을 뜨지도 못할 때부터! 세실은 더러운 피를 지녀서 저주를 받았다고! 그러니까 죽을 수밖에 없다고! 마을의 모든 사람들이 다 그런 식으로 말했어!"

절규하듯 외치는 말은 예전에도 들은 적이 있었다. 그때도 엔딜은 비통한 표정으로 동생의 병을 두둔했었다.

"미친놈들." 시벨리우스가 거칠게 욕설을 내뱉는 소리가 들렸다. 죄 없는 어린 아이를 향해 쏟아졌던 폭언들에 불쾌해하는 기색이 역력했다.

"저주는 아냐. 그냥 맞지 않는 것들이 섞이는 바람에 나타나는 부작용 같은 거지."

"그치만 치료할 수 없다며!"

"……그건 그렇지."

"그것 봐! 그렇게 말하면서 저주가 아니라고? 치료법이 없다니. 애초에 나을 수 있는 게 아니라니! 그게 다 뭐야. 세실이 마치 죽기 위해 태어났다는 것 같잖아! 그게 저주와 뭐가 달라?"

"……."

"그럴 리가 없어! 그런 게 어디 있어. 그런 말도 안 되는 일이……."

황망한 표정으로 중얼거리는 말에 시벨리우스는 물론 누구도 말을 잇지 못했다. 직후 엔딜이 빠르게 내 양팔을 붙잡았다.

"거짓말이죠? 엘 님! 그렇죠?"

"엔딜."

"엘 님이 왔는데! 지금 우리 앞에 엘 님이 있는데! 나랑 사제님 모두 엘 님만 오기를 간절히 기다리고 있었단 말이에요. 드디어 꿈꾸던 그날이 왔는데! 이렇게 허무하게 끝날 리가 없어. 그렇죠? 제발 그렇다고 해줘요. 찾아보면 분명 방법이 있을 거예요. 분명……!"

실성한 것처럼 일그러진 얼굴은 이미 눈물로 범벅이 되어 있었다. 두 눈을 빠르게 깜빡일 때마다 그의 눈에서 굵은 눈물이 주르륵 흘러내렸다. 차마 똑바로 보기 힘들 만큼 처절한 표정이었다.

엔딜에게 그의 하나뿐인 여동생이 어떤 의미인지는 나 역시 잘 알고 있다. 부모에게 버림받고 모든 일족들과 등을 지면서까지 지켜낸 소중한 아이였다. 엘프면서 셀 수 없는 거짓말로 사람들을 속이고 정령사로서의 자존심까지 전부 버려가며 돈을 벌었던 것도 전부 동생을 위해서였다. 동생을 살릴 방도를 찾기 위해서.

엔딜에게 그의 여동생은 인생의 전부일 것이다. 오직 동생이 살 수 있다는 희망만 품고 살아온 그에게 차마 이제 그만 단념하라는 말을 할 수가 없었다. 가슴이 먹먹해서 대답을 잇지 못하고 있는데 시벨리우스가 나직이 혀를 차며 말했다.

"소용없다니까. 타고난 피를 무슨 수로 바꿔?"

"그러니까! 그 방법을 찾아보자는 거잖아! 넌 대체 뭐야! 누군데 아까부터 멋대로 지껄이는 거야! 나랑 세실에 대해서 아무것도 모르면서! 세실은 지금까지 잘 버티고 있었어! 죽을 리가 없단 말이야!"

"심정을 모르는 건 아닌데, 우긴다고 불가능한 일이 가능하게 되진 않아."

"씨발! 닥쳐! 닥치라고!"

거칠게 내뱉는 고함소리가 마치 통곡하는 것처럼 들려서 지켜보는 것조차 괴로웠다. 엔딜은 거의 매달리듯이 내게 애원했다.

"엘 님, 제발! 제발 괜찮다고 해줘요! 네? 세실을 고칠 수 있다고. 제발……!"

"이봐. 너 자꾸 엘을 곤란하게 하면…….”

"시벨."

더 이상 말하지 말라는 뜻으로 나는 가볍게 고개를 저었다. 시벨리우스는 불만스럽게 입을 벙긋거렸지만 이내 한숨을 내쉬며 물러섰다. 나 역시 마음속으로는 천만 번이고 한숨을 내쉬고 싶은 심정이었다. 그래도 지금 가장 힘들고 처참한 기분을 느끼고 있을 엔딜의 앞에서 그럴 순 없었다. 결국 내가 택한 건 그가 제일 원하는 말을 들려주는 것이었다.

"네 말대로 찾아보면 뭔가 좋은 방법이 있을 거야, 엔딜. 함께 알아보자."

"저, 정말이죠? 이대로 세실을 포기하지 않으시는 거죠?"

"응. 뭐, 이렇게 물러나는 건 정령왕 체면에도 맞지 않으니까."

울먹거리던 얼굴이 순식간에 환해지는 걸 보며 나는 쓰게 웃었다. 달래 두긴 했지만 어차피 내가 할 수 있는 일은 없을 것이다. 결국 찾아올 현실을 조금 뒤로 미루는 것에 지나지 않았다. 아마 이 자리에 있는 사람들은 전부 다 그 사실을 알고 있을 거다. 심지어 엔딜조차도. 그렇지 않고서야 잠들어 있는 동생을 바라보는 얼굴이 저렇게 슬플 리가 없었다.

내가 할 수 있는 일이 없을까. 정령왕의 힘이 대단하긴 해도 무적이라고 생각해 보지는 않았다. 내가 가진 치유력으로는 저주를 풀 수도 없고, 타고난 피를 바꾸지도 못한다. 애초에 치유가 필요한 부분이 아니니 어쩔 수 없었다. 하지만 이렇게 안타까운데도 아무것도 할 수 없다는 게 무척이나 속상했다. 점차 진정되어 가는 분위기와는 반대로 마음은 무겁게 가라앉는 기분이었다.

3.

사정을 알게 된 일행들은 모두 세실의 상황을 안타까워했다. 원인을 알면서도 고칠 수 없다는 것에 자신의 일처럼 상심한 모습이었다.

"세실의 상태는 지금 얼마나 나쁜 거야?"

"체력은 이미 한계를 넘어섰어. 카이 씨의 성력은 이제 거의 통하지 않아. 그나마 내 치유력을 쓰면 좀 더 견딜 수는 있겠지만, 성장할수록 충돌이 커지는 거라서 얼마나 버틸 수 있을지는 모르겠어. 운이 좋아도 몇 해를 넘기기는 힘들 거야."

"시간이 별로 없구나."

씁쓸해져서 고개를 끄덕이자 일행들의 분위기도 같이 심각해졌다.

"혼혈이라서 아픈 거라니. 너무 안됐다."

"나을 수 있는 방법은 정말 없는 건가? 인간이나 엘프 둘 중 하나로 고정이 될 수 있다면 좋을 텐데."

"애초에 그게 가능하면 혼혈이 배척당할 리가 없지."

알리사와 이사나가 수군거리는 말을 시벨리우스가 단호하게 잘라냈다. 쿠션을 끌어안은 채 소파에 한가득 몸을 파묻고 있는 그는 상당히 심기가 불편해 보였다. 사실 그는 당장 하이 엘프의 마을에 쳐들어가고 싶어 했다. 어른들의 잘못으로 죄 없는 아이가 고통을 받고 있는데 돌봐주지도 않는 현실에 분노한 것이다. 그것을 만류한 건 카이테인이었다. 복수를 한다고 해서 고고한 하이 엘프들이 반성을 할 리도 없고, 오히려 당한 피해를 엔딜에게 전가할 가능성이 높다는 이유에서였다. 무엇보다 엔딜이 아예 일족들과 엮이고 싶어 하지 않았다. 할 수 있다면 자신이 하이 엘프라는 사실마저 부정하고 싶어 하는 것 같았다. 이사나는 그 점을 더욱 안타깝게 여겼다.

"그동안 혼자서 동생을 지키느라 많이 힘들었겠죠. 일족의 뜻에 반발하는 자는 그들의 사회에서 추방이라니. 하이 엘프는 고귀한 신분이라고 들었는데, 이런 폐단을 안고 있을 줄은 몰랐어요."

"흥, 자기 사리사욕을 채우기에 급급한 위선자들이 고귀하기는 무슨. 뿌리까지 썩어빠진 쓰레기 집단이지."

시벨리우스의 음성이 한층 싸늘해졌다. 부조리한 상황을 목격한 것이 처음인 것도 아닌데 이번 일엔 유난히 반응이 거칠었다. 그렇게 느낀 건 다른 사람들도 마찬가지였는지, 모두 묘한 얼굴로 시벨리우스를 바라보았다.

"시벨 님, 정말 화가 많이 나신 것 같네요."

"어? 그렇게 보여?"

"네. 무슨 특별한 이유라도 있으세요?"

"……별로. 예전에 알던 놈들이 딱 그랬거든. 싫은 기억이 떠올랐을 뿐이야."

그 이상의 언급은 꺼리는 기색이라 대화는 저절로 거기서 끝났다. 자세한 사연이야 모르지만, 왠지 그가 자신의 일족들에게 돌아가려고 하지 않는 이유와 연관되어 있을 것 같다는 생각이 들었다.

"이제 어떻게 할 거야, 엘?"

분위기를 전환하기 위해서인지 이사나가 자연스럽게 화제를 돌렸다. 생각할 필요도 없는 질문이라 나는 어깨를 으쓱이며 답했다.

"우선은 클모어로 돌아가야지. 네 일도 뒤로 미룰 수 있는 건 아니잖아."

"하지만, 그러면 세실은……?"

"물론 그것도 방법을 찾아볼 거야. 하지만 지금 당장 해 줄 수 있는 건 체력을 회복시키는 것뿐이니까 여기에 굳이 머물러 있을 필요는 없을 것 같아. 나 혼자라면 공간 이동도 할 수 있으니 틈틈이 들려서 상태를 살피면 돼."

분위기를 우울하게 만들고 싶지 않았기 때문에 나는 일부러 더 명랑하게 말했다. 그러자 뭔가 곰곰이 생각하는 표정을 하던 이사나가 조심스럽게 말을 꺼냈다.

"저기, 그 치료 방법 말인데. 라피스 님이라면 뭔가 알고 있지 않을까?"

"응? 라피스가?"

"라피스 님은 뛰어난 마법사잖아. 마법의 기본 원리는 기존의 물질을 재구성하는 거라고 들었거든. 그걸 인체에도 적용한다면 종족을 바꾸는 것도 가능하지 않을까 싶어서."

"연금술 이론이군요."

뜻밖의 이야기에 솔깃해하는데 누군가 그의 말을 받았다. 잠자코 듣고만 있던 데르온이었다.

"인체의 재구성은 까다로운 분야긴 하지만 이론적으로는 가능하다고 알려져 있습니다. 폴리모프 같은 마법도 그런 원리로 이뤄지는 것이기도 하고요."

"폴리모프요? 헉! 그러고 보니 폴리모프는 모습을 바꾸는 마법이었죠? 그걸로 종족도 바꿀 수 있지 않았어요?"

"예, 그렇습니다."

"……!"

뭐야, 정말로 되는 거였어? 설마 정말로 긍정할 줄 몰랐기 때문에 나는 놀라서 숨을 크게 삼켰다. 아무 생각 없이 주워든 돌멩이가 금덩이라는 걸 알게 된 기분이었다. 그러나 데르온의 말은 거기서 끝난 것이 아니었다.

"하지만 그건 겉모습뿐입니다."

"네? 겉모습?"

"겉으로 나타나는 외형만 그렇게 보이도록 꾸며지는 겁니다. 실제로 종족이 바뀐다고 볼 수는 없습니다. 드래곤이 폴리모프로 인간이 되었다 해서 진짜 인간인 건 아니니까요. 세실이라는 소녀가 겪고 있는 문제를 해결할 수는 없을 겁니다."

"아……."

"인체란 생각보다 복잡하고 심오한 구성으로 되어 있죠. 게다가 타고난 종은 단지 육체적인 문제만이 아니라 신의 관할에도 영향을 받습니다. 그걸 간단히 바꿀 수는 없을 겁니다."

"……으음, 그렇군요. 하긴, 그렇겠네요."

희망이 보이기도 전에 분위기가 다시 무거워졌다. 오히려 지금까지는 어떻게든 되겠지 싶었던 것이, 이젠 확실히 불가능하다고 선고받은 기분이었다. 의견을 꺼냈던 이사나의 얼굴도 함께 침울해졌다.

"미안해, 엘. 내가 괜한 말을 꺼낸 것 같아."

"아냐, 조금이라도 가능성을 찾아보려는 거잖아. 앞으로도 뭐든 좋은 생각이 있다면 말해 줘."

부담을 덜어 주려는 말에 이사나는 더 미안한 표정을 했다. 나는 괜찮다는 뜻으로 그의 어깨를 다독였다.

"일단 오늘은 시간이 늦었으니 다들 쉬어. 나머지는 내일 이야기 하자."

황혼의 하늘은 어느새 캄캄한 어둠을 불러들이고 있었다. 이 많은 인원이 머물기엔 집이 비좁았기 때문에 침소는 지금까지 그래왔던 것처럼 시벨리우스가 따로 마련하기로 했다. 사실 요즘은 그가 만들어 준 침소에 너무 익숙해진 나머지 다른 숙박을 이용하는 것을 오히려 더 불편해하는 상황에 이르러 있었다. 어지간한 저택보다 훨씬 안락한 환경이니 그럴 수밖에 없었다.

"내 침구는 만들지 않아도 돼. 오늘은 세실의 옆에서 밤을 새울 거야."

"병간호하려고?"

"응, 엔딜이나 카이 씨나 그동안 돌아가면서 간호를 하느라 많이 지쳐 있는 것 같더라고. 두 사람에게 쉴 시간을 주고 싶어. 그러는 김에 세실의 체력도 좀 더 회복시켜 둘 생각이야. 밤새 치유력을 불어넣어 두면 한 주 정도는 편하게 지낼 수 있겠지.”

“네가 힘들지는 않겠어?”

“이런 걸로 기력이 소진되진 않아. 이래 봬도 정령왕이잖아.”

어차피 지금의 모습도 허상으로 형성된 것에 불과할 뿐, 실제로
는 육신도 없는 내가 밤을 새우거나 능력을 쓴다고 해서 체력이
떨어질 일은 없다. 특히 치유력은 자연 그 자체의 힘을 활용하는
거라서 소모되는 개념도 아니었다. 시벨리우스도 뒤늦게 그 사실
을 상기했는지 멋쩍은 표정을 지었다. 그쯤에서 적당히 대화를 마
무리하고 자리를 파하려는데, 데르온이 나를 따라 일어나며 말했
다.

“저, 드릴 말씀이 있습니다, 엘 님. 괜찮으시다면 제가 주군을
돌봐 드려도 되겠습니까?”

“네? 주군이요?”

“예, 주군에 대한 건 엘 님께서 결정하실 일이라는 건 알고 있습
니다만. 부화하실 때까지 제가 모시고 다니며 마력을 공급해 드리
고 싶습니다.”

무슨 소린가 했더니 내가 보관 중인 마족의 알을 두고 하는 말
이었던 모양이다. 아직 부화하지도 않은 알을 향해 벌써부터 주군
이라니. 황당했지만 데르온의 표정이 너무 진지해서 웃을 수도 없
었다.

“안 되겠습니까?”

“아, 아니에요. 지금 바로 꺼내드릴게요. 그런데 마력은

왜……?"

"마력을 꾸준히 공급하면 부화 시기를 좀 더 앞당길 수 있습니다. 상황이 어떻게 변할지 모르니 최대한 빨리 성장시켜 드리는 게 나을 것 같아서요."

"흠, 그것도 그렇네요."

알인 상태로는 다루기는 편해도 돌발 상황에서 스스로 대처를 바라기가 어렵다. 지금은 우리밖에 모르고 있지만, 언제 마계 쪽에서 알의 존재를 눈치챌지 알 수 없다. 누군가 추격해 오기 전에 최대한 빨리 성장시키는 편이 나았다. 훗날 마왕이 될 아이이니 부화가 빠르면 카노스의 입장에서도 좋을 것이다.

배낭 안에서 알을 꺼내 주자 데르온은 극도로 긴장한 얼굴로 받아들었다. 깨지지 않으니까 함부로 막 다뤄도 된다는 말에 동의하더니, 정작 본인이 하는 행동은 그와 매우 거리가 멀었다. 마치 진귀한 보석을 대하듯 맨손으로 만지는 것조차 조심스러워하는 모습이라, 배낭 안에 보관했던 게 조금 미안해질 정도였다.

"그럼 부화할 때까지 잘 부탁할게요."

"예, 최선을 다하겠습니다."

그가 알을 소중하게 안아 드는 것을 웃으며 지켜본 후, 나는 배낭을 닫기 위해 다시 시선을 돌렸다. 그런데 안쪽에서 무언가 반짝거리는 것이 보였다. 단지 불빛에 반사된 거라고 보기엔 무시하기 힘들 정도로 강한 빛이었다.

'뭐지?'

나는 아무 생각 없이 자세히 살펴보려다가 움찔했다. 빛을 내뿜고 있는 것의 정체가 동그란 구슬이 박힌 조각품이었기 때문이다. 한눈에도 익숙한 물건은 바로 라피스가 준 통신석이었다. 구슬에서 빛이 깜빡거린다는 것은 통신이 들어오고 있다는 뜻. 그 너머에서 이글거리고 있을 얼굴이 떠오르자 등줄기에 식은땀이 흐르는 기분이었다.

"엘, 혹시 그거……."

등 뒤에서 상황을 파악한 이사나가 꿀꺽 마른침을 삼켰다. '무시할까?'라는 의견을 담고 바라보자 그의 얼굴이 빠르게 경직됐다. '그래도 후환이 없겠어?'라고 묻는 듯한 시선에 나는 얌전히 고개를 떨궜다.

"……왠지 큰소리가 날 것 같으니까 나가서 얘기하고 올게."

"히, 힘내, 엘."

연거푸 한숨을 내쉬기 바쁜 나를 이사나가 아련한 눈으로 바라보았다. 나는 그의 영혼 없는 응원을 뒤로한 채 쓸쓸히 한적한 곳을 찾아 나섰다. 이유를 알지 못하는 다른 일행들은 그저 어리둥절한 표정을 지을 뿐이었다.

바깥으로 나오자 짙은 습기가 밀려들어 왔다. 비가 올 것 같더니 한바탕 쏟아질 기세였다. 평소보다 더 많은 물의 정령들이 우르르 주위를 배회하다가 나를 발견하곤 황급히 고개를 숙여 왔다. 덕분에 내 마음은 한층 평온해졌다. 귀신의 집에 들어가도 여럿이 함께하면 별로 겁이 안 나는 것과 비슷한 심리랄까.

집 근처를 떠나 인적이 없는 숲 안으로 이를 때까지, 통신구는 끈질기게 빛을 내뿜어 댔다. 행여 중간에 사그라지면 그 핑계를 대고 돌아설 셈이었는데 누가 현실도피 아니랄까 봐 전부 헛된 희망으로 그쳤다. 집요한 자식! 나는 마지막의 마지막까지 받을까 말까 망설이던 통신구에 결국 손을 가져다 대었다.

"흠흠, 여보세요?"

『……드디어 받는군.』

신호를 받기 무섭게 들려오는 음산한 음성에 등골이 쭈뼛 섰다. 혼잣말처럼 중얼거리는 목소리가 이렇게 살 떨리게 와 닿기는 처음이었다.

"아하하, 안녕."

『……안녕?』

목소리가 더 낮아졌다. 나는 급히 통신구를 내려놓은 후 양손으로 귀를 틀어막았다.

『안녕 같은 소리 하고 있네! 지금 내가 너랑 태연하게 안녕할 기분일 것 같냐!』

푸드드득!

느닷없는 고성에 놀랐는지 근치에 있던 새 떼가 한꺼번에 날아올랐다. 집에서 멀리 벗어나길 잘했다. 하마터면 온 집 안의 사람들이 전부 뛰쳐나올 뻔했다. 탁월한 선견지명이었음에 안도의 한숨이 저절로 흘러나왔다.

정말 라피스구나. 이런 방법으로 연락할 사람이 그밖에 없다는 걸 아는데도 막상 받기 전까지는 막연한 기분이었던 것 같다. 이 꼬장꼬장하고 신경질적인 말투를 듣고 나니 그제야 현실감이 들었다. 예상이야 했지만 역시나. 녀석은 엄청나게 화가 나 있었다.

　"왜 소리를 지르고 그래? 오랜만이라 인사한 것뿐인데."

　『오랜만이라는 건 알기는 해?』

　"그거야 뭐…… 그동안 잘 지냈어?"

　『하, 네가 보기엔 내가 잘 지냈을 것 같냐? 진상들을 떠넘겨 놓고 연락도 잘 안 받더니, 이제 말없이 한 달이나 잠수를 타? 너 내가 그렇게 우습냐?』

　"……미안, 본의가 아니었어."

　『아, 그러셔? 당연히 그러시겠지. 그럼 네 본의는 뭔데?』

　"여, 연락하려고 했어! 진짜야."

　『그걸 누가 믿어? 그냥 솔직하게 완전히 잊고 있었다고 하시지? 이미 내가 먼저 연락한 시점에서 네 변명거리는 전부 효력을 잃었거든? 백번 좋게 봐줘서 네가 정말 그러려고 했다 쳐. 어차피 그런 생각을 한 것도 최근이겠지? 아무리 너라고 해도 설마 그 기나긴 시간 동안 생각만 하고 연락을 안 하진 않았을 테니까. 그렇지?』

　"어? 어어, 으음……."

　『이제 내가 화내는 이유를 알겠냐?』

　……이 녀석은 왜 이렇게 쓸데없이 말발이 좋을까. 게다가 하나

같이 정곡만 찔러대고 있어서 변명의 여지가 없다.

"정말 미안. 그치만 마지막 한 달은 정말 잠수하려고 했던 게 아니야. 나도 이렇게 될 줄 몰랐어."

『왜 이렇게 될 줄을 몰라? 눈감고 떠 보니 한 달이 훅 지나가 있기라도 했냐?』

"라피스, 너 돗자리 깔아라."

『무슨 헛소리야?』

"아니, 그냥. 기똥차게 맞추는 걸 보니 점을 쳐도 될 것 같아서."

『……검을 찾으러 간 거 아니었어? 대체 뭘 하고 돌아다니는 거야?』

그러게 말이다.

내가 생각해도 기가 막혀서 어색한 웃음만 흘러 나왔다. 덕분에 화낼 여력마저 잃어버렸는지 괄괄하던 라피스의 기세가 한층 누그러졌다.

『젠장, 내가 말을 말아야지. 근데 너 목소리는 왜 그래?』

"내 목소리가 왜?"

『평소보다 기운이 없잖아. 누가 곧 죽기라도 한다는 듯이.』

"역시 돗……!"

『돗자리 깔라는 쓸데없는 소리, 또 하면 죽는다.』

와, 이 녀석 혹시 내 생각을 읽을 수 있는 거 아닌가? 트로웰의 대자가 된 이유가 사실은 그와 같은 능력을 지니고 있어서라든가? 얼토당토아니한 일이라는 건 아는데, 놀라움이 크니 머릿속에서 별의별 생각이 다 들었다.

『네 행동 패턴이야 뻔하지. 넌 남의 일을 사서 걱정하는 게 특기잖아. 내 일에 대한 것만 빼고.』

내가 쉽게 말을 잇지 못하는 게 우스웠는지 라피스가 대놓고 이죽거렸다. 그대로 통신을 끊어버릴까 하다가 나는 참을 인을 새기며 간신히 견뎠다. 안 그래도 심통이 난 녀석의 심기를 건드렸다간 수습하지 못할 대참사가 일어날 거다. 무엇보다 지금 당장 그에게 확인하고 싶은 게 있기도 했고.

"저기, 라피스. 궁금한 게 하나 있는데."

『뭐야.』

"너는 쓸데없는…… 아니, 참신한 분야를 연구하는 편이니까 아는 것도 많잖아? 혹시 타고난 종족을 바꾸는 방법에 대해서 아는 거 없어?"

『일단 한 번 죽었다가 다시 태어나면 되겠네.』

"……그것뿐이야?"

기대감을 담은 것이 무색하리만치 시큰둥하게 돌아온 대답에 기운이 쭉 빠졌다. 이미 불가능하다는 건 알고 있었지만 그래도 혹시나 싶었는데, 역시 안 되는 모양이다.

"그럼 혼혈로 태어난 사람을 둘 중 한 종으로 고정하는 건?"

『그게 종족을 바꾸는 거랑 뭐가 다른데?』

"……하긴. 그렇지."

굴하지 않고 도전한 희망은 이번에도 역시 피어나기도 전에 그 자리에서 부스러졌다. 실망이 연이어진 탓에 우울감만 더 커진 것 같았다. 라피스의 입장에서는 뜬금없는 질문만 늘어놓고 한숨만 내쉬는 내가 이상해 보이긴 했을 것이다. 기분이 상했는지 그의 목소리가 가라앉았다.

『제대로 된 답을 얻고 싶으면 처음부터 제대로 설명해. 정확히 무슨 상황인 건데?』

"으음, 그게. 무슨 일이냐면……."

나는 지금까지 있었던 일들을 간략하게 설명했다. 이제 와서는 딱히 해답을 얻을 수 있을 거란 기대는 없었지만, 누구하고든 이 갑갑한 심정을 공유하고 싶었다. 엔딜과 만나서 동생을 치료해 주기로 한 것, 그리고 재회한 후에 직접 살펴보게 된 세실의 상태까지. 이야기가 이어지는 동안 잠자코 듣고 있던 라피스는 모든 설명이 끝나자마자 볼멘소리로 중얼거렸다.

『그러니까 한마디로 말해서 넌 지금 스왈트 제국 안에 있다는 말이네? 그런데 나한테는 아무 말도 안 하고 있었다는 거고.』

"……야, 지금 그게 중요한 게 아니거든?"

『나는 그게 더 거슬리는데?』

"아, 진짜! 너랑 입씨름하고 싶은 생각 없으니까 이 와중에 논점 좀 흐리지 마! 그리고 내 위치는 말 안 해도 알 수 있잖아! 추적 마법도 걸어놨으면서!"

『내가 직접 알아보는 거랑 네가 말해 주는 거랑 같냐? 추적 마법을 걸어놨다고 해서 내가 매시간 네 위치나 파악하고 있는 줄 알아?』

"아니었어?"

『내가 그렇게 할 일이 없어 보이냐?』

솔직히 말하면 아닌 게 오히려 의외였다. 녀석의 집요한 성격으로 미루어 볼 때 충분히 그러고도 남을 거라 생각했으니까. 물론 이렇게 말했다가는 단단히 사달이 날 게 분명하니 이번에도 참을 인을 새기는 수밖에 없었다. 다행히 라피스도 더 트집을 잡을 마음은 없었는지 다시 본론으로 돌아왔다.

『하이 엘프와의 혼혈이라⋯⋯. 꽤나 골치 아픈 일에 걸렸네. 거 참, 수많은 엘프들을 놔두고 걔네들 중에서도 가장 극소수인 하이 엘프랑 엮이다니. 대체 어떻게 되어 먹은 녀석이야, 넌.』

"왜 나한테 뭐라고 그래? 내가 엮이고 싶어서 엮인 것도 아닌데."

『엮인 건 네 탓이 아니어도 지금 상황은 자업자득 같은데? 어차피 너랑 상관도 없는 일이잖아. 왜 억지로 고민을 떠안고 난리야? 치료술이 통하지 않는다, 이걸로 이미 얘기는 다 끝났구만. 그냥 안타깝게만 여기고 무시해.』

"어떻게 그래? 죽어 가는 애가 불쌍하잖아."

『그러니까 자업자득이라고.』

그래, 이런 녀석이었지. 한동안 눈앞에 보이지 않은 덕분에 주의력이 흐려진 나머지 이 망할 붉은 도마뱀이 입만 열면 속을 긁어대는 성격이라는 걸 잠시 잊었다. 내뱉는 말마다 이렇게 정이 뚝뚝 떨어지게 할 수 있다니. 이것도 재능이라면 재능인 것 같다.

『……뭐, 방법이 전혀 없는 건 아니야.』

"!"

이어진 말에 나는 살짝 숨을 삼켰다. 이제 와서 갑자기 이런 말을 들으니 방심하고 있다가 한 대 얻어맞은 기분이었다. 방금 전까지 녀석을 향해 차오르던 수많은 불만들이 일시에 사그라지고 몸이 저절로 긴장했다.

"방법이 있다고?"

누가 듣는다고 문제가 생길 것도 아닌데, 비밀 이야기를 나누는 것처럼 저절로 목소리가 작아졌다. 숨죽이고 있는 내가 우스우리만치 라피스는 태연하게 대꾸했다.

『아예 관련 없는 종으로 바꾸는 건 확실히 불가능해. 하지만 혼혈이라면 시도해 볼 만한 여지는 있어.』

"아깐 안 된다고 했잖아."

『그러니까 여지라고 한 거 아냐. 정말 성공할지는 현재 상태를 제대로 살펴봐야 알아. 같은 혼혈이라도 되는 경우가 있고 안 되는 경우가 있거든. 그나마 이것도 나나 되니까 시도할 수 있는 거지. 다른 녀석들은 꿈도 못 꿀걸?』

갑자기 눈앞이 선명해지는 것 같았다.

"라피스……!"

아마 지금 그가 눈앞에 있다면 얼굴에서 후광이 보이지 않았을까. 내 목소리가 밝아진 것이 느껴진 모양이다. 통신석 저편에서 라피스가 피식 웃는 소리가 들렸다.

『내가 도와주면 뭐 해 줄 건데?』

"치사하게! 이런 일에 대가를 요구해야겠어?"

『내가 너 같은 자선사업가인 줄 알아? 이득도 되지 않는 일에 움직이게.』

"자선사업가 아니거든! 넌 자비심이라는 것도 없냐!"

『드래곤의 자비심이 얼마나 대단한 건지 네가 잘 모르나 본데. 내 감정은 비싸. 아무리 네 부탁이라도 아무한테나 내줄 생각은 없어.』

아무튼 말이나 못하면 얄밉지는 않을 텐데. 속이 부글부글 끓어서 한숨이 연거푸 내쉬어졌다. 치가 떨리게 짜증이 나긴 했지만 저 거만한 도마뱀이 지금은 유일한 희망이나 마찬가지였다. 여기까지 와서 물러날 마음은 없었다.

"그래서, 뭘 바라는데."

『흐음~ 고분고분하니까 이상한데? 그냥 늘 하던 대로 하지그래? 계약 파기하겠다고 협박하는 거. 나한테는 그게 제일 잘 먹힌다는 거 알고 있잖아.』

"다른 것도 아니고 사람을 구하는 일인걸. 기분을 상하게 하는 방식으로 시키고 싶진 않아. 그건 치료받는 세실을 위해서도 좋지 않은 것 같아."

『······잘 알지도 못하는 남을 위해 이렇게까지 하다니. 넌 정말 특이한 녀석이야.』

"그게 다 누구 때문인데? 너한테는 그런 말 듣고 싶지 않거든?"

시비는 그만 걸고 슬슬 원하는 걸 말하시지! 발끈하는 심정으로 대꾸하자 한동안 통신구가 잠잠해졌다. 설마 그대로 통신을 끊어 버린 건 아니겠지? 평소 내가 자주 하던 짓이다 보니 가슴이 뜨끔해졌다.

"라피스?"

『정했어.』

길어지는 침묵에 불안해지려는 찰나 가벼운 음성이 떨어졌다. 왜 이렇게 잠잠한 건가 했더니 조건을 고민하느라 조용해졌었던 모양이다. 그러면 그렇지. 갑자기 인심을 쓸 리는 없고, 이런 기회를 놓치려 할 녀석이 아니다. 안심이 되는 한편으로 이젠 어떤 걸 요구해 올지 몰라 불안해졌다.

설마 호수의 분수대 역할을 백 년에서 이백 년으로 늘린다든가, 그딴 걸 제시해 오진 않겠지? 부디 오백 년이 넘지는 않아야 할 텐데. 이 녀석이 평소에 나한테 바라던 것이 너무 황당무계한 것이다 보니 각오를 다지면서도 마음 한구석이 착잡해졌다. 그런데 정작 이어지는 말은 전혀 뜻밖의 것이었다.

『나한테 무슨 일이 생기면 도우러 와 줘. 굳이 내가 요청하지 않더라도.』

"……어?"

나는 멀뚱히 눈만 껌뻑거렸다. 예상하지 못한 말이라 그런지 머릿속에 바로 입력이 되지 않았다.

"그것뿐?"

『뭐, 나한테 그럴 일이 생길 가능성은 거의 없다는 건 알아. 그래도 걸어 둬서 나쁠 조건은 아닌 것 같아서 말이야.』

"아, 아니. 그런 게 아니라. 정말 그게 끝이라고?"

『왜? 더 제시해?』

"아니."

바로 고개를 저으면서도 기분이 몹시 찝찝해졌다. 라피스라면 처음부터 엄청난 걸 요구해 올 거라고 생각했었다. 그런데 고작 그게 전부라니. 이 녀석이 왜 갑자기 착한 척을 하지? 내 입장에서야 감사히 여겨야 할 일이긴 한데 너무 이상해서 오히려 거부감이 들었다. 마치 어울리지도 않는 옷을 껴입은 것 같았다.

"대체 무슨 생각이야?"

속으로만 중얼거린다는 것이 그만 입 밖으로 나간 모양이다. 통신석에서 바로 반응이 돌아왔다. 그런데 그 대답이 참 기가 막혔다.

『누군가 날 위해 대가 없이 나서 준다는 거. 어떤 기분인지 조금 궁금해졌거든.』

"……뭐?"

『이 경우엔 대가가 없는 게 아니긴 하지만. 그래도 앞으로는 말하지 않아도 와 줄 거라고 믿을 수 있게 되겠지. 그 정도면 꽤 비숫한 기분은 느낄 수 있을 것 같아.』

"……."

허, 나도 모르게 허탈한 숨이 흘러나왔다. 심지어 그렇게 말하는 라피스의 목소리는 미지의 세계를 조우한 사람처럼 들떠 있기까지 했다. 그 안에 흥미가 담겨 있는 것이 고스란히 느껴져서 기분이 급격히 가라앉았다. 눈앞이 갑자기 멍해지는 게, 이런 게 바로 혈압이 오르는 기분이구나 싶다.

이 녀석을 어떻게 해야 하는 걸까. 크게 심호흡을 한 뒤에도 진정이 되지 않아서 나는 허공에 잠시 시선을 두었다. 완전히 캄캄해진 하늘이 지금 내 마음속을 그대로 반영하고 있는 것만 같았다.

"다른 걸로 해."

화를 내지 않기 위해 목소리에 힘을 줬더니 상당히 딱딱한 말투가 됐다. 내 딴에는 최대한 좋게 넘어가기 위한 나름의 시도였다. 하지만 애초에 라피스 앞에서 그런 노력이 오래갈 리가 없었다.

『뭐야. 고작 그 정도 장단에 맞춰 주는 것도 싫어?』

뚱한 대꾸를 듣자 부글거리는 속을 참기가 힘들었다. 나는 처음의 마음가짐을 잊고 버럭 소리를 질렀다.

"그게 아냐! 넌 대체 날 뭐라고 생각하는 거야? 그딴 조건 걸지 않아도 너한테 무슨 일이 생기면 도우러 갈 거야! 그런 당연한 일에 무슨 기분을 내고 앉아 있어?"

『뭐? 그게 당연하다고? 왜?』

"왜냐니?"

『우리가 계약관계이긴 하지만 도움을 주는 건 요청이 있을 때뿐이잖아. 부탁받지 않은 일에 나서는 경우는 없다고 알고 있는데. 아, 그렇군. 나한테도 자비심을 베풀겠다는 건가? 네 자비심은 별로 비싸지 않으니까.』

"아니야, 멍청아! 누가 친구를 자비심으로 돕냐!"

『친구?』

"그래! 친구!"

『네가 왜 내 친군데?』

그 순간 머릿속에서 무언가가 뚝 끊겼다. 애써 눌러 참고 있던 분노가 활화산처럼 폭발했다.

"너 진짜 짜증나!"

상실한 이성 앞에서 판단력이 성할 리가 없었다. 덕분에 나는 바로 몇 초 후면 땅을 치고 후회할 짓을 저지르고 말았다. 그대로 통신구를 꺼버리고 만 것이다.

4.

"엘! 어이, 엘?"

갑자기 사그라진 기운에 라피스는 당혹감을 감추지 못했다. 그러나 다급한 부름에도 상대 쪽에선 아무런 응답이 돌아오지 않았다. 조금 전까지만 해도 반질반질하게 빛나던 구체는 다시 본래의 거무튀튀한 색으로 돌아와 있었다. 이 현상이 의미하는 건 단 하나뿐이었다. 통신이 끊긴 것이다.

"……이 녀석. 뭐 하자는 거야?"

사태를 파악했다고 해서 황당함이 사라지는 건 아니다. 아니, 오히려 이 경우엔 더욱 어이가 없었다. 부탁하는 입장인 주제에 통신을 꺼 버리다니. 애초에 무슨 대화를 나누고 있었는지조차 잊어버린 게 분명했다. 마지막에 비명처럼 외치던 소리를 상기하면 굉장히 화가 많이 난 것 같기는 했다. 열 받으면 주위를 돌아보지 못하는 점이 단순한 성격의 그답기는 했다. 왜 화를 내는지 도무지 이해할 수 없어서 그렇지.

똑똑—

"스승님."

그때 문을 두드리는 소리와 함께 갈색 머리칼을 지닌 소녀가 들어섰다. 라피스의 마법으로 10대 소녀의 모습을 하게 된 에이프릴이었다. 그녀가 들어오는 것을 눈치챘지만 라피스는 돌아보기는커녕 구슬에서 여전히 시선을 떼지 않았다.

"뭐야."

"안에서 큰 소리가 들리는 것 같아서요. 혹시 폐하의 일행과 연락이 닿으신 건가요?"

에이프릴의 눈동자가 라피스가 들고 있는 구슬을 힐끔힐끔 살폈다. 물어본다고 대답해 주는 건 아니었지만, 그녀는 엘 일행이 꽤 오랫동안 소식을 전해오지 않는다는 걸 눈치껏 파악하고 있었다. 점점 신경질적이 되어 가는 라피스의 태도만 보아도 명백했다.

그는 하루에도 몇 번씩 구슬을 들고 방에 틀어박혔다. 하지만 안쪽은 늘 조용했고, 몇 분이 지난 후엔 찌푸린 얼굴로 다시 문을 박차고 나오기를 반복할 뿐이었다. 그런 때의 그는 건드리는 것조차 무서울 정도로 살벌한 기운을 내뿜어서 아무도 접근할 엄두를 내지 못했다. 그런데 방금 전엔 분명히 대화 소리가 들렸다. 혼잣말로 떠들었다고 하기엔 오가는 고성에 다른 사람의 음성이 섞여 있었다. 무엇보다 라피스의 기분이 평소보다 한결 나아 보였다. 그녀의 부름을 무시하지 않고 대답한 것이 그 증거였다.

"폐하께선 무사하신 건가요? 어디까지 가셨대요? 이쪽의 상황에 대해선 알려 주셨어요?"

연락이 닿았다고 확신하자 에이프릴의 얼굴이 상기됐다. 황제의 기사들이 온 이후로 클모어의 상황은 빠르게 돌아가고 있었다. 공작이 칩거하는 동안 함께 칩거했던 가신들을 찾아가 사정을 설명하고 회유하는 것은 물론, 마신전의 동태를 파악하기 위해 곳곳에 사람을 심어 두었다. 또한 언제든 사용할 수 있도록 은밀하게 병력을 움직이는 중이었다. 주축이 되어야 할 공작이 움직일 수 없는 상태이다 보니 자연스레 그의 여동생인 에이프릴이 그 중심에 섰다. 덕분에 요즘 그녀의 일상은 눈코 뜰 새 없이 바빴다. 그녀에게는 가장 중요한 일과나 다름없는, 라피스에게 마법을 가르쳐 달라고 조르는 일조차 중단했을 정도였다.

그녀는 하루라도 빨리 이 상황을 이사나에게 알려주고 싶었다.

지금쯤이면 낯선 여정에 몹시 지쳐 있을 황제가 이 소식을 듣는다면 기운을 차릴 게 분명했기 때문이다. 그러나 라피스는 아무 말도 하지 않았다. 그게 야속하고 애타서 에이프릴은 그의 옆에 바짝 달라붙었다.

"스승니임~."

"아, 시끄러. 어울리지도 않는 애교 부리지 말랬지."

"지금은 아줌마 모습도 아니잖아요. 소녀인데 좀 봐주세요."

"겉모습이 어려졌다고 정신연령까지 낮아졌냐?"

"진짜 너무해. 꼭 그렇게 말씀하셔야겠어요?"

"그건 됐고. 넌 친구가 뭔 것 같아?"

"네? 친구요?"

갑자기 이게 무슨 뜬금없는 질문인가 싶어, 에이프릴은 눈을 휘둥그렇게 떴다. 당황스러웠지만 이럴 때 머뭇거리면 금방 내쳐진다는 걸 몇 번의 경험을 통해 익혀둔 바였다. 그녀는 바로 대답을 이었다.

"으음, 글쎄요. 가족 다음으로 가까운 사이가 아닐까요?"

"가족 다음? 흥, 뭐야, 애초에 가족이랑도 가깝지 않은데 그것보다 멀다면 별거 아니네."

시큰둥하게 중얼거리는 얼굴이 이째선지 불퉁해 보였다. 에이프릴은 당황해서 고개를 저었다.

"아, 아니. 보편적인 이미지를 말씀드리는 거예요. 보통의 사람들에게 혈육은 제일 가까운 존재니까요. 그 다음으로 가까운 존재인데 결코 먼 사이는 아니죠."

"……그래?"

"그럼요. 하지만 이것도 사람에 따라서 달라요. 어떤 사람들은 혈육보다 친구를 더 아끼기도 하거든요. 사랑보다 우정을 택하기도 하고요. 자신의 전부나 목숨처럼 생각하는 사람도 있다고 들었어요."

"목숨이라……."

라피스의 표정이 묘해졌다. 느긋해진 얼굴을 보아 그녀의 대답이 꽤 흡족했던 게 분명했다.

"친구는 대가가 없어도 도와주나?"

"아무래도요. 방금 말씀드린 것처럼, 친구를 몹시 소중하게 여기는 사람이라면 그렇겠죠."

"흐음."

이번엔 명백하게 기분이 좋아 보였다. 도대체 어느 부분이 그렇게 마음에 드는 건지, 에이프릴은 도저히 그의 생각을 따라갈 수가 없었다. 한편으로는 이런 당연한 부분들을 모르고 있는 그가 이상하게 여겨지기도 했다. 그러나 에이프릴은 곧 그의 과거를 떠올리고 납득했다. 한평생 산속에 틀어박혀 마법만 연구하고 살았다고 했던가. 홀로 보낸 시절이 많았다고 하니, 인간관계에 무지한 것도 당연했다.

"소중한 친구라 이거지."

"네?"

"그냥 혼잣말."

흘러가듯이 대꾸한 후 라피스는 다시 구슬을 확인했다. 새카만 표면은 언제든 마력에 반응하도록 만들어져 있다. 마음만 먹으면 지금 당장이라도 다시 통신을 연결할 수 있었지만 그는 그렇게 하지 않았다. 그 대신 다른 계획을 세웠다.

"에릴, 네가 들어온 지 3분쯤 됐나?"

"네, 그 정도쯤 되었을 거예요."

슬슬 화가 가라앉고 이성이 돌아올 시간이다. 라피스는 자신이 엘을 꽤 잘 파악하고 있다고 생각했다. 아무리 드래곤 세계에서는 한창때의 청년이라고는 하지만 몇천 년의 세월을 살아온 존재다. 애초에 감정을 잘 숨기지도 못하는 데다 허술한 구석이 있는 엘이 그의 상대가 될 리가 없었다. 수가 뻔히 보이는데도 반쯤은 져주는 기분으로 어울려 준 게 사실이다. 지금까지는 그게 썩 좋지만은 않았는데, 왠지 이런 것도 나쁘지 않은 것 같았다.

"그럼 지금쯤 후회에 몸부림치고 있을 녀석을 구제하러 가볼까."

앉아 있던 의자에서 일어나는 몸놀림이 가벼웠다. 그가 갑자기 몸을 일으키자 에이프릴도 엉거주춤한 자세로 따라 일어섰다.

"스승님? 어딜 가시는 거예요?"

성큼성큼 걸어 나가는 뒷모습을 향해 당혹감을 담은 목소리가 황급히 따라붙었다. 멋대로 자리를 비우는 일이야 언제나 있었던 일이지만 에이프릴은 직감적으로 그가 이곳을 아예 떠나려고 한다는 걸 깨달았다. 다시 돌아왔을 땐 더 이상 그녀의 스승은 존재하지 않으리라는 것도. 라피스는 당연한 걸 묻는다는 듯이 미소 지었다.

"내가 원래 있어야 할 곳."

제3화

1.

내가 진짜 미쳐!

충동의 순간은 짧고 후회는 길다. 두 손으로 머리를 부여잡고 끙끙거려 봤자 이미 엎질러진 물이오, 떠나간 배였다. 아니 차라리 진짜 저 두 가지 상황이면 내 힘으로 얼마든지 수습할 수 있기나 하지. 관용어로 정해져 있을 정도로 돌이키기 어려운 상황을 해결하는 건 되면서, 정작 눈앞의 사태는 어찌해 볼 도리가 없다는 게 더 암울했다.

빛이 사라지고 본래의 까만색으로 돌아온 구슬은 아무리 노려보아도 잠잠한 상태였다. 평소였다면 내가 일방적으로 끊어버리는 걸 용납할 녀석이 아닌데, 이번엔 반응이 없는 것을 보니 라피스 쪽에서도 더는 대화를 할 마음이 없는 모양이다. 틀림없이 일부러 그러는 거겠지. 누가 몇천 년 묵은 도마뱀 아니랄까 봐, 어떤 게 더 효과적으로 괴롭히는 방법인지 아주 잘 알고 있다.

왜 거기서 통신을 끊어버렸을까. 다시 생각해도 어리석은 판단이었음을 통감하자니 한숨이 저절로 흘러나왔다. 아직 화가 풀리지도 않았는데 나만 타격을 입어야 한다는 사실이 억울하기도 했다.

네가 왜 내 친구냐니! 그 말만 생각하면 지금도 여전히 속이 울컥거린다. 물론 녀석과 나는 계약으로 맺어진 관계이고, 서로 알고지낸 지도 얼마 안 되기는 했다. 그래도 그동안 꽤 친해졌다고 생각했었는데. 친구라고 생각하고 있었던 건 나뿐이었던 건가?

라피스가 배려심이나 이타 정신이 있는 편이 아니란 건 알고 있었다. 대놓고 부탁받지 않은 일은 안 한다고 선언하던 녀석이니 오죽할까. 하지만 그냥 타고난 천성이라 그런 줄 알았지, 그럴 정도의 관계가 아니라고 여겼기 때문인 줄은 꿈에도 몰랐다. 심지어 나도 그럴 거라고 생각했다는 점이 더 충격이었다.

'(계약을 했으니) 요청이 있을 때만 협력.' 녀석에게는 우리 사이가 딱 그 정도였다는 거다. 이 얼마나 삭막한 관계란 말인가!

아쉬운 처지는 나니까 내 쪽이 접고 들어가긴 하겠지만, 그 부분만큼은 몇 번을 다시 생각해도 화가 풀리지 않을 것 같았다. 껄끄러운 마음으로 녀석을 달래려니 속이 더 꼬이는 기분이었다. 과연이런 상태로 녀석의 성가신 투정과 빈정거림을 견딜 수 있을지 모르겠다. 아아, 대체 왜 상황이 이 지경에까지 이른 걸까? 역시 그때 좀 더 참았어야 했는데!

─왕이시여, 괜찮으십니까?

다시 머리를 부여잡고 신음을 흘리고 있자니 근처에 있던 정령들이 슬금슬금 내 곁에 몰려들었다. 혼자서 후회했다가 화를 냈다가, 다시 후회하기를 반복하는 내 모습이 매우 불안하게 보였던 모양이다.

시큐엘이 고개를 부비며 위로하려고 하기에 나는 툭툭 머리를 쓰다듬어 주었다. 덕분에 상념에서 벗어나 좀 더 진취적인 부분을 고심하기 시작했다. 어차피 사과할 거, 이대로 직접 찾아가서 마주보고 이야기 할 것이냐, 아니면 시큐엘을 보내 그쪽에서 다시 연락을 해 오도록 할 것이냐의 문제였다. 내가 직접 가는 게 효과는 훨씬 좋겠지만, 아니 오히려 시큐엘만 보냈다간 그 녀석 성질에 무시할 게 분명하지만! 그래도 마지막 자존심이 후자 쪽을 더 강하게 충동질했다. 더불어 시큐엘을 형상화하는 데 들어가는 마나까지 녀석의 것으로 하면 아주 통쾌할 것 같았다. 비유하자면 뭐랄까. 상대에게 수신 요금 부담을 주는 느낌이랄까. 그것도 아주 비싼 국제전화로 말이다. 심지어 이건 무시해도 무조건 빠져나가는 요금이다.

"두 마리를 보내면 두 배겠지."

그런 생각을 하면서 히죽거렸더니 정말 장난을 치고 싶어졌다. 나는 일단 그 자리에서 두 마리의 시큐엘을 형상화시켰다. 그런데 예상했던 것보다 들어가는 마나가 별로 많지 않았다. 아마 이사나였다면 적당히 부담스러울 양이겠지만 드래곤인 그에겐 턱도 없는 수준이었다. 이를테면 돈이 넘쳐흐르는 부자에겐 버스 요금이 30원이든 3천 원이든 별로 큰 차이가 없는 것과 같았다. 그게 마음에 들지 않아서 새로 두 마리를 더해 봤지만 여전히 부담을 줄 만한 수준은 아니었다.

네 마리나 되는 시큐엘을 떡하니 지탱하고 있어도 여전히 풍부하기 그지없는 마나를 느끼고 있자니, 라피스의 얄미운 얼굴이 '고작 이거야?'라면서 나를 비웃고 있는 것 같은 환영이 보였다. 덕분에 가벼운 기분으로 시도했던 것이 점점 오기가 되어 가기 시작했다. 네 마리에서 여섯 마리, 그 배의 배수가 될 때까지. 나는 거의 홀린 것처럼 작업(?)을 멈추지 않았다. 다섯 마리가 넘어서면서부터는 근방에 시큐엘이 더 없어서 정령계에서 불러와야 했지만, 그 사실이 나를 막지는 못했다. 하다 보니 재밌기도 해서 나도 모르는 사이에 몰두한 면도 있었다.

불현듯 정신을 차렸을 땐 어느새 사십여 마리의 시큐엘이 내 주위를 가득 채우고 있었다. 그 사실을 깨닫고 나니 아연해졌다. 라피스에게 미안해서가 아니라 아직도 고갈되지 않은 그의 마나가 황당해서였다. 이 정도의 양이면 인간일 경우 이미 심장에 쇼크가 와서 숨이 멎고도 남는다. 드래곤일지라도 꽤 벅찬 수준임은 분명했다. 그런데 라피스의 마나는 홀로 예외이기라도 하다는 듯이 여전히 풍성하기만 했다. 앞으로 같은 양의 시큐엘을 더 불러내도 거뜬할 것 같았다.

도대체 어떻게 되어 먹은 드래곤이야? 살과 피가 전부 마나로 된 것도 아니고, 육체를 가진 종족이 맞기나 한 건지 정체가 의심스러울 지경이다. 전대 엘퀴네스를 수백 번 소환해 댔다는 말을 들었을 때부터 예상을 했어야 했다. 아무리 드래곤이라도 정령왕을, 그것도 다른 속성의 정령왕을 소환하는 게 그렇게 간단한 일은 아닐 텐데 녀석은 마치 근처 동네에 마실을 가듯이 불러댔다고 해서 이상하긴 했었다. 평소 그가 귀찮을 정도로 자화자찬을 해댄 것이 처음으로 이해가 됐다. 아니, 이 정도면 오히려 가진 능력에 비해 겸손했던 편이었다.

살다 보니 내가 라피스를 겸손하다고 표현할 날이 올 줄이야. 황당해서 입이 다물어지지 않는데 정말로 사실이 그랬다. 이렇게 되고 보니 골탕이고 뭐고 넘치던 의욕은 오히려 사그라들었다. 그렇다고 쉽게 체념하지도 못했지만.

"……확 전부 역소환이나 시켜 버릴까."

그 정도면 아무리 녀석이라도 조금은 타격을 입지 않을까. 정령왕이 된 입장에서 멀쩡한 정령들을 역소환시키자니 꺼려지기는 하는데, 까짓것 하려고 마음먹으면 못할 것도 없다. 이미 초반의 목적에서 상당히 벗어난 느낌이 들었지만, 이제는 거의 될 대로 되라는 심정이었다.

"암살 시도는 좀 더 우아한 방법으로 하는 게 어때?"

이어진 목소리를 듣지 않았다면 정말 실행으로 옮겼을 것이다. 예상치 못한 곳에서 들려온 음성에 나는 기세 좋게 역소환을 시도

하려다가 움찔했다. 슬그머니 돌아보니 근처 나무기둥에 무언가가 기대어 서 있는 것처럼 긴 그림자가 늘어져 있었다. 그것이 사람의 형태라는 건 금세 알아보았다. 누군가 팔짱을 낀 채 나를 주시하고 있었다.

기척을 느끼지도 않았는데 사람이 있다는 사실에 나는 본능적으로 경계부터 했다. 먹구름으로 가득 찬 하늘은 희뿌연 별빛조차 허용하지 않아 사방이 먹물을 채워 둔 것처럼 캄캄했다. 그 탓인지 그리 먼 거리도 아닌데 이상할 정도로 상대의 모습을 알아보기가 쉽지 않았다.

"설마…… 그 녀석은 아니겠지."

아니다. 아닐 거다. 애초에 날 약 올리기로 작심했을 녀석이 겨우 이 정도에 그 귀하신 몸을 친히 움직일 리는 없었다. 물론 시기상 그밖에 답이 없다는 건 아는데, 감정이 필사적으로 이성적인 판단을 부정했다.

"그 녀석?"

휘이잉.

때마침 부는 바람에 먹구름이 흐트러지면서 그 사이에 갇혀 있던 달빛이 조금 고개를 내밀었다. 덕분에 시야가 조금 밝아지면서, 시커먼 덩어리에 불과하던 형체가 천천히 모습을 드러냈다.

훤칠한 키에 태양처럼 타오르는 붉은 눈동자. 미미한 바람이 불 때마다 흐트러지는 머리카락은 짙은 핏빛을 띠고 있었다. 안 그래도 화려한 얼굴은 은은한 달빛을 머금어 요사스럽게까지 느껴졌다. 아무리 세상에 같은 얼굴이 셋은 있다지만, 이렇게 생긴 사람은 전 차원을 뒤져도 또 있을 것 같지 않았다. 나는 결국 인정할 수밖에 없었다.

"라피스."

2.

물의 정령을 잔뜩 머금은 채 크기만 부풀리던 먹구름은 자정이 넘어가면서 본격적으로 비를 쏟아내기 시작했다. 원래는 땅만 살짝 적실 정도의 가랑비만 내릴 예정이었는데, 시큐엘들이 모여 있던 것에 영향을 받았는지 굵은 장대비가 되어 있었다. 날뛰는 정령들의 기세를 보아하니 내일 아침까지는 줄기차게 내릴 것 같았다.

"눅눅해."

습해진 공기에 투덜거리는 소리를 뒤로한 채, 나는 닫혀 있던 문을 조심스럽게 열었다. 들어선 곳은 세실이 한창 잠들어 있는 방이었다. 침대 옆에 앉아 있던 카이테인과 엔딜이 나를 발견하고 미소 지었다가, 뒤따라오는 사람을 확인하곤 눈을 크게 떴다. 엔딜이 처음 보는 사람을 경계하는 표정이라면, 카이테인은 이곳에 있을 리가 없는 존재를 발견한 놀라움과 반가움을 드러낸 얼굴이었다.

"라피스 님?"

확인하는 듯한 어조로 자신의 이름을 부르자 내 뒤에 있던 남자

—라피스가 대답 대신 가벼운 눈인사를 보냈다. 그래도 안면을 익혀 둔 사이라 그런지 조금은 친근한 태도였다.

"라피스 님이 어떻게 이곳에…… 엘 님께 연락을 받고 오신 겁니까?"

서둘러 몸을 일으킨 카이테인이 앞으로 나서며 그가 들어오는 것을 맞이했다. 엔딜 역시 엉거주춤한 자세로 일어섰다. 라피스는 어깨를 으쓱이고는 나를 향해 기묘한 미소를 던졌다.

"이 녀석 때문에 오긴 했지. 나도 목숨은 아까우니까."

"예? 그게 무슨 말씀이십니까?"

"날 죽이려고 했거든."

"예에?"

……지금 막 든 생각인데, 아무래도 저 녀석은 나를 괴롭히기 위해 태어난 것이 분명하다. 당황한 카이테인이 내게 어리둥절한 시선을 보내는 것을 보며 나는 한 손으로 이마를 짚었다. 이미 다 끝난 얘기를 다시 끄집어내어 망신을 주다니. 그렇게 달래 뒀건만 기어이 내 복장을 뒤집는 녀석이었다.

"계속 이러기야? 사과했잖아!"

"사람 죽일 뻔해 놓고 사과만 하면 다냐? 그거 참 편리한 사고방식이네."

"주, 죽이려고 했던 게 아니라니까?"

"아, 그래. 넌 단지 내 마나가 어디까지 버티나 시험해 보고 싶었던 거겠지. 수십 마리나 되는 시큐엘이 역소환되면 아무리 나라도 폐인이 되거나 죽는다는 자각까진 없었을 거야. 때론 무지가 죄가 될 수 있다는 말은 들어봤는지 모르겠네."

"……."

"너 앞으로 어디 가서 함부로 계약하지 마. 드래곤들을 전부 비명횡사시키고 싶은 게 아니라면."

빈정거리는 말에 이가 저절로 갈렸다. 화가 치미는데 차마 반박할 수가 없다는 게 더 짜증났다. 왜 하필 그때 나타나서는! 아니, 안 나왔으면 멈추지 않았을 테니 더한 짓을 저지르기 전에 온 게 차라리 다행이긴 하지만 말이다.

원망의 시선을 보내자 라피스 역시 지지 않고 마주 응시해 왔다. 얄밉게 웃고 있는 얼굴 위로, 막 내 앞에 나타났을 때 그가 지었던 살벌한 얼굴이 겹쳐졌다.

"라피스."

장식품처럼 미동이 없던 형체는 내가 이름을 부르는 순간 주문이 풀린 것처럼 활기를 띠었다. 기대어 있던 나무에서 몸을 일으키고 움직이기 시작한 것이다. 저벅저벅, 한 걸음씩 다가설 때마다 그를 가리고 있던 그늘들이 꺼풀을 벗듯이 치워졌다. 눈앞에 이르렀을 땐 화사한 달빛을 조명처럼 받고 있는 그의 모습이 온전하게 드러나 있었다. 빈말로도 잘못 봤다고 우길 수 없을 정도로 선명한 존재감이 주위를 가득 장악했다. 덕분에 나는 다시금 실감할 수밖에 없었다. 정말 라피스가 왔다는 것을.

'이 녀석이 왜?'

물론 통신이 그렇게 끊겼으니 단단히 화가 났기야 했겠지만, 설마 직접 찾아오기까지 할 줄은 몰랐다. 예상치 못한 사태에 얼빠져 있느라, 나는 현장을 가득 채우고 있는 범죄의 증거(?)들을 처리할 생각도 못 했다. 죄 없이 불려나온 수십 마리의 시큐엘들만 내 감정에 동화한 탓에 식은땀을 뻘뻘 흘렸다. 그런 그들을 돌아보는 라피스의 눈동자가 위험하게 번뜩였다.

"……넌 가끔 나를 황당하게 하는 재주가 있단 말이야."

그 말과 함께 우글거리고 있던 시큐엘들의 모습이 일시에 사라졌다. 그가 소환을 해지하고 전부 정령계로 돌려보낸 것이다. 심지어 나를 유지하고 있는 마나조차 없애려 들기에 재빨리 이사나의 것을 가져와야 했다.

"아, 이건 좀!"

"이게 뭐. 너무하다고? 그게 남의 마나 갖고 장난 친 놈이 할 말이냐?"

"벼, 별로 큰 타격도 없었잖아."

"타격이 없긴 왜 없어? 온몸에서 힘이 쭉쭉 빠져나가는데 그게 괜찮을 것 같냐? 그것도 모자라서 역소환까지 시키려고 했던 거, 다 들었거든? 설마 네가 날 죽이고 싶어 하는 줄은 몰랐는데 말이야."

낮게 윽박지르는 눈빛이 흉흉해서 어깨가 저절로 움찔거렸다. 화가 나서 깜빡 잊긴 했는데, 생각해 보니 상당히 위험한 짓을 저지르긴 했다. 전체 마나량을 계산해 보지도 않은 채 무한정 정령을 소환해 대다니. 버텨냈으니 망정이지 하마터면 생목숨을 잡을 뻔했다. 마나를 회수하는 정도가 아니라 계약을 파기하겠다고 난리 쳐도 할 말이 없는 짓이었다.

하지만 원인 없는 결과는 없다고 하잖아? 내 잘못이 분명한 상황인 건 아는데, 상대가 라피스다 보니 순순히 사과하고 싶지 않았다. 애초에 라피스가 아니었다면 이런 짓을 저지르지도 않았겠지만!

"그, 그러려고 했던 건 아니고! 그냥 마나가 넘쳐나는 게 신기해서 나도 모르게……."

"그렇다고 역소환을 시도해? 그만한 마나가 한꺼번에 역류하는데 내가 무사할 거라고 생각하냐?"

"결국 안 했잖아!"

"말은 똑바로 하시지? 안 한 게 아니라 내가 말을 걸어서 '못한' 거겠지."

"그, 그건……."

아니라고 하기엔 묻어 뒀던 양심이 슬그머니 고개를 들이밀었다. 아무리 변명을 한다 하더라도 내가 저지른 일이 용납될 수 있는 건 아니었다. 입만 벙긋거리다가 나는 결국 죄책감을 이기지 못하고 항복했다.

"미안해."

"됐거든? 너 솔직히 말해. 지난번에 마나 역류시킨 것도 일부러 그런 거지?"

"지난번?"

"몰라? 감히 내게 피를 보게 해놓고 잊어버리셨다?"

무슨 소린가 싶다가 나는 예전에 마신관들로부터 공격당한 일을 상기했다. 쓰러진 이사나를 감싸다가 대신 맞았는데, 너무 정통으로 당해서 상당량의 마나가 역류했었다. 어렴풋이 라피스가 내상을 입었을 거라는 건 알았지만, 그때 정말로 피를 토했던 모양이다.

"아니거든! 그땐 진짜 위험한 상황이었어!"

"어쨌든 난 너 때문에 하루하루 수명이 줄어드는 기분이야. 당분간 너한테 내 줄 마나는 없어. 쥐꼬리만 한 이사나의 마나로 어디 한번 잘 살아 보시지."

"크으윽!"

그 순간만 생각하면 지금도 설움이 치밀어 오른다. 이후로 내가 그의 마음을 풀기 위해 얼마나 피나는 노력을 해야 했는지, 누군가 그 광경을 지켜봤다면 차마 눈물 없이는 볼 수 없었을 것이다. 성난 라피스의 기분만 살피느라 정작 그가 나를 상처 준 사실에 대해선 사과를 받아내기는커녕 항의조자 할 수 없었다. 괜히 어설픈 복수를 시도했다가 본전도 못 찾은 셈이었다.

그래도 라피스가 그대로 돌아가지 않고 날 따라온 것은 의외였다. 아니, 정확히는 그가 먼저 세실을 보러 가기를 요청했다. 무슨 심경의 변화인지 모르겠지만 이왕 온 김에 세실의 상태를 직접 확인해 보고 싶어 하는 것 같았다. 나로선 거절할 이유가 없는 요구였던지라 냉큼 안내해 준 참이었다.

"그게 정말입니까? 세실을 살릴 방법이 있다니……."

라피스에게 세실을 고칠 방도가 있다는 것을 알게 되자 카이테인의 얼굴에 화색이 돌았다. 그러나 같이 좋아할 줄 알았던 엔딜은 그저 바짝 굳어 있기만 했다. 좋은 소식에도 반응 없이 희게 질려 있기만 하는 것을 보니 라피스가 드래곤이라는 사실을 알아본 게 분명했다. 하기야 그렇게 대놓고 계약이니 드래곤이니 떠들어 댔는데 눈치채지 못하면 그게 오히려 더 이상할 것이다.

"얘가 그 혼혈이야?"

평소였다면 발끈했을 발언에도 엔딜은 얌전히 고개만 끄덕였다. 살인마를 눈앞에 둔 사람처럼 두려움에 떨고 있는 얼굴을 보니 평소 엘프들이 드래곤이란 종족을 어떻게 보고 있는지 알 만했다. 물론 라피스는 전혀 신경도 쓰지 않았지만.

"아……."

그가 세실에게 손을 대려 하자 엔딜의 눈빛이 흔들렸다. 라피스가 무섭다고 해도 여동생을 지켜야겠다는 의지가 꺾이진 않는 모양이었다.

"시, 시큐……!"

위급한 순간이 오면 사람은 평소에 가장 의지하는 대상을 찾기 마련이다. 엔딜에게는 시큐엘이 그런 존재인지 그는 곧바로 소환을 시도하려고 했다. 본인도 정신이 없는 탓이겠지만 별로 좋은 선택은 아니었다. 정령이 계약자의 감정을 가장 예민하게 느끼는 순간은 바로 소환이 될 때다. 이렇게 흥분한 상태로 부르면 시큐엘은 상대가 누군지 확인도 하지 않은 채 소환되자마자 곧바로 공격 태세에 돌입할 것이다. 이 좁은 공간에선 그 자체로 테러 행위나 다름이 없었다. 괜한 소란을 일으키고 싶지 않아서 나는 그를 진정시키기 위해 서둘러 말을 걸었다.

"괜찮아, 엔딜. 잠깐 상태를 살펴보려는 거야."

"……!"

그러자 빠르게 분출되던 엔딜의 기운이 멈췄다. 크게 숨을 삼킨 그가 놀란 듯이 눈을 깜빡이며 나를 돌아보았다. 그제야 나의 존재를 인식한 것 같았다. 무슨 일이 생겨도 내가 막아줄 거라는 사실에 생각이 미친 걸까. 울 것처럼 일그러져 있던 얼굴이 서서히 편안해지더니, 파리한 안색에 핏기가 감돌기 시작했다. 노골적인 안도감이었다. 누군가 나를 전적으로 신뢰해 주는 건 기쁘다. 걱정하지 말라는 뜻으로 웃어주자 엔딜은 더욱 안심한 얼굴을 했다.

직후 그는 황급히 구석으로 물러나고는 민망한 표정을 지었다. 공포로 마비됐던 이성이 돌아오면서 자신이 과하게 반응했다는 사실을 깨달은 것이다. 그래도 막상 라피스가 세실의 이마를 짚을 때는 다시 얼굴이 굳어지는 걸 감추지 못했다. 요즘 극성맞은 부모들이 그렇게 많다더니, 엔딜도 기세에선 전혀 밀릴 것 같지 않았다.

긴장감이 흐르는 공기 속에서 라피스는 말없이 세실을 살폈다. 그의 손끝을 타고 흘러나온 마나가 잠든 소녀의 몸을 천천히 덮어

가는 동안, 라피스는 단 한 번도 감은 눈을 뜨지 않았다. 그답지 않은 진지한 분위기에 왠지 더 초조해지는 기분이었다.

"어, 어때?"

잠시 후 그가 눈을 뜨는 것을 확인하고 나는 조심스럽게 물었다. 라피스는 팔짱을 낀 채 뭔가를 계산해 보듯이 손가락으로 뺨을 툭툭 두드렸다. 그의 입이 열린 건 주시하는 시선에 조급함이 깃들기 시작할 때였다.

"나쁘지 않네. 아직 성체가 아니라 변수가 있을 수도 있지만, 오히려 유연한 시기이니 틀을 바꾸기가 쉬워서 조건상으로는 유리해. 이 정도면 해 볼 만하겠어."

"정말?"

"혹시 나을 수 있다는 말씀이십니까?"

반색하는 내 옆에서 카이테인이 상기된 얼굴로 물었다. 치료의 방식은 모르지만 일단 고칠 수 있단 사실에 흥분한 것 같았다. 엔딜 역시 그와 똑같은 표정을 짓고 있었다.

"낫는다고 해야 하나. 그걸 낫는다는 개념으로 본다면 그렇겠지. 어쨌든 아프지는 않게 될 테니까."

"저, 정말이에요? 세실이 건강해지는 건가요?"

헛숨을 삼킨 엔딜이 감격한 표정을 지었다. 얼마나 기뻤는지, 조금 전까지만 해도 무서워하던 라피스를 사랑에 빠진 사람처럼 열렬하게 바라보고 있었다. 라피스가 그런 엔딜의 모습을 묘한 시선으로 응시했다. 퉁명스러운 녀석의 성격상 타박이라도 할 줄 알았는데, 무슨 생각을 하는 건지 그저 가만히 바라보기만 할 뿐이었다. 하지만 외관이 워낙 훌륭하다 보니 입을 다물고 있는 게 오히려 더 박력이 넘쳤다. 말없이 주시하는 눈빛에 나까지 긴장했을 정도였다. 정면으로 감당하고 있는 엔딜은 견디지 못하고 몸을 부들부들 떨었다.

"왜, 왜 그러시는지……?"

"너 저 여자애 오빠랬지? 네 동생을 낫게 하고 싶어?"

"그, 그럼요! 세실이 살 수만 있다면 뭐든 할 수 있어요."

단호한 대답에 라피스의 시선이 더 짙어졌다. 흥미로운 실험체를 눈앞에 둔 얼굴이라 참견하고 싶은 충동이 무럭무럭 일었다. 하지만 내가 끼어드는 것보다 그의 말이 이어지는 것이 더 빨랐다.

"네 동생이 겪고 있는 문제가 꽤 골치 아픈 거라는 건 알지? 이 상황을 해결하려면 두 가지 방법이 있어."

"두 가지요?"

"그래, 하지만 둘 다 완전한 방법은 아니야. 어쩌면 둘 다 네 마음에 안 들지도 몰라. 그래도 일단 말해 두는 건데, 내가 말한 방법 외에 네 동생을 고칠 방법은 더 이상 찾을 수 없을 거다. 그것만은 알아둬."

무심한 경고에 엔딜의 얼굴이 굳어졌다. 그래도 세실을 살릴 수 있다는 희망을 접해서인지 눈빛만큼은 어느 때보다 선명하게 빛나고 있었다.

"명심할게요."

"좋아. 하나는 내 피를 써서 네 동생의 육체를 강화시키는 거야. 몸이 버티지 못해서 생기는 문제니까 지금보다 육체가 강해지면 해결돼. 다만, 이 경우 몸이 더 이상 성장하지 못하도록 봉인해야 해."

"봉인······이요?"

안 그래도 굳어 있던 엔딜의 얼굴이 더 일그러졌다. 라피스는 귀찮다는 표정을 지으면서도 설명했다.

"증상이 점점 심해졌지? 성장할수록 하이 엘프의 피가 강해지기 때문이야. 그나마 지금은 심하지 않아서 육체만 튼튼해지면 버틸 수 있어. 하지만 여기서 더 자라면 불가능해. 그래서 성장을 봉인해야 한다는 거야. 물론 성장하지 않는다고 해서 안 죽는 건 아냐. 주어진 수명까지만 살게 될 거야."

"그, 그런······. 그럼 세실은 평생 어린아이 모습으로 살아야 한다는 건가요?"

"맞아. 하지만 더 이상 아프진 않겠지. 모습만 어릴 뿐 생활하는 데도 큰 지장은 없어. 늙어 가는 것보다는 오히려 나을지도 모르지."

과연 그럴까. 물론 죽는 것보다야 나을지도 모른다. 당장 얼마간은 행복하기도 할 것이다. 나나 다른 정령왕들도 일평생 똑같은 모습으로 살아가는 존재이니, 비슷한 개념으로 보면 딱히 문제 될 건 없었다. 하지만 세실은 정령도 아니고, 육체를 지닌 인종이었다. 살아갈수록 생각의 방식과 무게들이 달라질 거고, 무리 진 사회에

속해 있으니 주변의 시선에도 영향을 받는다. 언젠가는 사랑하는 사람을 만나 가정을 꾸리고 싶어 할지도 몰랐다. 그때에도 자라지 않는 자신의 몸을 괜찮다고 여길지는 알 수 없었다. 엔딜도 같은 생각을 했는지 얼굴에 망설임이 가득했다.

"……나머지 다른 방법은요?"

"그거야 뻔하지 않겠어? 네 동생의 몸 안에 흐르는 두 종류의 피 중 하나를 없애는 거지."

"……! 그게 가능한 겁니까?"

조마조마한 얼굴로 서 있던 카이테인이 견디지 못하겠다는 얼굴로 끼어들었다.

"육체에서 한 종의 성분을 완전히 제거하면 돼. 그만큼 비어지는 부분은 내 피로 보완할 수 있어. 드래곤의 피는 타종과 섞여도 그저 양분이 될 뿐이니까. 종의 정체성을 위협하지 않으니 괜찮아. 오히려 예전보다 건강해질걸? 이건 예전에 집중적으로 연구한 적도 있어서 어렵지 않아. 실험에 성공한 적도 있고. 뭐, 사람을 대상으로 해 본 적은 없지만 방식은 비슷하니 어떻게든 될 거야."

"그, 그렇다면……!"

엔딜과 카이테인의 얼굴이 단숨에 밝아졌다. 이게 사실이라면 전자보다 훨씬 효과적인 방법이긴 했다.

"단지 이 방법엔 치명적인 결함이 있어."

물론 라피스는 이번에도 어김없이 단점을 덧붙였다. 처음부터 둘 다 완전하지 않은 방법이라고 했으니 당연한 순간이기도 했다. 게

다가 더 좋은 방법을 굳이 나중에 말한다는 건, 이쪽이 감수해야 할 것도 더 크다는 소리였다. 그래선지 설명하는 라피스도 이번엔 조금 심각한 말투였다.

"다른 건 다 괜찮은데 무슨 수를 써도 성분 제거가 안 되는 부분이 있어. 이걸 해결하지 못하면 이 방법은 처음부터 진행이 불가능해. 해 봤자 의미도 없고."

"그게 뭔데?"

"심장."

심장?

나는 반사적으로 가슴 부근에 손을 얹었다. 엔딜과 카이테인 역시 당황한 얼굴로 가슴을 문지르고 있었다. 그런 우리들의 모습을 라피스가 한심하다는 시선으로 훑었다.

"심장은 생명의 근원이 되는 부근이기도 하지. 그래선지 까다롭기가 이만저만이 아니야. 그냥 놔두고 진행해 본 적이 있었는데, 결국 심장의 흐름에 따라 다시 혼혈의 피가 생성되더군. 그렇게 되면 제거된 성분들도 다시 채워지기 시작해. 열이면 열, 몇 년 안에 전부 원래대로 돌아갔어. 즉, 지금 세실의 심장은 못 써. 인간 쪽이든 엘프 쪽이든, 새로 채워 넣을 수 있는 순혈의 심장이 있어야 해."

"자, 잠깐…… 라피스. 그 말은……."

당황해서 숨을 삼키자 라피스가 고개를 끄덕였다. 이윽고 그의 시선이 엔딜을 향했다.

"선택해. 누군가의 심장을 구해 올래, 아니면 네 심장을 나눌

래?"

"……!"

한마디로 살인을 하든가, 희생을 하라는 소리였다. 찬물이 쏟아진 것처럼 주위의 공기가 일시에 식었다. 엔딜은 숨조차 쉬지 않고 있는 것 같았다.

"물론 첫 번째 방법으로 해도 상관없어. 사실 그게 가장 복잡하지 않게 이 사태를 해결하는 방법이긴 하지. 난 아무거나 상관없으니 알아서 결정해."

경직된 분위기 속에서 라피스의 차분한 음성이 떨어졌다. 말 그대로 선택의 시간이었다. 엔딜은 한참 동안 아무 말도 하지 못했다. 후자보다 낫다 뿐이지 처음 방법도 세실의 미래를 생각하면 좋다고 할 건 아니었다. 장래를 포기하고 얻는 '현상 유지의 삶' 또는 다른 이의 희생을 통해 얻는 '미래'. 어느 쪽이든 두 남매에게는 가혹한 결정일 수밖에 없었다. 엔딜은 한참 동안 세실의 모습에서 시선을 떼지 못했다. 손바닥에 식은땀이 맺히는지 몇 번이나 옷자락을 쥐었다 푸는 모습이 안쓰러울 정도였다.

"결정하기 전에, 몇 가지 확인하고 싶은 게 있어요."

"말해."

"새 심장만 있으면. 세실은 사는 건가요?"

"그야 물론. 단순히 사는 것만이 아니라 더 이상 혼혈이라고 불리지 않게 되겠지. 어느 쪽 심장이냐에 따라 종족이 정해지긴 하겠지만."

"그러니까, 제 심장을 주면 세실이 순수한 하이 엘프가 된다는 거죠?"

"인간 쪽을 완전히 없앨 거니까."

"그럼 줄게요."

"엔딜!?"

말릴 사이도 없이 떨어진 결정에 나는 당황했다. 카이테인은 너무 놀라서 목소리도 내지 못하는 것 같았다. 아무리 여동생을 끔찍하게 아낀다지만 설마 이렇게 선뜻 자신의 목숨을 내어 주려고 할 줄은 몰랐다. 엔딜은 오히려 후련하게 웃었다.

"전 세실이 온전하게 행복하길 원해요. 그걸 위해서라면 죽어도 괜찮아요."

"자, 잠깐만, 엔딜! 지금 무슨 말을 하는 거야? 그런 게 괜찮을 리가 없잖아!"

"맞습니다, 엔딜! 죽어도 괜찮다니요! 세실도 그런 건 기뻐하지 않을 겁니다!"

기겁하는 내 옆에서 카이테인이 파랗게 질린 얼굴로 소리쳤다. 경악의 소리가 따갑게 이어지는 와중에도 엔딜은 고집스러울 정도로 라피스만 바라보고 있었다. 비장하게 굳어진 얼굴에선 결정을 바꾸지 않을 거라는 단호한 결의가 드러났다. 그 모습이 마음에 들었는지 라피스가 느긋하게 웃었다.

"흐음, 꼬맹이 주제에 제법이잖아? 생각보다 강단이 있네."

'저 자식이 정말!'

파란을 일으킨 장본인 주제에 눈치 없이 홀로 태연한 녀석을 보자 열이 뻗쳤다. 나는 단숨에 라피스의 멱살을 잡아 내 쪽으로 확 끌어당겼다. 아무리 뻔뻔한 도마뱀이라도 불시의 습격엔 약한 모양이다. 놀랐는지 조금 크게 떠진 눈동자가 보이자 이 와중에도 십 년 묵은 체증이 내려가는 듯했다.

　"그래서 뭐야! 정말 엔딜을 죽이겠다고? 그러기만 해 봐, 너! 당장 계약 끊을 거야! 다시는 너랑 상종 안 할 줄 알아! 알겠어?"

　"……왜 화가 난 거야, 넌. 누가 저 꼬마를 죽인다고 했어?"

　"심장을 주면 당연히 죽지! 그게 죽인다는 거랑 뭐가 달라?"

　"뭔가 오해하는 모양인데. 난 나눈다고 했어. 하나를 다 쓰겠다는 게 아니라고."

　"그걸 말이라고 해? 하나밖에 없는 심장을 나누길 어떻게 나눠? 설마 반으로 자르기라도 하겠다는 거야?"

　"그럴 건데?"

　"이 미친! 심장이 간인 줄 알아? 재생이 되는 것도 아닌데 반으로 잘라서 이식한다고 되겠냐!"

　"재생이 왜 안 돼. 네가 있는데."

　"드래곤의 피가 아무리 대단하다고 해도 반으로 잘린 심장을 재생시킬 정도까진 아닐…… 응?"

　아무렇지 않게 떨어진 대꾸에 나는 한참 항의하던 것을 멈추고 멍청하게 되물었다.

　"나?"

"그래, 너. 어지간한 신들보다 강한 치유력과 재생력을 가진 정령왕 엘퀴네스. 너 말이야."

"……."

생각지 못한 곳에서 기습을 당한 기분이라 말문이 턱 막혔다. 그 사이에 라피스는 슬쩍 내가 잡은 멱살을 풀어냈다. 그가 미꾸라지처럼 빠져나가는 걸 보면서도 나는 별다른 조치를 하지 못했다.

"심장을 제거하고 봉합하는 시간은 내 마법으로 버티게 할 수 있어. 내가 봉합을 마치면 네가 바로 치유하면 돼. 엘퀴네스의 치유력이라면 조직의 일부만 있어도 온전한 형태로 재생시킬 수 있잖아. 그것도 아주 순식간에."

"어…… 음, 그, 그렇지?"

"그것 봐. 아무 문제 없네."

아, 아니, 잠깐 기다려 봐. 내 치유력이 하나의 심장을 두 개로 만들 수 있을 정도로 대단한 거였어? 이게 정말로 아무 문제가 없는 거라고?

"물론 이것 또한 완벽하진 않아. 처음부터 완전한 방법은 없다고 했잖아. 이 경우에도 부작용은 있어."

따져 물었더니 역시나 달갑지 않은 대답이 돌아왔다. 그럴 줄 알았다 싶긴 했지만 막상 부작용이 있다고 하니 얼굴이 저절로 굳어졌다.

"무슨 부작용인데?"

"아무리 재생되었더라도 일단 하나에서 둘로 나뉜 거니까. 기능에는 문제가 없겠지만 생명력은 현저히 약해져. 수명에 영향이 있을 거야."

"수명이 짧아진다는 말이야?"

"그래. 뭐, 그래도 엘프니까 몇백 년은 살겠지만. 앞으로 몸 관리를 어떻게 하느냐에 따라 더 좋은 결과를 얻을 수도 있고. 오히려 동생 쪽은 엘프 혼혈들의 평균 수명보다는 오래 살지도 모르지."

으음, 그 정도라면 괜찮은 것 같기도 한데?

각오했던 것보다 가벼운 대가에 긴장이 조금 풀렸다. 관리에 따라 달라진다면 평소에 무리한 행동을 하지 않고 꾸준히 보양식만 먹어도 상당수 보완할 수 있을 것이다. 목숨을 건지고 종족마저 바꿀 수 있는, 그러면서도 누군가가 죽지 않아도 되는 치료법의 부작용치고는 심하다고 할 수 있는 것도 아니었다. 그렇게 생각한 게 나만은 아니었는지 엔딜과 카이테인의 얼굴도 밝아졌다.

심지어 세실은 본래의 평균 수명보다 더 오래 살 수도 있다니. 마치 엔딜의 수명을 나눠 갖는 느낌이다. 실제로 심장을 나눈다는 점에서 완전히 틀린 말도 아닐 것이다.

"할래?"

"네, 전 좋아요!"

처음부터 목숨을 건 녀석답게 엔딜의 대답엔 망설임이 없었다. 여전히 불안한 표정이긴 했지만 이번엔 카이테인도 그를 막지 않았다. 라피스의 시선이 나를 향했다.

"넌? 어쩔 거야?"

"어? 아니, 그게……."

"뭘 망설여. 네가 참여 안 하면 이 방법은 실행 불가능해. 엔딜도 죽으면 안 된다며. 그럼 남의 심장을 구해 오는 수밖에 없네. 나가서 하이 엘프 한 마리 잡아와? 그러면 되겠어?"

"할게! 해! 하면 되잖아!"

여차하면 정말 납치해 올 기세라 나는 바로 소리쳤다. 동시에 라피스의 얼굴에서 그럴 줄 알았다는 듯한 미소가 떠올랐다.

"그래? 참여한단다. 잘됐네."

"엘 님! 정말 감사합니다!"

내가 뭐라고 하기도 전에 엔딜이 꾸벅 허리를 숙였다. 시작부터 한마음 한뜻으로 뭉치더니 호흡이 척척 맞는 두 사람이었다. 기뻐하는 엔딜을 어쩔 수 없는 기분으로 바라보다가, 나는 라피스를 지긋이 노려보았다.

"근데 넌 갑자기 왜 이래?"

"뭐가?"

"너무 순순히 도와주고 있잖아. 아직 조건을 걸지도 않았던 것 같은데."

처음 부탁했을 때만 해도 드래곤의 자비심은 비싸다며, 대가 없이 도움 받을 생각은 하지 말라고 엄포를 놓았던 녀석이다. 세실을 살펴본다고 했을 때도 치료 가능성만 알려주고 나랑 흥정하려 들 줄 알았지, 이렇게 아무렇지 않게 덥석 진행할 거라고는 생각하지도 못했다. 오히려 지금 같은 경우엔 녀석이 나를 설득한 셈이라 더 당황스럽기만 했다. 대체 무슨 꿍꿍이야? 불신과 의심을 담아 바라봤을 때였다.

"네가 친구라며."

"어?"

"친구의 부탁이니까 그냥 들어줘도 되겠다 싶었을 뿐인데? 뭐 잘못됐어?"

"……."

아무래도 오늘은 뒤통수만 맞는 날인가 보다. 라피스는 굳어 있는 나를 이상하다는 듯이 바라보고는 이내 카이테인과 엔딜에게 필요한 것들을 지시했다. 그들이 요구에 맞춰 일사불란하게 움직이는 동안 라피스는 손가락을 깨물어 피를 낸 후, 그 피로 세실의 몸에 무언가를 적어갔다. 그렇게 한참을 집중하던 그가 곧 찌푸린 얼굴로 나를 응시했다.

"뭘 그렇게 히죽거리고 있어? 시작할 준비 해."

"아, 으응."

그 말을 듣고서야 내가 웃고 있었다는 사실을 깨달았다. 서둘러 라피스의 옆으로 다가서자 그는 나를 힐끗 보고는 다시 하던 일에 마저 집중하기 시작했다.

'헤헤.'

어떡하지. 이럴 때가 아닌데 마음이 자꾸 들떠서 큰일이었다. 얼굴 근육이 자꾸만 제멋대로 움직이는 것이 느껴져서 나는 몇 번이나 헛기침을 내뱉었다.

창밖으로 더욱 깊어진 어둠이 빗소리와 함께 녹아들고 있었다. 많은 것들이 달라질 마법의 밤이었다.

3.

굳게 닫힌 문틈으로 새하얀 빛이 들어왔다. 시야가 더 환해진 것 같더니 어느새 아침이 밝아오고 있었다. 그 점을 상기하자 긴 시간 유지하고 있던 집중이 처음으로 끊겼다. 몸은 피곤하지 않은데 정신이 지친 기분이었다. 나는 한숨을 돌릴 겸 방 안의 광경을 천천히 돌아보았다. 바닥을 비롯해서 천장, 그리고 허공까지. 공간 전체에 알 수 없는 숫자와 도형, 문자들이 검붉은 빛을 토해내며 번쩍이고 있었다.

공기 속에 가득히 스며든 짙은 피비린내. 간이로 마련한 수술대엔 핏물이 흥건히 고여 있었다. 그 위에 시체처럼 누워 있는 두 아이들의 모습은 마치 공포 영화에서나 볼 법한 기괴한 장면을 연상시켰다. 실제로 현재 두 사람의 상태가 시체와 별다를 바 없다는 점에서 현실감은 비교할 수준이 아니었지만 말이다. 두 사람의 심장은 제거된 채였고, 이미 생체 기능은 활동을 정지한 지 오래였다.

마법으로 만든 일시적인 현상일 뿐, 실제로는 살아 있는 상태이긴 했다. 하지만 그걸 안다고 해서 끔찍한 광경이 끔찍하지 않게 되진 않았다. 이보다 더 처참한 사체를 본 적도 많건만, 아는 사람의 몸속을 보는 건 또 다른 기분이라 마음이 좀처럼 진정되지 않았다. 카이테인은 일찌감치 방에서 내보낸 참이었다. 그리고 지금 막, 심장이라고 부르기도 애매한 덩어리 두 개가 두 사람의 가슴에 다시 자리를 잡았다.

"됐어."

"……!"

가볍게 숨을 고른 라피스가 고개를 끄덕였다. 오랜 시간 오매불망 기다려 왔던 순간이기도 했다. 그가 손을 떼자 허공에서 모빌처럼 늘어져 있던 붉은 문자들이 우르르 세실의 몸에 쏟아져 들어가기 시작했다. 마치 붉은 적혈구가 혈관을 따라 이동하듯 일사불란한 움직임이었다.

"지금."

마지막 문자가 스며드는 순간에 맞춰 라피스의 신호가 떨어졌다. 나는 준비하고 있던 치유력을 곧장 두 아이의 몸에 쏟아 부었다. 자욱한 수증기와 함께 넘실거리듯 밀려나온 물이 빠르게 환부를 감쌌다. 몸속으로 파고든 새하얀 기운이 심장 부근을 집중적으로 맴도는 것을, 나는 초조한 기분으로 지켜보았다. 지금까지 거쳐 온 험난한 과정들이 전부 이 마지막을 위한 거라고 해도 과언이 아니었다. 긴 밤 내내 고생한 라피스, 믿고 온전히 몸을 맡긴 엔딜을 위해서라도 반드시 성공해야 했다.

'제발!'

스며든 치유력이 본격적으로 반쪽짜리 심장들을 감싸기 시작했다. 마치 둥그런 물 풍선이 덧씌워지는 것 같았다. 그러자 축 늘어져 있던 덩어리가 놀라울 만큼 빠른 속도로 부풀어 올랐다. 여기저기 새 핏줄과 근육이 돋아나더니, 조립하는 것처럼 서로 연결이 되어 가면서 자연스럽게 자리를 잡아 갔다. 이 모든 과정이 끝났을 땐 어느새 두 아이의 몸 안에 붉은 심장이 온전한 형태를 이루고 있었다.

"아……!"

나도 모르게 탄성이 흘러나왔다. 눈 깜짝할 사이에 심장을 완전히 재생시킨 치유력은 이어서 다른 부분을 장악해 나갔다. 비워져 있던 공간에 살과 피가 차곡차곡 채워지고, 벌어진 피부까지 순식간에 봉합되어 갔다. 완전히 아문 가슴 위에는 작은 흉터자국조차 남지 않았다.

"치유됐다……."

깨끗해진 아이들의 맨살을 보니 마음이 벅차올랐다. 아직 생체 기능은 멈춰 있는 상태였지만 모든 장기가 온전한 상태라는 걸 느낄 수 있었다. 하나의 심장이 무사히 두 개로 나누어졌다. 내가 해 놓고도 실감이 나지 않아서 멍하니 서 있는데 라피스의 주먹이 툭 하고 가볍게 내 머리 위에 내려앉았다.

"된다고 했잖아. 넌 네 능력을 왜 나보다 모르냐?"

"그, 그럼 다 끝난 거야?"

"그래, 이걸로 전부 끝."

고개를 끄덕이는 라피스의 얼굴이 후련해 보였다. 그는 한차례 목운동을 마친 다음 짧게 주문을 중얼거렸다. 그러자 바닥과 천장에 새겨졌던 숫자와 도형들이 환하게 빛나더니, 누워 있는 두 아이의 몸 위로 한꺼번에 모여들었다. 그 현상이 일으킨 효과는 이어진 광경이 바로 알려주었다. 조금 전까지만 해도 시체처럼 미동이 없던 아이들의 몸에 활기가 돌기 시작한 것이다. 수술이 진행되는 동안 마법으로 멈춰 뒀던 숨이 다시 돌아와 있었다.

"이대로 몇 시간은 안 깨어날 거야. 침대로 옮겨 둬."

그의 말대로 엔딜과 세실은 깊은 잠에 빠진 모습이었다. 고르게 숨을 내쉬고 있는 얼굴은 이제 막 큰 수술을 끝마친 상태라고 여길 수 없을 만큼 평온하기만 했다. 여전히 잔여물이 남아 있는 현장만이 그들이 겪은 일을 알려주는 유일한 증거였다.

"둘 다 괜찮은 거야?"

"그걸 왜 나한테 물어. 치유한 네가 더 잘 알 거 아냐."

황당하다는 듯이 대꾸한 뒤 라피스는 근처에 있던 의자에 아무렇게나 주저앉았다. 꽤 피곤해 보이는 모습이었다. 왠지 신선한 기분이라 뚫어지게 바라보고 있으려니 그가 얼굴을 찌푸렸다.

"뭐야."

"아니, 네가 지친 모습은 처음 보는 것 같아서."

"그걸 알면 그냥 보고만 있지 말고 나한테도 치유력 좀 써 주지? 젠장, 하이 엘프라서 더 까다롭긴 하군. 생각보다 피를 너무 많이 썼어."

엄살은 아닌지 투덜거리는 말투에 평소보다 기운이 없다. 하긴 내가 보기에도 시술하면서 그가 소모한 피가 상당했다. 세실의 몸에서 인간의 성분을 분리해 낼 때만 해도 그렇다. 그 과정에서 이래도 되는 건가 걱정이 될 만큼 버려지는 부분이 많았는데, 라피스는 그보다 몇 배나 더 많은 양의 피를 내어 세실에게 채워 넣었었다. 마지막에 세실의 몸에 스며들었던 붉은 문자들과, 방 안에 가득 그려진 마법진들도 전부 라피스의 피로 만들어진 거였다. 드래곤의 본체가 집채만큼 크기에 망정이지, 평범한 사람이었다면 이미 치사량을 몇 번이나 넘겼을 것이다.

치유력을 불어넣어 주자 라피스는 뜨거운 욕탕에 몸을 담근 것처럼 푹 늘어졌다. 예전에 태진이 몇 시간씩 힘든 연습을 한 후에 파스를 붙이면 딱 저런 표정을 지었었다. 아무리 드래곤이라도 고되긴 했던 모양이다.

"좀 괜찮아?"

"한결 낫네."

녀석의 표정에 만족감이 떠오른 걸 확인한 후, 나는 잠들어 있는 남매를 조심스럽게 침대로 옮겼다. 혼혈이라곤 해도 큰 차이가 없다고 생각했었는데, 막상 온전한 하이 엘프가 된 세실을 보니 느낌이 조금 달랐다. 가장 뚜렷하게 느껴진 건 피부 톤의 변화였다. 이전의 피부가 미색에 가까웠다면 지금은 투명감이 감도는 흰 피부가 되어 있었다. 엔딜이랑 똑같은 색인 걸 보니 이게 하이 엘프 특유의 피부색인 것 같았다. 머리 색이 더 밝아진 것도 기분 탓은 아닐 것이다. 전체적으로 색이 빠진 듯한 느낌인데 오히려 혈색은 더 좋았다. 옅은 장밋빛으로 영글어 있는 두 뺨에선 하루하루 죽어 가던 소녀의 모습은 발견할 수 없었다.

정말 '인간의 부분'이 완전히 사라졌구나. 눈으로 보면서도 믿기지 않은 사실에 연거푸 감탄이 흘러나왔다. 세실에게서 빠져나온 '인간 쪽'은 지금 덩어리진 채로 바닥에 한가득 고여 있는 상태였다. 눈대중으로만 따져도 몸의 절반은 될 것 같았다.

저 많은 양이 빠져나가고도 멀쩡할 수 있는 건 전부 드래곤의 피 덕분이다. 어느 인종의 것이든 성분을 대신할 수 있다니. 과연 지상 최고의 종족다웠다. 라피스가 본인의 입으로 이 말을 했을 땐 코웃음 쳤는데, 그걸 내가 스스로 인정하게 될 줄이야. 사람의 일은 한 치 앞도 모른다더니 정말로 그랬다.

"아무튼 정말 고생 많았어, 라피스. 도와줘서 고마워."

"흥, 당연히 감사해야지. 영광인 줄 알아. 날 이렇게 효과적으로 써먹는 녀석은 네가 처음이니까. 내 부모조차 나한테 무보수로 이득을 본 적이 없어. 알아?"

"네네, 정말 고맙습니다. 너무 감격해서 눈물이 날 것 같습니다. 친구 잘 둬서 기쁘다고 하면 될까요?"

"그걸 말이라고 해? 여기서 더 부려 먹지나 말아. 이건 내 예감인데, 넌 언젠간 내 목숨도 내놓으라고 할 것 같아."

"헐, 넌 날 진짜 뭐라고 생각하는 거야. 내놓으라면 주긴 하게?"

"줄 것 같냐."

나른하게 풀어져 있던 라피스의 눈이 단숨에 희번들해졌다. 누가 보면 내가 정말 목숨을 내놓으라고 한 줄 알 것 같았다. 어처구니가 없어서 나는 고개를 절레절레 흔들었다.

"뭔가 기대를 배반하는 것 같아서 미안한데. 네 목숨 같은 건 필요 없거든? 준다고 해도 안 받아."

"뭐? 왜 안 받아? 넌 내 목숨의 가치를 잘 모르나 본데!"

"그럼 받아줘?"

"안 준다니까?"

"아, 어쩌라고!"

실없는 트집을 잡는 걸 보니 이제 살 만해진 모양이다. 나는 떽떽거리는 라피스의 목소리를 한 귀로 흘리면서 주위를 돌아보았다. 어느 정도 분위기가 정돈이 되고 나니 새삼 방 안의 상태가 눈에 밟혔다. 탁자 위에서 바닥까지 흐르고 있는 핏물과 공기 중에 배어 나는 악취까지. 간밤에 여기서 사람이 죽었다고 해도 전혀 이상하지 않을 광경이었다. 심장이 약한 사람은 들어오자마자 혼절할 게 분명했다.

"일단 청소부터 해야겠네."

밤새 카이테인의 서성거림이 느껴지던 문 밖에서 사람들의 기척이 더해졌다. 아침이 되니 다들 소식을 듣고 몰려든 것 같았다. 나가서 모두에게 좋은 소식을 알려야 하는데 이런 상태로 놔둘 순 없었다. 방 안에는 별다른 청소 도구가 보이지 않았기 때문에 있는 능력을 활용하기로 했다. 물을 일으켜 구석구석 닦아내고 공기를 정화한 후 오물은 하나로 몰아 깨끗이 소멸시켰다. 이른바 물 세척이었다. 그 사이에도 라피스의 헛소리는 계속되고 있었다.

"야! 친구라면 서로 목숨을 걸자고 말해야 하는 거 아냐? 친구라며!"

……대체 저 이상한 사상은 누가 가르쳐 준 걸까. 원래 이상한 녀석이지만 갈수록 더 이상해지는 것 같았다.

*　　　*　　　*

의식이 먼저 돌아온 건 엔딜이었다. 눈을 뜬 후에도 감각은 돌아오지 않았는지 그는 한동안 멍한 표정에서 벗어나질 못했다. 그 모습을 모두가 조마조마한 시선으로 바라보았다.

"엔딜? 정신이 좀 듭니까?"

카이테인의 질문에 의미 없이 배회하던 눈동자가 멈췄다. 흐릿하던 눈동자에 조금씩 초점이 돌아오고 있었다. 그는 그 상태로 천천히 주위를 둘러보았다. 자신을 쳐다보고 있는 사람들의 모습에 의아한 시선을 보내기를 잠시, 벼락이라도 맞은 것처럼 그가 흠칫 얼굴을 굳혔다. 드디어 현재 상태를 자각한 것이다.

"어?"

눈빛이 선명해지기 무섭게 엔딜은 벌떡 몸을 일으켰다. 당황한 얼굴로 제 몸을 더듬어 가는 손길이 분주했다. 어떻게 된 건지 온몸으로 묻고 있는 얼굴을 본 카이테인이 웃으며 설명했다.

"시술은 무사히 끝났습니다. 축하드립니다, 엔딜. 성공하셨다고 합니다."

"……! 저, 정말?"

두 눈을 부릅뜬 엔딜이 믿을 수 없다는 표정을 지었다. 그 모습을 보니 조금 전에 봤던 일행들의 얼굴이 떠올랐다. 맨 처음 소식을 알렸을 때, 문밖에 있던 카이테인과 일행들도 모두 저런 얼굴을 했었다. 특히 아침이 돼서야 상황을 알게 된 일행들은 더욱 놀란 기색이었다.

하룻밤 사이에 한 아이의 운명이 바뀌었으니 당황스럽기도 했을 것이다. 라피스가 바로 시작하는 바람에 얼결에 휘말리긴 했는데, 돌이켜 보면 참 대책 없이 일을 저지르긴 했다. 무사히 성공해서 천만다행이다. 만약 실패했다면 사람들의 얼굴을 차마 바라볼 수 없었을 것이다.

어쨌거나 결과는 좋았고, 나는 여느 때보다 위풍당당한 상태였다. 일행들 역시 지나간 일을 나무라는 대신 함께 기뻐해 주었기 때문에 현재 방 안의 분위기는 몹시 밝은 상태였다. 누구라도 이곳을 보면 좋은 일이 있었다는 사실을 알 수 있을 것 같았다. 눈치가 빠른 엔딜이 그런 상황을 파악하지 못할 리가 없었다. 그럼에도 그는 좀처럼 실감하지 못하는 모습이었다. 흉터 없이 매끈한 자신의 가슴을 들여다보고는 더욱 의심스러워하는 표정을 지었다. 엔딜이 구석에 서 있는 라피스를 힐끔 보았다가 내 쪽으로 시선을 보냈다. 웃으며 고개를 끄덕여주니 그제야 불안해하던 얼굴에 안도감과 기뺨이 떠올랐다.

"세실은……."

나는 어깨를 으쓱인 다음, 몸을 비켜 그가 뒤쪽을 볼 수 있게 해
주었다. 다른 쪽 침대에 곤히 잠들어 있는 세실을 발견하자 엔딜은
허둥지둥 몸을 일으켰다. 덮치듯이 달려간 후, 그는 거의 매달리다
시피 한 자세로 동생의 얼굴을 눈으로 천천히 더듬어 갔다.

"아……!"

부릅떠진 눈이 부들부들 떨리는 듯하더니, 빠르게 눈물이 차오
르기 시작했다. 나도 느낀 세실의 변화를 일평생 동생을 돌보아 왔
던 엔딜이 몰라볼 리가 없었다. 엔딜은 몇 번이나 세실의 얼굴을,
그녀의 좀 더 밝아진 피부와 머리카락을 하염없이 매만졌다.

"아아아……!"

그때마다 그의 입에서 신음 소리인지 통곡 소리인지 모를 울음
소리가 흘러나왔다. 차오른 격정과 수많은 감정의 잔류들을 꾸역
꾸역 삼키는 소리였다. 지켜보는 나까지 눈물이 날 것 같아 있는
힘껏 숨을 삼켰다. 다른 일행들의 눈도 새빨개져 있었다.

후두둑, 구슬처럼 떨어진 눈물이 세실의 뺨을 적셨다. 차가운 감
촉에 의식이 돌아온 걸까. 감겨 있던 세실의 눈꺼풀이 파르르 떨리
더니, 연한 보라색의 눈동자가 천천히 드러났다. 그 모습에 모두가
일제히 숨을 죽였다.

"으응…… 오빠?"

멍한 상태로 눈을 깜빡이던 소녀가 눈앞에서 울고 있는 엔딜을

보고 의아한 표정을 지었다. 그녀가 손을 뻗자 엔딜이 황급히 붙잡았다.

"세실! 세실, 괜찮아? 나 알아보겠어?"

"응, 오빠. 왜 울고 있어? 또 나 때문에 슬펐어?"

애틋한 표정을 지은 세실이 두 손으로 엔딜의 눈물을 닦아냈다. 엔딜이 울면서 고개를 젓자, 그의 머리를 꼭 끌어안고 토닥이기까지 했다. 이미 이런 상황엔 익숙하다는 듯, 의연하게 대처하는 모습에 가슴이 뭉클해졌다.

"어?"

한동안 엔딜을 달래는 것에 집중하던 세실이 뒤늦게 우리들을 발견하고 눈을 동그랗게 떴다.

"누구세요?"

낯선 사람들의 모습에 긴장한 듯 작은 어깨가 굳었다. 그것을 본 카이테인이 황급히 앞으로 나섰다. 아는 사람을 발견하자 세실의 표정도 눈에 띄게 좋아졌다.

"괜찮습니다, 세실. 세실을 도와주러 와주신 분들입니다."

"절 도와주러요?"

"예, 밤새 세실을 치료해 주셨답니다."

그 말과 함께 카이테인이 자연스럽게 나를 전면에 내세웠다. 정확히는 라피스도 같이 소개하려고 했던 것 같은데, 그가 시선을 회피하는 바람에 나만 붙잡힌 상태였다. 덕분에 얼결에 나서게 된 나는 어색하게 웃을 수밖에 없었다. 그러자 세실의 눈이 더 커졌다.

"와아, 천사님이다."

"푸핫!"

방정맞은 웃음소리의 주인은 라피스였다. 그래, 네가 이런 말을 듣고 안 웃을 리가 없지. 나는 어깨를 떨면서 웃는 녀석을 한 번 노려본 다음, 더없이 상냥하게 세실의 머리를 쓰다듬어 주었다.

"안녕, 세실. 난 엘이라고 해. 네 오빠의 친구야."

"오빠의 친구요?"

세실이 눈을 휘둥그렇게 뜨고 확인하듯이 엔딜을 응시했다. 하지만 엔딜은 울음을 삼키느라 제대로 대답조차 하지 못했다. 오히려 흐느낌이 더 심해진 것 같았다.

"그런데 오빠가 왜 이렇게 울어요?"

"기뻐서 그래."

"기뻐서요?"

"응, 세실. 몸은 좀 어때? 평소랑 달라진 점은 없어?"

그 말에 세실은 고개를 갸웃하더니 천천히 자신의 몸을 더듬었다. 이후 소녀는 자신의 몸에 생긴 변화를 느낀 듯했다. 얼굴을 살짝 찌푸린 세실이 황급히 자신의 이마를 짚었다. 눈을 빠르게 깜박여 보더니 고개를 이리저리 흔들기도 했다. 그러더니 멍한 얼굴로 중얼거렸다.

"오빠. 나 뭔가 이상해."

"으응? 이, 이상하다니?"

뜻밖의 반응에 당황했는지 엔딜이 눈물을 그치고 급히 고개를 들었다. 하지만 난 별로 걱정하지 않았다. 혈색이 감도는 얼굴만 봐도 괜찮다는 것이 느껴졌기 때문이다. 예상대로 세실이 자신의 몸을 돌아보며 말했다.

"하나도 안 어지러워. 열도 안 나. 몸이 엄청 가벼워진 것 같아. 진짜 이상해. 왜 이러지? 오늘 굉장히 좋은 날인 것 같아. 천사님을 만나서 그런가 봐."

아무것도 모른 채 해맑게 웃는 얼굴에 엔딜의 표정이 일그러졌다. 그는 손을 뻗어 자신의 품 안에 동생을 꼭 끌어안았다.

"오빠?"

"맞아, 세실. 천사님을 만나서 그래."

악문 입술 사이에서 울음 섞인 목소리가 흘러나왔다.

"어떡하지? 너무 행복해서 무서워질 것 같아. 이제 괜찮아, 내 동생. 이제 다 괜찮아."

다시 흐르기 시작한 눈물이 뚝뚝 세실의 어깨를 적셨다. 세실은 어리둥절해하면서도 얌전히 안긴 채 가만히 그의 등을 토닥였다. 받은 사랑을 되돌려 주는 다정한 손길에 엔딜은 눈을 감고 말없이 흐느꼈다.

창문 가득 화사한 햇살이 밀려들어 왔다. 간밤에 내린 비 덕분에 깨끗해진 하늘은 어느 때보다 청명한 색을 품고 있었다. 보석처럼 반짝이는 빛들이 두 남매의 앞날을 비추는 것 같았다.

살아온 날보다 앞으로 살아가야 할 날이 더 많은 남매였지만 그다지 걱정이 되진 않았다. 저 둘이라면 반드시 잘해 나갈 것이란 예감이 들었다.

"이곳을 떠난다고?"

잠시간 깨어 있던 세실은 금방 다시 잠들었다. 아무래도 큰 수술을 겪고 난 후이니만큼 한동안은 몸이 적응할 시간이 필요한 것 같았다. 그사이 엔딜은 중대한 결정을 내렸다. 태어난 이후로 쭉 살아온 고향을 떠나기로 한 것이다. 놀라서 바라보자 그는 침착하게 고개를 끄덕였다.

"지금 일을 돕고 있는 가게 주인이 참 좋은 사람이거든요. 그 사람한테 동생이 하나 있는데, 카터스 제국에서 장사를 하나 봐요. 그쪽에 일손이 필요하다고 해서 지원해 보려고요."

"그래도 괜찮겠어?"

"네, 사실은 진작부터 떠나고 싶었어요. 이곳에 있으면 아무래도 일족들에게 신세를 지는 느낌을 피할 수가 없으니까요."

엘프의 숲은 하이 엘프의 주관할 영역이고, 그 안에서 산다는 사실만으로도 두 남매는 그들의 비호를 받는 것과 다름이 없었다. 엔딜은 그 사실을 달갑게 여기지 않았다. 이미 실제적인 교류도 다 끊긴 상황에서 마치 그들의 도움을 받는 것 같은 상황이 마음에 들지 않는 건 당연한 일이었다.

이에 관해서는 두 남매의 곁을 지켜온 시큐엘도 같은 의견이었다. 원래는 돌아오자마자 바로 숲을 떠날 예정이었다는데, 예상과 다르게 카이테인의 신성력으로도 세실의 병세가 차도를 보이지 않아 함부로 움직이지 못했다고 했다. 아직 엔딜의 마나로는 시큐엘의 소환을 오래 유지할 수 없다는 것도 문제였다. 이제 가장 큰 문제가 해결되었으니 미뤄 뒀던 결정을 서두르는 것 같았다.

—하해와 같은 은혜에 깊이 감사드립니다.

모든 상황이 정리된 후에야 소환된 시큐엘은 질릴 정도로 감사 인사를 했다. 사납게 생긴 늑대가 눈물을 줄줄 흘리고 있는 광경은 신선했으나, 그가 심각한 팔불출이라는 사실을 여실히 실감할 수밖에 없었다. 엔딜을 위하는 마음이야 익히 알았지만 이제 보니 세실을 더 끔찍하게 아끼는 것 같다. 나중에 세실이 자라서 시집간다고 하면 엔딜보다 그가 더 대성통곡할 것 같다는 강렬한 예감이 들었다.

"근데 카터스 제국은 너무 멀지 않아?"

"그렇긴 하죠. 사실 저도 이렇게 멀리 갈 생각까진 없었어요. 하지만 나이도 어린 데다 엘프인 저희가 정착할 만한 곳을 찾기가 쉽진 않잖아요. 그런데 카터스 제국은 이종족에 대한 시선이 여기보다는 자연스럽다고 하더라고요."

"그래?"

"네, 그곳의 황제가 재원 발굴에 혈안이 되어 있대요. 실력만 있으면 이종족도 등용한다고 해요. 덕분에 소식을 듣고 이종족들이 몰려들어서 그들을 중심으로 형성된 마을도 있다고 들었어요. 그곳이라면 세실도 잘 지낼 수 있을 것 같아요."

이미 많은 것들을 조사해 봤는지 설명에 거침이 없었다. 일족들에게는 떠난다는 사실도 알리지 않을 거라고 했다. 그동안 받은 식재료 값과 집세만 계산해서 집 안에 놔두고 갈 예정이라는 말도 덧붙였다. 흥에 취한 엔딜이 앞으로의 계획을 떠드는 것을 일행들은 즐거운 표정으로 들었다. 다만 이사나만은 홀로 심각한 표정을 짓고 있었다.

'이사나?'

나는 생각에 잠긴 듯한 그의 모습을 의아하게 바라보았다. 그때 청량한 목소리가 퍼져나갔다.

"저도 엔딜과 함께 하고 싶습니다."

차분하게 말문을 연 사람은 바로 카이테인이었다. 모두의 시선이 쏠리자 그는 언제나처럼 부드럽게 웃었다.

"카이 씨도요?"

"예, 그렇게 해도 괜찮겠습니까?"

"으음, 카이 씨가 그렇게 하고 싶다면……."

어차피 카이테인과는 처음부터 한시적인 동행이었고, 내게 그의 결정을 반대할 권한 같은 건 없었다. 그럼에도 의견을 구해 오는 것이 그가 나를 잠깐 스치는 인연이 아니라 계속 함께할 동료로 여기고 있었다는 뜻 같아서 고마웠다. 오히려 그 결정에 당황한 사람은 엔딜이었다.

"사, 사제님이 왜?"

"싫으십니까?"

"아니, 그런 건 아니지만……."

"그럼 저도 데려가 주십시오. 치료해드리기로 하고 왔으면서 전혀 도움이 되지 못한 게 마음에 걸리네요. 하다못해 두 사람이 좋은 곳에 정착하는 것만이라도 돕고 싶습니다."

"그, 그게 무슨 소리야! 사제님이 옆에 있어 줘서 그동안 우리가 얼마나 든든했었는데! 도움이 되지 않았다니, 그런 식으로 말하지 마."

"하하, 그렇게 봐 주시니 고맙군요. 솔직히 말하면 방금 전 한 말은 그저 구실에 불과하고 사실은 엔딜과 세실, 두 사람과 조금 더 함께하고 싶다는 바람이 더 큽니다. 엔딜 군은 어떨지 몰라도 저는 그동안 꽤 즐거웠거든요."

"그건 나도 마찬가지야! 치사하게 이렇게 나오기야? 앞으로도 세실이랑 시큐엘이랑 사제님이랑, 우리 넷이서 같이 지내고 싶다고…… 나도 그렇게 말하고 싶었단 말이야! 폐가 될까 봐 간신히 참고 있었는데!"

"그게 정말입니까? 몹시 기쁜데요."

"젠장, 그걸 꼭 말로 해야 알아? 암튼 이럴 때 보면 사제님은 사람 맘을 너무 모른다니까!"

툴툴거리면서도 엔딜의 얼굴은 기쁨을 감추지 못해 홍당무처럼 붉어져 있었다. 카이테인 역시 감동해서 눈물을 글썽이고 있는 모습이었다. 함께 지내는 동안 정말 많이 정들었던 모양이다. 그들 사이에 견고하게 쌓인 유대감이 느껴져서 몹시 흐뭇했고, 한편으로는 안심이 되기도 했다.

성인 남자인 데다 번듯한 사제의 직분을 지닌 카이테인이 함께해 준다면 엔딜 남매가 낯선 땅에 정착하는 것도 한결 수월해질 것이다. 내 입장에서는 그가 나서 준 덕분에 큰 걱정 하나를 덜어낸 기분이었다. 난 정말 그에게 도움만 받는구나. 지난날 엔딜을 돕기로 했을 때도 그의 배려를 받아 문제를 해결했는데, 이번에도 마찬가지였다. 라피스가 눈부신 활약으로 모두의 주목을 이끄는 태양 같다면, 카이테인은 그다지 눈에 띄지 않으면서도 조용히 필요한 부분을 채워 주는, 달 같은 사람이란 생각이 들었다.

"어이, 언제까지 이곳에 있을 거야?"

마냥 앉아서 대기하는 시간이 지루해진 듯, '태양' 쪽이 말했다. 다른 사람들은 다 아무렇지 않은 모습인데 어지간히 인내심이 짧은 녀석이었다. 불퉁하게 파고드는 라피스의 시선에 나는 금방 일어나겠다는 뜻으로 어깨를 으쓱여 보였다. 우리들 사이에 오가는 분위기를 읽은 카이테인이 아쉬운 표정을 지었다.

"가시는 겁니까?"

"네, 그래야죠."

이미 이곳에서의 용건은 전부 끝났다. 평화로운 시기라면 휴양하는 기분으로 며칠 더 묵어도 괜찮겠지만, 지금은 해결해야 할 일들이 산더미처럼 남아 있는 상태였다. 가장 큰 문제인 악신 쪽은 카노스가 해결한다 해도, 대공 역시 방심할 수 없는 존재였다. 그를 몰아내는 과정 또한 순탄하지는 않을 것이다. 카이테인도 우리들의 사정을 알기 때문인지 붙잡지 않았다.

"마음 같아서는 조금 더 머물렀다 가시길 권하고 싶지만, 하셔야 할 일이 있으시니 그럴 수도 없겠군요. 비록 함께하지는 못하나 모두를 위해 항상 기도하고 있겠습니다. 엘 님과 여러분의 앞날에 엘 뤼엔 님의 가호가 함께 하시길."

"고마워요. 카이 씨도 언제나 무탈하길 바랄게요."

그 어느 것보다 든든한 축언(비록 시벨리우스와 라피스는 얼굴을 일그러트렸지만)에 나는 환한 미소로 화답했다. 엔딜은 금방이라도 울 것 같은 표정을 짓고 있었다. 그 얼굴을 보자 웃음이 흘러나왔다.

"뭘 그렇게 울상을 짓고 있어? 다시는 못 보는 것도 아닌데."

"저, 정말이요, 엘 님? 우리 다시 만날 수 있나요?"

"그럼. 멀리 떨어져 있어도 우린 정령으로 연결되어 있잖아. 시큐엘의 가족인 너는 나의 가족이기도 해. 카터스 제국이든, 그 어디서라도. 무슨 일 생기면 언제든 연락해. 바로 달려올 테니까."

정령사와 정령은 가족 같은 관계. 언젠가 카노스가 했던 말이 떠올라서 한 말인데 입으로 뱉고 보니 내가 더 뿌듯해졌다. 그런데 예상치 못한 일이 벌어졌다. 당연히 좋아할 줄 알았던 엔딜이 그 자리에서 눈물을 터트린 것이다.

"에, 엔딜?"

"흐어엉, 죄, 죄송해요! 그런 말을 해 주실 줄은 몰라서……. 제, 제가 정말 감히 엘 님을 가족으로 여겨도 되나요? 저 같이 한심한 녀석도요?"

연신 닦아내도 뚝뚝 떨어지는 눈물은 멈출 기미를 보이지 않았다. 나는 어쩔 수 없는 기분으로 그를 끌어안고 토닥여 주었다.

"네가 왜 한심해. 넌 세실의 자랑스러운 오빠고, 내 시큐엘이 누구보다 소중하게 아끼는 귀한 사람이야. 카이 씨도 널 좋아하는 걸."

"에, 엘 님도요?"

"그럼 당연하지."

"……! 고맙습니다! 너무 기뻐요. 저도 엘 님이 정말 좋아요. 저진짜 착하게 살게요. 엘 님 이름에 누 끼치지 않을 거예요."

"너무 무리하지 마, 엔딜. 넌 지금도 충분히 잘하고 있어."

문득 엔딜을 처음 만났을 때가 떠올랐다. 그때만 해도 내가 그에게 이런 말을 하게 될 거라곤 전혀 생각지 못했었다. 불과 몇 개월만에 내 안에서 그의 가치가 완전히 달라졌다.

누군가를 알아가고 이해하는 일이란 정말 굉장한 일이다. 인연을 맺는다는 건 서로에게 생명을 부여하는 과정 같았다. 아무것도 부여하지 않을 땐 그저 주위를 지나치는 수많은 배경 중 일부에 불과하지만, 생명을 부여하는 순간 그 존재는 일부에서 벗어나 특별해진다. 나눠가진 생명이 커지면 커질수록 존재감은 점점 더 선명해지며 서로의 안에서 가치를 더해가고, 종래에는 완전히 살아 숨쉬는 '또 다른 나'가 되는 것이다. 그렇기에 무엇보다 소중해지는 것이 아닐까.

"뭔 놈의 작별 인사를 한나절이나 해? 난 먼저 나간다."

한껏 훈훈해진 분위기를 식힌 건 이번에도 라피스였다. 다음 순간 자리에서 일어나던 그와 엔딜의 시선이 마주쳤다. 의미 없이 지나치는 라피스와는 다르게 엔딜은 기다렸다는 듯이 허리를 굽혔다.

"드래곤님께도 다시 한 번 인사드릴게요! 정말 감사합니다! 이 은혜 잊지 않겠습니다!"

"그러든지."

열렬한 인사에 비해 돌아온 대꾸는 시큰둥했다. 다른 사람들이 당황해하든 말든 라피스는 그대로 문을 열고 나갔다. 그 성의 없는 태도에 나는 얼굴을 찌푸렸지만 엔딜은 그럴 줄 알았다는 듯이 웃음을 터트렸다. 처음엔 눈만 마주쳐도 벌벌 떨더니, 은인이라 여겨서인지 이젠 그가 어떤 태도를 취해도 전혀 무서워하지 않았다.

어쨌거나 라피스가 나가 버린 탓에 자리는 자연스럽게 파장의 분위기로 흘러갔다. 하나둘씩 일어나기 시작한 일행들을 따라 나 역시 앉아 있던 의자에서 일어났다. 마지막으로 몸을 일으킨 사람은 이사나였다. 그는 똑바로 서자마자 진지한 표정으로 엔딜을 응시했다.

"엔딜, 악수를 청해도 될까요?"

"으응? 아, 응!"

이사나가 손을 내밀자 엔딜은 당황한 얼굴로 맞잡았다. 생소한 경험인지 악수를 나누면서도 어색해하는 기색이 역력했다. 그 모습을 부드러운 시선으로 바라보던 이사나가 말했다.

"당신에게 한 가지 부탁하고 싶은 게 있습니다."

"나한테? 무슨 부탁?"

"당장은 힘들겠지만 언젠가는 이 제국을 두 사람이 자유롭게 지낼 수 있는 나라로 만들 겁니다. 그때는 다시 돌아와 주지 않겠습니까?"

그 말에 엔딜이 눈을 크게 떴다. 놀란 표정이 사라지고 환한 웃음이 지어졌다.

"그럴게."

"정말이지요?"

"응! 약속해. 그게 언제가 되든지. 꼭."

긴장하고 있던 이사나의 얼굴에 미소가 떠올랐다. 아까 전부터 혼자서 심각해져 있었던 이유가 바로 이것 때문이었나 보다.

지금 이 자리에 있는 사람이, 작은 부분을 지나치지 않고 고민할 수 있는 그가 황제라서 다행이었다. 이따금씩 이사나가 복권한 후에 만들어 갈 세상을 혼자서 그려 보곤 한다. 강하고 다정한 군주, 가난하고 힘없는 사람들이 억울한 일을 겪지 않는 세상. 그 세상에 추가할 부분이 하나 더 늘었다. 아마 앞으로 점점 더 늘어날 것이다. 벌써부터 기대가 돼서 마음이 두근거렸다. 이 여행이 끝나고 나면, 스왈트 제국은 굉장히 아름다운 나라가 될 것 같았다.

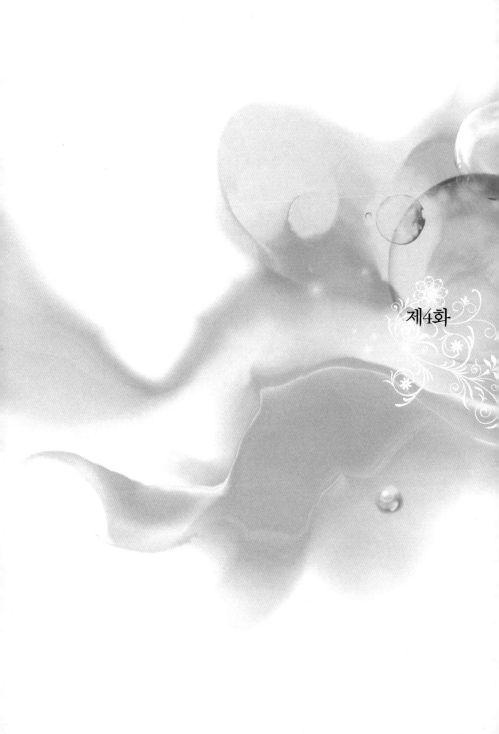

제4화

1.

　"루반과 아실란의 영주가 움직였습니다."

　지하로 연결되는 밀실, 원탁에 모여 앉아 있는 사람들의 얼굴이 심각했다. 그들은 이른 아침부터 긴급회의를 소집한 클모어 영주의 가신들이었다. 클모어의 공녀 에이프릴과 황제의 친위 기사들도 자리에 함께 참석했다.

　루반과 아실란은 클모어와 이웃한 지역으로, 서로 견제하며 겉으로만 친선을 다지던 관계였다. 그곳을 다스리는 두 영주가 최근 동맹 서한을 교환했다. 친선 훈련을 명목 삼아 서로 군사를 합병했는데 그 수가 10만이 넘는다고 했다. 물론 여기 있는 누구도 그들이 표면으로 내세운 친선 훈련이라는 말을 믿는 사람은 없었다.

그들의 칼날이 조만간 클모어로 향할 것은 이미 예정된 수순이라고 봐야 했다.

"생각보다 이르지 않습니까?"

"이쪽이 움직이기 전에 먼저 칠 생각이군요."

보고서를 읽어 내려가던 사람들의 입에서 신음이 흘러나왔다. 하지만 정작 실권자인 공작이 자리에 없다 보니 다들 이렇다 할 결론을 내지 못했다.

"저희들도 군사를 움직여야 합니다."

"작전권은 공작님이 갖고 계시네. 우리들이 마음대로 할 수 없다는 걸 알고 있지 않은가."

"공녀께서 계시잖습니까. 공녀께서도 클모어 가문의 일원이십니다. 또한 현재까지 공작님의 유일한 혈통이시니 군사를 움직일 명령권 또한 가지고 계십니다."

공작의 가신들 중에서 가장 젊은 기사가 에이프릴을 가리키며 호기롭게 말했다. 그러나 또 다른 가신인 나이 지긋한 남자가 고개를 저었다.

"공작님이 공녀님을 알아보지 못하신다는 걸 잊었나? 그분이 공녀님이 병력을 쓰는 것을 그냥 가만히 놔두실 것 같은가? 자칫하면 우리들끼리 싸우게 될지도 모르네."

"그럼 어쩌란 말씀입니까? 이대로 적들이 쳐들어오길 기다릴 수는 없잖습니까! 시국이 이런데 정작 공작님은 아무것도 모르고 계십니다! 저희들을 만나 주지도 않으신단 말입니다!"

"그분을 탓하지 말게. 일이 이렇게 된 것엔 공작님을 제대로 보필하지 못한 우리들의 책임이 더 크네."

"……알고 있습니다. 젠장, 세뇌를 걸다니. 그런 게 가능할 줄은……."

불끈 쥔 주먹이 마음에 품은 분노를 반영하듯 부르르 떨렸다. 다른 가신들의 얼굴도 굳어 있긴 마찬가지였다. 그들 대다수가 대대로 클모어의 가주를 섬겨온, 가주에 대한 충성심이 남다른 자들이었다. 아름답고 풍요로운 공국, 그곳을 다스리는 강하고 인자한 주인. 그를 보필하는 것에 자긍심을 가졌고, 한 치의 빈틈이 없다고 자부해 왔었다. 그 자부심이 지난 몇 달 동안 완전히 부서져 내렸다.

대체 어떻게 이런 일이 일어날 수 있단 말인가. 카웰 공작이 한동안 칩거하겠다고 했을 때, 그들은 아무런 의심 없이 본인들 또한 자택에서 은둔하는 것을 택했다. 공작이 그렇게 하길 바라기도 했고, 가주와 뜻을 같이하고 싶었기 때문이다.

마신관이 주기적으로 공작의 저택을 방문한다는 사실은 알고 있었지만, 공작이 독실한 교인이었기에 이상하게 여기지 않았다. 오히려 마신을 최고신으로 섬기는 신성제국에서는 빈번한 일이기도 했거니와, 칩거 중이라 신전을 직접 방문하지 못하니 마신관 쪽에서 오도록 청한 것이려니 했다.

그들 역시 마신관이 전해 주는 말들을 맹신했고, 공녀가 죽었다고 알고 있었다. 그래서 그녀가 멀쩡한 모습으로 나타났을 땐 심장이 멈추는 줄 알았다. 그녀는 황제의 보호를 받고 있다고 했다. 그 말을 증명하는 것처럼 황제의 친위 기사들이 그녀를 보호하고 있었다. 그들로부터 모든 진실을 듣고 나서 얼마나 놀라고 혼란스러웠던가.

물론 처음부터 그 말을 전부 믿었던 것은 아니었다. 아니, 대다수가 황당무계한 소리로 치부하고 말도 안 된다고 여겼다. 공녀를 가짜로 의심하는 자들도 있었다. 하지만 이런 엄청난 사안을 그냥 넘어갈 수는 없었기 때문에 오랜만에 공작을 찾았다. 그저 진위 여부만 확인할 생각이었다.

그러나 실상은 그렇게 가볍지 않았다. 카웰 공작은 일에서는 엄격하지만 인간적으로는 온화한 성정이었다. 그런 그가 여동생과 황제의 이야기를 꺼내자 격노하며 완전히 다른 사람처럼 변했다. 쫓겨나다시피 자리에서 물러나고 나니 그날부터 어디선가 감시가 따라붙었다. 마신의 성기사들이 갑자기 쳐들어와 끌고 가려는 것을 간신히 뿌리치고 탈출한 사람도 있었다.

그때서야 가신들도 무언가 이상하다는 것을 깨달았다. 그들 중 몇몇은 삼엄한 감시를 뚫고 공작을 찾아가 이에 대해 알리는 데 성공하기도 했다. 하지만 정작 공작 본인이 전부 모르쇠로 일관했다. 심지어 가신들 중 몇 사람은 아예 알아보지도 못했다. 그쯤 되니 그들도 상황을 인정하지 않을 수가 없었다. 지금 카웰 공작은 적들의 인질임과 동시에 자신들의 가장 큰 적이었다.

"저주만 풀리면 괜찮을 거예요."

차분히 호흡을 가다듬은 에이프릴이 애써 의연하게 말했다. 하지만 가신들의 표정은 여전히 어두웠다. 그들의 두 눈으로 직접 가주의 심각한 상태를 확인했다. 말 한마디로 낙관할 만한 상황은 아니었다.

"너무 염려 마세요. 폐하께서 저주를 풀 방법을 반드시 찾아오실 테니까요."

"마검 말입니까?"

"네, 맞아요. 마검만 있으면 된다고 하셨어요."

"허나 폐하께서 가신 곳은 하필이면 그 악명 높은 바론 사막 아닙니까? 그곳에 들어갔다 살아 돌아온 사람이 지금까지 아무도 없습니다. 그런 위험한 곳에 이렇다 할 호위도 없이 가셨다니. 그 생각만 하면 걱정이 되어 잠을 이룰 수가 없습니다."

힘을 북돋기 위해 한 말이 분위기를 더 가라앉혔다. 공작에 대한 근심이 황제에 대한 염려로 옮겨 갔을 뿐이었다. 내색하진 않았지만 걱정이 되기는 마찬가지였던 에이프릴의 얼굴도 하얗게 질렸다.

"괘, 괜찮으실 거예요. 얼마 전에도 연락이 온 것 같았거든요. 스승님이 통신하시는 것을 보았어요."

"공녀께서 말씀하시는 스승이라시면, 그 화려하게 생긴 붉은 머리칼의 마법사 말입니까?"

"네, 맞아요. 라피스라는 이름이세요."

"흠, 폐하와 소식이 닿았다니 다행이군요. 좀 더 자세한 상황을 알고 싶은데, 그는 지금 어디에 있습니까?"

"네? 아……."

에이프릴이 웃는 얼굴 그대로 난처한 표정을 지었다. 가신들은 공녀의 표정 변화를 예민하게 눈치챘다.

"설마 또 자리를 비운 겁니까?"

"으음, 그게……."

예상했던 대답에 가신들의 얼굴이 일제히 찌푸려졌다. 사실 그들에게는 이런 경우가 처음인 것도 아니었다. 황제가 마검을 구하러 떠나 있는 동안 공녀의 호위를 맡았다는 붉은 머리칼의 남자는 굉장히 오만했고, 사납기가 이루 말할 수 없는 게 다루기 힘든 맹수 같았다. 성격도 그러한데 성실하지도 않아서 툭하면 자리를 비우고 사라졌다 나타나기 일쑤였다. 다들 아무 말 하지는 않았지만 그에 대한 불만이 높았다.

"정말 무책임한 자로군요. 이게 대체 몇 번째인지. 그에게 호위라는 자각이 있기는 한 겁니까?"

"그러게 말입니다. 사실 말이 나온 김에 하는 말인데 전 그자가 별로 마음에 들지 않습니다. 나이에 비해 이룬 성취가 크긴 하나 정체를 알 수 없는 자 아닙니까? 도저히 신임할 수가 없습니다."

"맞습니다. 그 거만한 태도는 어떻고요. 외모는 또 왜 그렇게 쓸데없이 화려한지. 그렇게 눈에 띄는 자가 지금까지 알려지지 않았다는 게 이상합니다."

수군거리는 소리들에 에이프릴의 표정은 더욱 흐려졌다. 이번엔 단순히 자리를 비운 정도가 아니었지만, 이 상황에서 그 사실을 알릴 만큼 눈치가 없지는 않았다. 스승을 향한 비난에 마음이 무거워졌으나 가신들을 나무라지도 못했다. 그녀 역시 한때는 그렇게 생각한 적이 있었기 때문이다.

사실 지금도 그런 생각을 완전히 떨쳐 버린 것은 아니었다. 그의 뛰어난 마법 능력을 인정했을 뿐, 실력을 제외하면 그녀의 스승은 여전히 수상한 구석이 많은 존재였다. 신분도, 출신지도, 하다못해 학파조차도. 그를 설명할 수 있는 모든 것들이 철저하게 가려져 있었다. 전시나 다름없는 형국에 정체를 알 수 없는 사람을 무한정 신뢰하는 건 무모한 짓이었다. 게다가 그의 독선적인 태도는 너무나 쉽게 사방에 적을 만들었다. 말을 걸어도 무시하기 일쑤고, 눈만 마주쳐도 빈정거리는 자를 좋아할 사람은 없을 것이다. 이곳에 있는 공작의 가신들 중에서 그에게 면박을 당하지 않은 이가 없었다. 그들이 라피스에게 싫은 감정을 느끼는 것도 당연했다.

쌓인 것들이 많다 보니 불만을 토로하는 시간도 길어졌다. 어느새 회의 장소는 무례한 마법사를 험담하는 자리가 되어 가고 있었다. 점점 산으로 향하는 대화에 동조하지 않고 침묵을 지키고 있는 건 황제의 기사들뿐이었다. 가신들 중 한 사람이 슬그머니 그들을 향해 물었다.

"경들께서는 그자를 어떻게 보십니까?"

모두의 시선이 일제히 기사들 쪽을 향했다. 대놓고 탐탁지 않아 하는 그들과는 달리 황제의 기사들은 늘 라피스에게 정중한 태도를 취해 왔었다. 경어를 썼고, 그가 무례하게 굴어도 전혀 개의치 않았다. 황제의 직속 친위대는 그 자체로 계급이 높지만 타고난 신분 또한 낮지 않은 자들이었다. 그런 그들이 정체도 모르는 마법사를 극진히 대우하는 것을 이상하게 여기는 이들이 많았다. 전부터 알던 사람인가 했는데 그렇지도 않았다. 그들에게도 라피스는 이곳에서 처음 만난 낯선 마법사였다.

"확실히 화려한 외모긴 합니다."

친위 대장 케이가 가뿐하게 대답했다. 실컷 험담하던 이들의 얼굴이 당혹감으로 일그러졌다.

"그, 그게 아니라…… 그자의 수상한 행실을 논하는 겁니다."

"논할 게 뭐 있습니까? 불성실한 편이긴 해도 우리를 돕는 쪽인 걸요."

"허나 이름 외에는 아무것도 밝히지 않는 자 아닙니까? 아무리 폐하께서 정하셨다고는 하나 출신도 알 수 없는 자를 어디까지 신뢰해도 될지 모르겠습니다."

"무엇을 염려하는지는 압니다. 하지만 그의 정체에 대해서는 안심해도 될 겁니다."

그의 거침없는 대답에 가신들의 눈이 휘둥그레졌다.

"경들께서도 모르는 사람이라고 하지 않으셨습니까?"

"네, 그건 맞습니다."

"그런데 어떻게 확신을……."

"처음에 그를 만났을 때 물어봤습니다. 그는 엘 님의 지인이라고 하더군요."

"예? 엘……?"

"그러니 괜찮습니다."

이게 무슨 해괴한 논리인가. 공작의 가신들은 전부 어리둥절해졌다. 케이는 뭐가 문제냐는 듯이 바라보았다. 그만이 아니라 다른 기사들 역시 똑같은 표정을 짓고 있었다. 그들의 태도가 너무 당당하다 보니 가신들 쪽이 오히려 할 말이 없었다. 이런 분위기에서 엘이 누구냐고 물어봤다가는 그걸 어떻게 모를 수 있냐는 타박이 돌아올 것만 같았다.

"저기, 엘이라면…… 혹시 폐하와 같이 떠난 소년을 말하시는 건가요?"

그나마 이름 정도는 알고 있는 에이프릴이 조심스럽게 물었다. 케이가 반가운 낯으로 고개를 끄덕였다.

"네, 맞습니다."

"그의 지인이니 스승님이 믿을 만한 사람이라고요?"

"틀림없습니다."

연거푸 떨어지는 대답에 망설임은 없었다. 누가 들어도 부족할 근거를 들어 가장 완벽한 증명인 것처럼 말하는데, 그게 이상하다고 느끼지도 않는 것 같았다. 에이프릴은 묘한 표정을 지었다. 생각해 보면 이들은 쭉 이런 태도였다. 황제가 혈혈단신이나 다름없는 상태로 낯선 이국의 땅에 갔음에도 당황하거나 노하지 않았다. 그들은 그저 단 한 가지만 확인했다. "엘 님과 함께 갔습니까?"

그렇다고 고개를 끄덕였더니 "그럼 됐습니다." 라고 말했다. 그걸로 끝이었다.

　그녀의 입장에서는 매우 이해할 수 없는 일이었다. 황제의 친위대야말로 목숨을 걸고 황제를 지켜낸, 이 세상에서 가장 그를 위하는 사람들이었다. 새벽의 기습에서 황제를 구해 탈출할 때 적지 않은 수를 잃었다고 들었다. 큰 희생을 치르고 지켜낸 만큼 더욱 소중할 것이다. 그런데 이곳에 있는 동안 그들은 단 한 번도 황제의 안위를 염려한 적이 없었다. 누군가 물어도 '엘 님과 함께 있으니 괜찮다'고만 했다. 마치 엘이라는 소년을 모든 것을 해결할 수 있는 부적이라고 여기는 것 같았다.

　사실은 부적 정도가 아니라 아예 신처럼 여기고 있는 상황이었으나 거기까지는 에이프릴이 알 수 없었다. 알았다면 더욱 황당했을 테니 모르고 있는 편이 그녀 자신을 위해서라도 좋긴 했다. 이미 지금도 그들이 엘이란 소년에게 보이는 맹목적인 신뢰를 이해할 수 없는 상태였다.

　'폐하를 구출할 때 그 소년이 가장 큰 공훈을 세웠다고 하더니. 그래서인가.'

　황제의 기사들이 알려준 건 단편적인 정보뿐으로, 그 이상은 자세히 밝히길 꺼려했기에 에이프릴도 묻지 않았다. 그마저도 제대로 모르는 공작의 가신들은 얼굴에서 납득하지 못하는 기색을 지우지 못하고 있었다.

　황제의 기사들은 속으로 혀를 찼다. 무지하다는 것이란 얼마나

무서운 것인가. '그' 엘의 지인이라는 말을 듣는 순간, 그들은 애초에 라피스가 평범한 인간은 아닐 거라고 판단했다. 대책 없이 빼어난 얼굴과 뛰어난 마법 능력을 보면 마법 생물이라고 알려진 드래곤일지도 몰랐다. 실제로 언젠가 그들에게 마법 무기를 내줬던, 그들이 드래곤이라 의심한 정체불명의 남자와도 분위기가 꽤 비슷했다. 그런 존재를 신뢰할 수 없다고 투덜거리고 있는 사람들을 보니 탄식을 넘어 아찔한 기분마저 들었다.

나중에 모든 사실을 알게 됐을 때 그들이 지을 표정들이 벌써부터 눈에 선했다. 처음엔 그 정체에 놀랄 것이고, 그 다음으로는 드래곤같이 엄청난 존재가 평범한(그런 것치곤 지나치게 튀긴 하지만) 인간으로 변해 그들의 사회에 섞여 있다는 사실에 경악할 것이다. 그들 역시 엘을 만나기 전까진 초월적인 존재란 특별한 장소에만 존재하며, 특별한 사람만이 만날 수 있다고 생각해 왔다. 생김새도 특이할 거라 여겼지, 그렇게 완벽하게 인간처럼 보일 줄은 몰랐다. 길을 지나가다 우연히 지나칠 수도 있다고는 더욱이 상상해 본 적도 없었다.

'가능한 말을 아끼는 게 좋을 텐데.'

공작 측 사람들을 바라보는 기사들의 시선에 안타까움이 스몄다. 진실이 밝혀지면 지금 이 자리에서 했던 말들이 전부 가시처럼 본인에게 돌아갈 것이다. 그들 역시 엘을 처음 만났을 때 큰 실수를 저질렀기에 그게 얼마나 심장에 좋지 않은 일인지 알았다. 황제가 밝히지 않은 사실을 먼저 알릴 수는 없었으므로 침묵해야 한다는 사실이 안타까울 뿐이었다.

"어쨌든 지금은 전쟁을 막아야 합니다. 이 상태에서 군대가 쳐들어오면 클모어는 버텨내지 못할 겁니다."

한참 빗나가던 대화가 다시 원점으로 돌아왔다. 잠시나마 풀어졌던 분위기도 빠르게 굳어졌다.

"서한을 보내 회유를 해 보는 건 어떨까요?"

"그런 게 통할 리 없네. 루반과 아실란은 오래전부터 클모어를 노리고 있었네. 호시탐탐 기회를 탐했지만 공작님의 위용이 두려워 머리를 숙이고 있었지. 그런 자들이 이 시점에서 갑자기 움직이는 게 무슨 뜻이겠는가? 내 생각이지만 그들은 이미 공작님의 상태를 알고 있을 가능성이 크네."

"큭. 마신관 놈들……!"

여기저기서 이를 가는 소리가 울렸다. 공기는 질식할 것처럼 무겁게 가라앉은 지 오래였다. 잠시 생각에 잠겨 있던 케이가 말했다.

"그들 쪽의 수뇌부를 흔들어 보겠습니다. 지휘관이 무너지면 아무리 대단한 군사라도 한동안은 방황할 테니 시간을 벌 수 있을 겁니다."

"암살하시려는 겁니까?"

"필요하다면."

"허나 두 영주는 지금 라센 성에 있습니다. 라센 성은 요새 안에 있는 데다 이능력을 대비한 마법 결계까지 쳐놨다고 들었습니다. 지금까지 그 어떤 군사로도 뚫은 적이 없는 곳입니다. 그 안에 접근할 방법이 있겠습니까?"

"일단 최후의 수단도 고려하고 있습니다."

"최후의 수단이라시면?"

"명색이 친선 훈련이니 식솔들까지 데려가진 않았을 겁니다. 그들을 쳐서 유인해 낼 겁니다."

"……."

공기가 삽시간에 차가워졌다. 공작의 가신들은 모두 마른침을 삼키며 케이를 바라보았다.

케이는 그들이 받은 충격을 이해했다. 기사는 귀족으로서 도덕적인 관념에 속해 있는 신분이었다. 목숨을 건 전장에선 수단과 방법을 가리지 않을 때가 많다지만, 그럼에도 준수하는 사항은 있었다. 그것은 여인과 아이들을 비롯한 무장하지 않은 이를 해치거나 전쟁과 관계없는 자를 비겁하게 이용하지 않는다는 것이었다. 심지어 지금은 아직 선전포고도 오가지 않은 상황이었다. 명분이 없는 살인은 옳지 않으며, 오히려 상대에게 명분을 만들어 주는 꼴에 지나지 않는다. 그렇게 배웠다.

평화로운 시절, 황궁에 있을 때는 케이도 그걸 당연하게 생각했었다. 하지만 지난 시간 수많은 고초를 겪어 가면서 깨달았다. 내가 아무리 깨끗하게 살아도 그게 곧 힘이 되지는 않았다. 비겁한 수단을 쓰는 상대와 정당하게 겨뤄 이길 수 있는 방법은 거의 없었다. 역사는 승자들의 기록이었고, 죽으면 아무것도 남지 않은 채 그저 스러질 뿐이었다. 그러니 지금은 무슨 짓을 해서든 버텨야 한다. 의심이 가면 명분이 없어도 칠 것이고, 이용할 수 있는 건 무엇이든 이용할 것이다. 소중한 군주를 지키기 위해서라면 얼마든지 더러운 피를 묻힐 수 있었다.

"올곧고 깨끗한 자리엔 황제 폐하 한 분만 계시면 됩니다."

그러나 모든 일이 끝나면 그는 당당히 사람들 앞에 설 수 없게 될 것이다. 황제의 옆에 있을 수도 없었다. 명예를 잃은 자를 곁에 두면 그 주인의 위신에도 문제가 생긴다.

카리브디스 공작, 대공의 개. 중앙 귀족들이 그를 꺼려하는 것엔 비단 그가 평민 출신이어서만이 아니라 그런 이유도 있었다. 그가 대공의 앞길에 방해되는 정적들을 제거하기 위해 얼마나 잔혹하고 비겁한 방법을 썼는지 알려진 일화만 수십 가지였다. 그것이 사실이든 아니든, 그렇다고 알고 있는 자들에게 그의 존재는 대공의 치부일 뿐이었다. 단지 소문에 불과함에도 그러한데 실제로 손을 더럽힌 기사가 어떤 시선을 받을지는 뻔했다.

케이도 자신이 내뱉은 말의 의미를 알고 있었다. 스스로 그림자가 되는 것을 거부감 없이 받아들이는 모습에 자리에 있는 모두의 얼굴이 숙연해졌다.

"그 말은 간과할 수 없군, 케이. 난 내 기사의 명예를 훼손할 생각이 없다."

"……!"

그 순간 들려온 음성에 그들은 반사적으로 무기에 손을 뻗었다. 다급히 돌아본 그들은 곧 눈을 크게 떴다. 지금 이 자리에 있을 리가 없는, 보고도 믿을 수가 없는 존재가 그곳에 서 있었다.

"폐, 폐하?"

"폐하!"

경악한 기사들이 바로 기립했다. 뒤늦게 사태를 파악한 공작의 가신들은 그저 허둥거리고만 있었다. 그들을 향해 화사한 금발의 소년이 부드럽게 미소 지었다.

"모두 오랜만이다."

2.

"엘 님?"

복도를 걷고 있는데 누군가의 놀란 목소리가 들렸다. 돌아본 곳에는 익숙한 사람이 서 있었다. 어딘가를 다녀왔는지 외출복 차림을 한 페리스였다.

"와아, 오랜만이에요, 페리스. 잘 지냈어요?"

반갑게 인사를 건네자 얼빠진 얼굴로 서 있던 그가 크게 헛숨을 삼켰다.

"마, 맙소사! 정말 엘 님이신 겁니까? 제가 지금 선 채로 꿈을 꾸는 건가 했습니다."

얼굴 가득 반가움을 드러내면서도 그는 당황해서 뻣뻣해진 몸을 풀지 못했다. 그 모습을 보니 방금 전에 봤던 기사들의 얼굴이 떠올라 웃음이 나왔다. 이사나가 문을 열고 들어갔을 때, 그들 역시 페리스와 똑같은 표정을 지었었다.

먼 나라로 떠난 황제가 연락도 없이 갑자기 돌아왔으니 놀라기도 했을 것이다. 불과 몇 분 전까지만 해도 국경 부근에 있었으니 정말 '갑자기'이긴 했다. 걸었다면 몇 달은 필요했을 거리가 공간 이동 마법으로는 몇 초밖에 걸리지 않았다. 도착하고 보니 한창 심각한 회의가 진행 중이라 이사나만 들여보냈는데, 마침 시기가 잘 맞아떨어진 덕분에 상당히 극적인 등장이 됐다. 회의는 끝난 것이나 다름없으니 지금쯤이면 마음껏 해후를 즐기고 있을 것이다.

사실 귀환할 때까지만 해도 이곳에서 그들을 볼 거라곤 예상하지 못했다. 라피스에게 들은 바에 의하면, 수도에 있던 그들에게 에이프릴이 와 달라고 요청했다는 모양이다. 그렇지 않아도 돌아가는 대로 연락해 볼 생각이었던지라 수고를 던 셈이었다.

"언제 돌아오신 겁니까? 새벽까지만 해도 아무 소식을 듣지 못했습니다만."

"방금 도착했어요. 페리스는 아침부터 어딜 다녀오는 거예요?"

"아, 저는 공작 저(邸) 부근과 근방 지역들을 정탐하고 돌아오는 길입니다. 클모어에 온 이후로는 매일 하고 있습니다."

"그렇구나. 고생이 많네요. 그나저나 벌써 진과 계약했군요?"

"아, 알아보시겠습니까?"

"당연하죠. 바람의 인장부터가 달라졌는걸요. 역시 성취가 빠르네요."

부끄러워하던 페리스의 얼굴이 환해졌다. 마치 완벽하게 숙제를 끝마친 아이가 검사를 받으러 온 듯한 얼굴이었다. 기특한 기분에 머리를 쓰다듬어 주자 그의 얼굴이 홍당무처럼 붉어졌다.

"바람과 물의 상급 정령사가 된 걸 축하해요, 페리스. 해낼 줄 알았어요."

"저, 전부 엘 님 덕분입니다."

"페리스가 노력한 결과죠. 이사나도 기뻐하겠네요. 아, 이사나는 지금 회의실에 기사들과 함께 있어요. 페리스도 들어가 보세요."

"아, 예! 감사합니다. 엘 님은 어디에 가시는 겁니까?"

"함께 온 동료들이 있거든요. 한꺼번에 몰려가면 비좁을 것 같아서 다른 방에 놔두고 왔는데, 늦지 않게 들여다보러 가려고요."

"그렇군요. 그럼 나중에 함께 찾아뵙겠습니다."

"네, 그럼 이만."

목례하는 그를 뒤로하고 멈췄던 걸음을 다시 옮겼다. 오랜만에 반가운 사람을 만난 덕분에 걸어가는 동안 발걸음은 가벼웠다. 그러나 도착지에 이르러 문고리를 잡았을 때, 불현듯 엄청난 깨우침이 머릿속을 강타했다.

'……그러고 보니 난 왜 열심히 걸어온 걸까. 혼자면 그냥 공간 이동을 해도 되는데.'

"으으……."

허탈해지는 것과 동시에 한심한 기분이 마구 차올랐다. 나는 문고리를 잡은 상태에서 그대로 문에 이마를 기댔다. 자해하는 사람의 기분을 이해해 본 적은 없었는데, 딱딱한 나무의 감촉이 느껴지니 머리를 마구 찧고 싶어졌다.

일일이 걸어 다니는 정령왕이라니! 이게 대체 무슨 멍청한 짓인지 모르겠다. 인간이면 운동이 필요하니까 일부러라도 걷는다지만, 정령이라 그럴 필요도 없는 나는 그냥 길 위에 멀쩡한 시간만 버린 셈이었다. 대체 언제쯤이면 제대로 정령왕답게 살 수 있을까. 어중간한 자의식 때문에 카노스한테 그렇게 호되게 당했으면서 아직도 정신을 못 차렸다. 그래도 한 편으로는 그 덕분에 페리스와 인사를 나눌 수 있었으니 그걸로 됐다 싶기도 했다. 이럴 때만 쓸데없이 낙관적인 것을 보면 아직도 갈 길이 먼 모양이다.

"나 왔어. 오래 기다렸……."

"엘!"

"으헉!?"

우울한 기분으로 문을 여는데 누군가 요란하게 튀어나와 나를 와락 끌어안았다. 깜짝 놀라 물러서고 보니 시벨리우스였다.

"뭐, 뭐야? 왜 그래, 시벨?"

"엘, 나 저 녀석 싫어! 쟤랑 계약 해지하면 안 돼?"

"어어? 뭐?"

"쟤가 나한테 덜떨어진 엘프래! 진짜 무례한 자식이야!"

그렇게 말하면서 시벨리우스가 방 안쪽으로 손가락을 뻗었다.

그곳에 시큰둥한 표정을 한 라피스가 서 있었다. 이게 대체 뭔 일인가 싶어서 바라보자 그가 코웃음을 치며 말했다.

"네가 먼저 나한테 이렇게 화려하게 생긴 드래곤은 처음 본다고 했거든?"

"그건 욕이 아니잖아!"

"내가 불쾌했으니 욕이야."

"뭐 이런 자식이 다 있어?"

여전히 내게 매달린 채로 시벨리우스가 부들부들 떨었다. 슬쩍 올려다보니 얼마나 억울했는지 눈물까지 글썽거리고 있었다. 라피스는 노골적으로 비웃는 표정을 지었고, 노려보는 두 남자 사이에서 강력한 전류가 튀었다. 잠깐 자리를 비운 것뿐인데 그 사이에 일이 왜 이렇게 되어 있는 건지 모르겠다. 나는 머리를 짚으며 한숨을 내쉬었다.

"……너희들 대체 뭐하는 거야? 특히 라피스. 다 커서 그런 식으로 시비 거는 게 부끄럽지도 않아?"

"흥, 다 컸으니까 이러는 거지. 철부지 어릴 때야 아무하고나 어울리지만 성인쯤 되면 사람을 가려서 사귀는 법이거든."

"저게 진짜!"

당장 달려들 기세인 시벨리우스를 제지시키고 있으려니, 한구석에서 멀뚱히 서 있는 알리사와 데르온이 보였다. 사태가 이런데 두 사람은 이쪽의 상황에 전혀 관여할 생각이 없어 보였다. 심지어 데르온은 품에 알을 꼭 끌어안은 채 대놓고 흥미진진하게 둘의 공방을 관람하고 있었다.

"좀 말려 보지 그랬어."

"농담이지? 저 사이에 어떻게 끼어들어? 난 아직 살아갈 길이 창창한 나이라고."

"전 단지 미래의 주군께 냉혹한 승부의 세계를 보여드리고 싶었을 뿐……."

아, 그래. 말릴 사람이 나밖에 없다는 건 알겠다. 새삼 한탄할 기분도 아니라 나는 그냥 묵묵히 고개를 끄덕였다. 때론 빠르게 현실을 받아들이는 편이 정신 건강에 더 이롭다.

라피스를 쳐다보자 그가 두 뺨을 씰룩거렸다. 한눈에 봐도 토라진(화난 게 아니라 토라진 거다) 기색을 보니 이건 분명 나한테 항의하고 있는 얼굴이었다. 문제가 될 만한 일이 있었나 싶어서 차분히 지난 시간을 돌아보았지만 딱히 걸리는 건 없었다. 엔딜의 집에서 나오자마자 바로 공간 이동을 했고, 이 저택 안으로 들어온 것이 전부다. 그때까지 라피스는 일행들과 자기소개조차 제대로 나누지 않은 상태였다. 결국 내가 잠시 자리를 비운 사이 그들끼리 오간 대화에서 일이 터졌다는 뜻인데, 그게 뭔지 알 수 없으니 상황을 추측하기가 어려웠다.

"그냥 인사를 했을 뿐이야."

알리사에게 시선을 보냈더니 조심스러운 설명이 돌아왔다. 심지어 라피스가 전혀 관심을 보이지 않아서 알리사와 시벨리우스가 먼저 말을 걸었다고 했다. 아무리 봐도 그가 화날 만한 부분을 찾을 수가 없었다.

"뭐야, 대체. 뭐가 불만인 건데?"

혼자서 백날 고민해 봤자 해결될 일이 아니었으므로 단도직입적으로 물었다. 감정에 솔직한 성격답게 라피스는 숨기지 않고 대답했다.

"저 엘프 녀석이 너랑 친구라더라?"

"그게 뭐?"

"넌 목숨이 몇 개씩 되나 보지?"

이건 또 뭔 소린가 싶어서 어리둥절해하려니 라피스의 얼굴이 더 찌푸려졌다.

"네 친구는 나라며."

"헐, 뭐라는 거야. 설마 그게 불만이었던 거야?"

어이가 없어서 쳐다보자 그는 당연하다는 듯이 고개를 치켜들었다. 황당해하는 주변의 시선은 전혀 신경 쓰지도 않는 듯했다.

"그래서 뭐가 사실인데?"

"당연히 너도 친구고 시벨도 친구지! 친구가 세상에 한 명만 있냐?"

"난 너 말고는 없는데?"

무시무시한 소리를 너무 당연하게 해서 잠시 사고가 멈췄다. 떨떠름해하는 기색이 그대로 얼굴에 드러났는지 녀석이 뭐가 문제냐는 표정으로 맞서왔다.

"……너 3천 살 넘었다고 하지 않았나?"

"진작 넘었지."

"근데 친구가 나 하나뿐이라고?"

"그런데?"

와, 솔직히 이건 좀 무섭다. 나는 서 있던 자리에서 성큼 뒤로 발을 뺐다. 라피스가 눈을 부라리는 것이 보였지만 이번만큼은 도저히 그에게 맞춰 줄 기분이 아니었다.

"시벨, 네가 이해해. 쟤가 좀 저래."

"음, 근데 나도 친구는 엘 너 하나뿐인데?"

"……."

그래, 그러고 보니 이 녀석의 교우관계도 딱히 정상은 아니었지. 뒷골이 당긴다 싶더니 아무런 장식 없이 밋밋한 천장의 모습이 보였다. 나도 모르게 하늘을 올려다본 모양이다. 누가 이 녀석들에게 바람직한 아동 발달에 대해 알려줬으면 좋겠다. 남들이 또래 집단을 형성할 시기에 대체 뭐 하고 살았던 거냐!

닮았다고 생각해 본 적은 한 번도 없었는데 이제 보니 유형이 다를 뿐 동류인 것 같다. 본모습이 짐승의 형태에 가깝다는 것까지 비슷했다. 할 수 없이 나는 라피스와 시벨리우스의 손을 하나씩 붙잡고 강제로 마주 잡게 했다. 동시에 얼굴을 찌푸린 두 녀석이 내게 의아한 시선을 보냈다. 해명을 요구하는 눈빛들을 외면한 채 나는 빙긋 웃어 주었다.

"자, 이제 너희 둘도 친구. 이러면 나밖에 없는 거 아니지?"

"어? 어어?"

"……야."

당황해서 혼란에 빠진 시벨리우스에 이어 라피스가 어처구니없다는 듯이 목소리를 내리깔았다. 푸하하, 요란하게 웃는 소리가 들려서 고개를 돌렸더니 알리사가 배를 움켜잡고 발을 구르고 있었다. 목숨이 아까워서 둘 사이에 끼어들 생각이 없다더니, 정작 그 둘에게 앙심을 사는 것에는 두려움이 없나 보다.

"그래서 피 튀는 전투는 없는 겁니까?"

데르온이 자못 심각하게 묻는 말은 그냥 한 귀로 듣고 흘렸다. 대체 태어날 아이한테 뭘 그렇게 보여주고 싶었는지는 몰라도, 평범한 아이가 봐선 안 될 광경이라는 건 알겠다. 태교가 그렇게 중요하다는데, 아무래도 그에게 알을 맡겨 두는 걸 다시 재고해 봐야 할 것 같았다.

"아무튼 많이 늦었지만 정식으로 소개할게. 이쪽은 라피스라즐리, 다들 짐작했겠지만 나랑 계약한 레드 드래곤이야."

이사나가 없는 장소에서 때늦은 소개 시간이 이어졌다. 나는 어색한 표정을 짓고 있는 일행들을 한 사람씩 가리키며 그들의 이름을 알려 주었다.

"시벨리우스, 알리사, 그리고 데르온. ……데르온은 전에 한 번 만난 적 있지?"

한때 대놓고 힘겨루기를 했던 상대이니 기억하지 못할 리가 없었다. 라피스는 말없이 데르온을 응시한 후, 그의 품 안에 안긴 황금색 알을 주시했다. 다시 나를 바라보는 그의 시선에서 적당히 넘어가지 말고 제대로 설명하라는 무언의 압력이 느껴졌다.

"……알았어. 설명할게."

데르온과 그가 품고 있는 알에 대해 말하자면 모든 전말을 다 밝혀야 한다. 어차피 알려 주려고 했던 내용이었기 때문에 나는 망설임 없이 지난 이야기들을 시작했다. 우리를 줄기차게 따라다니던 마족이 있었다는 것, 그 마족이 사실은 마신 카노스였다는 것, 그로부터 듣게 된 악신의 각성에 대한 정보까지. 모든 설명을 마치고 나니 어수선하던 관계도가 간신히 정리된 느낌이 들었다. 묘한 해방감마저 느끼는 나를, 라피스가 곱지 않은 눈으로 노려보았다.

"날 이런 촌구석에 처박아 두고 넌 신나게 즐기고 있었다 이거지."

"……도대체 어떤 부분을 어떻게 왜곡해서 보면 내가 즐기다 온 걸로 들려?"

"다른 친구나 만들고."

"3천 년 동안 친구가 나 하나뿐이라는 네가 이상한 거라니까? 그리고 말해 두겠는데, 시벨리우스는 네가 보내 준 거나 마찬가지야."

"그게 무슨 소리야?"

"네가 준 서클렛 속에 봉인되어 있었거든."

"뭐? 젠장, 뭐야, 그런 얘기는 들어본 적 없어. 다른 걸로 줄 테니까 도로 물러. 야, 너 다시 들어가."

시벨리우스를 한 손가락으로 가리킨 채 라피스가 거만한 어조로 명령했다. 하지만 애초에 될 일도 아닐뿐더러, 설령 가능하다 하더라도 그 말에 순순히 따라줄 시벨리우스가 아니었다. 그는 시선을 피하는 걸로 무시했고, 라피스의 얼굴이 경련하듯 꿈틀거렸다. 파란색과 빨간색, 각자 가진 색만큼이나 팽팽하게 대치하고 있는 관계를 보니 한숨이 저절로 흘러나왔다. 왠지 앞으로도 저 둘 사이에서 상당히 시달릴 것 같다는 싫은 예감이 들었다. 나는 그중에서 특히 사고 칠 확률이 높은 라피스를 향해 신신당부했다.

"어쨌든 좋든 싫든 앞으로 함께 지낼 동료들이니까 모두와 사이좋게 지내. 성인이라 사람을 가려 사귄다는 헛소리는 하지 말고. 넌 특히 그런 말 할 자격 없으니까."

"내가 왜 자격이 없는데?"

"내 친구 네 친구 따지고 있는 게 어딜 봐서 성인이냐? 요즘은 초등학생들도 그런 유치한 경쟁은 안 하거든?"

"초등학생?"

"유아기를 갓 벗어난 단계라 할 수 있지."

"내가 유아라는 거야, 지금?"

"아니니까 잘 지내라는 거잖아. 아동 취급을 당하고 싶으면 계속 그러고 살든지."

단호하게 대꾸하자 라피스는 기가 막히다는 표정을 지으면서도 입을 다물었다. 납득한 기색은 아니었지만 더 물고 늘어져 봤자 내가 무시할 거라는 사실을 깨닫고 그만두기로 한 것 같았다.

"젠장."

홀로 짜증을 삼키고 있는 그를 보려니 너무 냉정하게 굴었나 싶어 미안하기도 했다. 나는 한층 부드러운 말투로 말했다.

"근데 넌 굉장히 태연하네. 악신이 태어날지도 모른다는데 아무렇지도 않아?"

"태어나면 태어나는 거지, 내가 태연하지 않을 건 뭔데?"

"그치만…… 종말이 올지도 모르잖아."

"그건 그때 가서 생각할 일이고. 아직 일어나지도 않은 일을 염려해서 뭐해. 게다가 이미 신계 쪽에서 진상 조사에 들어간 상태라며. 실패할 확률이 훨씬 더 높겠네."

"으음, 그거야 그렇지만."

"뭐, 마신이 직접 움직였다는 사실은 놀랍긴 해. 하지만 내가 더 열 받는 건 네가 그 때문에 한 달이나 종적을 감췄다는 거야. 상급신의 결계는 시공간까지 건든다고 하더니. 어쩐지 위치를 전혀 짚을 수가 없어서 이상하다 했지."

투덜거리던 그가 내 쪽을 힐끔 내려다보았다.

"네 손의 그것도 계속 거슬렸는데. 이제야 어떻게 된 건지 알겠네."

"응? 내 손?"

무심코 시선을 내리자 낙인처럼 찍힌 하얀 문양이 들어왔다. 카노스가 준 마신의 문장이다. 아, 그러고 보니 이게 있었지. 처음에 받았을 때만 해도 신경 쓰였는데 그새 익숙해졌는지 존재를 잊고 있었다. 라피스라면 진작 알아봤을 텐데 내가 먼저 말하기를 기다 렸던 모양이다. 결국 끝까지 참지 못하고 언급하는 게 그답긴 했지 만.

"마신을 만나면 만난 거지, 문장은 왜 받아? 온몸을 신의 문장 으로 도배할 생각이냐?"

"……카노스가 멋대로 준 거라 막을 새가 없었어."

서둘러 변명을 시도해 봤으나 한심하게 바라보는 표정은 지워지 지 않았다. 누가 보면 내가 기념으로 문장을 모으고 다니는 건 줄 알겠다. 여기서 문장을 받은 방식까지 알게 되면 박장대소를 하고 도 남겠지. 들통 나기 전에 목격자들의 입을 단속시켜 둬야겠다고 굳게 다짐했다. 이럴 때만은 라피스가 일행들과 화목하게 정보를 교류하는 성격이 아니라 다행이다 싶었다.

"그래도 문장을 받은 게 나쁘진 않은 것 같아. 위장할 수 있는 신분은 많을수록 좋으니까."

"흐응, 나야 아무래도 상관없긴 한데. 제대로 가리고 다니는 게 낫지 않겠어? 뭐, 너한테 평화로운 일상을 유지할 생각이 있다면 하는 말이지만."

"이 정도는 보여도 괜찮지 않아? 얼굴에 있는 것도 아닌데."

"손등이면 대사제도 넘볼 수 있는 수준이야. 요즘 마신전에 상 급 사제가 거의 없다는 거 몰라?"

"……아, 그건 그렇네."

얼굴이 아니니 괜찮다고 안심할 게 아니었구나. 그제야 상황의 심각성을 깨달았다. 자칫 방심했다가는 마신전에 끌려가 대신관으로 추대 당하게 생겼다. 이미 교황의 자리만으로도 충분히 골치 아픈데 여기서 일을 더 키우고 싶진 않았다.

"할 수 없지. 가려야겠다."

빠르게 결론을 내린 후 나는 의상을 수정할 생각으로 손등까지 덮는 소매를 떠올렸다. 지금까지는 강하게 의식만 집중하면 언제든 옷이 원하는 형태로 변형됐기 때문에 이번에도 그런 식으로 할 생각이었다. 그런데 당연히 길게 덧씌워져야 할 소매가 움직이지 않았다. 장갑 모양을 떠올려 봐도 마찬가지였다.

"어라? 왜지? 안 가려져."

"당연하지. 네 힘보다 마신의 힘이 더 강하니까."

당황해서 허둥거리는 내게 라피스가 이유를 알려 주었다. 내 의지와 힘만으로 구현되는 옷에 이런 문제가 있을 줄은 몰랐다. 상대가 그냥 평범한 신(?) 정도만 됐어도 강제로 덮을 수 있었을 텐데. 아무래도 상급신의 힘을 누르는 건 어려운 모양이다.

별수 없이 나는 배낭에서 안 쓰는 옷 한 벌을 꺼낸 후 끝자락을 적당량 잘라냈다. 의아한 듯이 지켜보던 라피스가 내 질문에 얼굴을 일그러트렸다.

"어때? 이 정도 길이면 될까?"

"……질문의 의도를 모르겠는데. 뭐야, 그 걸레 조각은?"

"걸레 아니거든? 옷에서 잘라내는 거 봤잖아."

"하! 천 조각이 본래 제작된 용도로 활용되지 못하면 그게 걸레지, 달리 뭐가 걸레야? 네 눈엔 그게 장갑으로 보이냐? 설마 그딴 걸 손에 감고 다니려는 건 아니겠지?"

"이게 왜? 문장을 가리기만 하면 됐지."

손에 휘감아 보니 예상대로 완벽하게 가려져 꽤 만족스러웠다. 나는 의견을 물을 생각으로 다른 일행들을 돌아보았다. 그런데 다들 몹시 난처한 표정을 짓는 게, 나와 시선을 마주치려고 하지 않았다. 괜찮다는 듯이 고개를 끄덕이고 있는 건 데르온뿐이었다.

"……왠지 상당한 기시감이 느껴지는데 말이야. 너한테 심미안은 영원히 태어날 생각이 없는 거냐?"

그리고 라피스는 벌레를 발견한 듯한 얼굴로 말했다. 기분 탓인지는 모르겠지만 목소리마저 싸늘해진 것 같다. 단순히 짜증난 정도가 아니라 정말 화가 난 것 같아서 몸이 저절로 움츠러들었다.

"그렇게 이상해?"

"그걸 말이라고 해? 넌 애초에 그 옷은 어떻게 만들어 입은 거냐? 가리는 기능에만 충실할 거면 그냥 천만 두르고 다니지, 왜 모양 따위를 내? 넌 문명의 발전이 그렇게 우습냐? 사람들이 장신구를 괜히 제작하고, 심심해서 의상 도안을 만드는 것 같아?"

"……알았어. 화내지 마. 다른 걸로 하면 되잖아."

저렇게까지 끔찍해할 정도라니 진짜 이상하긴 한가 보다. 시무룩해져서(이때 데르온도 덩달아 시무룩한 얼굴을 했다) 묶어 둔 천을 다시 풀어내고 있는데, 옆에서 누군가 중얼거리는 소리가 들렸다.

"아, 그래. 그게 그래서였구나."

"응?"

뜻 모를 말을 혼잣말로 내뱉은 사람은 시벨리우스였다. 어리둥절해져서 바라보자 그는 잠시 말없이 나를 바라보았다. 웃고 싶은 건지 울고 싶은 건지 모를 표정이 그의 얼굴에 빠르게 나타났다 사라졌다. 왜 그러냐고 묻고 싶었지만 나보다 그의 입이 열리는 것이 더 빨랐다. 게다가 그 말이 굉장히 뜻밖이라 놀라는 것 외에 다른 반응을 보일 수가 없었다.

"저기, 엘. 내가 장갑 만들어 줄까?"

"어? 장갑? 그런 것도 할 줄 알아?"

"복잡한 형태는 어렵지만 이 경우엔 손등만 가리면 되는 거잖아. 잠깐 기다려 봐. 마침 좋은 재료가 있거든. 너한테 어울릴 거야."

그렇게 말한 후 시벨리우스는 무언가를 주섬주섬 꺼내 들었다. 줄자 같은 걸로 내 손의 치수를 재더니, 꺼내 든 천을 거침없이 서걱서걱 자르고는 그대로 바느질을 시작했다. 내가 본 건 그게 전부였는데 정신을 차렸을 땐 어느새 눈앞에 손등만 덮는 형태의 장갑 하나가 완성되어 있었다. 마치 마법이라도 일어난 것 같았다.

"어때?"

"괴, 굉장하다, 시벨. 가게에서 파는 상품 같아. 이런 건 어떻게 하는 거야?"

"굉장하긴. 그냥 모양에 맞게 자르고 꿰맨 것뿐인걸. 재료가 좋아서 그럴듯해 보이는 것뿐이야."

그는 겸손하게 말했지만 아무리 나라도 범상치 않은 실력이라는 것쯤은 알 수 있었다. 어느 정도냐 하면, 흉악하게 일그러져 있던 라피스의 얼굴이 평온을 되찾을 정도였다. 심지어 시벨리우스를 싫어함에도 불구하고 말이다.

물론 재료가 좋다는 것도 틀린 말은 아니긴 했다. 사용된 천은 연한 푸른색이었는데, 은백색의 무늬가 비늘처럼 깔려 있어 굉장히 예뻤다. 게다가 얼마나 가볍고 신축성이 좋은지 착용한 감각이 아예 느껴지지 않았다. 거의 투명할 정도로 얇은데도 속은 전혀 비치지 않아서 마신의 문장을 완벽하게 가려 주고 있는 게 신기했다.

"굉장히 특이한 천이네."

손을 움직일 때마다 은백색의 무늬가 춤을 추는 것처럼 흔들거렸다. 마치 살아 있는 세포가 퍼져 있는 듯했다. 이 세계보다 공업과 염색 기술이 발전한 지구에서도 이런 재질의 천은 본 적이 없다. 대체 뭘 어떻게 하면 이런 천이 만들어지나 싶어서 뚫어지게 바라보고 있는데 시벨리우스가 뜻밖의 사실을 알려주었다.

"아, 그거 천 아니야. 가죽이야."

"어? 가죽이라고?"

"응, 정확히는 인어의 비늘이지."

"……."

입이 저절로 벌어졌다. 비늘 같다고 생각했던 무늬가 진짜 비늘이었을 줄이야. 게다가 이 시대에는 이미 멸종했다고 알려진 인어의 비늘이라니! 그 가치를 환산하는 것만으로 머릿속이 하얗게 증발하는 것 같았다.

"이, 이거 엄청 비싼 거 아냐? 이렇게 막 써도 돼?"

"괜찮아. 어차피 쓰려고 구한 거니까."

"그, 그래도……."

"하하, 정말 괜찮아. 그나저나 역시 잘 어울린다. 네 머리카락을 볼 때부터 딱일 거라고 생각했는데 내 짐작이 맞았어. 파란색을 구하려고 노력한 보람이 있네."

"응? 구하려고 노력했다고?"

"아."

원래 가지고 있었던 걸 꺼냈던 거 아니었나? 마치 일부러 가죽을 구해온 것 같은 말투에 어리둥절해져서 쳐다보자 그는 잠시 낭패한 표정을 지었다. 망설임을 담은 눈동자가 빠르게 좌우로 구르더니 이내 그가 고해성사를 하는 사람처럼 나직한 신음을 토해냈다.

"미안. 으음, 그게 그러니까, 예전의 엘……도 장갑을 꼈거든. 그래서 구해 둔 거였어. 새로 장갑을 만들어 주겠다고 했더니, 파란색을 갖고 싶다고 해서."

"아……!"

"앗, 그치만 오해하지 마. 네가 누구인지는 이제 상관없으니까. 필요한 시기에 어울리는 사람한테 간 것뿐이야. 네 마음에 들었다면 그걸로 충분해."

거짓말이 아니라는 건 그의 부드러운 눈빛만 봐도 알았다. 그래도 왠지 미안한 마음에 머뭇거리고 있으려니 그가 얼른 화제를 돌렸다.

"그보다 악신이라고 하니까 궁금해졌는데, 지금 마계 쪽은 어떻게 되어 가고 있을까? 돌아가는 대로 마왕과 겨룰 거라고 했던 것 같은데. 지금쯤이면 시작했겠지?"

"으음, 글쎄. 근데 마왕이 정말 악신이 되려고 한 걸까? 오해일 수도 있지 않을까?"

"이미 드러난 정황만도 명백한걸. 마신이 나서려고 할 정도면 거의 사실이라고 봐야 할 거야."

"역시 그런가. 데르온은 어떻게 생각해요?"

"카류안이라면 그러고도 남을 자이긴 합니다."

대답하는 어조는 담담했다. 데르온은 웅크려 앉은 자세에서 품 안의 알을 가만히 쓰다듬었다. 이전처럼 적의가 느껴지는 모습은 아니었으나 마왕의 이름을 입에 담는 것조차 껄끄러워하는 기색이 역력했다.

"오래전부터 마신의 지배를 받는 걸 불만스러워했죠. 자신만이 다스릴 수 있는, 오롯이 홀로 영광을 독차지하는 세계를 만들고 싶어 했습니다. 왕좌에 오르는 이들은 대다수 과한 자신감을 갖고 있긴 합니다만, 그는 유독 심한 편이었습니다."

"그렇구나. 루카르엠과의 사이는 어땠어요?"

"나쁘다고도 좋다고도 할 수 없었습니다. 카류안 쪽에서 일방적으로 견제하긴 했으나, 루카르엠 님은 전혀 신경 쓰지 않으셨죠.

그래도 한때는 친하게 지낸 적도 있었긴 합니다만."

"어? 그래요?"

"네, 유체 시절엔 거의 대부분. 뭐, 그런 마왕도 어릴 땐 사랑스러웠으니까요. 그때는 루카르엠 님을 통해 마신의 계시도 많이 내려졌습니다. 설마 그 루카르엠 님이 마신 본인이실 줄은 몰랐지만."

그러고 보니 비슷한 말을 들은 적이 있었던 것 같다. 마왕도 어릴 때는 마신의 사랑을 받았었다고. 그때는 그게 어느 정도인지 짐작이 가지 않았는데 지금 보니 누구나 알 수 있을 정도로 아꼈던 것 같다. 그래서 조금 걱정스러웠다.

'카노스는 괜찮은 걸까.'

비록 마지막까지 웃는 얼굴이었지만, 그게 전부는 아닐 거란 생각이 들었다. 사실 그에 대해 잘 안다고 할 수도 없는 처지인데. 루카르엠과 어울리는 동안 알게 모르게 들은 정이 꽤 깊은 모양이다. 왠지 기분이 초조해지는 것 같아 나는 두 손을 모아 쥐었다. 이젠 보이지 않게 된 마신의 문장이 오히려 보였을 때보다 더 신경 쓰였다.

모든 일이 원만하게 끝났으면 좋겠다. 가장 어려운 일이라는 걸 알면서도 그것밖에 바랄 수가 없어서 심란해졌다.

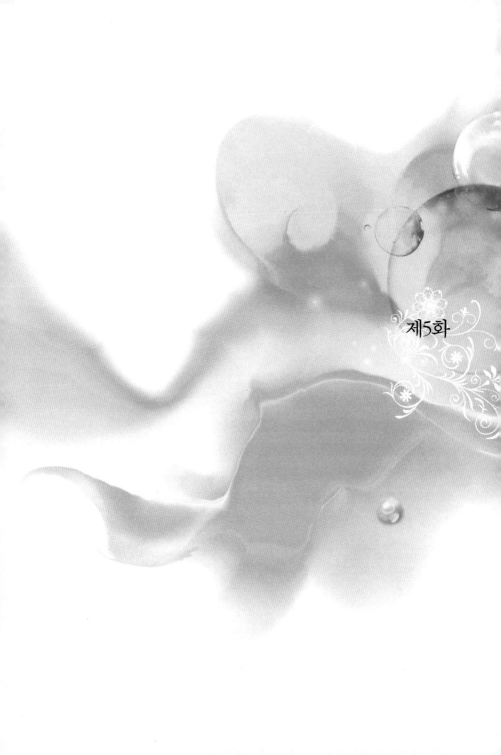

제5화

1.

마계의 밤은 짙은 군청색을 띤다. 마치 깊은 바다를 떠올리게 하는 하늘 위에는 실제로 사라지지 않는 거대한 은하수가 존재했다. 유리조각이 흩뿌려진 것처럼 수많은 별들이 그 안에서 수시로 위치를 바꾸는데, 그 모습이 정말로 별이 흐르는 것처럼 보여서 뭇 신들은 마계의 밤을 '마신의 어항'이라 부르곤 했다.

이 화려한 별의 군무는 마계의 한 곳으로부터 시작된다. 생명의 숲 카르텐. 마계에서 유일하게 살생이 금지된 성지이자, 금역인 땅이었다. 바로 그곳에 우두커니 서 있는 한 사람이 있었다. 잘 단련되어 있는 육체와 훤칠한 키를 지닌 남자에게선 강한 마력이 풍겼다. 등 뒤에서 넘실거리는 그의 긴 머리카락이 달빛을 받아 부서질 듯이 반짝거렸다. 그 색은 마계의 밤을 그대로 옮겨 담은 듯이 짙푸른 색을 띠었다. 수많은 마족들 중에서도 이 색을 지닐 수 있는 건, 허락받은 단 한 사람밖에 없다. 북쪽 영토의 주인이며 카르텐의 숲지기. 데자크 룬이었다.

데자크는 무거운 얼굴로 주위를 훑었다. 숨 막히도록 아름다운 하늘과는 다르게 숲 안은 음침하기 짝이 없을 정도로 황폐하기만 했다. 원래대로라면 밤하늘만큼이나 화사한 빛과 충만한 생명력을 내뿜고 있어야 할 곳이었다. 그러나 지금은 사신이 깃든 죽음의 땅 같았다. 숲이 품고 있던 알들이 전부 파괴되었기 때문이다. 남아 있는 것은 부스러진 껍질의 잔해들뿐, 그 무엇 하나 온전한 것이 없었다. 대부분이 부화를 앞둔 시기였다.

"빌어먹을 카류안 놈."

몇 번을 보아도 짜증이 나는 광경에 데자크는 울분을 참지 못하고 욕설을 내뱉었다. 무엄하게도 마왕을 삿된 말로 칭했지만 그에 대한 죄책감은 없었다. 원래도 충정 따윈 없었지만 알을 파괴한 유력한 용의자인 이상 그에게 마왕은 당장 씹어 먹어도 시원치 않을 원수에 불과했다. 아니, 이제 와서는 정말 마왕의 짓이 아니라고 해도 상관없었다. 알이 파괴됨으로써 이득을 얻는다는 것 자체로 이미 증오의 대상이었으니까.

"빌어먹을, 이라. 우리 북의 공작님이 정말 많이 화가 나시긴 했군요."

"……!"

그 순간 느긋하게 울리는 음성에 데자크는 흠칫 놀라 뒤를 돌아보았다. 밤하늘의 영향을 받아 푸르스름한 색으로 뒤덮인 숲을 배경으로 익숙한 모습이 서 있는 것이 보였다.

"루카르엠 님!?"

데자크는 서둘러 감정을 갈무리하고 고개를 숙였다. 중간계에서 부상을 입고 돌아온 이후 루카르엠은 한동안 자택 안에 틀어박혀 두문불출하던 상태였다. 그렇지 않아도 소식을 들을 길이 없어 불안하던 차였는데, 그가 이곳까지 직접 발걸음을 했다는 사실에 가슴이 뛰었다.

"어서 오십시오, 루카르엠 님! 몸은 좀 어떠십……."

반가운 기분으로 안부부터 확인하려던 데자크는 곧 말끝을 흐렸다. 장난스럽게 웃고 있는 루카르엠이 팔짱을 끼고 있는 것이 보였기 때문이다. 데자크는 그의 마지막 모습을 상기했다. 두 팔이 떨어졌고, 봉합할 시기를 놓치는 바람에 그냥 마무리해야 했다. 당시 끝까지 남아 치료를 도왔던 사람이 자신이었기 때문에 잘못 기억할리가 없었다. 마왕이 보고받는 시간을 질질 끌어서 이렇게 된 거라고 얼마나 이를 갈았던가. 그런데 그때 사라졌던 루카르엠의 두 팔이 지금 그의 어깨에 멀쩡히 붙어 있었다.

그의 혼란을 읽은 루카르엠이 보란 듯이 손을 흔들어 보였다. 양팔을 붕붕 돌리고 늘어지게 기지개도 켰다. 그 모습에 데자크는 다시금 아연해질 수밖에 없었다. 설령 그때 봉합에 성공했다 치더라도 아직 제대로 움직일 수 있을 만큼 시간이 흐르지 않았다. 하지만 루카르엠의 움직임에선 아무런 군더더기도 느껴지지 않았다. 아예 처음부터 잘린 적도 없었던 것 같았다.

데자크는 어떻게 된 건지 묻는 대신 그냥 미소 지었다. 애초에 그에 관해선 감히 판단하기를 포기한 지 오래였다. 상대가 루카르엠인데 불가능한 일이 벌어진 게 뭐가 어떻단 말인가. 오히려 아무런 일도 일어나지 않았다면 그게 더 이상했을 것이다. 바로 이런 점이 그를 끊임없이 신임하는 이유였으며, 경외할 수밖에 없는 이유기도 했다.

건재한 그의 모습에 내심 안도하며 다가서던 데자크는 다음 순간 발견한 것에 걸음을 멈췄다. 루카르엠의 오른쪽 팔에 검은색의 둥근 고리가 걸려 있었다. 겉보기에는 평범한 팔찌처럼 보였으나 마력이 응축된 형태였다. 데자크는 저 물건이 무엇인지, 누가 만들었는지 누구보다 잘 알고 있었다.

"데르온을 만나고 오셨습니까?"

당황해서 건넨 질문에 루카르엠은 씩 웃으며 팔찌를 흔들어 보였다.

"이번 동의 증명서를 제대로 본 건 지금이 처음인데, 꽤 촌스럽지 않나요? 우직하고 투박하기만 한 게, 데르온다운 모양이라고 해야 하나."

요점을 벗어난 대답이었지만 긍정이나 다름없었다. 데자크의 눈동자가 흔들렸다.

"……확실히. 데르온에게 그런 센스는 없죠. 옷은 몸에 걸칠 수만 있으면 되고, 장신구는 왜 하고 다니는지 모르겠다고 하는 녀석이니까요."

"저런, 그렇게 심각한 상태인 줄은 미처 몰랐네요. 그래도 꽤 멀쩡하게 입고 다니는 편이었잖아요?"

"다행스럽게도 시종들의 감각이 훌륭한 것 같았습니다. 그들이 권하는 대로 입는다고 들었습니다."

"그건 정말 다행이군요."

가벼운 잡담과는 다르게 마주 보고 서 있는 두 사람의 눈빛은 진지했다. 금방이라도 깨어질 듯한 아슬아슬한 긴장감이 넘실거렸다. 고요하다 못해 적막한 공간 속은 시간의 흐름조차 멈춘 듯했다.

"자크의 것은 꽤 멋졌죠. 예전부터 한번 받아보고 싶었어요."

"……."

내밀어진 손을 보는 순간 온몸이 부르르 떨렸다. 데자크는 맹수처럼 포효하고 싶은 기분을 꾹 눌러 참은 채 루카르엠을 바라보았다. 공작의 증명서는 여러 방면에서 쓰이지만, 같은 공작이 다른 공작들의 증명서를 모으는 경우는 단 하나밖에 없었다.

마왕의 주권에 도전할 때다.

데자크는 홀린 듯한 기분으로 루카르엠이 내민 손 위에 자신의 손을 얹었다. 침착하려고 노력했지만 덜덜 떨리는 팔이 그의 마음속 동요를 여실히 드러내고 있었다. 그것을 누구보다 선명하게 느끼고 있을 루카르엠은 아무것도 보지 않은 듯이 태연했다.

이윽고 데자크에게서 일어난 마력이 루카르엠의 손 위에 모여들었고, 진한 남색이 감도는 반지를 남겼다. 단순해 보이면서도 섬세한 조각과 문양이 곁들어진 세련된 형태였다.

"역시."

루카르엠이 가볍게 웃었다.

"데르온은 자크를 따라가려면 아직 한참 멀었군요."

그가 반지를 손에 끼우는 것을 보며 데자크는 숨을 크게 몰아쉬었다. 흥분을 애써 억눌렀더니 가벼운 현기증이 일었다. 울고 싶은 느낌과 비슷한 것 같기도 했다. 얼마나 수많은 세월을 고대하고 또 고대해 왔는지 모른다. 그가 숭배하는 단 하나의 마족이 언젠가는 모두의 위에 군림하기를. 루카르엠을 주군이라고 부를 수 있는 날이 오기를. 그를 찾아와 증명서를 받아가는 마족들을 볼 때마다 간절히 바라면서도, 이룰 수 없다는 것을 알기에 아쉬운 속을 삼켜야 했다. 그런데 그의 평생 절대 볼 수 없으리라 생각했던 광경이 눈앞에서 펼쳐지고 있었다. 심지어 꿈이 아니라 현실이었다.

"왕이 되려는 건 아닙니다."

그의 생각을 뻔히 읽은 루카르엠이 제지하듯이 말했다. 데자크는 잠시 멈칫했으나 실망하지 않았다. 그동안 루카르엠은 그 어떤 마계의 일에도 대부분 철저한 방관자였다. 특히 마왕이 하는 일에 관해서는 조금도 관여하려 한 적이 없었다. 그런 그가 경고이든 징벌을 위해서이든, 직접 나서기로 마음먹었다는 것이 더 중요했다. 적어도 그는 카류안을 더 이상 왕좌에 앉혀 둘 생각만은 없어 보이니 마왕은 교체될 것이다.

그의 손에서 지금의 마왕이 끌어내려지기만 하면 된다. 그럼 다음 왕이 누가 되든지 그자는 반쪽짜리 왕좌를 가질 수밖에 없었다. 마계의 모든 이들이 진정한 군주는 남 공작 루카르엠이라는 것을 알 테니까. 그동안 소수에게만 알려진 그의 위대함이 표면으로 드러나게 되는 것이다.

"정말 어쩔 수 없는 분이네요. 내가 질 거란 생각은 안 합니까?"

그의 노골적인 속내를 알아챈 루카르엠이 헛웃음을 터트렸다. 데자크는 정색하며 대꾸했다.

"절대 그럴 리 없습니다."

"만약 내가 진다면요?"

"그럼 카류안이 더 이상 마족이 아닌 거겠죠."

한 치의 망설임도 없는 대답은 가장 정확한 판단을 내리고 있었다. 루카르엠은 순수하게 감탄하는 시선으로 데자크를 바라보았다. 일평생 숲지기로서 카르텐을 떠나는 일이 거의 없는 자였지만, 이 마계 안에서 데자크 이상으로 많은 것을 알고 있는 마족은 없었다. 누구보다 본능적이고, 상황 판단 또한 빠르다. 아마도 가장 진실에 접근한 존재일 것이다. 그렇기에 그의 충정은 각인된 순종에 가까웠다. 본인이 그것을 의식하지도, 의심하려 들지도 않는다는 것이 카류안과는 다른 점일까. 루카르엠은 손을 들어 데자크의 머리를 쓰다듬었다. 무뚝뚝한 남자의 얼굴이 예상치 못한 일을 맞이해 당혹감을 드러냈다.

"루, 루카르엠 님?"

"난 사실 마족들의 자유분방한 점을 좋아해요."

불쑥 들려온 엉뚱한 말에 데자크는 민망해하던 것을 멈추고 의아한 표정을 지었다.

"가능한 한 그들의 의지로 살아가길 원했어요. 누구의 눈치도 보지 않고, 마음껏 말썽을 피우고, 여기저기서 소란을 일으키고. 남의 비난을 살지언정 오늘 죽어도 후회가 없는 삶을 살아가기를요. 하지만…… 그래요. 생각대로 잘 되지는 않더군요."

자조하듯 중얼거리는 입술에 씁쓸한 웃음이 걸렸다. 처음엔 카류안에 대해 말하는 건가 싶었지만 곧 그게 아니라는 사실을 알았다. 데자크는 그의 모습을 가만히 바라보다 말했다.

"저 역시 제가 원하는 대로 살고 있고, 제가 바라는 방식으로 죽을 겁니다. 그 삶에 후회할 일은 없습니다."

"……그래요. 내가 생각한 방식과는 다르지만, 그 또한 스스로 택한 길인 건 맞겠죠."

루카르엠은 천천히 고개를 끄덕였다. 웃고 있는 그의 얼굴이 조금은 홀가분해 보였다.

"그럼 난 이만 결론을 내리러 가야겠군요."

"저도 같이……!"

"아뇨, 뭐 구경할 게 있다고 우르르 몰려갑니까. 그냥 혼자 가겠습니다."

가볍게 어깨를 두드리는 태도에서 완곡한 거절의 기색이 느껴졌다. 데자크는 그대로 물러난 채 홀로 걸어가는 뒷모습을 하염없이 바라보았다. 어느 때의 광경이었을까. 걷고 있는 그의 옆으로 어린 마족 하나가 조르르 따라가는 환영이 덧입혀졌다. 지금과는 사뭇 다른 모습을 한 어린 시절의 카류안이었다.

루카르엠은 차별 없이 아이들을 귀여워하는(비록 귀여워하는 방식이 일반적인 기준과 다를지언정) 편이지만, 그중에서도 특별히 예뻐하는 아이는 있었다. 한때 데자크가 그랬고, 본인은 꿈에서도 알지 못하나 데르온도 그랬다. 그래도 그들에게 보인 애정을 전부 합친 것이 카류안 하나에 쏟아 부었던 것만 못하다는 걸 데자크는 누구보다 잘 알고 있었다. 그가 아끼는 것을 모르는 이가 없을 정도로, 당시 루카르엠이 카류안을 향해 내준 애정은 노골적이었다. 그런 그를 자신의 손으로 끌어내려야 하는 마음이 편치는 않을 것이다. 물론 그렇다 해서 그만두지는 않겠지만.

데자크는 조금 전에 루카르엠이 했던 말을 떠올렸다. 그는 마족들이 자유분방하게 살아가길 원한다고 말했지만, 그것이 곧 모든 것을 용납한다는 뜻은 아니었다. 자유에는 그만한 책임이 따른다. 카류안이 어떤 변명을 하더라도, 그는 방종하게 굴고 마신을 기만한 대가를 치러야 했다.

알이 파괴된 일을 보고하러 갔을 때 그가 얼마나 뻔뻔하게 웃었던가. 그때의 일을 떠올리자 다시금 이가 갈렸다. 생각해 보면 어릴 때부터 발칙한 구석이 많은 놈이었다. 보통 유체들은 본능적으로

카르텐의 주인인 데자크를 따르게 되어 있는데, 카류안은 갓 태어난 시점부터 루카르엠의 뒤만 졸졸 쫓아다녔다. 강한 마족을 알아보는 눈을 지녔다는 뜻이고, 그만큼 그 자신도 강하다는 뜻이기도 했다.

그뿐이었다면 문제가 없었겠지만 그가 루카르엠에게 보이는 집착은 비정상적일 정도였다. 하루에도 몇 번씩 루카르엠이 언제 오느냐며 채근해 대서 데자크의 심기를 매우 불편하게 만들었다. 루카르엠의 다리에 매달려 떼를 쓰는 모습을 보았을 땐 성체가 되기 전에 죽여 버릴까 진지하게 고민하기도 했다. 비록 루카르엠은 그런 카류안을 매우 기꺼워했지만 말이다.

보통 마족들이 루카르엠을 대하는 태도는 두려움이나 거북함, 두 가지로 나뉜다. 그런 감정 없이 편하게 그를 따르는 아이는 카류안이 처음이었다. 아마 그 때문인지도 모른다. 어쨌든 루카르엠은 유난히 카류안에게 관대했다. 그가 왕좌에 오른 이후 언제 그랬냐는 듯이 태도가 달라졌을 때에도 여전히 마찬가지였다. 오히려 그가 반항적이고 저항하는 태도를 보일수록 더 큰 흥미를 보이는 것 같았다. 사실 그는 고분고분하고 얌전한 마왕은 좋아하지 않았다.

그러고 보니 카류안은 왜 갑자기 그런 식의 태도를 취하게 되었을까. 데자크는 기억을 천천히 되짚어 보았다. 투정이 많긴 했어도 애정을 갈구하는 형태였을 뿐, 대체로 카류안은 루카르엠을 매우 따르는 편이었다. 왕좌에 오르고 나서도 한동안은 루카르엠에게 응석을 부리는 태도를 버리지 못해 수하들이 매우 곤란해 했었다. 그랬던 그가 하루아침에 돌변했다.

아마도 그 시점에서 카류안이 루카르엠에게 무언가를 요구했던 것 같다. 그가 원하는 것은 무엇이든 다 들어주던 루카르엠도 그때엔 조금 곤란해했다고 들어서 정확히 기억한다. 그 당시 루카르엠이 마왕에게 했다고 알려진 말 역시 선명히 떠올랐다.

　"전하는 아는 것을 감당할 자신이 있습니까? 그것을 얻게
　되면 지금처럼 제가 반갑지만은 않을 겁니다."

'그래, 그렇게 말했다고 했었지.'

그래도 마왕이 고집을 꺾지 않자 루카르엠도 어쩔 수 없다는 듯이 그의 요구를 받아들였다. 그리고 카류안이 달라졌다. 멀리서 보기만 하면 두 팔 벌려 달려가던 그가 누구보다 루카르엠을 멀리하고 질색하게 됐다. 마치 그 말이 예언이라도 된 것처럼.

그건 대체 어떤 의미였을까. 데자크는 이제는 보이지 않는 루카르엠의 뒷모습을 좇아 숲 너머로 시선을 던졌다. 이미 지난 일을 너무 깊이 생각한 탓일까. 좋지 않은 예감이 들었다.

＊　　＊　　＊

"어머나, 이게 누구실까? 늘 공사다망하신 남 공작님 아냐?"

마왕의 침소 앞을 지키고 있던 세르피스는 맞은편에서 걸어오는 남자를 발견하고 나른하게 웃었다. 그녀를 바라본 남자, 루카르엠의 얼굴에도 미소가 그려졌다.

"오랜만에 보는 것 같네요, 세르피스. 언제부터 서쪽 영토의 여주인이 왕성의 문지기가 된 겁니까?"

"상관없잖아? 남이 뭘 하든."

"그건 그렇죠."

새침한 대답에 루카르엠은 선선히 긍정했다. 여전히 무슨 생각을 하는지 알 수 없는 남자라고 생각하며 세르피스는 입술을 깨물었다. 발끈하는 것도 곤란했지만 아무렇지 않게 넘어가는 것도 찝찝하긴 마찬가지였다.

"그나저나 팔이 멀쩡하네? 남 공작은 얼마 전 물의 정령왕에게 호되게 당해서 불구가 됐다고 들었는데 말이야. 소문이 잘못됐나?"

그녀는 훑는 듯한 시선으로 루카르엠을 천천히 훑어 내렸다. 느긋하게 웃고 있는 얼굴부터, 단단하게 짜 맞춘 듯한 어깨, 그 아래 부상의 흔적이라곤 전혀 남지 않은 팔까지. 마지막으로 손목에 감겨 있는 팔찌와 손가락에 끼워진 반지에 닿았다.

"……게다가 어디서 많이 보던 것들도 착용하고 있고."

세르피스의 눈빛이 묘해지자 루카르엠은 피식 웃으며 더 자세히 보란 듯이 장신구를 착용한 손을 내보였다. 그것의 의미를 깨달은 세르피스가 얼굴을 굳혔다.

"왕에게 도전할 생각이야?"

"이해했다면 당신도 협조해줬으면 좋겠군요, 서 공작."

"……미쳤어! 당신, 왕좌에는 관심 없었잖아?"

"지금도 없습니다."

"그런데 어째서……?"

"마왕이 될 생각이 없다고 해서 왕좌를 바꾸지 말라는 법은 없으니까요."

그 말뜻은 명백했다. 세르피스는 크게 숨을 삼켰다.

"카류안 전하를 폐위시키는 게 목적이라고?"

"상황 파악이 빠르니 좋군요."

빙긋 웃은 루카르엠이 그녀를 향해 손을 내밀었다. 증명서를 요구하는 손짓이었다. 반사적으로 몸을 뒤로 뺀 후, 세르피스는 입술을 악물었다.

"그, 그런 일, 나는 협력할 수 없어."

"왜요? 마왕에게 도전하는 일이야 연례행사 같은 거잖습니까? 다들 아무 때나 마음 내키면 시도하던 일이잖아요."

"그건 다른 녀석들의 경우지! 당신은 다르잖아!"

단순히 다른 정도가 아니다. 마계에 존재하는 모든 마족들이 차례를 바꿔가며 마왕에게 도전한다 해도, 그것은 말 그대로 도전에 불과할 뿐이었다. 하지만 루카르엠의 도전만은 그렇지 않았다. 그는 마음만 먹으면 정말로 왕좌를 바꿀 수 있는 존재였다.

마계 최고령 마족이자 남쪽 영토의 주인—남 공작 루카르엠. 그에 대해 알고 있는 자라면 누구든, 그가 왕좌를 원하지 않기 때문에 공작위에 머물고 있을 뿐이라는 걸 알고 있었다. 역대 수많은 공작들이 대련을 청하듯이 왕좌에 도전했을 때도, 그는 단 한 번도 왕과 승부를 겨루려 한 적이 없었다. 당연히 자신이 이길 것임을 알고 있었기 때문이다. 그가 왕을 끌어내리기로 마음먹으면 정말 그렇게 될 것이다. 처음부터 정해진 결과를 도전이라고 부르는 사람은 없다. 그건 공정하지 못한 일이었다. 루카르엠도 그녀가 무슨 말을 하려는 건지 알고 있었다. 그는 고개를 갸웃해 보였다.

"그게 뭐가 문제죠? 어쨌든 내게도 왕과 겨룰 자격은 있을 텐데요. 오히려 지금까지 내가 가만히 있었던 게 더 이상했던 거 아닙니까?"

"그, 그건 그렇지만…… 왜 갑자기 이제 와서!"

"그거야 내 마음인걸요. 게다가 세르피스는 왕좌에 관심이 많지 않았습니까? 그 자리가 비워지는 겁니다. 당신에게도 좋은 기회가 될 텐데요?"

"아니! 나는 이제 더는 왕이 될 생각이 없어. 다른 마왕을 섬기고 싶지도 않아. 내 왕은 오직 카류안 전하 한 분뿐이야."

"이런, 정말 많이 홀렸군요."

가볍게 혀를 차는 루카르엠의 모습에 세르피스는 혼란스러운 표정을 지었다. 홀리다니, 누가 무엇에게? 납득할 수도, 이해할 수도 없는 말이었지만 그 말을 듣자 왠지 온몸이 떨렸다. 마치 자신이 누군가를 배반한 것 같은 기분이 들었다.

"딸자식 고이 키워 놓으면 애먼 놈팡이가 데려간다더니. 지금이 딱 그 심정이군요. 내 권속에서 벗어난 건 귀엽게 봐줄 수 있지만 지금은 때가 좋지 않아요. 내가 아니라 당신에게 하는 말입니다."

"무, 무슨 소리야."

"쓸데없이 힘을 빼고 싶지 않으니 순순히 협조해 달란 소립니다."

다시 손이 내밀어졌다. 세르피스가 뒷걸음질 치자 루카르엠의 눈빛이 가라앉았다.

"아니면 내가 당신을 죽이고 강제로 자격을 얻길 바랍니까?"

"……."

루카르엠이 원래 이렇게 무서운 느낌이었던가? 세르피스는 그의 원래 분위기를 떠올리려고 노력했다. 그런데 어떤 모습이었는지 잘 기억이 나지 않았다. 그렇게 오랫동안 알아왔던 존재인데도, 마치 한 번도 마주 본 적이 없었던 것 같았다.

무심코 고개를 들었다가 눈이 마주치는 바람에 세르피스는 마른 침을 삼켰다. 분명 자신과 똑같은 붉은 눈동자이건만, 검은 것처럼 보인다. 그 눈동자를 바라보는 것만으로 새카만 암흑 속에 끌려들어 가는 것 같았다. 잡아먹힌다! 치밀어 오르는 공포에 그녀가 눈을 질끈 감았을 때였다.

"그가 원하는 대로 해 줘라, 세르피스."

"……!"

예상치 못한 곳에서 들려온 음성에 세르피스는 반사적으로 뒤를 돌아보았다가 눈을 크게 떴다. 조금 전까지만 해도 굳게 닫혀 있던 문이 열려 있었고, 그 앞에 한 남자가 서 있었다. 까맣게 늘어트린 긴 흑발, 얼음처럼 차가운 인상을 지닌 청년은 최근 침실에서 나오는 일이 거의 없던 마왕 카류드리안이었다.

"카류안 님."

그를 보자 안도감이 차오르면서 그녀를 짓누르고 있던 공포심이 흐려졌다. 당장 그의 넓은 품에 안겨들고 싶은 마음이 굴뚝같았지만 세르피스는 사리 분별을 할 줄 아는 여인이었다. 지금은 그럴 때가 아니었다. 그녀는 카류안을 보호하듯이 감싼 상태로 루카르엠을 경계했다.

"하지만 제가 증명서를 주면 저자는……."

"어차피 네 힘으로는 그를 감당할 수 없다. 조금 더 쉽게 가느냐 그렇지 않느냐의 차이일 뿐. 네가 더 잘 알고 있을 텐데?"

"그, 그건……."

"난 상관없으니 내주도록 해. 그래도 증명서를 얻으려고 시도하는 게 꽤 기특하지 않나. 그런 절차 따위는 그냥 무시할 줄 알았는데 말이야."

"……무슨 말씀을! 공작들의 증명을 받지 않고 왕께 도전하는 건 반역이에요!"

"글쎄, 그런 규칙이 그에게도 통할까 싶군. 우리 위대하신 마신께서는 자신의 대리인을 위해서라면 규율 따윈 얼마든지 바꾸실 테지. 그렇지 않나, 루카르엠?"

느긋한 목소리와는 다르게 루카르엠을 응시하는 카류안의 눈빛은 타오를 것처럼 이글거리고 있었다. 루카르엠은 가볍게 어깨를 으쓱였다.

"글쎄요. 뭐, 그럴 수도 있겠죠. 하지만 여기서 일을 더 키우고 싶은 생각은 없습니다. 지금 이 정도만으로도 이미 충분히 귀찮아질 예정이거든요."

"하긴, 명목상의 시늉조차 하지 않으면 그대의 존재가 너무 눈에 띄겠군. 그대는 가능하면 조용히 지내고 싶겠지. 그래야 모두를 남몰래 감시할 수 있을 테니 말이야. 그게 그대가 맡은 역할이었던가."

"잘 알아주시니 고맙군요."

노골적으로 비꼬는 말에 태연한 응수가 이어졌다. 마주 보는 시선은 느긋했으나 그들 사이에 감도는 공기는 양쪽으로 한껏 잡아당긴 실처럼 팽팽했다. 오가는 대화를 이해하지 못한 세르피스만이 혼란스러운 얼굴로 두 마족을 번갈아 바라보았다.

"아시는 김에 얌전히 지내 주시면 더 좋았을 텐데 말입니다. 이런 날이 오게 돼서 정말로 유감입니다, 전하."

"눈치채는 게 생각보다는 늦었군."

"그러게 말입니다. 전하가 은폐하는 것에 의외로 재능이 있으시더군요. 솔직히 조금 놀랐습니다."

루카르엠은 다시 세르피스에게 손을 내밀었다. 목적이 명백하게 드러난 행동이자, 그녀에게 주는 마지막 기회이기도 했다. 본능적으로 그 의미를 파악한 세르피스가 움찔해서 카류안을 바라보았다.

그가 허락의 뜻으로 고개를 끄덕였고, 세르피스는 주저하며 손을 뻗었다. 이윽고 루카르엠의 손바닥 위에 붉은 귀걸이가 하나가 놓였다. 그것을 공중에 가볍게 던졌다가 낚아채듯이 잡은 후, 루카르엠은 다른 증명서들과 마찬가지로 귀걸이를 착용했다.

이로써 본인의 것을 제외한 모든 증명서가 모였다. 루카르엠은 한 손으로 자신의 목을 감쌌다. 그의 손 안에 모여든 마기가 잠시 후 가시로 엮어낸 듯한 하얀 목걸이를 만들어냈다. 남(南)의 증명서이자 마지막 증명서였다. 그 순간 먼저 착용하고 있던 다른 증명서들이 목걸이와 공명을 시작했다. 검은빛을 내뿜으며 진동하더니 먼지처럼 파스스 부서져 내렸다. 가루가 된 증명서들은 한데 뭉쳐져 루카르엠의 이마 위에 모여들었고, 번지듯이 스며들어 하나의 낙인을 남겼다. 검은색 테두리만 그려진 날개의 문양. 허락받은 도전자를 뜻하는 인장이었다. 지금은 테두리뿐이지만 왕좌를 넘겨받으면 그 안에 색이 채워질 터였다.

루카르엠이 내리깔았던 시선을 들어 올렸다. 무심하게 지켜보고 있던 카류안과 그의 눈동자가 정면으로 마주쳤다.

"자, 그럼. 형식적인 도전의 조건은 채웠으니 본론으로 들어가 볼까요."

"얼마든지."

"왜 그러셨습니까?"

두서없는 추궁에 어리둥절해진 세르피스가 얼굴을 찌푸렸다. 그러나 의미를 알고 있는 카류안은 동요 없이 대꾸했다.

"그 이유는 그대가 더 잘 알고 있을 텐데. 내게 진실을 가르쳐 준 건 그대가 아닌가."

"……역시 그게 문제였군요."

루카르엠의 얼굴이 흐려졌다. 여전히 흐트러짐 없는 태도였으나 낮게 토해진 신음 속에는 삼키지 못한 감정이 섞여 있었다. 카류안 은 조소하듯이 웃었다.

"그대도 후회라는 걸 하는 건가?"

"가끔은요. 이렇게 되길 바란 적은 없습니다."

"그렇다니 기쁘군. 다른 누구도 아니고 내가 그대를 불쾌하게 만 들었다니. 정말로 기뻐서 미칠 지경이야."

"……."

"하긴. 아무리 그대라도 책임감을 느낄 만하지. 운명의 여신의 화 원에서만 열린다고 하는 지혜의 열매. 바로 그대가 내게 가져다주 었으니까."

"전하, 받으세요. 선물입니다."

그가 웃으며 건네주던 과실을 기억한다. 형태는 사과를, 색은 포 도를, 맛은 복숭아를 닮았었다. 유리처럼 딱딱하기만 하던 표면이 입술이 닿는 순간 물렁하게 부드러워졌다. 놀라울 만큼 따뜻한 식 감이었는데 떨어지는 과육은 얼음처럼 차가웠다. 바로 그 날에 모 든 것이 바뀌었다.

다시 생각해도 희열이 차오르는 것을 느끼며 카류안은 음산하게 웃었다. 그가 지혜의 열매에 대해 알게 된 건 우연이었다. 거대한 서재 속 아주 작은 틈새에서 발견한, 낡은 책 한 권에 적혀 있던 내용이었다. 운명의 여신이 키우는 나무는 그녀의 신력을 담고 있어, 그 과실을 먹으면 세상의 이치를 깨닫고 자신의 미래를 알게 된다고 했다. 사실을 확인할 길은 없었지만 어떻게든 그 열매를 구하고 싶었다. 하지만 마족이 신계에 갈 수 있는 길은 오래전에 막혀 있었다. 유일한 방법은 중간계에서 큰 소란을 일으켜 천군에게 붙잡혀 가는 거였지만, 그런 방식으로는 열매를 훔쳐올 수 없었다. 살아서 돌아올 수나 있으면 다행이었다.

신계에 숨어들어 갈 방법을 찾기 위해 전전긍긍하고 있을 때, 그는 문득 루카르엠을 떠올렸다. 역대 마왕들로부터 전해 내려오는, 오직 마왕만이 열람할 수 있는 기록에 의하면, 남 공작 루카르엠은 신의 대리자로서 마신과 직접 교류할 수 있는 존재였다. 그러면 왠지 지혜의 열매도 구해올 수 있을 것 같았다.

그래서 카류안은 루카르엠을 찾아가 요청했다. 그는 루카르엠을 어려워하지 않는 편이었고, 그 또한 자신에게 관대하다는 것을 아주 잘 알았으며, 그것을 이용할 줄도 알았다. 곤란해하는 그에게 매달려 몇날 며칠을 조르고 또 졸랐다. 그러자 얼마 후 루카르엠이 정말로 과일 하나를 구해 왔다. 굉장히 힘들었다고 너스레를 떨면서.

그 과일을 먹으니 한순간에 다른 세상이 열렸다. 가려져 있던 것들이 보이기 시작했고, 보면서도 알지 못했던 것들을 깨달았다.

마신의 손가락 안에서 춤추듯이 흘러가는 마계, 쳇바퀴처럼 똑같이 맴도는 마족들의 운명. 부흥도 쇠락도 처음부터 전부 정해져 있었다. 그가 본 미래에서, 자신이 하고자 하는 모든 의지와 뜻은 마신의 권속에 의해 가로막혔다. 아무리 노력해도, 무슨 방법을 써도 결과는 바뀌지 않았다. 저항하면 할수록 보이지 않는 힘이 잡아끌어 강제로 굴복시켰다.

"우리는 그저 마신의 꼭두각시였을 뿐이지."

검은 장막이 내려진 캄캄한 길에서 어둠의 날개가 눈을 가린다. 안락을 가장한 채 아름다운 피리 소리로 걸음을 인도하지만, 그 길의 끝에 있는 건 예고된 절망과 파멸뿐이다. 마계에서 단 네 명뿐인 공작들도, 마왕조차도 예외가 아니었다. 마신은 누구에게도 관심을 두지 않았고, 아무도 구할 생각이 없었다. 그저 무정하고 차가운 시선으로 가만히 내려다보기만 할 뿐. 다른 신들의 손에 유린당하고 짓밟히도록 내버려 두고 때로는 오히려 밀어 넣기도 했다. 그러면서도 굴종과 복종을 강요하고 있었다.

"그리고 그대는 그 앞잡이였다."

붉은 눈이 증오를 담아 번들거렸다. 루카르엠은 그 눈길을 피하지 않았다.

"오랫동안 지독한 배신감에 시달려 왔었지. 하지만 지금은 그대에게 감사하게 생각한다. 덕분에 새로운 길을 찾게 되었으니까."

"새로운 길이라……."

되새기듯 중얼거리는 입맛이 썼다. 루카르엠은 가볍게 눈을 감았다 떴다.

"그래서 금기를 어겼습니까?"

"어떻게 해서도 바꿀 수 없다면 완전히 부술 수밖에. 그것이 신의 섭리라면, 신 따위도 넘어서면 되는 것 아닌가."

"……그래요. 너무 뻔한 대답이라 딱히 실망스럽지도 않군요."

"뭐라고?"

대번에 사나운 시선이 닿았지만 루카르엠은 오히려 느긋해졌다. 마주 응시해 오는 서늘한 눈동자를 보며 표정이 굳은 건 카류안 쪽이었다.

"기억합니까, 전하? 과일을 드렸을 때 분명히 말했을 겁니다. 그 열매로 모든 걸 다 알 수는 없으니 그냥 재미로만 즐기시라고. 너무 과신하지도, 그것에 사로잡히지도 말라고요."

"열매가 잘못되었다는 말인가?"

"아뇨, 잘못되었다면 먹은 쪽이겠죠."

"뭣……?"

부릅뜬 눈이 꿈틀거렸다. 루카르엠은 불쾌함을 역력하게 드러낸 카류안의 얼굴을 똑바로 마주 보며 말했다.

"사람이란 결국 아는 만큼만 세상을 보는 법이거든요. 수많은 진실을 접해도 듣고 싶은 것만 듣고, 보고 싶은 것만 눈에 담아요. 그렇게 가다 보면 어떤 진실도 왜곡됩니다. 그래서 지혜의 열매는 욕망을 비추는 거울에 더 가깝죠."

"……!"

"더 제대로 말할까요? 당신은 이 세계의 구조에 늘 의문을 품고 있었고, 마신의 관여에서 벗어나고 싶어 했었죠. 그래서 지혜의 열매를 구하려고 한 거였고요. 자신이 옳다는 걸 확신하고 싶었을 겁니다. 당신이 어떤 미래를 보게 될지는 처음부터 알고 있었습니다."

호수의 표면에 파문이 일어나듯 카류안의 눈동자가 흔들렸다. 그게 정곡을 찔린 자의 동요라는 걸 알고 있는 루카르엠은 빙긋 웃었다.

"그런데 왜 구해 온 거지?"

"나한테 조금 나쁜 버릇이 있거든요."

"나쁜 버릇?"

"의심이 워낙 많아서요. 툭하면 사람을 시험해 보고 싶어 하죠. 당신이 그 욕망을 어떻게 풀어 나갈지 궁금했습니다. 어쩌면 믿고 싶었던 걸지도 모르겠네요. 결국 이렇게 되고 말았지만."

스스로 생각해도 어처구니가 없다는 듯, 가벼운 한숨이 내쉬어졌다. 명백히 후회하는 모습이었지만 카류안은 이번엔 그의 표정을 즐기는 대신 얼굴을 일그러트렸다. 결국 자신은 그의 시험에 통과하지 못했으며, 믿음에 부응하지 못했다는 소리를 돌려 말한 셈이었으니까.

"그냥 날 싫어하고 마신을 원망하는 정도로 끝내지 그랬습니까. 천마대전을 다시 일으키겠다고 했어도 좋았을 겁니다. 불합리를 증오하면서 정작 온몸으로 부딪쳐 권리를 되찾을 용기는 없었군요."

"큭! 닥쳐라! 방자하구나, 루카르엠! 목숨을 부지할 생각을 버리니 네 앞에 있는 이가 누군지도 잊은 건가?"

"아직도 당신이 내 왕이라 생각합니까? 먼저 그 자격을 버린 건 당신입니다."

"흥, 이제 그딴 자격은 필요하지 않다. 나는 더 높은 곳에 설 테니까."

"높은 곳이라……."

"모든 신들의 위, 가장 높은 곳이지. 알아들었다면 내게 무릎을 꿇고 경배해라, 루카르엠! 충성을 맹세하고 넙죽 엎드려 나를 섬겨야 할 거다. 마음에 들게 굴면 그동안의 정을 생각해서 내가 지배할 세상의 한구석 정도는 너그러운 마음으로 내어주도록 하마. 마신을 네 발밑에 두고, 신들을 개처럼 부릴 수 있게 해 주겠다."

오만하다 못해 광포한 말이었다. 루카르엠은 살짝 눈살을 찌푸렸다. 광기로 가득한 카류안의 모습에서 한때 그가 사랑했던 아이는 더는 존재하지 않았다. 알고는 있었지만 역시 이런 건 재미없었다.

"내가 저지른 과오가 크긴 한가 봅니다. 살다 보니 악신 후보한테서 스카우트를 다 받아 보고."

"네게는 나쁘지 않은 제안일 텐데?"

"글쎄요. 제법 신선하긴 합니다만, 그뿐입니다. 결국 끝까지 예상에서 벗어나지 않는군요. 그나마 이 자리에 내 잘난 친구가 없다는 게 다행이네요. 그가 알면 어이가 없어서 비웃지도 않을 겁니다."

경멸하며 바라볼 얼굴이 눈에 선했다. 싸늘한 눈빛은 일말의 동정도 담지 않을 것이다. 그 모습을 떠올리니 오히려 마음이 편해졌다.

"그래요. 썩은 토양에서 자란 싹한테 무엇을 바랐느냐고 하겠죠. 아니, 이 경우엔 씨앗부터 잘못된 셈일까요. 왜 이런 말도 있잖습니까. 뭐 심은 데서 뭐 자란다. ……알면서도 심었으니 뽑을 일만 남았군요."

"무슨 헛소리를 하는 거지?"

"내가 뿌린 씨앗이니, 내가 거두겠다는 겁니다."

쏴아아—

그 순간 주위를 훑는 바람과 함께 루카르엠의 몸에서 검은 마력이 피어올랐다. 온몸을 죄여오는 압박감에 세르피스의 얼굴이 창백해졌다. 카류안 역시 당황했지만, 그는 이내 여유롭게 웃었다.

"그대가 날 죽일 수 있을까?"

"이 경우엔 할 수밖에 없겠죠. 더 늦기 전에 수습할 겁니다."

"이미 늦었다, 루카르엠. 그대는 날 막을 수 없다."

"왜 그렇게 확신합니까?"

"난 육체의 한계를 벗어났다. 그대라면 내 변화를 알아보았을 텐데?"

확실히 달라지긴 했다. 루카르엠도 그 점은 인정했다. 그를 구성하고 있는 것들의 성분과 밀도가 변했고, 전신에서 권능이 느껴졌다. 그 권능의 향기에 세르피스가 홀렸다. 심지어 그의 앞에서도 묶어 둘 수 있을 정도로 강력한 힘이었다. 어지간한 신들조차 상대가될 것 같지 같았다. 침묵하는 얼굴에서 동조의 기색을 읽은 카류안이 웃음을 참지 못하고 어깨를 들썩거렸다.

"그대가 아무리 대단하다 해도 결국 마족에 불과할 뿐! 내게 맞서려 할수록 절망을 맛보게 될 거다. 그래, 내가 그 열매를 통해 보았던 그 끔찍하고 무력한 절망감을 말이야!"

한껏 벌어진 입 안에서 날카로운 이가 드러났다. 오랜 원수를 눈앞에서 굴복시킨, 환희에 가득 찬 표정이었다. 루카르엠은 잠시 곤란한 표정을 지었다가 머리를 긁적거렸다.

"그래도 신을 넘어섰다고 하진 않는군요. 당신이 말한 것처럼 아주 늦은 것 같진 않네요."

"뭐……?"

"내가 마족이라고 누가 그럽니까?"

그 말의 의미를 깨닫기도 전에 카류안은 자신을 휘감는 무형의 기운을 피해 황급히 물러서야 했다. 서걱, 바람이 지나치는 느낌이 이는가 싶더니 얼굴에서 싸늘한 느낌이 들었다. 카류안은 믿을 수 없는 표정으로 자신의 뺨을 쓸었다. 완전한 각성을 이루진 못했지만 이미 반신에 가까운 상태였다. 육신이라는 제약에 갇혀 있는 존재가 자신을 해칠 수 없을 터였다. 그런데 그에게 스친 피부에서 피가 흘러내리고 있었다.

"설마……."

카류안은 혼란으로 일그러진 채 루카르엠을 바라보았다. 조금 전까지만 해도 붉었던 루카르엠의 눈동자가 지금은 완전히 검은색으로 변해 있었다. 원래 알고 있는 익숙한 외형 너머로 낯선 얼굴이 비쳤다. 지금보다 더 새카만 흑발이, 더 짙은 암흑의 눈동자가 보이자 숨이 막혔다.

"설마, 그대가……!"

경악으로 물들어 가는 얼굴을 보며 루카르엠은 씁쓸하게 웃었다.

"적당히 하자, 카류안. 나를 더 슬프게 하지 마."

쿠구궁!

"……!"

멀리서 들려온 폭음에 데자크는 흠칫 몸을 떨었다. 루카르엠이 향한 곳, 본성이 있는 방향에서 난 소리였다. 그는 서둘러 높은 곳으로 올라가 최대한 안력을 높였다. 저 멀리 희미하게 자리 잡은 본성의 모습이 보였다.

데자크의 얼굴이 굳었다. 본성이 있는 중앙은 마왕의 마력으로 감싸여 있어 언제나 맑은 날씨를 유지했다. 그곳이 지금은 짙은 회색빛의 안개에 가려져 있었다. 지금까지 수많은 도전자들이 본성에서 전투를 치렀으나 이런 현상이 일어난 적은 없었다. 이건 다른 변고가 일어나고 있다는 뜻이었다.

안에서 무슨 일이 벌어지고 있는 걸까. 달려가고 싶은 마음이 굴뚝같았지만 그는 마지막으로 봤던 루카르엠의 모습을 상기하면서

인내했다. 굳이 혼자 가겠다고 언급한 건 어떤 경우에도 따라오지 말라는 소리였다. 그 지시를 어길 순 없었다.

"루카르엠 님……!"

괜찮다. 괜찮을 것이다. 거듭 중얼거리면서도 데자크는 초조함을 감추지 못해 주먹을 불끈 쥐었다. 세상이 하루아침에 뒤바뀔지언정 루카르엠이 패배하는 결말은 상상해 본 적도 없다. 그런데 왜 이렇게 불길한 기분이 드는 건지 모르겠다. 어서 빨리 이 시간이 지나가 그가 아무렇지 않게 웃으며 다시 나타나 줬으면 했다.

그러나 데자크의 바람과는 다르게 본성을 감싸고 있는 안개는 끝내 걷히지 않았다. 호기심을 이기지 못한 마족들이 접근을 시도했지만, 시야를 완전히 차단한 어둠과 밀어내는 힘에 가로막혀 아무도 안에 들어갈 수 없었다. 루카르엠도, 마왕 카류안의 행방도 그 속에 파묻혀 사라졌다.

"라데카!"

같은 시각, 운명의 여신 라데카의 궁처에 두 남녀가 뛰어들었다. 천신 이오웬과 명계의 신 섀넌이었다. 달빛이 스며든 듯한 은발, 검은색 피부를 지닌 소녀가 하늘을 바라보고 있던 시선을 거두어 그들을 돌아보았다.

찾아온 사람도, 맞이한 사람도 서로 굳은 얼굴로 마주 보기만 한 채 아무 말도 하지 않았다. 끝인지 시작인지 알 수 없는 미래가 시작되고 있었다. 불안정한 소강이었다.

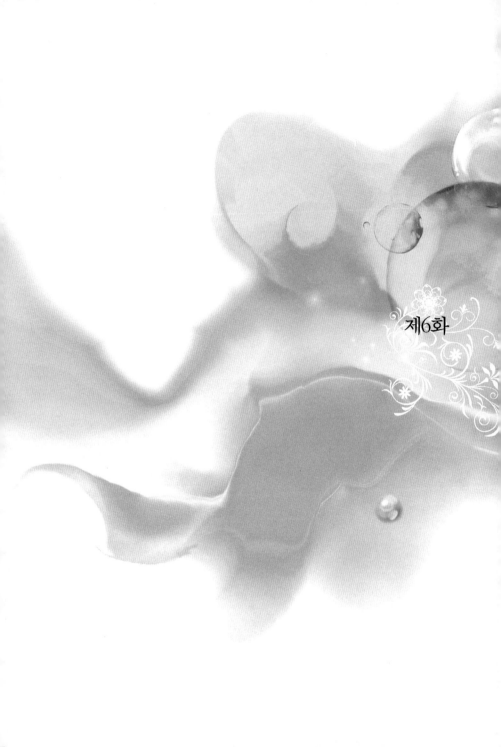

제6화

1.

해가 정오에 뜬 시각, 굳게 닫혀 있는 클모어 공작 저에 후드를 눌러쓴 네 명의 괴한이 침입했다. 공간 이동 마법을 통한 불시의 기습이었다. 서재 안에서 독서 중이던 카웰 공작은 눈앞에 갑자기 나타난 침입자들을 보고 놀란 표정을 지었고, 그와 동시에 요란한 종소리가 울려 퍼졌다. 저택 내부에 펼쳐져 있던 마나 감지 마법이 발동한 것이다.

"서재 쪽이다!"

"모두 공작님을 모셔라!"

사방에 울려 퍼지는 경보음에 저택 안에 있던 사람들의 움직임이 분주해졌다. 병사들이 달려오는 것을 본 괴한들은 서둘러 서재의 문을 걸어 잠갔다. 그중 한 사람이 굳게 닫힌 문 위에 손가락으로 빠르게 글자를 적어 내려갔다. 그러자 쿵쿵 울리던 진동이 멈추더니 이내 주위가 고요해졌다.

"10분밖에 못 버텨."

"그 정도면 충분해."

문을 잠근 괴한의 말에 다른 쪽 괴한이 가볍게 대꾸했다. 그는 품 안에서 꺼내 든 종이를 바닥에 펼친 후 그 위에 빼곡한 마법진을 그려 나가기 시작했다. 이 모든 과정이 빈틈없이 신속하게 진행됐다.

"자네들은 누구지? 대체 무슨 짓을 하는 건가."

그때까지 굳은 얼굴로 서 있던 공작이 괴한들을 경계하며 물었다. 처음엔 큰 동요 없이 지켜보기만 하는 상태였는데, 괴한의 손짓 한 번으로 바깥의 자극이 완전히 차단되자 상황이 심상치 않음을 깨달은 것이다.

여기서 당신을 구하러 왔다, 라고 말해 봤자 통하지 않겠지. 괴한들— 아니, 우리들은 서로 어깨를 으쓱여 보였다.

벌건 대낮에 공작 저를 침입한, 대담한 괴한들의 정체는 바로 소인원으로만 구성된 내 일행들이었다. 사실 이렇게 눈에 띄는 짓을 할 생각은 없었지만 공작이 저택 안에서 나올 생각을 하지 않아서 어쩔 수 없었다. 그에게 걸린 저주를 풀기 위해선 정화 의식을 치러야 하는데, 제대로 성공하려면 당사자와 직접 접촉해야 했기 때문이다.

정석대로 새벽에 기습하지 않은 건 저택에 깔려 있는 마나 감지 마법의 영향이 컸다. 순간적으로 침입할 수 있는 방법으로는 공간 이동 마법만 한 것이 없고, 그러자니 경보 또한 피할 길이 없었다. 어차피 일어날 소란이라면 아예 사람들이 활동하는 시간대를 대놓고 노리자는 생각이었다. 단순히 귀찮은 과정을 생략하려는 의도였지만, 굳어 있는 공작을 보니 오히려 그게 허를 찌른 것 같기도 했다.

"형님."

선두에 서 있던 이사나가 쓰고 있던 후드를 뒤로 젖히며 공작의 앞에 나섰다. 클모어에 온 이후로 두 사람이 직접 대면한 건 지금이 처음이었다. 개인적으로는 조금 감격스러운 광경이기도 했다. 이 순간에 이르기 위해 그가 어떤 일들을 감당했는지 전부 알고 있었으니까. 먼 사막의 여정도 그렇지만, 직전에 치른 고초도 그에 못지않았다. 아니, 어떤 의미에서는 더 심하지 않았나 싶다.

"폐하가 직접 가신다고요? 안 돼요!"

에이프릴이 경악하며 외치던 소리가 아직도 귓가에 선했다. 공작의 저주를 풀러 가는 인원에 이사나도 함께한다는 사실을 알자마자 터져 나온 말이었다. 사실 그 결정에는 에이프릴만이 아니라 공작의 가신이라는 사람들도 전부 반대하고 나섰다. 타지에서 돌아온 지 얼마 되지도 않은 황제가 또다시 위험한 현장에 직접 간다고 나서니 전부 혈안이 되어 말리는 분위기였다. 무시하면 그만이긴 했지만, 그를 위해 나서는 사람들인 만큼 굳이 마음을 상하게 할 필요는 없었다. 그들을 합리적인 방식으로 물리치기 위해 이사나는 상당히 여러 가지 방식으로 타일러야 했다.

그중에서 가장 그들을 납득시킨 건 '공작이 나를 알아볼지도 모른다'는 말이었다. 저주에 걸려 있는 상태에서도 카웰 공작은 오매불망 황제만 걱정하고 있었고, 다들 그 사실을 알고 있었다. 이를 부풀리는 것에 집중한 이사나는 그들이 수긍할 만한 내용으로 현혹시켰다. 충성심이 깊은 공작이라면 '당연히' 자신을 알아볼 것이다. 그렇게 되면 그를 설득할 수 있을 테니 정화의 의식을 치르는 것도 훨씬 수월해질 거라고 했다. 더 '편하게' 진행할 수도 있는데 왜 '일부러' 돌아가야 하느냐고도 물었다. 말이 좋아 설득이지, 공작을 믿지 못하느냐고 물어보는 것과 다름없었다. 그게 제법 그럴듯했는지 반대하던 자들이 더는 목소리를 높이지 못했다. 그런 말을 듣고도 계속 만류하면 공작의 충정을 의심하는 셈이었으니 어쩔 수 없기도 했을 것이다.

그때 이사나가 설득한 논리대로라면 지금이 바로 승부의 시점인 셈이다. 그러나 이 순간, 완벽하게 드러난 이사나의 얼굴을 보면서도 공작의 경계는 풀리지 않았다.

"자네는 모르는 얼굴인데. 왜 나를 형님이라 부르는 거지?"

"……역시 알아보지 못하는군요."

예상했던 반응에 이사나는 쓴웃음을 지었다. 기실 말이야 그렇게 했지만, 정작 우리들 중에서는 공작이 이사나를 알아볼 거라고 기대한 사람이 아무도 없었다. 하나뿐인 여동생도 알아보지 못하는 그가 이사나를 알아본다면 그거야말로 질 나쁜 희극일 것이다. 너무 당연한 일이다 보니 딱히 실망스럽지도 않았다.

하지만 속상해지는 건 어쩔 수 없었던 걸까. 나는 공작에게서 시선을 떼지 못하는 이사나를 힐끔 보았다. 담담한 표정이긴 했지만 막상 공작의 상태를 직접 확인하니 착잡했는지 얼굴에 그늘이 져 있었다. 평소보다 기운이 빠져 있는 모습을 보니 그냥 사람들의 말처럼 놔두고 올걸 그랬나 싶기도 했다.

사실 이번 일에 이사나가 나설 필요는 없었다. 그의 심정을 모르는 건 아니지만 반대하는 사람들의 입장도 충분히 이해가 갔다. 지키려는 존재를 가장 안전한 곳에 두고 싶어 하는 건 누구에게나 당연한 심리일 테니까. 실제로 이사나 본인은 위험하다는 이유를 들어 알리사를 따라오지 못하게 했다. 납득하지 못하는 그녀에게 파이어 버스터를 강제로 쥐어주고는, 검을 향해 그녀를 지키라는 명령까지 내렸다. 사실은 허튼짓(몰래 따라온다거나)을 못 하게 감시하라는 쪽에 더 가깝겠지만. 그러면서도 정작 자신은 가야 한다는 고집을 꺾지 않았다.

"모두가 이 일에 관여하는 건 나 때문이잖아. 내 일을 맡겨 두고 나 혼자 편한 곳에 있고 싶진 않아. 크게 도움이 되지 못하더라도 전부 함께하고 싶어."

그가 진지한 얼굴로 나를 향해 했던 말이 떠올랐다. 쉽게 과신하지 않고 남에게 책임을 떠넘기려 하지 않는 점은 장점이라고 할 수 있을 것이다. 그래도 가끔씩은 철없이 의지하고 응석을 부려도 좋을 텐데. 그가 지닌 지위와 삶의 무게들이 원래 그 나이에 누려야 할 권리마저 삼켜버리는 것 같아서 조금 안타까웠다.

"괜찮습니다, 형님. 곧 낫게 해드리겠습니다."

본인이 더 속상할 텐데도 이사나는 오히려 공작을 위로했다. 아니, 스스로 의연해지기 위해 하는 말에 더 가까울지도 모르겠다. 공작은 여전히 경계를 풀지 않은 채 눈썹을 찌푸렸다.

"낫게 해? 마치 내가 아프기라도 하다는 듯이 말하는군."

"맞습니다. 형님은 지금 아프신 겁니다."

"대체 아까부터 무슨 소리를 하는 거지?"

"그것도 곧 알게 되실 겁니다."

이해할 수 없는 대화에 초조해진 듯, 카웰 공작의 눈빛이 흔들렸다. 그 순간 밀랍 인형처럼 굳어 있던 공작이 빠르게 손을 움직였다. 검을 뽑아들려는 것이다. 소드 마스터인 그가 날뛰기 시작하면 쉽게 끝날 일도 매우 어려워진다. 나는 급히 물을 일으켜 공작의 몸을 결박시켰다.

"큭! 무, 슨 짓을!"

기회를 놓친 것으로 모자라 간단히 제압까지 당하자 그의 얼굴이 경악으로 일그러졌다. 물론 나 역시 그를 제압하고 있는 것이 마냥 편하진 않았다. 누가 검술의 경지에 이른 존재 아니랄까 봐 저항하는 힘이 생각보다 더 강했다.

"준비는?"

"거의 다 됐어."

한창 마법진을 그려가던 라피스가 종이에서 시선을 떼지 않은 채로 대꾸했다. 우리에게 저주를 푸는 방법을 알려 준 장본인이기도 한 그는, 지금 그 책임을 온몸으로 지고 있었다. 그게 무슨 말이냐면, 투덜거리지 않고 얌전히 협조하고 있다는 뜻이다.

"자해라도 하면 곤란하니까 입에 뭐라도 물려 둬."

라피스의 지시에 이사나가 비장한 얼굴로 고개를 끄덕였다. 그는 손수건을 꺼내 공작의 입에 물렸고, 당연히 공작은 더 크게 버둥거렸다.

"미안합니다, 형님. 곧 풀어 드릴 테니 잠시만 참으세요."

"으읍! 읍! 읍!"

사납게 노려보는 눈길에 핏발이 섰다. 눈빛만으로 저주를 걸 수 있다면 몇 번이든 걸고도 남을 것 같았다.

"……이렇게 하니까 우리가 꼭 악당이 된 것 같아."

문에 걸어둔 술법을 지키고 있던 시벨리우스가 난처한 표정으로 중얼거렸다. 그 말을 들으니 문득 남의 시선으로 보기엔 이 광경이 어떤 식으로 비춰질까 싶었다. 멋대로 난입한 것으로 모자라 강제로 팔을 결박시키고, 천으로 입을 틀어막고. ……차마 반박할 여지가 없는 상황이긴 했다.

"악당이 뭐 어때서."

그즈음 마법진을 완성시킨 라피스가 가볍게 목을 주무르며 몸을 일으켰다. 그는 증오로 번들거리는 공작의 눈을 태연히 마주보았다.

"건전한 방식은 그게 통하는 상대한테나 하는 거고. 필요할 땐 무력도 쓰는 거지. 나중에 시끄러워질 것 같으면 상대가 아무 말도 못 하게 하면 돼. 그럼 없던 일이 되거든."

"……그 대사 진짜 악당 같다."

"흥, 당하고 사는 것보다야 백배는 낫지. 하지만 일단 이 상황에서 그 표현은 틀렸어. 이런 수고를 들여가며 도와주는 악당이 세상에 어딨냐? 내가 보기엔 호구가 따로 없구만."

"그건 그것대로 극단적인데. 중간 표현은 없어?"

"지금 그딴 걸 고민할 때냐? 어쨌든 시간 안에 끝내고 싶으면 저 녀석이나 바닥에 눕혀. 바로 시작할 거니까."

라피스가 다시 지시를 내렸고, 공작을 제압하는 것 외에 달리 할 일이 없던 나는 얌전히 그 말에 따랐다. 버둥거리는 몸을 강하게 압박해서 꼼짝 못 하게 만든 다음 바닥에 똑바로 눕히자, 공작의 얼굴이 참혹하게 일그러졌다. 왠지 제정신이 돌아와도 이 일에 대한 것만은 쉽게 넘어가지 않을 것 같았다.

물론 그러거나 말거나 라피스는 전혀 아랑곳하지 않았다. 그는 공작의 복부 위에 마법진이 그려진 종이를 펼친 후 손바닥으로 그

위를 감싸듯이 덮었다.

"발동."

그의 입에서 묘한 울림을 담은 단어가 뱉어졌다. 그러자 마법진에서 새파란 빛이 솟구쳤다. 분명 평범한 잉크로 그려졌을 그림이 그의 손길을 따라 파란색으로 반짝거리기 시작했다.

"역순. 정화. 순환."

연이어서 짧은 단어들이 뱉어졌고, 라피스는 품 안에서 단검 하나를 꺼내 들었다. 계획을 시작하기 전에 내게 미리 건네받았던 마검이었다. 검이 가까이 다가오자 공작의 눈동자가 흔들렸다. 그검 끝이 공작의 배 위에 똑바로 세워졌을 땐 지켜보던 나도 흠칫했다.

"라, 라피스?"

"왜."

"그…… 지금 뭐하는 거야?"

방해하지 말라는 듯, 귀찮은 표정을 짓던 라피스가 눈썹을 찌푸렸다.

"저주를 정화하려는 거잖아."

"그건 아는데…… 왜 검을 찌를 것처럼 세우는 건데?"

"찌를 거니까."

가벼운 대꾸와 동시에 라피스가 카웰 공작의 복부에 마검을 푹찔러 넣었다. 정확히는 마법진의 정중앙을 관통한 위치였다.

"큭!" 짧은 신음 소리와 함께 공작의 얼굴이 일그러졌다. 놀란 이사나가 크게 숨을 삼키는 것이 보였다. 나 역시 당황하긴 했지만 저주를 푸는 진행 과정 중 하나라는 것을 의식하니 동요를 금방 가라앉힐 수 있었다. 당장 아픈 건 어떻게 할 수 없지만 일이 끝나자마자 바로 치료하면 생명엔 지장이 없을 터였다.

하지만 마냥 편한 마음으로 지켜보기엔 다음 상황은 더욱 심각했다. 단순히 찌른 정도가 아니라 마검을 공작의 몸 안으로 점점 깊숙이 밀어 넣기 시작한 것이다. 마법진이 그려진 종이가 붉은 피로 젖어 가는 것이 선명하게 보였다. 그럴수록 그 안에서 터져 나오는 빛도 강해졌다.

"크으……으아아악!"

"혀, 형님!"

고통을 참지 못한 공작의 입에서 억눌린 비명이 터져 나왔다. 이사나의 얼굴은 완전히 새파래졌다.

"저, 저기. 이거 정말 괜찮은 거야?"

걱정스러운 마음에 묻자 라피스는 대답하기도 귀찮다는 듯이 턱짓을 했다. 그 무성의한 대답에 얼굴을 찌푸렸지만, 곧이어 보이는 광경이 모든 불만을 가로막았다. 라피스가 손을 떼어냈음에도 마검이 계속 공작의 몸속에 들어가고 있었기 때문이다. 마치 그의 몸이 스스로 검을 집어삼키고 있는 것처럼 보였다. 피도 더 이상 나오지 않았다. 이사나 역시 그 광경을 발견하고 마른침을 삼켰다. 시벨리우스는 이미 그럴 줄 알고 있었다는 얼굴이었지만 대신 다른 부분을 감탄했다.

"굉장하네. 정말 시간 안에 성공할 줄은 몰랐어. 정화의 주술을 이렇게 빨리 완성하다니. 보통은 진을 그리는 것만 해도 수십 분은 걸리는 편인데."

사실 그는 이 계획에 참여할 때부터 단 한 가지만 신경 썼었다. 촉박한 시간 안에 완벽한 주술을 완성할 수 있을지에 대한 우려였다. 물론 그 염려에는 라피스를 향한 기본적인 불신도 깔려 있었다. 그런데 라피스가 당연하다는 듯 너무 아무렇지 않게 해낸 것이다.

대놓고 내색하진 않아도 시벨리우스는 상당히 놀란 것 같았다. 그를 다른 시각으로 보게 된 계기가 되었는지, 마주치기만 하면 불꽃이 튀던 눈동자가 처음으로 온화한 빛을 품었다. 하지만 그런 순간이 그다지 오래가지는 않았다. 호의도 순순히 받아주지 않는 성격답게, 라피스가 코웃음을 쳤기 때문이다.

"이게 뭐 별거라고."

"……우와, 바로 잘난 척이냐. 진짜 귀엽지 않네."

"너한테 귀엽게 보여서 뭐하게. 내가 귀엽게 굴길 바라는 거냐?"

"으악! 상상했잖아! 끔찍한 소리 하지 마!"

"하? 네가 먼저 시작했잖아, 이 퍼런 엘프가."

"뭐? 퍼런 엘프라니?"

"시퍼런 색이니까 퍼런 엘프."

"블루 엘프거든! 호칭은 제대로 쓰라고! 아니, 그보다 나는 원래 엘프도 아니거든?"

"시끄러, 너 같은 건 그냥 퍼런 엘프면 충분해."

"엘! 들었어? 얘가 날 이상하게 불러!"

"……둘 다 그만해."

이런 때마저도 지치지 않고 다투는 두 사람을 보니 한숨이 저절로 나왔다. 그래도 정말 마음에 들지 않았으면 서로 아예 무시했을 텐데. 티격태격하기라도 하는 걸 보니 오히려 사이가 좋다고 해야 하는 걸지도 모르겠다.

그사이 꾸역꾸역 파고들어 가던 마검이 공작의 몸속으로 사라졌다. 이렇게 흡수된 마검은 그 안에서 완전히 녹아 사기(死氣)만 남게 된다고 했다. 이로 인해 저주는 숙주가 죽었다고 착각, 모든 활동을 멈춘 후 증거를 남기지 않기 위해 사기에 스며들어 동화된다. 한마디로 죽어야만 저주에서 해방된다는 소리였다. 새삼 느끼는 거지만 정말 지독한 방식이었다.

잠시 후 마법진을 밝히고 있던 푸른빛이 그의 전신으로 빠르게 퍼져 나갔다. 공작은 발작하는 사람처럼 몸을 덜덜 떨었다. 마구 몸부림치는 그를 고정하기 위해 나 역시 진땀을 흘려야 했다.

언제까지 이런 상태가 계속되는 건가 걱정스러워졌을 때쯤, 불현듯 그의 부릅떠진 눈에서 기이한 현상이 일어났다. 흰자위가 까맣게 변해가기 시작한 것이다. 아니, 변색된 거라기보다는 마치 먹물을 머금은 것 같았다. 실제로 정체를 알 수 없는 검은 액체가 그의 눈 속에 가득 차오르고 있었다. 그것은 공작의 눈을 새카맣게 뒤덮는 것으로 모자라 주르륵 양 옆으로 흘러내렸다.

"커헉, 컥!"

공작은 숨을 꺽꺽 삼키면서 눈을 빠르게 깜빡거렸다. 그럴 때마다 그의 눈을 가득 채운 검은 액체가 빠져나가면서, 원래의 눈동자가 드러났다가 사라지기를 반복했다.

"저주가 빠져나오는 거야."

안절부절못하는 나와 이사나에게 시벨리우스가 검은 액체의 정체를 설명했다. 마검은 그저 저주의 활동을 멈추게 하고 흡수할 뿐으로, 그것을 밖으로 배출해내는 건 정화의 주술이 하는 일이었다. 지금 공작에게 나타나고 있는 현상은 저주가 순조롭게 정화되고 있다는 뜻이기도 했다.

"헉, 허억! 헉!"

금방이라도 넘어갈 듯 급박하던 호흡이 진정된 건 그로부터 약간의 시간이 더 지난 뒤였다. 그때쯤엔 대부분의 액체가 빠져나가고 눈이 거의 맑아져 있었다. 그의 전신을 뒤덮고 있던 마법진의 푸른빛도 점차 사그라졌다.

이윽고 빛이 완전히 사라지면서, 공작의 복부 위에 놓여 있던 마법진이 파스스 재가 되어 흩어졌다. 정화가 완전히 끝난 것이다. 공작은 몹시 지쳐 보이긴 했지만 별다른 문제는 없는 것 같았다. 맥박과 안색도 정상이었고, 마검이 박혔던 부분도 상처 하나 없이 멀쩡했다.

"형님, 괜찮습니까?"

잠잠해지고도 공작에게서 아무런 움직임이 없자, 초조함을 견디지 못한 이사나가 다가섰다. 공작은 식은땀에 푹 절은 상태로 거친 숨만 쌕쌕 내뱉을 뿐이었다. 당황한 이사나는 그의 입을 틀어막고 있던 천부터 풀어주었다. 미동 없이 늘어져 있던 공작이 힘없이 눈을 굴렸다. 딱히 상황을 인지해서가 아니라 그저 건드리는 쪽을 향해 반사적으로 반응을 보인 것 같았다. 그런데 다음 순간 이사나를 눈에 담은 그의 얼굴이 짧게 경직됐다.

"……폐하?"

"……!"

염려하는 얼굴로 공작을 살피던 이사나가 눈을 크게 떴다. 하지만 정작 공작 본인이 자신이 내뱉은 말에 더 크게 놀란 것 같았다. 그는 잠시 이해할 수 없다는 표정을 짓더니 다시 확인하려는 것처럼 이사나를 빤히 쳐다보았다. 찬찬히 살피는 시간이 길어질수록 공작의 눈은 점점 더 크게 떠졌다. 그의 얼굴 가득 동요의 감정이 고스란히 드러나 있었다.

"폐, 폐하? 지금 제 눈앞에 계신 분이 진정 폐하이신 겁니까? 제가 잘못 보고 있는 게 아닌 거지요?"

"날 알아보겠습니까, 형님?"

이사나의 얼굴이 환해지자 공작은 더욱 혼란스러운 표정을 지었다. 반가움과 경악, 부정하면서도 납득하는 수많은 감정들이 그의 얼굴 위에서 빠르게 교차했다.

"……그럴 수가. 이게 대체 무슨……."

지금쯤이면 괜찮겠다 싶어 나는 그를 제압해 두고 있던 결박을 풀었다. 공작은 자유로워지자마자 서둘러 몸을 일으키고는 주위를 두리번거렸다. 우리가 오기 전부터 쭉 머물고 있던 장소였으면서 마치 처음 본 장소를 탐색하는 것처럼 낯설어하는 모습이었다. 새삼 자신이 무엇을 하고 있었는지 깨달은 것 같기도 했다.

"맙소사……."

한참 동안 넋을 잃은 상태로 굳어 있던 그가 나직하게 탄식을 내뱉었다.

"제가, 저한테 대체 무슨 일이 있었던 겁니까?"

"상황을 알겠습니까?"

이사나가 조심스럽게 묻자 공작은 주저하는 얼굴로 고개를 끄덕였다.

"아직 머릿속이 어수선합니다만. 거의 대부분은 기억하고 있습니다. 방금 전까지, 저는 폐하를 눈앞에 두고도 전혀 알아보지 못했습니다. 얼굴을 뵈면서도 다른 사람이라고 생각했었습니다. 누군가 제게 암시를 건 것 같습니다만, 제 생각이 맞는지요."

공국을 다스리는 사람답게 확실히 사태를 파악하는 것이 빨랐다. 이사나는 아무 말도 하지 않았지만, 공작은 이미 대답을 들은 것처럼 눈을 감았다.

"역시 그렇군요. 얼마 전엔 저를 찾아온 가신들을 내쫓았습니다. 그중 몇 명도 알아보지 못했었습니다. 그들이 헛소리를 한다고 생각했습니다만…… 그들이 아니라 제가 이상했던 거였군요."

"형님 탓이 아닙니다."

"아니, 그렇지 않습니다. 제가 못나서 이런 어처구니없는 수작에 당한 겁니다. 폐하, 이 죄를 어떻게 용서받아야 할지 모르겠습니다. 제가 대체 무슨 짓을……."

참담한 어조로 사죄하던 공작이 그 순간 갑자기 말을 멈췄다. 그가 경악한 얼굴을 한 채 입을 틀어막았다.

"형님?"

"폐, 폐하. 이걸 어쩌면 좋습니까? 에, 에릴! 에릴, 그 아이가 절 찾아왔었는데. 제가 그 아이를 알아보지 못하고 쫓아냈습니다. 맙소사! 제가 그 아이를……!"

그의 온몸이 부들부들 떨리기 시작했다. 지난 기억들에서 지나쳤던 진실을 깨닫고 큰 충격을 받은 것이다.

"그 일이 있은 지 벌써 한참이나 됐습니다. 제가 그 아이를 죽인 거나 다름없습니다. 아아, 이럴 수가! 폐하, 제가 에릴을 죽였습니다! 제 하나뿐인 여동생을! 그 착하고 순하던 아이를! 제가……!"

"형님, 진정하세요. 에릴 누님은 무사합니다."

걷잡을 수 없이 흥분한 공작을 이사나가 급히 달랬다. 피를 토해내는 것처럼 고통스럽게 울부짖던 공작이 그의 말에 눈을 부릅뜬 채 굳었다.

"예? 무, 무사하다고요?"

"이곳에서 누님을 만났습니다. 누님은 임기응변을 발휘해서 위기를 잘 견뎌내고 있었습니다. 지금은 안전한 곳에 있으니 안심하세요."

그 말에 공작은 멍하니 입을 벌렸다. 새빨갛게 핏줄이 돋아 있던 눈에서 어느새 눈물이 흘러내리고 있었다.

"폐하……!"

그러나 그는 마음껏 감격을 누릴 수 없었다. 돌연 다른 목소리가 끼어들었기 때문이었다.

"저기, 진지한 대화 중에 끼어들어서 미안한데 말이야. 그전에 한 가지 해결해야 할 일이 있거든."

"……?"

중간에 난입해서 강제로 화제를 바꾼 사람은 시벨리우스였다. 우리가 의아한 얼굴로 돌아보자 그가 난처한 표정으로 웃었다.

"10분 다 됐어."

쿠콰앙!

그 순간 굳게 닫혀 있던 문에서 요란한 소음이 울리더니 병사들이 우르르 들이닥쳤다. 그가 걸어 둔 술법이 풀리면서, 바깥에서 문을 박살 낸 것이다.

"공작 각하! 무사하십니까!"

"저들이 침입자다! 저들을 잡아라!"

파도처럼 밀려들어 온 병사들이 순식간에 주위를 장악했다. 카웰 공작은 당황한 얼굴로 그들을 바라보다, 미간을 꾹 문질렀다.

"……그렇군요. 확실히 해결해야 할 일들이 많은 것 같습니다."

여동생의 안위를 걱정하던 평범한 오빠의 표정이 사라지고, 엄숙한 공작의 얼굴이 덧입혀졌다. 그가 한 손을 들자 달려들려던 병사들이 움직임을 멈췄다. 주춤거리는 그들을 굳은 시선으로 바라본 후, 공작은 이사나를 향해 정중히 허리를 굽혔다.

"오늘의 무례는 후에 전부 청하여 죄를 받겠습니다. 제 병사들의 잘못은 저를 탓해 주십시오."

"주인을 지키려는 용기는 오히려 칭찬받을 일이죠. 탓할 생각은 없습니다."

"관대하신 처사에 감사드립니다."

"고, 공작 각하?"

오가는 대화를 이해하지 못한 병사들이 어리둥절한 얼굴로 눈을 깜빡거렸다. 카웰 공작은 복잡한 시선으로 그들을 바라보다 이내 한숨을 내쉬었다.

"무엇들 하느냐. 황제 폐하의 앞이다. 모두 무기를 내리고 무릎을 굽혀라."

그가 명령했고, 멀뚱히 서 있던 병사들은 한발 늦게 경악한 얼굴을 했다. 너무 뜻밖의 상황인 나머지 공작의 명을 이해하고 판단하는 데 시간이 걸리는 것 같았다. 하긴 황성에서 사라진 후 행방이 묘연하던 황제가 이런 식으로 나타날 거라곤 누구도 상상하지 못했을 것이다. 곧 그들이 들고 있던 병장기들이 일시에 바닥으로 떨어졌다. 병사들은 사색이 된 얼굴로 부복했다.

"화, 황제 폐하를 뵙습니다!"

우렁찬 외침이 저택을 뒤흔들 듯이 울려 퍼졌다. 카웰 공작 역시 그의 황제를 향해 한쪽 무릎을 꿇었다. 그 가운데 의연하게 서 있는 이사나의 모습은 그의 본래 나이를 잊게 할 만큼 크고 강대해 보였다.

잃었던 것을 되찾고, 흩어졌던 것들이 제자리를 찾아가는 과정이었다. 그 첫 단추가 순조롭게 채워지고 있었다.

2.

정신을 차린 카웰 공작이 제일 먼저 한 일은 자택 안에 있을 마신전의 내통자를 색출하는 것이었다. 자신이 저주에 걸렸었다는 사실을 알게 되자, 그는 누구보다 가까이에 있는 사람들부터 의심했다. 소드 마스터인 그에게 저주를 걸려면 상당히 오랜 시간 꾸준하게 접촉해야 한다. 늘 함께하면서 자신의 방심을 유도할 수 있는 건 그의 평소 습관이나 일정을 알고 있는 사람뿐이라고 판단한 것이다.

그 예상은 맞아떨어져서 곧 내통자의 정체가 집사라는 사실이 밝혀졌다. 생각해 보면 그다지 놀랍지 않은 일이긴 했다. 혈육을 제외하고 공작에게 가장 밀도 있게 접근할 수 있는 존재는 저택을 관리하는 집사밖에 없었으니까. 게다가 에이프릴이 내쫓기던 과정에도 수상한 점이 많았다. 일하는 사람 중에서 그녀의 얼굴을 알아보는 이가 한두 명이 아니었을 텐데, 공작이 그녀를 내칠 때 다들 가만히 방관했다고 했다. 누군가가 그들에게 나서지 말라는 지시를 내렸다는 뜻이다. 그럴 수 있는 존재는 집사밖에 없었다.

실제로 그는 저택 안에서 일어나는 일이 밖으로 새어 나가지 않도록 엄격하게 입단속을 해 왔던 듯했다. 윗선의 지시엔 무조건 따르라는 고압적인 방식으로 고용인들을 관리해 왔으며, 부당하다고 여기는 사람들은 전부 해고했다. 사정이 그렇다 보니 다들 그의 말 한마디면 군소리 없이 침묵하는 버릇이 들었고, 이는 공녀가 쫓겨나는 순간에도 마찬가지였다. '쫓겨난 여인은 공녀의 모습으로 위장한 첩자다. 공작님이 판단하신 일에 관여하지 말라.' 병사들에게도 그렇게 당부했다고 했다. 그 말이 공작의 단호한 태도와 맞물려 진실이라고 믿게 된 것이다.

다만 안타까운 점은 집사를 직접 잡아내어 이 모든 자백을 받아낸 것이 아니라, 그쪽에서 스스로 정체를 드러낸 쪽에 가까웠다는 사실이었다. 공작의 저주가 풀린 그 날 바로 그 시각에, 그자가 몸을 내빼고 도주했기 때문이다.

달아난 집사는 본래 이 지역 출신이 아니라 타지에서 온 사람이었다. 기존의 집사가 마땅한 후계자도 없이 갑자기 병환을 얻어 쓰러지는 바람에 서둘러 들이게 된 자라고 했다. 그게 벌써 5년 전의 일이었다. 외지인이라는 사실이 꺼림칙하긴 했으나 워낙 일을 잘하는 편이었고, 주위에서 추천하는 사람들이 많았기에 의심하지 않았다. 그때까지만 해도 선황이 건재하던 시기였기에 이런 일이 벌어질 가능성은 염두에 두지도 않았을 것이다.

격분한 공작은 그를 추적하기 위해 뒤를 조사했으나 아무것도 건지지 못했다. 출신지도, 나이도, 하다못해 이름조차도. 그를 이루고 있던 모든 것이 불분명했다. 심지어 공작에게 그를 추천해 줬다는 사람들마저 그자의 정체를 제대로 알고 있던 것이 아니었다. 모든 사실을 알게 되었을 때 공작가의 사람들이 지은 망연자실한 표정은 지금도 잊히지 않는다. 결국 처음부터 끝까지 농락당한 셈이었다.

"정말 송구합니다."

분노에 이를 갈면서도 카웰 공작은 그의 황제에게 사죄부터 했다. 함께한 공작의 가신들과 황제의 친위대들도 표정이 좋지 않기는 마찬가지였다. 이사나는 가만히 고개를 저었다.

"처음부터 작정하고 계획한 것을 어떻게 막겠습니까. 어쩔 수 없는 일이었을 뿐입니다."

"제가 조금만 더 신중했더라면 이렇게까지 일이 커지진 않았을 겁니다. 제 직위와 능력만을 믿고 너무 방심했었습니다. 이 못난 신하의 무능함 때문에 폐하께서 이런 고생을 하셨으니 뭐라 드릴 말씀이 없습니다. 에릴, 네게도 정말 부끄럽구나."

"아니에요, 오라버니. 전 오라버니가 나으신 것만으로도 정말 기뻐요. 그런 생각하지 마세요."

공작의 곁에 선 에이프릴이 눈물을 글썽거리면서 오빠의 손을 잡았다. 그녀는 저택의 일이 정리되자마자 공작의 가신들과 함께 귀환했다. 들키지 않기 위해 마법으로 변장했던 모습도 바꾸어 본래의 아름다운 귀족 아가씨로 다시 돌아와 있었다. 공작은 자신을 위로하는 동생을 애정이 깃든 눈으로 바라보았다.

"다시는, 그 어떤 자들도 너를 해치지 못하게 할 것이다."

몇 년 만에 보는 여동생을 마주했을 때, 카웰 공작은 그녀를 힘껏 끌어안고 그렇게 맹세했다. 격정에 벅차오르면서도 울분을 삼키지 못한 얼굴은 잔뜩 일그러진 채였다.

그건 이후에도 마찬가지였다. 동생을 바라보는 눈빛은 더없이 따뜻했으나 얼굴에 서린 그늘은 지우지 못했다. 자신으로 인해 하나뿐인 여동생이 죽을 뻔한 위기에 처하고, 섬기는 황제는 먼 타지에까지 나가 저주를 풀 마검을 구해 왔으니 그 심정이 편할 리가 없었다. 불길이 치솟는 눈동자만 봐도 넝마처럼 너덜너덜해진 상태가 훤히 느껴졌다. 그럼에도 흥분하지 않고 의연한 태도를 유지하고 있는 게 대단했다.

"정말 알면 알수록 굉장한 사람이네요, 숙부는. 설마 5년 전부터 이 모든 일들을 준비해 왔었다니. 아니, 어쩌면 그전부터일지도 모르겠군요."

중얼거리는 이사나의 목소리에 한숨이 섞였다. 위조된 신관의 인장부터, 가짜 신탁. 그리고 클모어의 공작까지. 언제부터 깔아둔 건지 알 수 없는 포석이 속속들이 드러날 때마다 대공이란 남자에 대해 다시 생각하게 된다. 처음엔 기회를 잘 포착한 야심가라고만 여겼는데, 알면 알수록 그가 짜둔 틀에 맞춰 흘러가고 있는 게 아닌가 하는 생각이 들었다. 아직 더 깊은 진실은 알지 못하는 공작도 사태의 심각성을 충분히 인지하고 있었다.

"더는 그자의 뜻대로 진행되도록 놔두진 않을 겁니다."

무릎 위에 놓인 공작의 두 주먹이 불끈 쥐어졌다. 그는 이미 저택의 봉문을 해지하고 군사를 편성하는 등, 본격적으로 대공에게 맞설 준비에 돌입한 상태였다. 클모어에 주둔하고 있던 대공의 병사들과 그들에게 협조하던 사람들도 전부 추격해서 잡아들이는 중이었다. 이제 곧 대공이 반역자임을 세상에 공표하고 황성이 있는 수도로 진격할 터였다.

제국에서 가장 영향력이 높은 공국의 주인이 움직이기 시작하면 여론에도 상당한 영향을 미칠 것이다. 사실 공작에게 걸려 있는 저주가 풀린 순간부터 대공의 계획은 어그러지기 시작한 것이나 다름없었다. 아니, 어쩌면 이사나를 놓쳤던 바로 그 시점부터일지도 모르겠다. 이사나도 그렇게 생각했는지 굳어 있던 얼굴을 풀고 미소 지었다.

"그건 나도 마찬가지입니다. 숙부에 대해서는 충분히 놀랄 만큼 놀란 것 같으니 이제 하나씩 돌려줄 차례군요. 내 사람들을 건드린 값을 반드시 받아낼 겁니다."

오랫동안 품어 왔을 다짐이 단호한 음성으로 내뱉어졌다. 여유를 잃지 않는 얼굴은 충분한 자신감으로 빛나고 있었다. 그 모습을 지켜보는 공작의 눈빛에 감회가 서렸다.

"모든 것은 황제 폐하의 뜻대로."

엄숙한 구령에 따라 그 자리에 있던 모든 이들이 황제 앞에 무릎을 꿇었다. 그 모습을 조금 떨어진 곳에서 지켜보고 있던 나와 내 일행들은 서로 흐뭇한 미소를 주고받았다.

*　　　*　　　*

"흐음, 일이 그렇게 된 거구나."

긴 시간 이어진 설명을 묵묵히 듣던 여인이 고개를 끄덕거렸다. 매혹적인 붉은 머리칼을 폭포수처럼 흐트러트린 채 푹신한 방석에 느긋하게 몸을 누인 여인은 클리프 상단의 총수 이카나—아니, 이프리트였다. 그동안 신세를 진 것도 있고, 지난 일들에 대해 설명도 해 줄 겸 겸사겸사 상단에 들린 참이었다.

오랜만에 만난 이프리트는 굉장히 바쁜 상태였지만 기분은 꽤 좋아 보였다. 그동안 에이프릴을 보호해 준 공을 인정받은 덕분에 앞으로 상단에 출셋길이 트였기 때문이다. 공작은 자신과 여동생을 만나게 하기 위해 상단 총수의 권한까지 쓴 이카나를 기억하고 있었고, 그녀가 이후에도 에이프릴을 보호해 준 것을 크게 고마워했다. 그 보상으로 상단에 필요한 지원을 아끼지 않겠다는 뜻을 비쳤다는 모양이다. 집요하게 괴롭히던 마신관들은 공작이 칩거를 풀자 곧장 신전의 문을 걸어 잠그고 조용해져서 찾아보기도 어려워졌다. 덕분에 그동안 지지부진하던 운영이 다시 활발하게 재개되고 있는 것 같았다.

"공작이 정신을 차려서 정말 잘됐어. 덕분에 우리 상단은 지금 최고조야. 네가 하도 못미더워서 제대로 될까 싶었는데. 너도 의외로 쓸 만하구나?"

"……그걸 지금 칭찬이라고 하는 말이야?"

"물론 칭찬이지. 쓸모없다는 말보다는 낫잖아."

"너 말이야……."

"어쨌든 이참에 공작한테 잔뜩 얻어내야지. 곧 전쟁이 시작될 테니 군수품 매매 독점권을 달라고 해야겠다. 하나뿐인 여동생을 도와준 은인인데 당연히 그 정도는 내주겠지?"

"이 와중에 그런 생각밖에 없냐."

"당연하지. 내가 뭘 위해 에이프릴을 돌봐줬는데?"

새침하게 대꾸하는 얼굴에 근심의 빛은 보이지 않았다. 마왕이라든가 악신에 대한 건 안중에도 없는 게 분명했다. 라피스도 그러더니, 다들 왜 이렇게 태평하게 구는 건지 모르겠다. 하지만 이프리트는 내가 더 이상하다는 듯이 바라보았다.

"너야말로 뭘 그렇게 걱정이니? 트로웰도 아니면서 예감이 좋지 않다느니, 그런 말은 그만둬. 정작 트로웰은 아무 말도 안 하고 있는 중이라고."

"그거야 그렇지만. 카노스와 헤어진 이후로 벌써 보름이 넘었는 걸. 그런데 아직도 조용하니 뭔가 불안해."

물론 그가 마계 쪽 진행 상황을 내게 알려올 의무는 없다. 무소식이 희소식이라고, 별다른 소식이 없다는 건 일이 원만히 해결되고 있다는 쪽에 더 가까울 것이다. 그래도 역시 돌아가는 상황을 전혀 알지 못하는 건 답답했다.

"대공 쪽은 어떤데?"

"그쪽도 아직 별다른 반응은 없는 것 같아. ……아마도."

"왜 아마도야? 네가 직접 알아본 게 아닌 거야?"

"아니, 알아본 건 맞아."

그 부분만은 자신 있게 대답할 수 있었다. 이사나 측 사람들이 활발히 전쟁을 준비하는 것과는 별개로, 나 역시 틈틈이 '눈'을 사용해서 황성의 동태를 살펴왔다. 대공의 처분은 이사나에게 맡기더라도, 그 사이에 그가 진행할 사악한 일들까지 방관할 수는 없었기 때문이다. 행여 또 제사를 지내려고 하면 훼방을 놓을 작정이었는데 대공은 요 며칠 잠잠하기만 했다. 정확히는 집무실에만 틀어박혀 꼼짝도 안 하고 있는 중이었다.

"그런데 뭐가 문제인 건데?"

"……그의 모습이 흐리게 보여."

대공을 지켜보면서 제일 신경 쓰이던 점을 고백했다. 처음 살펴보기 시작할 때부터 지금까지 쭉, 단 한 번도 그의 모습을 선명하게 본 적이 없었다. 동일한 장소에 있어도 다른 사람들은 전부 훤하게 보이는 반면, 유독 그의 모습과 목소리만은 조금 탁한 느낌으로 전해졌다. 마치 두꺼운 장막이 한 꺼풀 덮여 있는 것 같았다.

황궁 안에 마력을 차단하고 감지하는 기운이 흐르고 있기는 했지만 그것과는 별개의 힘이다. 정령왕인 내가 뚜렷하게 볼 수 없을 정도면 다른 사람들은 그를 눈앞에 두고도 기척을 느끼지 못할 것이다. 황성 바로 아래에서 버젓이 의식을 치르고도 지금껏 들키지 않은 이유를 알 것 같았다.

진짜 마신관도 아니고, 그저 평범한 인간에 불과한 그가 이런 힘을 지니고 있는 건 마왕과 계약을 했기 때문이다. 그의 힘이 대공을 보호해 주고 있는 것이다. 바로 그 점이 나를 불안하게 만드는 이유였다. 태연하게 듣고 있던 이프리트 역시 그 말에는 눈썹을 찌푸렸다.

"여전히 마왕의 보호를 받고 있단 말이지. 아직 마왕이 건재하다는 소리네. 죽었다면 계약도 풀렸을 테니까."

"역시 그렇지? 설마 카노스가 실패한 건……."

"말도 안 돼. 다른 신도 아니고 마신인데 그럴 리가 있겠어?"

되묻는 얼굴엔 왜 그런 엉뚱한 생각을 하는 건지 모르겠다는 표정이 담겨 있었다. 단지 기분 탓인 게 아니라 수습에 나선 존재가 마신이라는 사실 하나만으로 당연히 성공할 거라고 여기는 것 같았다. 그리고 보니 라피스도 마신이 나섰다는 사실을 제일 크게 받아들이는 것 같긴 했다. 혹시 내가 모르는 다른 이유가 있나 싶어서 나는 머뭇거리며 물었다.

"마신이 그렇게 굉장해? 주신을 제외하면 신들 중에서 제일 강하다고 들은 것 같긴 한데."

"당연하지. 최고신이잖아. 상급신은 원래 다 강하지만, 최고신들은 그와 비교할 수도 없어. 신계를 열고 초석을 다진 존재들이라 그 의미부터가 남다르다고. 게다가 엘퀴네스였다고 했지? 그럼 그가 바로 최초의 엘퀴네스였을 거야."

"응, 들었어. 그게 뭐?"

"쯧쯧, 그걸 알면서도 실감을 못 한단 말이야? 아직도 멀었구나?"

가볍게 혀를 찬 후 이프리트는 한심하다는 눈으로 나를 바라보았다.

"네가 아직도 우리들의 구조를 깨닫지 못하는 것 같으니 제대로 설명해 주지. 잘 들어, 엘. 정령왕은 말이지, 반(半)영체기 때문에 처음부터 완전하되 완전하지 않은 존재야. 그래서 타고난 힘과는 별개로 살아가는 동안 혼에 힘이 축적돼. 한마디로 성장한다는 거지."

"성장을 한다고?"

"그래, 물론 혼이 성장하는 거라서 실제적인 힘으로 볼 수는 없어. 어차피 정령왕이야 넷이서 서로 균형을 맞춰야 하는 구조니 누가 더 강하다는 걸 따질 필요도 없지만 말이야. 사실 지금까지는 무엇을 위해 생기는 힘인지도 잘 몰랐어. 그냥 후생에 보탬이 되는 건가 보다 했지, 설마 소멸하고 나서 신이 되는 건 줄 누가 알았어? 이건 보기보다 중요한 문제야. 신들의 세상은 우리 정령들과는 달라서 소유한 힘의 차이에 따라 서열이 정해져. 같은 상급신이라도 주변에 미치는 영향력이 완전히 다르다는 거지."

"여기서 성장하는 만큼 강한 신이 된다는 말이야?"

"바로 그거야. 오래 살수록 더 많이 성장한다는 건 말하지 않아도 당연히 알겠지? 자, 그럼 여기서 바로 본론을 말할게. 최초의 정령왕들 중에선 엘퀴네스가 제일 먼저 태어났고, 가장 나중에 소멸했어. 이게 얼마나 대단한 거냐면, 그 당시엔 지금처럼 수명이 정해져 있지 않았거든."

"……!"

수명이 정해져 있지 않다는 건 신들처럼 무한하게 살아갔다는 뜻이다. 놀라 있는 나를 향해 이프리트는 다음 말을 마저 이었다. 당시 정령계는 막 만들어진 상태라 몹시 혼란스럽고 불안정한 상태였다. 세상은 아무것도 없이 공허했고, 정령왕들은 서로 몇억 년이라는 차이를 두고 하나씩 태어났다. 심지어 가장 마지막으로 태어난 이프리트의 경우, 그 전에 태어난 미네르바와 8억 년이나 차이가 났다고 했다.

"그 엄청난 간격을 알겠어? 그런데도 그들 중에서 엘퀴네스가 제일 마지막으로 소멸했단 말이야. 아마 엘퀴네스 혼자 수십억 년은 살았을걸?"

"수, 수십억?"

"그렇다니까. 한마디로 수십억 년 치의 힘을 쌓았다는 말이지. 그게 바로 지금의 마신이란 소리야. 이제 얼마나 엄청난지 알겠어?"

나는 반쯤은 넋이 나간 듯한 기분으로 고개를 끄덕였다. 정말 굉장한 존재였구나. 그가 지닌 힘을 수치화할 수는 없더라도 나와는 비교할 수 없을 정도로 까마득하다는 것은 알겠다. 엘뤼엔한테 일방적으로 얻어맞는 모습만 봐서 조금은 편하게 여긴 것도 사실인데, 역시 보이는 모습이 전부가 아니었다. 이프리트가 그의 실패를 생각하지 않는 것도 당연하다 싶었다.

"마신이 그렇게 강하다니 안심은 되네. 그런데 왜 아직도 마왕이 살아 있는 거지?"

"아직 마계 쪽 일이 진행 전인 거 아니야? 아니면 마무리하는 데 시간이 걸리는 중이거나."

"그런가……?"

"그야 상대도 각성을 앞둔 악신이니까 생각보다 간단하진 않겠지. 아무튼 지금은 별일 없을 거야. 만약 일이 틀어졌다면 신계가 제일 먼저 뒤집어졌을 테니까. 일단 엘뤼엔부터 가만히 있을 리 없어. 가장 먼저 너한테 소식을 전해 오지 않겠어? 별로 인정하고 싶지 않지만, 엘뤼엔이 넌 잘 챙기잖아."

하긴, 그것도 그렇다.

수긍하며 고개를 끄덕이려니 얼굴에 따끔따끔한 시선이 닿았다. 이유는 알 수 없지만 이프리트가 불타는 시선으로 나를 노려보고 있었다. 불길한 기분을 느끼고 물러서려는데 그가 움직이는 것이 더 빨랐다. 그는 단숨에 나를 덮친 후, 한 팔로 내 목을 휘감고 마구 조르기 시작했다.

"우아악! 뭐야, 갑자기!"

"뭐긴, 미래의 새엄마가 주는 사랑의 응징이지! 엘뤼엔이 연락하는 게 당연하다는 듯한 그 표정! 진짜 열 받아아아! 네가 그의 아들이면 다야? 아들이면 다냐고!"

"아, 좀! 이딴 게 무슨 사랑의 응징이야!"

그와 한참을 아등바등하는 동안 온몸에서 진이 쭉 빠졌다. 제압을 풀고 간신히 빠져나왔을 땐 이프리트도 지쳤는지 바닥에 엎드린 채 숨을 몰아쉬고 있었다. 나 혼자 방문한 거라 정말 다행이다. 다른 일행들이 이 꼴을 봤다면 정령왕들에 대한 평가를 맨틀까지 하향 조정하고도 남았을 것이다. 나는 흐트러진 머리카락을 쓸어 넘기면서 한숨을 내쉬었다.

"너 정말, 애먼 사람한테 분풀이하는 것도 적당히 해. 스스로 치졸하다고 느끼지 않아? 정작 엘뤼엔한테는 아무 말도 못 하면서."

"흥, 그거야 당연히 못 하지! 정령왕 시절만 해도 싸운 기억밖에 없는데 여기서 얼마나 더 나쁜 인상을 주란 거야? 그때 그가 뭐라고 했는지 알아? 성질 더러워서 나랑은 상종하기 싫다고 했었다고!"

"……너도 참 어지간히 했구나."

"시끄러워! 아무튼 지금이라도 달라진 모습을 보여야 그가 나를 다시 볼 거 아냐!"

어쩐지 줄기차게 싸웠다는 것치곤 엘뤼엔한테 나긋나긋한 모습을 보이기에 이상하다 싶었다. 감정을 자각하면 사람이 달라지는 건가 했더니 전부 의도해서 계산한 행동이었나 보다. 나름 고심해서 정한 방법인 것 같긴 한데 썩 좋은 효과가 있었는지는 잘 모르겠다. 그럴 때마다 엘뤼엔이 뭘 잘못 먹은 거 아니냐는 시선을 보냈던 것을 보면.

"내친김에 하는 말이지만, 생각할수록 정말 너무하지 않아? 그러는 저는 나보다 성질이 더 더러우면서! 이래서 얼굴값 하는 것들은 안 된다니까? ……하지만 먼저 반한 쪽이 지는 거니 할 수 없지. 아무리 고깝고 짜증 나도 엘뤼엔이 나한테 넘어올 때까진 참을 거야."

"아, 그래. 그것참 가상하네."

"알아들었으면 너도 제대로 협조해! 예전의 내가 아니라고 엘뤼엔한테 계속 언급하란 말이야! 알았어?"

"……그건 이미 늦은 것 같은데."

"늦었다니?"

"나한테 엘뤼엔의 인장이 있다는 거 잊었어?"

"……어?"

"가끔 내 상황을 지켜보는 것 같더라고."

"……."

어쩌면 방금 전 상황도 전부 다 봤을지 몰라. 한마디 더 덧붙이자 이프리트의 얼굴이 탈색된 것처럼 새하얘졌다.

이후로 한동안 나는 그가 자신의 머리카락을 부여잡은 채 괴로움에 몸부림치는 광경을 느긋하게 구경할 수 있었다. 시각적인 효

과를 위해 차라도 홀짝여 주고 싶었으나 손님 접대에 박한 이프리
트가 그런 걸 내올 리가 없어서 빈손으로 아쉬움을 달래야 했다.
물론 내줬다 해도 마시고 싶지 않았겠지만.

"봤을까? 봤으면 어떡하지?"

"글쎄, 그보다 굳이 성격이 달라진 것처럼 연기할 필요는 없지
않아? 네가 그런 애라는 건 너보다 엘뤼엔이 더 잘 알고 있을 것
같은데. 백날 내숭을 떨어 봤자."

"……너 그동안 많이 컸다?"

"이리저리 시달리다 보면 싫어도 성장하게 되어 있거든."

지지 않고 받아친 대꾸에 이프리트는 얄밉다는 시선으로 나를
노려보았다. 그러면서도 다시 목을 조르려 들진 않는 것을 보면
엘뤼엔에게 잘 보이려는 마음이 크긴 큰 모양이다.

"좋아, 아들이니까 특별히 봐줬다. 내리사랑이라는데 엄마가 참
아야지 어쩌겠어?"

"누가 엄마냐? 그 말도 안 되는 관계는 제발 그만 주장할 수 없
어?"

"시끄러워. 그보다 엘뤼엔 하니까 말인데, 너 그거 알아? 엘뤼
엔이 그 마신과 거의 비등한 힘을 갖고 있다는 말이 있어."

"어? 정말?"

"그렇다니까. 그에 관해 떠도는 말들을 내가 조금 알아봤는데
말이지. 엘뤼엔의 혼은 처음부터 완성형에 가까웠대. 마신이 성장
으로 힘을 쌓았다면, 엘뤼엔은 이미 타고난 힘 자체가 굉장하다는

거지. 정말 엄청나지 않아?"

이프리트는 마치 눈앞에 엘뤼엔이 서 있기라도 한 것처럼 황홀한 표정을 지었다. 관련된 소문 하나에 온 신경을 곤두세우고 자신의 일인 양 자랑하며 들떠 있는 폼이 팔불출이 따로 없다. 사랑에 빠지면 정령왕도 별수 없구나 싶어 나는 피식 웃었다.

3.

짧지 않은 대화를 나누는 동안 시간이 제법 흘러 있었다. 이미 내가 찾아온 초반의 용건은 희석된 지 오래고, 대화의 내용은 엘뤼엔에 대한 것으로만 가득 찬 상태였다. 내버려 두었다간 몇 날며칠이고 끝나지 않을 기세라 나는 슬슬 자리를 마무리하고 일어날 준비를 했다.

"그럼 상황은 다 말해 뒀으니 난 이만 돌아가 볼게."

"아, 잠깐. 그전에 물어볼 게 있어."

"으응? 뭔데?"

설마 또 엘뤼엔 얘기는 아니겠지. 그렇게 지겹도록 해 놓고 또 뭘 말하려는 건가 싶어 나도 모르게 긴장했다. 다행히 이프리트의 용건은 다른 부분이었다.

"공작의 저주를 정화할 때 말이야. 다른 마검을 썼다고 했지? ……그럼 던전에 있던 건 어떻게 했어?"

질문하는 목소리는 차분했지만 눈빛엔 초조함이 깃들어 있었다. 던전에 있던 것이라는 건 에고 소드인 파이어 버스터를 말하는 거겠지. 이프리트가 그 검과 각별한 인연이 있었다는 사실이 떠올랐다. 어쩌면 그의 입장에선 가장 궁금한 부분이었을지도 모르겠다. 나는 일어나려던 것을 멈추고 자리에 다시 눌러앉았다.

"파이어 버스터 말이지? 그것도 일단 가져오긴 했어. 어쩌다 보니 지금은 이사나의 검이 됐지만."

"그래?"

혹시 기분이 상하지는 않을까 싶었는데 이프리트는 별다른 내색을 보이지 않았다. 그저 궁금했던 걸 해소했으니 그걸로 만족한 모습이었다. 그 태연한 반응에 오히려 내가 더 조심스러워졌다.

"괜찮아?"

"뭐가? 아아, 네 계약자가 검의 주인이 된 거 말이야? 상관없어. 어차피 맘대로 하라고 내어준 건데 뭐. 어떻게 쓰이든 내가 상관할 일은 아니지. 게다가 네 인간 계약자라면 성격도 온화하고 신분도 확실하잖아. 검을 함부로 다루진 않을 테니 그 애 입장에선 오히려 잘됐네. 한동안 성검 흉내 좀 내겠어."

무심한 척 중얼거리는 말투와는 다르게 따뜻해진 눈동자엔 숨기지 못한 애정이 담겨 있었다. 저 이프리트가 이렇게까지 반응할 정도면 정말 많이 아끼긴 했나 보다. 파이어 버스터가 정화에 쓰였다면 당장 티를 내진 않아도 정말 속상해했을 것 같다. 어쩌면 죽을 때까지 원망을 들었을지도 모른다고 생각하니 다른 마검을 구

한 게 정말 다행이다 싶었다. ……비록 성검 대접을 받을지의 여부
는 따져 볼 문제이긴 하지만.

"그냥 저 검으로 정화하면 안 됩니까?"

심각하고 진지하게 묻던 친위대 기사들의 얼굴이 떠올랐다. 공
작 저에 잠입을 막 앞두고 있을 때, 우리를 일부러 찾아와 했던 말
이었다. 당시 그들이 한 마음 한 뜻으로 가리키던 곳엔 파이어 버
스터가 있었다.
　　─저 쓸모없는 자들이 지금 무슨 말을 지껄이는 거예요? 용사님! 저런 무
례한 자들은 당장 내쫓아버려요!
　　분노에 타올라 악을 쓰던 파이어 버스터의 목소리도 생생했다.
만난 지 얼마 되지도 않았건만, 요즘 기사들과 파이어 버스터는
철천지원수 같은 관계를 이루고 있었다. 마주치기만 하면 털을 곤
두세운 고양이처럼 서로 할퀴고 빈정거리기에 바빴다. 황제의 검
과 그 기사들의 관계라 보기엔 너무 험악했으나 개선할 생각도 없
는 듯했다.
　　일단 그들은 첫인상부터 나빴다. 나는 잠시간 당시의 상황을
되짚어 보았다. 모든 일은 친위 기사들과 일행들이 처음 인사를
나누는 순간에 시작됐다.
　　이사나와 감격스러운 상봉을 마친 직후, 기사들은 곧장 우리를
찾아와 정식으로 인사를 나눴다. 정령사 소녀와 블루 엘프, 그리

고 마족으로 구성된 일원을 본 기사들은 잠시 놀란 모습을 보였으나 노련하게 감정을 갈무리했다.

"황제 폐하를 많이 도와주셨다 들었습니다. 제국민들의 몫까지 합해서 진심으로 감사드립니다."

그들의 정중한 인사에 오히려 머쓱해한 쪽은 알리사와 시벨리우스였다. 그동안 말로만 접해서 막연하기만 하던 이사나의 신분을 새삼 실감한 것이다.

—용사와 기사들이라니, 완벽해요! 예로부터 영웅의 곁엔 기사들이 따르는 법이죠!

바로 그때 파이어 버스터가 신나서 재잘거렸다. 내게 경고를 받은 이후로는 내내 조용하게 지내고 있었는데, 그 순간만은 끼어들지 않고 넘어가기가 힘들었던 것 같았다. 피식 웃고 넘어가려는데 기사들 사이에서 술렁거림이 퍼졌다. 왜 그러나 싶어서 바라보자 케이가 당혹감을 감추지 못한 얼굴로 말했다.

"지금, 어디서 말소리가 나지 않았습니까?"

"아."

그때서야 우리들은 검에 대해 아무런 언급도 하지 않았다는 것을 깨달았다. 그들의 입장에선 아무것도 없는 허공에서 낯선 목소리가 들린 셈이니 놀라는 것이 당연했다.

"그건 이쪽이다."

이사나가 서둘러 허리띠에서 검을 풀어냈고, 기사들의 앞에 처음으로 파이어 버스터를 선보였다. 짙은 흑색으로 이루어진 날렵

한 형태의 검을 바라본 기사들은 저마다 눈빛을 번뜩였다.

"설마 그것은……!"

—후후후, 내 존재를 알아보는군요.

기사들이 숨을 삼키자 파이어 버스터는 더 우쭐해졌다. 나직한 웃음소리에 깜짝 놀란 기사들은 눈을 더 휘둥그렇게 떴다.

"……헉!"

"거, 검이 말을?"

—놀라운가요? 그래요, 마음껏 놀라도록 해요. 말로만 듣던 날 직접 보게 되었으니 얼마나 감격스럽겠어요. 역시 나란 검의 위용이란…….

아마 그걸로 끝났다면 별일은 없었을 것이다. 하지만 기사들은 자신들의 생각을 밝히는 것에 거리낌이 없는 사람들이었다.

"이게 바로 구해 오신 마검이로군요!"

"과연! 정말 사악하기 짝이 없어 보입니다!"

"그러게 말입니다! 손만 대도 오염될 것 같이 생겼습니다!"

게다가 솔직해도 너무 솔직했다. 덕분에 파이어 버스터는 한껏 도취되어 있던 기분에서 깨어났고, 그것은 곧 기사들을 향한 분노로 이어졌다.

—이익! 지금 말 다했어요? 감히 누굴 마검 따위로 보는 거예요?

"음? 아니라고?"

—당연하죠! 귓구멍을 열고 똑바로 들어요! 난 불의 검이자 영웅의 검! 성검 파이어 버스터라고요!

"서, 성검?"

—그래요! 성검! 성검이라고요! 아니 무슨 기사들이 성검과 마검도 구분 못 해요? 세상에, 믿을 수가 없어! 눈을 장식으로 달고 있는 거 아니에요? 그런 정신머리로 어떻게 용사님을 따르겠다고 할 수 있는 거죠? 제대로 좀 살라구요, 이 얼간이들아!

극도로 흥분한 탓인지 쏘아붙인 말도 거칠었다. 그게 기사들의 자긍심을 자극한 모양이다. 그들은 난처한 표정으로 서로를 바라보았다가 이내 진지하게 말했다.

"아무리 봐도 마검인데요."

"전 이보다 사악한 검을 본 적이 없습니다!"

"무식한 검이네요. 마검과 성검의 뜻을 반대로 알고 있는 거 아닙니까?"

—아, 정말! 뭐 이런 사람들이 다 있어?

이후로는 앞서 언급한 그대로다. 처음엔 저러다 말겠지 싶었는데 며칠이 지나도 전혀 누그러질 기세가 보이지 않았다. 툭하면 터지는 말싸움은 어느 한쪽이 잘못을 인정할 때까진 결코 끝나지 않을 것 같았다.

"그 검…… 원래는 정령으로 태어났어야 할 아이였다던데."

머릿속을 환기시킬 겸 꺼내 든 서두에 이프리트는 고개를 끄덕였다.

"응, 맞아. 제대로 태어났다면 이그니스였겠지. 원래 내가 그 아이에게 붙여줬던 이름도 이그니스였어. 인간들 손을 떠돌면서 이상한 이름으로 변형됐지만."

"아, 그래서 그 애가 자신을 이그니스로 알고 있는 거구나. 어떻게 발견한 거야?"

"뭐, 어쩌다 보니 우연히……. 발견하자마자 정령으로 돌려놨어야 했는데 괜히 미적대는 바람에 망쳤어. 운이 굉장히 나빴지, 뭐. 아무튼 명계 놈들은 일을 대체 어떻게 하는 건지 몰라. 왜 멀쩡한 정령들을 자꾸 인간으로 태어나게 만드는 거야? 심지어 상급 정령이라고, 상급 정령! 걔가 인간으로 태어나면 정령계에도 손해란 말이야! 생각할수록 정말 짜증나. 뭐, 그래 봤자 네가 잘못 태어났을 때 입은 손해에 비할 바는 아니겠지만!"

"아하하……."

그 부분에 대해서는 마땅히 할 말이 없는지라 어색한 웃음만 흘러나왔다. 나를 탓하는 게 아니라는 걸 알면서도 관련 얘기가 나오면 움츠리게 되는 건 어쩔 수 없다. 이프리트는 다시 혀를 찼다.

"그러고 보니 그 애 너랑 이래저래 공통점이 많네. 정령인데 인간으로 태어난 거 하며, 떨어지는 상황 판단력과 눈치 없는 성격하며. 원래대로라면 나이도 같았을 텐데 말이야."

"내 성격이 뭐 어쨌다는…… 근데 나랑 나이가 같다니?"

"제작 시기를 따지자면 그렇다는 거야. 그 애는 엘뤼엔이 소멸한 해에 만들어졌거든. 정상적으로 세대교체가 이뤄졌다면 너도 그 해에 태어났을 테니까."

아아, 그렇구나. 무심코 고개를 끄덕이는데 문득 위화감이 느껴졌다.

"잠깐, 그 해에 만들어진 거면 아직 30년도 안 된 거 아니야?"

"음, 아마 그럴걸? 올해로 26년쯤 됐나?"

"카노스 말로는 수세대 동안 피를 묻혔다던데?"

"……아, 그거 말이지."

평온하던 이프리트의 표정이 급격히 굳었다. 뭔가 잘못 건드린 건가 싶어서 움찔하는데, 이를 가는 목소리가 들려왔다.

"하이튼 때문이야."

"하이튼?"

어디서 들어봤던 것 같은데. 잠시 기억을 되짚어 보다가 나는 곧 그 이름이 뜻하는 한 존재를 떠올렸다.

"차원의 이동을 관장한다는 상급신 하이튼?"

"맞아, 그 녀석."

이프리트의 눈빛이 더 스산해졌다.

이어진 설명에 의하면 사연은 이러했다. 정령검은 워낙 귀한 물건이라서 일단 만들어지면 신계에서도 주목을 한다고 했다. 심지어 인간의 혼을 담은 정령검이 만들어지자, 당시 수많은 신들이 구경하러 왔단다. 차원의 신 하이튼도 그중 한 명이었다. 그는 검을 누구에게 줄 거냐고 물었고, 이프리트는 아직 결정하지 않았다고 대답했다. 그에 하이튼이 한 가지 제안을 했다. 자기가 아크아돈 안에 무작위의 공간을 만들 테니 그곳에 검을 빠트려보는 건 어떻겠냐고.

"무작위면…… 신계에 갔을 때 날 청공의 방으로 떨어지게 한 그거 말이야?"

"그래. 바로 그거."

알려준 방식대로 문을 열고 들어갔는데 전혀 엉뚱한 곳에 떨어져서 당황했었던 기억이 떠올랐다. 그 덕분에 엘뤼엔을 만나게 된 셈이라 지금도 잊을 수 없는 기억이기도 했다.

무작위에 빠지면 어디로 떨어질지 알 수 없게 된다. 이프리트는 그 점을 마음에 들어 했다. 특정한 누군가에게 주는 것보다는 모두에게 공평하게 기회가 돌아가는 방법이라고 생각한 것이다. 그래서 하이튼의 제안에 선뜻 응했다고 했다. 거기까지는 괜찮았다.

"……설마 그 무작위에 시공까지 포함될 줄은 몰랐지."

"……."

그 말에 담긴 의미를 깨닫고 나는 아연해졌다. 한마디로 파이어 버스터는 과거로 떨어졌다. 그것도 무려 몇천 년 전의 과거로 말이다. 이프리트는 10년 후에야 그 사실을 알게 됐고, 부랴부랴 신계 쪽에 연락해 다시 검을 회수하도록 했다(이때가 내가 태어나지 않는다는 사실이 처음으로 신계에 알려진 순간이기도 했다). 그렇게 해서 파이어 버스터는 간신히 본래의 시대로 귀환했다. 하지만 그때는 이미 수많은 인간들의 손을 전전한 끝에 마검화가 진행되어 있었단다. 이유는 간단했다. 본 시대는 10년밖에 흐르지 않았지만, 파이어 버스터를 발견한 것은 그가 과거에 떨어진 이후로 수백 년이 흐른 시점이었기 때문이다. 시공간 속 시차가 워낙 불규칙하기도 했고, 애초에 무작위로 떨어진 거라 정확한 궤도를 계산할 수 없었던 것이 가장 큰 원인이었다. 할 수 있는 선에서 최대한 오차를 적게 잡은 것인데도 불구하고 그보다 더 이른 시기로는 개입할 수 없었다고 했다. 되찾은 시점에서는 결과가 정해진 셈이라 재시도하는 것도 불가능했다.

"간신히 회수하고 나서 그녀석이 겪은 처참한 과거를 들여다봤는데 얼마나 가슴이 찢어지던지. 그 바보는 자기가 어떤 상태인지 제대로 자각도 못 하고 그저 용사님만 찾더라니까. 아무튼 그래서 실제로 제작된 시기는 26년쯤 됐는데, 살아온 시기는 팔백 년이 넘어."

"……너 대체 파이어 버스터한테 무슨 짓을 한 거야."

"내가 아니라 하이튼 잘못이라니까?"

하나도 공감할 수 없는 소리를 당당하게 주장하는 모습을 보니 기가 찼다. 파이어 버스터의 성격이 왜 그 모양이 됐는지 이제야 알겠다. 저런 왕을 원망하지 않고 살아가려면 낙천적이기라도 해야 했을 것이다.

"아무튼 그 애한테 잘해 줘. 불쌍한 애니까."

"네가 할 말이냐!"

그 불행을 만든 장본인인 주제에 선심 쓰듯 말하는 게 어이가 없었다. 그럼에도 화를 내지 못한 건 뚫어지게 나를 응시하는 이 프리트의 얼굴이 매우 진지했기 때문이었다. 아무렇지 않게 말했던 건 그 나름대로 죄책감과 속상함을 감추기 위한 방식이었던 모양이다. 나는 복잡한 기분으로 그를 보았다가 고개를 끄덕였다.

"알았어. 좀 더 신경 쓸게."

"그래, 정말 신경 써야 할 거야. 네 계약자를 위해서라도."

"응? 그게 무슨 소리야?"

단순히 지나가는 말이 아닌 것 같아서 나는 얼굴을 굳혔다. 이프리트는 나와 눈을 맞추지 않은 상태로 대답했다.

"마신이 거기까지는 말하지 않은 모양인데, 혼이 깃든 검은 마검화가 되면 조금 위험해져. 힘은 더 강해지는데 그게 양날의 검이 된다고 해야 하나. 아무튼 관리를 잘 못하면 폭주할 수도 있어."

"포, 폭주?"

"그래, 이성을 잃고 미쳐 날뛰는 거지. 그렇게 되면 주인의 의식까지 침투해서 멋대로 장악하기 시작해. 대륙을 피로 물들인 광인들 중에선 그런 경우가 꽤 많아. 내가 괜히 그런 오지에 봉인해 둔 게 아니라고."

"……그런 건 제일 먼저 말해 주면 안 될까."

왜 굳이 불쌍하다는 사실을 강조했는지 이제야 알겠다. 내가 동정의 여지 없이 파이어 버스터를 처분할까 봐 미리 선수를 친 것이다.

힘이 될 거라 생각했던 검이 알고 보니 언제 터질지 모를 시한폭탄이었을 줄이야. 망설이는 이사나에게 내가 떠맡긴 거나 다름없었던지라 머릿속이 더 아득해졌다. 아무리 봐도 마검이라고 수군거리더라니, 이렇게 되면 친위 기사들에게 선견지명이 있던 셈이다. 지금껏 어느 한 편을 들어줄 생각은 없었는데 그들 쪽으로 급격히 마음이 기울었다. 어쩌면 그들은 본능적으로 이런 위험을 감지했던 걸지도 모른다는 생각까지 들었다.

다시 던전에 던져두고 올까.

사정이 안타까운 건 안타까운 거고, 이사나에게 위협이 되는 건 전혀 별개의 일이다. 설령 대상이 이사나가 아니더라도 사람을 미치게 한다는 검을 그냥 놔둘 수는 없었다. 차마 파괴할 수는 없으니 있던 곳에 돌려놓고 다시 봉인하는 게 최선책인 것 같았다. 그러나 이 모든 사태의 원흉인 이프리트는 도리어 적반하장 식으로 나왔다.

"너 설마 이제 와서 그 불쌍한 아이를 버리려는 건 아니겠지? 이미 주인까지 맞이한 아이야. 정령 계약과 마찬가지로 서로 동의하에 협의된 관계라고. 신의는 지켜야 하지 않겠어?"

"하지만 폭주한다며!"

"그럴 가능성이 있다는 거지, 그렇게 쉽게 폭주하진 않아. 너무 심각하게 볼 건 없어."

"이게 지금 심각하지 않게 생겼냐!"

차라리 말을 하지나 말지. 속을 뒤집을 대로 다 뒤집어놓고 괜찮다고 달래는 게 더 열 받았다. 이건 단순히 상성의 문제가 아니다. 이프리트, 저 녀석의 성격에 결함이 있는 거다. 그것도 아주 심각한 결함!

"폭주는 어디까지나 최악의 경우야. 평소에 관리만 잘하면 된다니까?"

"……좋아. 그럼 어떤 일에 폭주하는 건데?"

"알고 있겠지만 이그니스처럼 자아를 가진 검은 소유주의 영향을 많이 받아. 마검화가 되면 이게 좀 더 극단적이 되는 것뿐이야. 한마디로 주인의 정신이 불안정할수록 위험해진다고 보면 돼. 물론 이것도 아주 심한 상태에 한에서야."

"예를 들면?"

"평생의 신념이 무너질 만큼 큰 좌절과 절망을 겪는다거나, 인격이 달라질 정도로 이상한 사상에 사로잡힌다거나. 자기 자신까지 파멸에 이르게 하는 악독한 마음을 품는 경우 말이야. 다행히 네 계약자는 온화하고 성정이 바른 아이 같으니 그런 일은 거의 없지 않겠어?"

"으음, 그렇긴 한데……."

"그것 봐. 그 점만 봐도 이미 이그니스가 폭주할 가능성은 상당히 희박해. 게다가 그것만이 아니야. 온화한 주인과 함께하면 반대로 상태가 좋아져. 일부이긴 하지만 사기가 정화되기도 해."

"정화가 된다고?"

"그렇다니까. 물론 그런 만큼 폭주할 가능성은 더 낮아지겠지. 검은 검대로 나쁜 기운을 덜어내서 좋고, 주인은 주인대로 강한 힘을 얻을 수 있어서 좋고. 서로에게 좋은 일이라고 해야 할까? 옛날엔 미친 마검을 진정시키기 위해 순수한 아이들에게 맡기는 방법을 쓰기도 했어. 자, 어때? 들을수록 별거 아니지? 그런 의미에서 네 계약자가 그의 주인이 되어 줘서 정말 잘됐지 뭐야."

⋯⋯그래, 이제 알겠다. 내게 지도를 줬을 때부터 이프리트가 구상한 진정한 계획이 뭐였는지. 그게 결코 나나 이사나를 위한 것은 아니었다는 것도!

"이걸 노렸던 거지?"

"글쎄, 어쩔까나."

"너 진짜 나하고 무슨 원수졌어?"

당장 달려들어 멱살을 잡지 않은 건 이프리트가 여성체였기 때문이다. 특히 이카나로 꾸몄을 때의 그는 어디를 봐도 여성의 모습이었기 때문에 차마 거칠게 대할 수가 없었다. 인간일 때 들인 습관이 이렇게 마음에 들지 않는 건 정말 오랜만이었다.

왜 하필 내 근처에 있는 정령왕이 이프리트인 건지 모르겠다. 오늘따라 트로웰과 미네르바가 몹시 그리워졌다.

제7화

1.

　수도에서 유명한 저택을 꼽으라면 카리브디스 공작 저를 빼놓
을 수 없다. 카리브디스 공작이 워낙 알려진 사람이기도 했지만,
저택 자체도 무척 아름답기로 이름난 편이었다. 작위를 받을 때
선황으로부터 함께 하사받은 저택은 말이 좋아 저택이지 성에 더
가까운 형태였다. 당대 최고의 건축가가 지었고, 시공 단계의 시세
만으로도 같은 수도 내에 다른 저택을 몇 채는 매입할 수 있을 정
도로 어마어마한 고가였기에 완성될 당시부터 이미 유명세를 탔
다. 먼 지방에서부터 소문을 듣고 일부러 구경하러 오는 사람까지
있을 정도였다.
　그러나 그 화려한 명성과는 다르게 정작 저택의 내부는 몹시 단

출하게 이뤄져 있었다. 아니, 저택 자체는 꾸미기 좋게끔 충분한 기반을 갖추고 있었으나, 거주자가 그것을 활용하고 있지 않다고 보는 게 더 옳았다.

백여 개에 가까운 방들 중에서 제대로 사용되는 건 5개 정도에 불과할 뿐. 백작가만 되어도 수십 명씩 있기 마련인 고용인들이 이곳에서는 고작 10명도 되지 않았다. 귀족들의 자부심이라 할 수 있는 정원은 내버려 둔 상태로 방치되어 야생의 숲처럼 된 지 오래였다. 카리브디스 공작 본인이 번거로운 것을 싫어하기도 했거니와, 체면치레에는 워낙 관심이 없었기 때문이다. 심지어 저택보다 관저에서 머무는 날이 더 많았다.

최소한의 관리로만 유지하는, 인기척조차 거의 없이 고요한 저택은 그저 겉모습만 아름다운 유령의 성에 불과했다. 그래서 집사 루벤은 늘 시름에 잠겨 있었다. 관리자로서 그는 활기차고 사람 냄새가 가득한 저택을 이상적으로 여기는 사람이었다. 그에게 빈 껍데기 같은 저택의 관리는 몹시 고통스러운 일이었다.

안주인이라도 있으면 이 아름다운 저택을 그냥 놀리지 않을 텐데. 무심한 그의 주인은 혼인에도 뜻이 없어 보였다. 아무리 안타까운 마음이 크다 해도 주인의 결정을 거스를 수는 없는 법. 루벤은 슬슬 체념해 가고 있었다.

그런데 어느 날부터 상황이 조금씩 달라지기 시작했다. 하루는 공작이 외출을 다녀오는 길에 웬 어린아이 하나를 데리고 왔다. 올해 여덟 살이 된, 레이라는 이름의 평민 아이였다. 전후 사정을 아는 마부의 말에 의하면 마차 사고를 당해 부모를 잃은 아이라고 했다. 그 아이를 데려온 이유는 알 수 없었으나 공작은 루벤에게 아이를 씻기고 먹이라고 말했다. 고아원에 보내기 전에 하룻밤 은혜를 베푸는 건가 싶었는데, 다음날이 돼도 그 다음 날이 돼도 별다른 지시가 없었다. 루벤 쪽에서 먼저 운을 떼 보아도 이렇다 할 대답이 돌아오지 않았다.

공작은 레이의 처우를 어떻게 할지 고민하는 것처럼 보였다. 무엇이든 결단이 빠른 그치고는 매우 드문 일이었다. 그렇게 하루하루 결정이 유보되는 동안 레이가 저택에서 지내게 된 지도 어느덧 두 달이 넘어가고 있었다. 그사이 저택에는 아이가 머물 방이 꾸며지고 필요한 비품들이 들어섰다. 심심해하는 레이를 위해 그림책들과 장난감들을 사 오고, 보살펴 줄 고용인들도 추가로 더 채용했다. 물론 대다수 루벤이 한 일이었지만, 공작이 승인했기 때문에 가능한 일이었으므로 그가 한 일이나 마찬가지였다.

사람이 적은 곳은 인원이 조금만 늘어도 분위기가 크게 달라진다. 특히 어린아이란 활기를 일으키기에 충분한 존재였다. 덕분에 삭막하던 저택 안엔 요즘 때 아닌 봄바람이 돌고 있었다. 공작은 레이의 일정에 관여하지 않았지만 식사만은 늘 같이했다. 때때로 일과를 살피고 어떻게 지내는지 직접 물어보기도 했다.

그의 행보가 그렇다 보니 고용인들 사이에서는 공작이 레이를 양자로 삼으려는 것이 아니냐는 말이 한창 퍼지는 중이었다. 물론 루벤은 이미 한참 전부터 그렇게 생각했다. 얼마 전엔 그 예상을 확신하게 만든 일도 있었다. 비록 공작이 함구를 명했기에 지금은 침묵할 수밖에 없었지만 말이다.

'아이가 좀 더 크면 정식으로 공표하시겠지.'

그 생각만 하면 루벤은 벌써부터 입이 벌어졌다. 아름다운 안주인이 아쉽긴 하지만 후계자가 생기는 게 어딘가. 뒤를 이을 존재가 생기면 공작도 예전보다 좀 더 저택의 일에 신경 쓰게 될 것이다. 아니, 사실 그런 건 아무래도 좋았다. 그의 주인이 평생 쓸쓸히 혼자 살아가지 않게 된다는 것만으로도 충분했다.

세간에 알려진 화려한 명성과는 다르게 카리브디스 공작은 고독한 사람이었다. 평생 따르겠다고 찾아온 사람들조차 거부하고 돌려보낼 뿐, 사담을 나누는 친우는커녕 주로 교류하는 지인조차 만들지 않았다. 극단적이다시피 남과 어울리려 하지 않는 그를 두고 오만하다 평가하는 이들도 많았다. 하지만 루벤의 생각은 조금 달랐다. 그의 눈에 공작은 그저 안주할 곳을 찾지 못해 방황하는 것처럼 보였다. 사람이든 물건이든, 그 어떤 것도 그에게 안정을 주지 못하고 있을 뿐이었다.

그런데 느닷없이 나타난 작은 아이 하나는 달랐다. 레이에 관한 한 공작은 무엇 하나 그답게 행동하는 것이 없었다. 갈 곳 없는 아이를 불쑥 데려온 것도 그렇고, 머물 곳을 내주고 이것저것 살피는 것도 예전의 그에게선 있을 수 없는 일이었다.

평민 출신인 공작은 마신전에서 유년시절을 보냈다고 했다. 사제가 아닌 바에야 신전에서 자라는 아이들은 고아인 경우가 대다

수고, 그건 공작 역시 마찬가지였다. 어쩌면 부모를 잃은 레이를 보며 동질감을 느낀 걸지도 모른다. 그러나 계기는 아무래도 좋았다. 대공에게만 충실하던 공작에게 그 외의 특별한 존재가 생겼다는 사실이 더 중요했다.

공작 본인은 아직 의식하지 못하는 것 같지만, 레이를 대할 때 그는 의식적으로 다감하게 말하는 편이기도 했다. 덕분에 최근에 들어온 하녀들은 그의 성격이 원래 부드러운 편인 줄 알고 있었다. 고작 두 달 만인데도 괄목할 만한 변화였다. 레이의 존재는 앞으로 이 공작가에 더 많은 변화를 일으킬 것이다. 루벤은 그렇게 믿어 의심치 않았다.

"집사님!"

한참 즐거운 상념에 빠져 있던 루벤이 정신을 차린 건 다급하게 울려 퍼진 여인의 음성 때문이었다. 돌아본 곳에는 신입 하녀인 로란이 헐레벌떡 그를 향해 달려오고 있었다. 풍성한 치맛자락을 종아리까지 걷어붙인 로란을 보며 루벤은 얼굴을 찌푸렸다.

"복도에서 뛰지 말라고 했던 것 같은데, 로란. 게다가 그 단정치 못한 차림을 누가 보기라도 하면……."

"지, 지금 그게 문제가 아니에요, 집사님! 큰일 났어요!"

"큰일?"

"레이 도련님이 사라지셨어요!"

"……!"

의아한 표정을 짓던 루벤의 얼굴이 단숨에 굳었다. 방금 전까지 희망찬 미래를 꿈꾸며 들떠 있던 그에겐 그 무엇보다 날벼락 같은 소리였다.

"도련님이 사라지시다니? 그게 대체 무슨 말인가?"

"아침부터 오전 내내 찾아봐도 보이시지가 않아요. 저택 안 구석구석 전부 다 찾아봤는데 안 계셔요."

"마구간에는 가 본 겐가? 정원 쪽은?"

"마구간에는 가 봤지만 안 계셨고, 정원은 지금 찾고 있는 중이에요."

"으음, 알았네. 일단 나도 바로 찾아볼 테니 자네는 문지기들한테 가서 도련님이 출입문을 지나셨는지 알아보게."

"예!"

다급해진 두 사람이 서둘러 몸을 움직이려고 할 때였다. 그들 근처에 있던 문이 열리더니 불쑥 거대한 그림자가 모습을 드러냈다.

"무슨 일이지?"

"……!"

안에서 걸어 나온 사람은 카리브디스 공작이었다. 루벤은 신음을 삼킬 수밖에 없었다. 하필이면 가장 들키지 않아야 할 사람에게 모든 상황을 노골적으로 노출하고 만 것이다. 하녀 로란은 너무 놀란 나머지 딸꾹질을 하고 있었다.

"방금 레이가 사라졌다고 들은 것 같은데."

"……별일 아닙니다, 공작님. 도련님이 아무래도 정원 산책이 길어지는 모양입니다."

다년의 집사 경력을 가진 그답게 빠르게 평정을 되찾은 루벤이 침착하게 대답했다. 공작은 시선을 들어 바로 옆쪽의 창을 바라보았다. 정오가 넘어가는 시각이라 태양 빛이 선명하게 직선으로 들어오고 있었다.

"산책을 하기엔 너무 더운 시간 아닌가?"

"예, 그렇지 않아도 그 점을 걱정하던 중이었습니다. 지금 바로 도련님을 모시고 오겠습니다."

"아니, 그럴 것 없다."

서둘러 건넨 말에 공작은 가볍게 고개를 저었다. 로란과 루벤이 깜짝 놀라서 쳐다보았으나 그의 시선은 여전히 창 쪽을 향해 있었다. 일반 사람들은 볼 수 없는 곳까지 내려다본 그의 시야에, 풀숲 사이에 숨어 있는 작은 그림자가 보였다.

"이미 찾은 것 같으니까."

＊　　＊　　＊

화창한 햇살이 가득한 정원은 여름 중반이란 시기에 걸맞게 온통 짙푸른 색으로 가득했다. 강렬한 태양만큼이나 뜨거운 공기는 주변의 모든 것을 태워버릴 것처럼 흉포하기만 했다. 이런 날엔 성인들조차 버텨내기 쉽지 않았다. 그러나 작은 나무들 아래 쭈그리고 앉아 있는 아이에겐 조금도 힘든 기색이 보이지 않았다.

"도련님! 어디에 계세요, 레이 도련님!"

하녀의 복장을 한 여인들이 애타게 돌아다니며 소리쳤다. 분주한 발걸음이 지척까지 이어졌지만, 그녀들은 나무 아래 숨어 있는 아이를 발견하지 못했다. 그들의 그림자는 수풀 근처만 잠시 맴돌다가 빠르게 사라졌다. 아이—레이는 하녀들의 모습이 멀찍이 사라지는 것을 확인한 후에야 안도의 한숨을 내쉬었다.

"이제 나와도 돼."

불편하게 굽혔던 몸을 조금 편 후 레이는 자신의 몸을 내려다보며 말했다. 그러자 블라우스의 안쪽에서 작고 투명한 요정이 얼굴을 불쑥 내밀었다.

"린."

속삭이듯 부른 음성에 린이라 불린 요정이 방긋 웃었다. 레이의 품에서 완전히 빠져나온 요정은 성인의 손바닥 크기만 했다. 상체는 솜사탕처럼 사랑스러운 소녀의 모습이었으나, 하반신은 물고기의 꼬리로 되어 있었다.

'나이아스.'

다른 사람들에게 요정은 그런 호칭으로 불린다고 했다. 그 이름도 예뻤지만 레이는 자신이 지어준 '린'이란 이름을 더 좋아했다. 린도 그렇게 생각하는 것 같았다.

"차가워."

손바닥에 올린 린은 얼음처럼 차갑다. 하지만 항상 이렇게 차갑기만 한 건 아니었다. 한겨울 강물처럼 시렸다가도 어떨 때는 막

데운 찻물처럼 뜨거워지기도 했다. 그래도 대체로는 딱 품에 넣고 다니기 좋을 만큼 따뜻한 편이었다. 언뜻 보기엔 극단적으로 변하는 것 같지만 린이 몸의 온도를 바꾸는 것엔 단 한 가지 규칙이 있었다. 그건 전부 레이를 위해서라는 것이다. 지금 린의 몸이 차가운 것도 그와 같은 이유였다. 레이는 그 호의를 마음껏 받아들여 두 뺨 가득 달아오른 더위를 식혔다.

"넌 정말 신기해. 어떻게 이런 걸 할 줄 알아? 정령이라서 그런 거야?"

린이 나이아스라는 존재라는 걸 알려 줬던 남자는 또한 린이 물의 정령이라고도 했다. 레이는 아직 어렸기 때문에 요정과 정령의 차이점을 잘 몰랐다. 하지만 린이 움직일 때마다 그 몸에서 물방울이 톡톡 튄다는 건 알고 있었다. 물고기의 다리를 갖고 있어서 그런가 보다, 레이는 단순하게 생각했다.

해맑은 질문에 린은 말없이 웃어 보이기만 했다. 레이가 기억할 때부터 린은 말을 하지 못했다. 무언가 입을 벙긋거리긴 했지만 발음을 읽어내기도 쉽지 않았다. 하지만 린의 표정이 워낙 풍부해서 굳이 대화를 하지 않아도 불편함을 느낀 적은 없었다. 레이는 품 안에서 목걸이를 꺼냈다. 목걸이 끝에는 가죽으로 된 주머니 하나가 걸려 있었다. 그 안에는 예쁜 금색의 펜던트가 들어있다. 남에게 보이지 않도록 넣어 둔 것이다.

"알고 있어, 린? 이 목걸이 말이야. 난 기억나지는 않지만 어떤 귀인이 나한테 준 선물이래. 언제고 때가 되면 이 목걸이가 그분이 있는 곳으로 나를 이끌어 줄 거라고 하셨어. 만나게 되면 꼭 고마 웠었다고 전해 달라고 하셨는데, 어떤 분이실까? 린은 그분을 아는 거지? 넌 이 목걸이 안에서 나왔으니까."

레이는 하루 중에서 린과 교감하는 시간이 가장 행복했다. 하지만 린을 부르면 이상하리만치 몸에 기운이 없어졌기 때문에 그 시간은 항상 5분에서 10분 정도로 짧게 이어질 수밖에 없었다. 레이는 그 점이 항상 아쉬웠다.

"난 네가 내 친구라는 게 정말 자랑스러워. 하지만 이 이야기를 꺼내면 아저씨가 싫어해. 너에 대해서 사람들한테 말하지 말라고 하고, 목걸이도 꺼내지 말라고만 해."

레이가 사람들의 눈을 피해 정원 구석에 숨어 있는 건 바로 그런 이유였다. 린을 부르고 싶은데 사람이 많이 오가는 저택 안에서는 그럴 수 없었기 때문이다. 얼마 전엔 조심성 없이 방 안에서 린을 꺼냈다가 집사 루벤한테 들켰다. 그때 레이는 남자한테 불려가 꽤 오랜 시간 훈계를 들어야 했다.

"왜일까? 린, 너는 나를 구해 줬는데. 넌 아무 말도 하지 않지만 난 다 봤어. 마차가 나랑 엄마를 덮칠 때, 네가 이 목걸이에서 나와서 나를 감싸줬잖아. 네가 아니었다면 나도 그때 죽었을 거야."

레이는 당시의 상황을 비교적 또렷하게 기억하고 있었다. 행인이 많은 거리에 마구잡이로 마차 한 대가 돌진해 왔다. 재빠르게 흩어진 사람들은 화를 면했지만, 아이와 걷고 있던 여인이 그 속도를 피하는 건 불가능했다. 그렇게 이어진 사고는 레이의 모든 것을 뒤흔들어 놓았다. 하루아침에 세상이 바뀌었고, 그를 이루고 있던 전부가 달라졌다.

"하지만 아저씨는 나쁜 사람이 아니야. 갈 곳 없는 나를 데려와서 이곳에서 지내게 해줬는걸. 조금 무섭긴 하지만. 겉모습으로 사람을 판단하면 안 돼. 동물이랑 아이에게 친절한 사람은 좋은 사람이라고…… 전에 엄마도 그랬어."

익숙한 호칭을 입에 담자 그리운 마음이 차올랐다. 레이는 목걸이를 다시 품속에 갈무리했다. 두 무릎을 모으고 그 사이에 얼굴을 푹 파묻었다.

"……엄마 보고 싶다."

이곳의 생활에 불만은 없었다. 집은 굉장히 넓고 매끼마다 풍족한 식사가 나왔으며, 사람들은 모두 친절했다. 그를 데려온 남자는 무뚝뚝했지만 레이의 상태를 늘 세심히 살펴봐 주었다. 가끔은 사탕과 초콜릿 같은 달콤한 것을 주기도 했다.

하지만 기쁜 마음이 들수록 지금은 사라지고 없는 존재에 대한 상실감도 더 커졌다. 엄마도 이곳에 함께 있었으면 좋았을 텐데. 이뤄질 수 없는 소망이라는 걸 알면서도, 생각을 멈출 수가 없어서 더 괴로웠다.

우울해하는 레이의 곁에서 린은 안절부절못하는 표정을 지었다. 안타까워하는 그의 작은 요정에게 레이가 억지로 웃어 주었을 때였다.

"흐음, 길을 잃은 꼬마인가? 여기서 뭘 하고 있지?"

"······!"

머리 위에서 낯선 음성이 들려왔다. 고개를 든 레이는 바로 앞에 서 있는 금발의 남자를 발견하고 몸을 움찔했다. 이렇게 가까이에 사람이 서 있는데도 다가오는 것을 전혀 느끼지 못했기 때문이다.

남자는 이 더운 날씨에도 전신을 빈틈없이 감싼 차림을 하고 있었다. 귀족들은 대부분 그렇긴 하지만 이 남자의 옷차림은 특히 눈에 띄었다. 겉옷은 이음새 없이 전부 통짜로 이루어져 있었고, 마치 여인들이 입는 옷처럼 옷자락이 길었다. 장식이라고는 어깨에 두른 망토와, 소매를 비롯하여 옷의 밑단에 새겨진 붉은 자수가 전부였다. 이런 형식의 옷차림을 하는 사람들에 대해 생전의 엄마가 말해 준 적이 있었다. 신관이다.

"누, 누구세요?"

낯선 얼굴에 겁먹은 레이가 엉덩이를 뒤로 뺐다. 반대로 린은 그의 앞으로 튀어나왔다. 친구를 보호하려는 것이다.

"린!"

레이가 깜짝 놀라 소리쳤지만 린은 물러나지 않았다. 잔뜩 경계하는 작은 정령의 모습에 신관의 복장을 한 남자는 이채 어린 표정을 지었다.

"하급 정령인가? 이건 꽤 놀랍군. 아직 10살도 되지 않은 아이가 벌써 정령사라······."

얼굴 가득 흥미를 드러낸 남자가 쓰다듬으려는 듯이 손을 뻗었다. 레이가 자기도 모르게 눈을 질끈 감았을 때였다.

"레이?"

생각지 못한 곳에서 구원의 음성이 들려왔다. 레이는 황급히 고개를 들었다. 신관의 뒤편에서 친숙한 남자의 모습이 보였다. 레이가 늘 아저씨라 부르는 존재, 카리브디스 공작이었다. 그의 얼굴을 보자 안도감이 치솟아 올랐다. 눈물이 쏟아질 것 같아 레이는 얼른 그를 부르려고 했다. 하지만 신관 쪽에서 아는 척을 하는 것이 더 빨랐다.

"아저……!"

"오랜만이군, 파이런. 그동안 잘 지냈나?"

"……!"

레이는 놀란 얼굴로 신관과 공작을 번갈아 바라보았다. 하지만 이 상황에 가장 많이 당황한 건 카리브디스 본인이었다. 아이를 찾으러 나온 곳에 전혀 생각지도 못한, 더불어 이곳에 있어서는 안 될 남자가 서 있었기 때문이다. 처음엔 잘못 본 것인가 했지만 저런 모습을 한 사람이 둘일 리는 없었다. 사적으로만 쓰는 호칭으로 그를 부르는 이 또한 세상에서 단 한 명뿐이었다.

유카르테 란느 스왈트. 제국의 대공이자 섭정왕이며, 그의 유일한 하늘인 남자. 말끔한 얼굴로 웃는 대공을 바라보다 카리브디스는 한숨을 내쉬었다.

"……호위는 어쩌신 겁니까?"

"뻔한 걸 묻는군. 난 혼자 다니는 게 더 안전해. 호위 따위 둬 봤자 오히려 어설프게 시선을 끌기나 할 뿐이지."

"아무리 그렇다 해도……."

"이런, 이런. 보자마자 잔소리부터 할 기세인가? 내가 왜 왔는 지는 궁금하지 않나 보지?"

"무슨 일이신지는 모르나 전하께서 직접 발걸음하실 건 없으셨 습니다. 부르셨다면 제가 찾아뵈었을 겁니다."

"응, 그렇겠지. 하지만 직접 보고 싶었거든."

"무슨……."

"같이 불러 봤자 그대 성격에 데려오지 않을 것 같아서 말이 야."

대공의 시선이 아직 나무 사이에 주저앉아 있는 레이를 향했다. 카리브디스는 그 의미를 알아차리고 바로 얼굴을 굳혔다. 그가 데 려온 아이에 대한 소문이 어느새 대공의 귀에까지 들어간 것이다.

카리브디스는 가라앉은 눈으로 레이를 한 번, 그리고 그의 옆을 맴돌고 있는 물의 정령을 한 번 보았다. 하필이면, 이란 생각이 얼 핏 스치는 것을 깨닫자 기분이 더 가라앉았다. 설마 주군을 대상 으로 이런 감정을 느끼게 될 줄은 몰랐다. 그의 평생에 단 한 번도 생각지 않았던 일이었다.

달라진 건 그것만이 아니다. 예전엔 대공이 불쑥 찾아오면 걱정 이 되긴 했어도 반가운 마음밖에 없었다. 그런데 지금은 기별 없이 찾아온 그에게 곤혹스러움을 더 크게 느끼고 있었다. 그 말대로 정말 오랜만에 보는 것임에도 불구하고.

아니, 그렇게까지 오랜만이었던가? 카리브디스는 속으로 날짜를 가늠해 보다 조금 놀랐다. 마지막으로 입궁했던 것이 벌써 한 달은 훌쩍 넘었다. 근래 들어서는 대공이 그의 알현을 받지 않는 상태였기 때문에 제대로 얼굴을 본 것은 거의 몇 달 만이었다. 그런데 직접 날을 세어 보기 전까진 시간이 그렇게 지난 줄도 모르고 있었다.

대공의 검이 된 이후로 그는 부름을 받으면 언제든 움직일 수 있도록 항시 몸을 긴장시켜 왔었다. 주인의 시선이 닿는 곳에 서서 호출이 오기만을 망부석처럼 기다리는 게 당연한 일상이었다. 하지만 지난 시간 동안 그는 대공의 연락을 전혀 기다리지 않았다. 이렇게 오랫동안 호출이 없었는데도 초조하지 않았던 것도 처음이었다. 카리브디스는 그 모든 것들을 떳떳하지 못한 제 행동 탓이라 여겼다.

그 이유 중 하나가 바로 저곳에 있다. 그는 복잡한 기분으로 레이를 응시했다. 황실의 문양이 찍힌 목걸이를 지니고 있는, 어쩌면 황제와 인연이 닿았을지도 모르는 아이. 본래 그가 레이를 데려온 이유는 단지 그것뿐이었다. 황궁으로 데려가 조사하고 자세한 정황을 알아보려고 했다. 당연히 제일 먼저 대공에게 보일 생각이었다.

……그런데 왜 데려가지 못했을까.

카리브디스는 드러나지 않게 입술을 악물었다. 바람의 검 블레스터에 대한 것도, 레이에 대한 것도. 최근엔 대공에게 숨기는 것만 늘고 있었다. 이런 행동이 자신답지 않다는 건 알고 있었지만 머리로만 생각할 뿐 행동을 제어하진 못했다. 지금도 마찬가지였다. 대공에게 아이를 들킨 김에 사실대로 말하면 되는데, 입이 떨어지지 않았다. 대신 그는 레이에게 손을 내밀었다.

"……레이, 이리로."

그의 손짓에 서둘러 몸을 일으킨 레이가 주춤거리며 다가왔다. 카리브디스는 몸을 굽히고 앉아 아이의 몸에 붙어 있는 풀과 먼지들을 조심스럽게 털어내 주었다.

"인사 드리거라. 대공 전하시다."

높은 사람 앞에 선보이는 자리에서 나올 법한 무난한 말이 이어졌다. 레이는 쭈뼛거리는 얼굴로 눈치를 보다가 고개만 꾸벅 숙였다. 아이다운 천진한 행동에 카리브디스가 사죄를 표했다.

"아직 예법을 가르치지 않아서 많이 서투릅니다."

"아니, 괜찮아. 이러고 있으니 그대를 처음 봤을 때가 떠오르는군. 그대도 기억하고 있나? 그때 그대는 저 아이보다 더 심했어. 불한당을 보듯이 나를 잔뜩 노려보는 게, 꼭 가시를 잔뜩 세운 고슴도치 새끼 같았지."

"……글쎄요, 전 기억나지 않습니다만."

"하하, 그대도 그런 농을 할 줄 아는군."

즐겁다는 듯 유쾌하게 웃는 대공은 그리 기분이 상해 보이지 않았다. 하지만 그러는 중에도 그의 시선은 탐색하듯 레이를 훑고 있었고, 카리브디스 역시 그 사실을 알았다. 부드러우면서도 날카로운, 기묘한 분위기였다. "루벤에게 가 있거라." 카리브디스가 레이에게 나직하게 일렀다. 이 자리가 몹시 불편했던 아이에겐 가뭄의 단비와 같은 말이었다. 얼른 고개를 끄덕인 후, 레이는 곧장 저택이 있는 방향으로 몸을 돌렸다.

"다음에 또 보자, 레이."

그 순간 나직한 음성이 귓가에 끈적이는 것처럼 달라붙었다. 레이는 흠칫 어깨를 떨었다. 그냥 평범하게 이름을 불렀을 뿐인데 온몸에 소름이 돋았다. 힐끔 돌아보자 대공이 부드럽게 웃으며 손을 흔들었다. 누구에게나 호감을 살 듯한 선량한 얼굴이었다. 그런데 그 모습이 기이하리만치 무섭게 느껴졌다. 레이는 고개를 갸웃하면서도 서둘러 달려 나갔다.

"귀여운 아이로군."

몇 번이나 뒤를 돌아보던 레이가 완전히 멀어지고 나자 대공이 말했다. 담담한 어조였으나 그 속에 서린 책망을 느끼지 못할 정도는 아니었다. 카리브디스는 아무 말 없이 눈을 내리깔았다.

"그대가 웬 남자아이를 거뒀다는 말을 듣고 놀라긴 했는데 설마 이능력자일 줄은 몰랐어. 저 나이에 벌써 정령과 계약을 하다니, 장래가 두려운 인재가 아닌가. 내겐 언제 알릴 셈이었지?"

"조만간 찾아뵙고 말씀드리려고 했습니다."

"숨기려 했던 건 아니고?"

"……알고서 소환한 게 아니라 우연히 기연이 닿아 정령 계약을 했던 것 같습니다. 너무 일찍 세상에 알려지면 아이가 자만하게 될 것 같아 능력에 대해서는 한동안 불문에 부치려 했습니다."

"아니라고는 하지 않는군."

"……."

바늘처럼 찔러오는 말에 카리브디스는 입을 다물었다. 무거운 침묵이 이어지자 대공은 바로 헛웃음을 터트렸다.

"그대는 너무 솔직해서 탈이야. 하긴, 아이의 평온한 생활을 생각하면 지금은 잠잠한 편이 더 낫겠군. 그 정도로 저 아이를 소중히 여기고 있다는 것으로 이해하지. 다른 사람도 아니고 그대가 그런 배려를 한다는 게 놀랍긴 하지만 말이야."

"송구합니다."

"호오, 사과를 해 오다니 더 의외인걸? 이렇게 바로 인정하다니. 내가 아는 파이런이 맞나 의심스러운데?"

"……송구…….."

"하하, 사과만 할 셈인가? 농담이다, 농담. 그대를 탓하는 게 아니야. 어쨌거나 세월이란 게 정말 무섭긴 하군. 설마하니 그대가 아이를 귀여워하게 될 줄은 몰랐어. 내일 아침 해는 거꾸로 뜨겠는걸. 내 충직한 검도 드디어 안락한 삶을 꾸릴 생각을 하게 된 건가?"

"딱히 그런 건 아닙니다."

놀리듯 짓궂은 시선이 닿았고, 카리브디스는 바로 정색했다. 충동적으로 거두긴 했으나 그건 스스로도 이해하지 못할 불충한 감정의 산물일 뿐, 아이를 특별히 여기는 마음은 아니었다. 아이로 인해 자신의 일상이나 가치관이 달라졌다고 여기진 않았다. 그저 데려왔으니 그에 해당하는 책임을 지는 것에 불과했다. 그는 그렇게 생각하고 있었다.

"이런, 아직 멀었군. 이럴 땐 그렇다고 대답해야지. 난 좋은 현상이라고 여기던 참인데 말이야."

대공이 못 말리겠다는 듯이 고개를 저었다. 카리브디스는 침묵한 상태로 가만히 그의 의중을 살폈다. 미심쩍게 쳐다보는 기색을 읽은 대공이 피식 웃었다.

"정말이야. 그대가 혼인도 하지 않고 평생 내 곁에서 고독하게 늙어가려고 할까 봐 내심 염려했었거든. 그래서 이 변화가 정말로 반가워. 드디어 그대가 무언가에 정붙일 생각을 하게 된 것 같아 진심으로 안심했어."

"……전하, 그건……."

"내친김에 한발 더 나가 보는 건 어때? 내 조만간 좋은 혼처를 알아봐 주지. 영웅의 반려자를 꿈꾸는 소녀들에게 희소식이 되겠군."

"아뇨, 그러실 필요는 없습니다."

"왜? 피 한 방울 안 섞인 남의 아이를 데려다 키우는 것보다는 본인의 아이가 더 귀여울 거야. 그대에겐 대가족이 어울려. 어서 혼인을 해서 아이를 많이 낳아. 한 열 명 정도가 좋겠군."

"열 명 말입니까……."

"딸 다섯, 아들 다섯. 괜찮지 않나? 집안에 아이들이 가득하면 아주 북적북적하고 즐거울 거야. 그대의 아이들이라면 아버지를 닮아 재능도 출중할 테니 장차 제국에도 큰 복이 될 거다."

흥에 겨워 떠드는 말이 이어지는 동안 카리브디스는 점점 더 난처한 표정이 되어 갔다. 한 여인의 남편이라든가 누군가의 아버지가 되는 삶 같은 건 지금까지 단 한 번도 생각해 본 적이 없었고, 자신에게 어울린다고 여기지도 않았다. 듣기만 해도 평범하고 행복한 광경에 자신의 모습을 대입하려니, 남의 이야기를 듣는 기분을 넘어 맞지 않는 옷을 껴입은 양 거북한 느낌마저 들었다.

"아, 그래. 그대의 아들 중 하나는 내게 줘. 내 뒤를 이을 후계자로 삼겠어."

"······!"

직후 이어지는 말을 들었을 땐 뼛속까지 한기가 차올랐다. 그렇지 않아도 불편한 표정을 짓고 있던 카리브디스는 바로 얼굴을 굳혔다.

"그건 안 될 말씀이십니다."

"치사하게. 주군이라면서 하나도 내주기 아깝다는 건가?"

"그런 게 아니라, 후계자는 마땅히 전하의 핏줄로 하셔야 한다는 뜻입니다."

"내 핏줄이라······. 내게 남은 핏줄이라곤 이제 이사나뿐이고, 그 아이도 곧 죽을 텐데?"

"······전하께서 비를 들이시고 후사를 보시면 될 일입니다."

"신관인 날더러 혼인을 하라?"

"대관식을 치르시면 황제가 되십니다. 신관의 신분을 벗으셔도 아무 문제가 없습니다."

"내가 이대로가 더 좋다면?"

말꼬리를 잡듯이 질문하는 건 대공의 주된 버릇으로, 그저 상대를 곤란하게 만들려는 의도밖에 없었다. 그 사실을 잘 알고 있는 카리브디스는 한숨을 내쉬었다.

"……그렇다 해도 저처럼 한미한 이의 핏줄을 후계자로 삼으시는 건 어불성설이십니다."

"하하, 제국의 공작이자 드래곤과 싸운 영웅. 대륙을 호령하는 소드 마스터의 핏줄이 한미하면 이 세상에 고귀한 신분이라곤 하나도 없겠군."

"전하."

카리브디스의 목소리가 더 깊어졌다. 세상의 모든 근심이란 근심을 전부 짊어진 것 같은 무게감이 있는 목소리에 대공은 나직이 혀를 찼다.

"이럴 때 보면 그대는 정말 미련하리만치 답답해."

"송구합니다."

"그 송구하다는 소리, 이제 슬슬 지겨워지려고 하는군. 뭐, 좋아. 그대의 그런 점을 높이 샀던 거니까. 재미없는 얘기는 이쯤에서 관두지. 모처럼 기분도 좋은데 망치고 싶지 않아. 요즘은 통 즐거운 일이 없었거든. 가볍게 기분전환 할 생각으로 들러본 것인데

오길 잘한 것 같아. 예상보다 더 즐거워졌어."

"무언가 고심하시는 일이라도 있으십니까?"

"국정에 관한 건 언제나 고심할 일뿐이지. 최근엔 받아야 할 중요한 연락이 있는데 소식이 오질 않는군. 마냥 기다리자니 초조해져서 말이야."

대공이 푸념조로 떠드는 이야기를 카리브디스는 묵묵히 들었다. 그는 늘 주어진 명령에만 따랐고, 그것에 의문을 가져본 적이 없었다. 하지만 그렇다고 해서 제국의 동향이라든가 정세에 무지한 것은 아니었다. 최근의 그가 기다릴 만한 연락이라면 황제에 대한 것이나 대비 중인 전쟁에 대한 것밖에 없는데, 왠지 그에 관계된 것 같지는 않았다. 그렇다면 마신전 쪽의 일일 것이다. 거기까지 생각하자 언젠가 황성에 들렀을 때의 일이 떠올랐다. 그때 대공은 한창 마신관들에게 노성을 터트리고 있던 중이었다. 그 문 앞에서 웨칸 공작을 만났었다.

"아, 그러고 보니 이사나가 클모어 공작과 합류한 것 같아."

"……!"

그 순간 들려온 말에 카리브디스는 상념에서 빠져나와 고개를 번쩍 들었다. 대공은 불쾌한 얼굴로 턱을 쓸었다.

"요즘 통 소식이 없기에 계획대로 되어 간다고 생각했는데 말이야. 이렇게 빨리 해결할 줄은 몰랐어. 덕분에 재미없어졌어. 꽤 심사숙고했던 건데 생각보다 약했나 봐."

"약하다니, 그게 무슨 말씀이십니까?"

"음? 아아, 클모어 공작에게 장난을 쳐 뒀다고 했잖아. 정신을 갉아먹는 저주를 썼거든."

"저주……라고 하셨습니까?"

"그래, 마신관의 저주였지. 쯧, 정화할 방법도 거의 없는 강력한 저주라고 해서 정말 기대했는데 말이야. 이럴 줄 알았으면 이사나를 몇 년 더 내버려 두는 건데 그랬어. 2, 3년 정도 더 시간을 뒀다면 클모어 공작을 완전히 폐인으로 만들 수 있었을 텐데."

아무렇지 않게 중얼거리는 내용이 참담해서 카리브디스는 가볍게 눈을 감았다. 어디서부터 어떻게 말을 꺼내야 할지 망설이다 그는 조심스럽게 운을 뗐다.

"……전하, 클모어 공작은 백성들 사이에서 평판이 좋은 데다 전 대륙에도 그 영향력이 적지 않은 자입니다. 그런 일이 세상에 알려지면 국제 정세에도 큰 타격이……."

"예상대로 고리타분한 답변이군. 이럴까 봐 그대에겐 말하고 싶지 않았던 거야."

"전하의 명예를 위해 드리는 말씀입니다."

"고작 공작 하나를 없앤다고 훼손될 명예라면 없는 셈 치는 게 더 나아. 그 점을 빌미로 맞서려는 자들이 있다면 그 또한 전부 없애버리면 그만이지. 국제 정세라고 했나? 이참에 전 대륙을 통일해 보는 것도 좋겠군. 내가 못 할 것 같아?"

"전하……!"

"그만. 오늘은 기분을 망치고 싶지 않다고 했잖아. 그대의 입바

른 소리는 따로 날을 잡아 듣도록 하지. 어쨌든 상황이 골치 아파
졌어. 조만간 그대를 찾을 일이 있을 테니 준비해 둬."

"……알겠습니다."

강제로 저항감을 삼키느라 대답이 느려졌다. 그것을 예민하게
알아챈 대공은 얼굴을 찌푸렸지만 굳이 흠을 잡진 않았다. 그 대
신 자신의 상한 기분도 노골적으로 드러냈다.

"유희가 너무 길었군. 이만 돌아가야겠어."

"황성까지 모시겠습니다."

"아니, 됐어. 돌아가는 길 내내 퉁한 표정으로 불만을 표시할
게 뻔한데, 그걸 보면서 가라고? 그냥 혼자 갈 테니 따라나서지
마."

"하지만……."

"자꾸 두말하게 만들 셈인가?"

날카로운 시선에 카리브디스는 다가서려던 걸음을 멈출 수밖에
없었다. 어정쩡한 자세로 굳어 있는 그를 다시금 경고하듯이 바라
본 후 대공은 그대로 몸을 돌렸다. 멀어지는 주군의 뒷모습을 카
리브디스는 복잡한 기분으로 바라보았다.

"자네가 지키고 싶은 건 전하의 살아 있는 몸뿐인가?"

지나간 회상 속에서 웨칸 공작이 물었다. 그 질문을 들은 이후
로 한동안 잠을 이루지 못했다. 이미 오랜 시간 그를 괴롭혀 왔던

상념이 다시 한 번 그에게 선택을 강요했다.

—지키고 싶은가?

언젠가 블레스터가 자신에게 물었던 말이 떠올랐다. 그 한마디를 상기하는 것과 동시에 그는 곧장 과거의 상황 속으로 끌려 들어갔다. 아직 어리고 무력하던 자신과, 그렇기에 지키지 못했던 연약한 뒷모습이. 그것은 죽어서도 잊을 수 없는 쓰디쓴 잔상이었다. 한동안 잊고 있었던 감정들까지 한꺼번에 솟구쳐 올랐다.

'그래, 지킬 것이다.'

그때도 했던 다짐을 카리브디스는 또다시 되새겼다.

—그것이 퇴색된 신념이라도?

음성이 다시 묻는다. 탐색하는 어조가 마치 그를 시험하려는 듯하다. 지금 블레스터는 잠잠하니 이것은 단지 자신의 마음이 만들어 낸 환청일 뿐이었다. 그는 굴하지 않았다.

'설령 그렇다 해도.'

어차피 그에겐 물러설 곳도, 안주할 장소도 없다. 일평생 오직 한 사람의 등만 바라보며 살자고, 그렇게 다짐하지 않았던가. 그러니 대공은 무너지지 않아야 한다. 그를 위해 살아가는 자신을 위해서라도.

카리브디스는 손잡이를 힘껏 움켜쥐었다. 그 손에 담긴 온기를 타고 검신에 박혀 있던 투명한 보석이 스산한 빛을 품었다. 아무도 알아보지 못한, 은밀하고 조용한 변화였다.

2.

클모어의 상황이 어느 정도 정비되자 전쟁도 본격적으로 시작됐다. 그 첫 상대는 바로 이웃한 영지인 루반과 아실란이었다. 그곳의 두 영주는 이미 몇 달 전부터 군사를 모아 클모어를 치려는 속내를 노골적으로 드러낸 바 있었다. 카웰 공작이 활동을 재개한 후에는 잠시 주춤거리는 듯했으나 뜻을 바꿀 생각은 없었는지 주둔하고 있던 라센 성 안에 숨어 그대로 방어진을 구축했다. 이쪽이 상황을 정비하느라 정신없는 동안 이미 식솔들까지 전부 챙겨 들어간 모양이었다. 위협을 놔둔 채 클모어를 비울 수도 없는 일이고, 황성으로 진격하려면 어차피 거쳐야 하는 곳이었기 때문에 전투는 불가피한 상황이었다.

이틀 전 투항을 권고하기 위한 선발대가 먼저 떠났지만 돌아온 것은 불복했다는 소식이었다. 라센 성이 요새라는 점을 활용하여 버티기에 들어간 것 같았다. 결국 그 다음날 이사나와 카웰 공작이 대규모의 군사를 이끌고 출정했다. 저택 안에만 있는 게 무료했던 나와 일행들도 함께하기로 했다.

"흐음, 저기가 라센 성이구나."

반나절에 가까운 시간을 소요하고 도착한 문제의 라센 성은 산을 깎아 만든 높은 지대 위에 세워져 있었다. 주위는 넓은 호수가 둘러싸고 있었고, 걸어서 접근할 수 있는 길은 보이지 않았다. 필요할 때만 성에서 다리를 내리는 구조인 것 같았다. 지금까지 아무도 뚫지 못했다고 알려진 명성답게 척 보기에도 공략하기 까다로운 위치였다.

성벽 위엔 화살을 장전한 병사들과 마법사들이 빼곡하게 서 있었다. 그 맞은편에서 무장한 군사들이 호수를 사이에 두고 대치하고 있는 중이었다. 앞서 도착해 있던 우리 측 선발대였다. 이사나의 행렬이 진영 앞에 이르자 선발대를 이끌던 지휘관이 서둘러 달려 나왔다.

"황제 폐하를 뵙습니다! 어서 오십시오, 공작 각하!"

"상황은?"

인사에 가볍게 화답한 카웰 공작이 말에서 내리며 물었다. 지휘관은 난처한 표정을 지었다.

"다섯 번째 투항을 권고했으나 전부 묵살했습니다."

"안에서 얼마나 버틸 수 있지?"

"라센 성은 평소에도 외부의 침입을 대비해 꽤 많은 식량을 보급해 두고 있습니다. 지난 가뭄으로 소진되긴 했겠지만 그래도 몇 달은 버텨낼 겁니다."

"너무 길군."

공작이 달갑지 않은 어조로 중얼거렸다. 어느 전투나 그렇겠지만 장기전이 되는 건 득보다 실이 더 크다. 앞으로 치러야 할 전투도 까마득한 상황이었다. 한 장소에서 시간을 너무 오래 끌면 체력이 떨어질 뿐만 아니라 군사들의 사기까지 저하될 우려가 있었다. 게다가 이런 지형에서는 외부에서 적이 몰려오기라도 하면 자칫 한가운데 고립될 가능성도 컸다. 카웰 공작은 굳은 얼굴로 라센 성을 노려보았다. 양 진영 사이에 흐르는 비장한 공기에 병사들이 긴장하는 것이 느껴졌다.

　"굉장하다, 물이 이렇게 많이 고여 있는 거 처음 봐. 저게 말로만 듣던 호수야?"

　심각한 분위기 속에서도 주시하는 부분이 남다른 사람은 있었다. 스왈트 제국풍의 드레스를 입은 소녀가 반짝이는 눈으로 호수를 바라보았다. 이사나의 반대를 물리치고 당당히 이번 일정에 합류한 알리사였다. 사막 국가 출신다운 소녀의 감상에 일행들은 웃음을 터트렸다.

　"그러고 보니 알폰프 제국엔 호수가 거의 없지?"

　"응, 난 바다도 본 적 없어."

　"그래? 그럴 줄 알았으면 엔딜의 집에 들렀을 때 근방을 좀 돌아볼 걸 그랬네. 바로 근처에 해안이 있었는데."

　"뭐? 그게 정말이야? 에이, 진작 말해 주지."

　"미안, 다음에 다시 가 보자."

　"그래도 돼?"

"그럼 당연하지. 금방 다녀올 수 있어. 라피스가 공간 이동 마법을 써줄 거야."

"……너 요즘 날 부려 먹는 걸 너무 당연하게 여긴다?"

황당해하는 라피스의 목소리를 한 귀로 듣고 흘리고 있는데 어디선가 날카로운 시선이 느껴졌다. 카웰 공작이었다. 옆에 서 있는 그의 가신들도 곱지 않은 눈길로 우리를 바라보고 있었다. 이런, 너무 대놓고 떠들었나? 노려보다시피 하는 강렬한 시선에 어색한 웃음을 지어 주자 그들은 더 못마땅한 표정을 지었다.

"정말 못 말리겠군. 이런 상황에서 태연하게 잡담이라니. 소풍이라도 나온 줄 아는 건가?"

"세상 물정 모르는 여자아이까지 데리고 온 걸 보십시오. 전쟁을 장난으로 여기는 것도 아니고."

노려보는 사람들 사이에서 저들끼리 수군거리는 소리가 울렸다. 들키지 않기 위해 목소리를 한껏 낮춘 상태였지만, 나나 일행들(알리사를 제외하고)이나 평범한 청력은 아니었기 때문에 훤히 들렸다.

"아무튼 용병들이란."

혀를 차며 떠드는 말에 나는 씁쓸히 웃었다.

카웰 공작과 그 측근의 사람들은 우리를 자유 용병이라고만 알고 있었다. 전말을 아는 사람들과 정체를 밝히지 않기로 말을 맞춰 두었기 때문이다. 처음부터 유희에 가깝게 시작한 여정이기도 했고, 정령왕으로 나설 필요가 있는 것도 아닌데 굳이 정체를 드러내 쓸데없이 시선을 끌고 싶지 않았다. 어차피 시벨리우스만 제외하면 겉모습은 다들 인간인지라 말하지만 않으면 들통 날 우려는 없었다. 데르온이 지니고 있는 마족적인 특징도 일반인이 구분할 수 있을 정도는 아니었다. 덕분에 우리들은 공작 저에 들어온 이후로 내내 평범한 생활을 영위하고 있었다. 하지만 지금과 같은 쓸데없는 충돌이 생기기도 했다.

공작 측 사람들은 우리 일행을 별로 달갑게 여기지 않았다. 용병이란 직업인에 대한 인식이 좋지 않은 것도 이유였지만, 가장 큰 이유는 우리가 이사나를 너무 스스럼없이 대하기 때문이었다. 존대하지도 않고 폐하라고 칭하지도 않는다. 그들의 입장에선 하늘 같은 황제에게 함부로 구는 것처럼 보일 테니 도와준 공헌이 아무리 커도 좋게 보일 리가 없었다. 이사나가 관여하지 말라고 말을 해 두긴 했으나 불만을 감출 수는 없는지 가는 곳마다 수군거림이 따라붙었다.

딱히 위협이 되는 것도 아니고, 무시하면 그만인 부분이라 신경 쓰일 정도는 아니긴 했다. 하지만 매번 안 좋은 소리를 듣는 게 달갑지는 않았다. 어떻게 할까 고심하다가 나는 일부러 수군거리는 쪽을 빤히 쳐다보았다. 그러자 시선을 느낀 사람들이 바로 몸을 움찔했다. 조마조마하게 돌아보는 얼굴에 설마 하는 표정이 떠올라 있었다. 나는 그들에게 빙긋 웃어 준 다음 보란 듯이 귀를 가리켰다. 뒷담에 가담한 사람들의 얼굴이 단숨에 창백해지는 순간이었다.

"이 정도 거리도 들린다는 걸 알았으니 이제 더 멀리서 수군거리겠네."

합죽이처럼 입을 꾹 다문 사람들을 보며 시벨리우스가 가볍게 웃었다. 내가 보기에도 그들이 '험담을 하지 않는다'는 선택지를 고르지는 않을 것 같았다. 저렇게 불만이 많으면서도 대놓고 시비를 걸어오지는 않는다는 게 재밌기도 했다.

속을 알 수 없는 사람은 오히려 카웰 공작이었다. 첫 만남이 워낙 강렬했던 탓인지, 우리만 보면 가시를 세우는 측근들과는 다르게 그는 상당히 신중한 태도를 취하고 있었다. 만난 경위를 캐묻거나 뒷조사를 하려고 하지도 않았다. 지금만 해도 잠시 바라보기만 했을 뿐 금세 고개를 돌린 상태였다.

다만 그는 때때로 나를 묘한 시선으로 응시할 때가 있었다. 당시 눈에 띄게 활약한 쪽은 라피스나 시벨리우스였을 텐데, 유독 나를 주시하는 게 조금 꺼림칙하긴 했다.

"내게 제압당한 충격이 그렇게 컸나?"

공작을 결박한 과정은 힘과 힘의 충돌에 가까웠다. 소드 마스터를 힘으로 이기는 경우는 흔치 않으니 공작의 입장에선 그게 제일 당황스러웠을지도 모르겠다. 실제로 다른 일행에 대해서는 일언반구 없던 공작이 나에 관해서만은 뭐 하는 사람인지 이사나에게 물어봤다고 했다.

여담이지만 그때 당황한 이사나가 물의 정령사라고 대답해 버리는 바람에 나는 본의 아니게 정령사가 됐다. 공작을 결박할 때 내가 물을 썼던 것을 지나치게 의식한 결과였다. 정작 장본인인 공작은 자신을 묶은 것이 뭔지도 몰랐지만(뒤로 묶었으니 당연하다). 어쨌든 그 말을 듣고 나서도 썩 납득한 기색은 아니었다고 들었다.

"그것도 있겠지만, 그런 이유 때문만은 아닐걸."

의문에 빠져 있는 내게 라피스가 중얼거리듯이 말했다.

"그럼 무슨 이유인데?"

"너와 이사나의 관계를 주시하는 거겠지."

"나랑 이사나의 관계? ……혹시 우리들의 진짜 관계를 눈치챈 건가? 이사나 쪽이 정령사라는 걸 알아봤다거나?"

우습게도 내가 정령사가 되는 바람에 진짜 정령사인 이사나는 오히려 자신의 능력을 밝히지 못하게 됐다. 그렇지 않아도 상급 정령사는 드문 편이고, 그중에서도 물의 정령사는 특히 더 귀하다. 이미 페리스도 있는데 거기에 두 명이나 더해진다고 하면 누가 봐도 부자연스러워 보일 거란 판단에 한동안 이사나 쪽은 함구하기로 한 것이다. 하지만 소드 마스터는 일반인보다 감각이 몇 배나 발달한 사람이니 이사나가 말하지 않은 사실을 알아봤을지도 몰랐다. 거기까지 파악했다면 내가 정령왕이란 것을 유추해 내는 것도 전혀 불가능한 일은 아니었다. 그렇게 생각이 모아지려는데 라피스가 고개를 저었다.

"그건 아냐. 정령사는 자연과의 친화력이 강한 것뿐이라서 같은 정령사가 아닌 이상 알아보기 쉽지 않아. 감이 좋아 봤자 그저 조금 독특한 느낌이 풍긴다는 정도겠지."

"그럼 대체 뭐지?"

"……정말 모르는 거야, 아니면 현실 도피를 하는 거야?"

"뭘?"

영문을 알 수가 없어서 눈을 깜빡거리자 라피스는 한심하다는 시선을 보내왔다. 왠지 다른 일행들의 표정도 떨떠름해진 것 같았다.

"너랑 이사나, 비슷한 연령대 아냐?"

"겉모습은 그렇지."

"너 이사나랑 항상 붙어 다니지? 이사나의 기사들은 너한테 극존칭을 쓰고. 아마 여기 있는 일행들 중에서 널 가장 극진하게 대할 거다."

"그야 그 사람들은 내 정체를 아니까."

"그래, 그러니까 생각을 좀 해 보지? 이런 상황에서 네가 정령왕인 걸 모르는 사람들이 봤을 때 말이야. 너랑 이사나의 모습이 남한테 어떻게 보일지, 한 번도 의식해 본 적이 없어?"

"어떻게라니……. 동갑내기 친구나 형제?"

그거 외에 또 뭐가 있겠나 싶어 되묻자 라피스가 가볍게 한숨을 내쉬었다.

"너 쟤들한테 네가 남자라는 말은 했어?"

"누가 일부러 자기 성별을 일일이 말하고 다녀?"

"……그래. 그런 식으로 현실 도피하고 싶어 하는 기분은 알겠는데. 나중에 귀찮아지고 싶지 않으면 제대로 명시해 두는 게 좋을걸. 여기 있는 놈들 중 태반은 널 여자라고 알고 있을 테니까."

"컥, 뭐?"

"그리고 붙어 다니는 남녀를 보면 떠오르는 관계는 하나뿐이지."

"……!"

일순 머릿속이 차갑게 식었다. 아, 그래. 그러니까 내가 여자인 줄 알았단 말이지. 그래서 이사나와 내가 한창 좋을 때의 청춘으로 보였고? 유난히 붙어 다니니까 그렇고 그런 사이일 것이라 여겼다……그런 건가? 아하하, 말도 안 돼. 설마 그럴 리가!

"농담이지?"

"농담 같냐?"

식겁해서 돌아보니 눈이 마주치는 일행들마다 안쓰러운 표정을 지었다. 심지어 알리사는 부럽다는 시선을 보내와서 나를 심란하게 만들었다. 나는 진심으로 우울해져서 라피스를 뚫어지게 쳐다보았다. 경국지색이라는 단어에 빗대자면 나라라는 나라는 죄다 말아먹고도 남을, 미의 화신이라 불러도 손색없는 외모의 소유자가 내 시선을 느끼고 시큰둥한 반응을 보였다.

"왜."

"왜지? 얼굴은 네가 더 화려하게 생겼는데! 왜 넌 이런 오해를 안 받는 거지?"

"난 여자 얼굴은 아니거든."

"……단번에 정곡을 찌르기냐."

"뭘 새삼 충격을 받아? 네 정체성이 남성인 거지, 얼굴이 여자 같다는 점은 스스로도 인정하는 부분일 거 아냐. 몰랐으면 제대로 알려줘? 야, 퍼런 엘프. 너 솔직히 말해. 엘 저 녀석 처음에 봤을 때 남자로 보였냐, 여자로 보였냐?"

"퍼런 엘프라고 하지 말라고! 게다가 나한테 왜 그런 걸 물어보는데?"

갑자기 자신에게 불똥이 튀자 시벨리우스가 펄쩍 뛰었다. 라피스는 이번에도 아무렇지 않게 정곡을 찔렀다.

"넌 틀림없이 여자로 봤을 것 같아서."

"사람을 어떻게 보고!"

"아하, 아니시다? 신의 이름으로 맹세할 수 있어?"

"아, 아니, 누가 아니래? 물론 그렇긴 했지만! 그래도 그건 외모만이 아니라 향기의 영향도 있었거든! 아니, 그렇다고 엘한테서 여자 향기가 난다는 말은 아니고!"

"들었지?"

"……현실을 직시하게 해줘서 참 고오맙다."

"천만에."

저걸 확 그냥 호수에 처박아 버릴까. 얄밉게 히죽거리는 얼굴을 보니 속에서 열불이 터졌다. 심각한 전투를 앞둔 상황만 아니었다면 무조건 저질렀을 거다. 차마 사람들 앞에서 소란을 피울 수는 없어서 이만 부득부득 갈고 있는데 무뚝뚝한 음성이 끼어들었다.

"여자 얼굴인 게 뭐 어떻습니까. 엘 님처럼 강한 분이 여성의 얼굴을 갖고 있으면 상대방의 방심을 유도할 수 있으니 오히려 좋은 거 아닙니까?"

담담한 발언의 주인공은 데르온이었다. 그는 태어날 주군에게 전쟁을 보여줘야 한다면서 부득불 알을 끌어안고 다니는 상태였다. 엉뚱한 말을 자주 하긴 하지만 그의 그런 면에 위로를 받은 적도 많았기 때문에 나는 내심 기대하며 물었다.

"그건 타인의 호감을 쉽게 얻을 수 있다는 뜻인가요?"

"뭐, 그런 부분도 있긴 하죠. 하지만 무엇보다 이득인 점은 전투할 때입니다."

"전투?"

"만만히 보고 다가온 녀석의 배를 뚫어 주고 경악으로 일그러지는 얼굴을 구경할 수 있죠."

"……."

"그거 아무나 구경 못 하는 겁니다."

"……."

"그립군요. 어릴 땐 저한테도 그런 경험을 할 기회가 많았거든요. 성장한 이후로는 도통 상대가 방심을 하지 않아서 짓밟는 재미가 좀 떨어지더군요."

이 영양가 없는 대화를 얼른 끝내야겠다. 회상에 빠진 듯 눈빛이 그윽해진 데르온을 보며 나는 바로 결론을 내렸다. 아무래도 이 일행 중에 멀쩡한 사람은 아무도 없는 모양이다. 새삼 내 팔자에 회의감이 밀려들었다.

3.

전투가 전개된 후에도 상황은 며칠간 대치 상태에서 별반 나아
가지 못했다. 일단 호수 때문에 가까이 접근할 수 없다는 점이 가
장 큰 원인이었다. 고인 물이라 유속은 없었지만 헤엄쳐서 가기엔
거리가 다소 있는 데다 물이 너무 깊어 위험했다. 심지어 악어를
비롯해서 사나운 물고기들까지 풀어둔 상태라 맨몸으로 들어가는
건 죽으러 가는 거나 다름없었다. 뗏목을 준비하긴 했으나 일정
간격에 다다르기만 하면 요새로부터 날아드는 공격이 너무 심해져
더 접근할 엄두도 낼 수 없었다.

이에 대비해 카웰 공작 측에선 뗏목 위에 방패처럼 단단한 덮개
를 만들기도 하고 환상 마법이나 안개를 뿌려 시야를 가리는 등,
여러 가지 방법을 고안했다. 한밤중에 은밀한 작전이 개시될 때도
있었다. 그러나 다양한 전략에도 불구하고 시도하는 것마다 전부
큰 성과를 거두진 못했다. 덮개는 화살을 대응하기엔 쓸 만했지
만 포탄까지 막아내진 못했고, 몰래 잠입하는 건 어떤 방법을 써
도 일정 거리에만 들어가면 귀신같이 발각됐다. 라피스의 말에 의
하면 고위 마법 중에 적외선 감지처럼 사람의 생체 반응을 탐지하
는 마법이 있다고 했다. 아무래도 그들 쪽에 꽤 유능한 마법사가

있는 것 같았다. 거기까진 파악하지 못한 정보였는지 공작 측 수뇌부들의 표정이 어두웠다.

공격을 받지 않는 부근에서 유일하게 시도할 수 있는 건 포탄과 정령술뿐이었다. 하지만 이 경우엔 요새에 설치되어 있다는 결계, 마법 방어진이 문제가 됐다. 방어진은 마법만이 아니라 외부로부터 다가오는 모든 무형의 힘—보다 정확히 말하면 가공된 마나를 차단하는 벽인데, 이곳에서는 엄연히 실체가 있음에도 포탄 또한 그 대상에 들어갔다. 마법사와 연금술사들이 제작하는, 화약이라기보다는 마력을 응축한 형태에 더 가까웠기 때문이다. 정령 또한 소환되면 계약자의 마나를 쓰는 것이라 방어진에 막히긴 마찬가지였다.

심지어 이 방어진엔 신성력과 소드 마스터의 오라(aura)까지 통하지 않는다고 했다. 덕분에 이쪽의 가장 큰 전력(겉으로는)인 카웰 공작마저 이렇다 할 활약을 하지 못했다. 소드 마스터가 일당 수백에서 천 명의 역할도 할 수 있는 대형 병기임에는 틀림없지만, 오라 없이 맨몸으로 성벽이나 철문을 부술 정도는 아니었다. 결국 요새의 결계가 이곳의 모든 공격력을 묶어두는 역할을 하는 셈이었다. 두 영주가 항복하지 않고 자신만만하게 버티기에 들어간 이유를 알 것 같았다.

상황이 이렇다 보니 우리 측 수뇌부들은 우선 방어진을 깨는 쪽에 집중했다. 그들은 아슬아슬한 지점까지 뗏목을 몰고 나가 포탄을 쏘도록 지시했다. 두드리다 보면 강철도 깨지는 것처럼 언젠가 버티지 못하게 될 때를 노리는 것이다. 하지만 당장은 그다지 큰 효과를 보이는 것 같진 않았다.

"마법 방어진이라는 게 그렇게 깨기 힘들어?"

시간이 지나도 좀처럼 진전이 없는 공방을 지켜보다 나는 라피스에게 물었다. 라피스는 가볍게 어깨를 으쓱였다.

"누가 만드느냐에 따라 다르지. 하지만 애초에 결계라는 것 자체가 아무나 만들 수 있는 건 아냐. 저 정도 규모의 마법진이면 한 명이 했을 리도 없고. 고위 마법사 여러 명이 몇 년에 걸쳐 만들었을 텐데 쉽게 깨지진 않을걸."

"흐음. 네가 보기엔 얼마나 걸릴 것 같아?"

"글쎄, 중하급 마법사의 화력 정도 되는 것 같은데. 저 속도면 일주일쯤? 안에서 방어진을 보완하기 시작하면 그만큼 더 길어지겠지."

"······그건 그냥 안 뚫린다는 소리잖아."

애초에 지금은 총력을 가하기 위해 포탄을 아낌없이 쓰는 중이었다. 이런 상태를 일주일이나 지속하는 건 현실적으로 불가능했다. 들어가는 수고는 말할 것도 없고, 포탄의 값이 비싼 편이라 재정부터 휘청거릴 것이다.

"보기보다 꽤 정교한 결계야. 보아하니 인간을 대상으로 만든 건 아닌 것 같아."

"인간이 아니면?"

"드래곤이지 뭐겠어."

"드래곤?"

"가끔 그런 종자들이 있더라고. 언젠가 드래곤이 쳐들어올지도 모른다는 망상을 하는 것 같아. 그럴 때를 대비해서 만들어 두는 거지."

"그럼 네 힘으로도 못 깨?"

놀라서 물었더니 그는 입술 끝을 삐뚜름히 올렸다.

"그걸 말이라고 하냐? 당연히 깨지."

"그, 그래?"

"너 자꾸 날 어중이떠중이들과 똑같이 취급하려는 경향이 있는데 말이야. 드래곤이라고 다 똑같은 드래곤이 아니거든? 내가 고작 인간이 만든 방어진 따위를 못 깰 것 같냐?"

"아, 그러셔. 하긴, 넌 나를 가두는 결계를 만들었을 정도니까. 저 정도는 당연히 우스우시겠지."

"잘 아네."

"이럴 땐 사과를 해야 하는 거거든? 내가 그때 얼마나 고생했는지 알아?"

"피해는 내가 더 컸어. 그거 만드느라 들어간 재료비만 얼마였는데. 몸도 마음도 전부 엉망진창이 됐었다고."

애초에 안 가두면 되는 거였잖아!

이런 걸 두고 적반하장이라고 하는 거겠지. 계속 입씨름하는 것도 지쳐서 나는 영혼 없이 쳐다봐 주는 것으로 대충 상황을 넘겼다. 그래도 다른 일행들이 함께 그를 노려봐 줘서 조금은 위안이 됐다. 나와 그의 엽기적인 만남에 대해 말해 준 적은 없지만, 주고받는 대화만으로도 내가 입은 피해가 더 극심했다는 사실이 전해진 모양이다.

"아무튼 드래곤 대응 방어진이라니, 골치 아프게 됐네."

이래서야 상황이 안타까워도 대놓고 해결해 주긴 틀렸다. 강제로 깨트리는 순간 스스로 인간이 아니라는 사실을 드러내는 셈이었으니까.

게다가 내 경우엔 보다 근본적인 문제가 있었다. 일반 정령과는 달리 정령왕은 계약자의 마나에 전적으로 의지하지 않는다. 아예안 쓰는 건 아니지만 사용량이 희박할 정도로 적은 편이라 거의 순수한 본인의 힘이나 다름없었다. 정령왕의 힘은 자연 그 자체이기 때문에 방어진에도 걸리지 않을 것이다. 이렇게 말하면 장점 같긴 한데, 지금 같은 경우엔 생각지 못한 부작용이 생겼다. 방어진의 영향을 받지 않으니 반대로 깨트리는 것도 못하는 것이다. 아마 나한테는 대부분의 마법 결계가 이런 식일 거다.

……이렇게 말하고 보니 새삼 라피스가 굉장하긴 했다. 저 녀석은 대체 무슨 수로 날 가뒀던 거야? 자칭 천재라는 녀석이 틀을짜는 데만 몇 년이 걸렸다고 엄청나게 강조하더니. 정말 작정하고 만든 결계이긴 했나 보다.

그사이 포탄이 다 떨어졌는지 작전에 투입된 병사들이 뗏목을물리고 돌아왔다. 굳어 있는 그들의 표정만큼이나 지휘관들의 얼굴도 어두웠다.

"소용없습니다. 영향을 거의 받지 않습니다. 이대로는 아까운 포탄을 낭비하는 것밖에 되지 않습니다."

"어렵군요. 일단 가까이 접근할 수만 있다면 다른 방법을 고안할 수 있을 텐데 말입니다."

"저들의 탐지 마법을 무효화시킬 방법은 없겠습니까? 하다못해 다른 쪽으로 유도를 한다든가."

"새를 잡아다 날려서 시선을 분산시켜 볼까요?"

"수백 마리는 되어야 할 텐데 그걸 언제 다 잡아옵니까? 게다가 탐지 마법은 섬세한 마법입니다. 새와 사람의 생명 반응 정도는 구분할 수 있어요."

"그렇다면 생명이 아닌 건?"

그때 생각에 잠겨 있던 이사나가 차분하게 입을 열었다. 옆에 있던 카웰 공작이 그 말에 관심을 보였다.

"생명이 아니라 하심은?"

"저들이 감지할 수 없는 것을 활용해 보자는 겁니다. 빈 배에 가연(可燃) 물질을 실어 돌진하게 하는 건 어떻습니까? 새벽 시간대를 노리면 한동안 소란을 일으킬 순 있을 것 같은데요."

"좋은 방법이긴 합니다만, 조종하는 사람이 없이 돌진을 어떻게……?"

"페리스, 정령술로 유속을 만들 수 있을까?"

이사나의 질문에 사람들이 전부 페리스를 주목했다. 사방에서 쏟아져 들어오는 시선에 그는 난처한 표정을 지었다.

"배를 움직이는 걸 원하시는 거라면 그 자체는 가능하긴 합니다만."

"가능하다고요!"

"네, 하지만 시선을 효율적으로 분산시키려면 배를 여러 군데 배치하시겠지요. 그렇게 되면 범위가 넓어지니 그리 강한 유속은 만들지 못합니다. 바람을 같이 쓰면 좀 더 빨라지긴 하겠지만 그래도 직접 노를 젓는 것보다는 느릴 겁니다. 무엇보다 그 상태를 그리 오래 유지하지도 못합니다. 부끄럽지만, 아직 제가 상급 정령이 쓰는 힘을 오래 유지할수 있을 정도로 마나가 충분하지 않아서요."

"그럼 얼마나 버틸 수 있겠소?"

"길어봤자 7분 정도일 겁니다."

"7분이라. 너무 짧군."

큰 호수라서 노를 저어도 30분은 걸리는 거리였다. 적당한 거리까지는 사람들의 힘으로 끌어가더라도, 느리다는 점을 감안하면 적어도 20분 정도는 유지할 수 있어야 했다. 카웰 공작이 심각한 얼굴로 중얼거렸다.

"다른 쪽 물의 정령사가 이어간다 해도 페리스 그대보다 더 빠르게 하진 못하겠지."

"네? 아, 네. 뭐, 그거야……."

여기서 다른 물의 정령사가 나를 가리킨다는 사실을 아는 페리스는 웃지도 울지도 못할 어색한 표정을 지었다. 사람들은 그것을 긍정의 뜻으로 받아들인 듯했다. 짧은 희망으로 화색이 돌던 사람들의 얼굴에 다시 근심이 서렸다. 몰래 지켜보던 내 기분 역시 착잡해지기는 마찬가지였다.

내가 나서기만 하면 얼마든지 쉽게 해결할 수 있는 일이다. 단지 정체를 드러내는 게 귀찮다는 이유만으로 곤란한 상황을 모른 척 방관한다는 것이 내심 양심을 괴롭게 만들었다. 아무도 내 정체를 모른다면 모를까, 이사나와 친위 기사단이 지켜보고 있는 만큼 더 신경 쓰였다. 설령 그들이 괜찮다고 해도 내가 괜찮지 않을 것 같았다.

"그렇게 마음에 걸리면 네가 몰래 들어가서 성벽에 있는 놈들을 전부 다 해치워. 그러면 되는 거 아니야?"

라피스는 남의 고민을 아무렇지 않게 넘겼다. 나는 얼굴을 찌푸렸다.

"갑자기 조용해져서 들어가 봤더니 이미 다 죽어 있었다고? 그건 너무 대놓고 수상하잖아."

"그게 뭐 어때서. 어차피 그 정도로는 모든 상황을 파악하진 못해. 그냥 신의 가호가 임했다고 여기고 기뻐하겠지."

"……그래도 그건 싫어."

"왜? 신한테 공로를 빼앗기는 것 같아서? 그런 점은 트로웰이랑 똑같군. 너도 정령왕이라 이거냐."

사실은 아직 직접 사람을 해치기엔 내 정신력이 강하지 않다는 이유가 더 크다. 놀림을 당할 게 분명하니 그런 사실을 솔직하게 털어놓을 순 없었지만.

"아무튼 그건 싫어. 다른 방법은 없을까?"

"굳이 돌아가겠다면야. 저쪽 애들이 전의를 상실하게 만들면 되겠네."

"좀 진지하게 대답할 수 없어?"

"진지하게 대답한 거거든? 이쪽이 안 다치고 전쟁을 끝내고 싶은데 저쪽을 죽이기도 싫다면 쟤들이 투항하는 수밖에 더 있냐?"

"그러니까 지금 그 방법을 고민하는 거잖아! 천지개벽이 일어나는 것도 아닌데 갑자기 누가 투항을 하냐!"

"그럼 일어나면 되는 거 아니야?"

발끈해서 대꾸하는 순간 낭랑한 소녀의 목소리가 울렸다. 호기심 어린 표정을 짓고 있는 알리사였다.

"어?"

"그 천지개벽 말이야. ······안 되나?"

"······."

머릿속을 스치는 생각에 나는 알리사의 얼굴을 뚫어지게 바라보았다. 알리사 역시 시선을 피하지 않고 초롱초롱한 눈으로 나를 쳐다보고 있었다. 대화가 오가지도 않았는데 수많은 의견을 교환한 것 같은 기분이 들었다.

"엘?"

갑자기 말이 없어진 나를 일행들이 어리둥절한 얼굴로 바라보았다. 나는 그 시선들에 반응하지 않은 채 라센 성을 돌아보았다.

"저 방어진. 외부의 힘을 차단하는 거랬지?"

"뭔가 좋은 생각이 떠올랐나 보네?"

라피스가 피식 웃으며 물었다. 흥미를 담은 붉은 눈동자를 마주한 채 나 또한 가볍게 웃었다.

"내부의 힘엔 어떻게 반응할지 궁금하지 않아?"

4.

"자네에게 좋은 생각이 있다고?"

카웰 공작이 불신을 담은 시선으로 눈앞에 서 있는 사람을 바라보았다. 이사나는 물론, 그 자리에 함께 있는 사람들 또한 그 사람을 응시하고 있는 중이었다. 그들 대다수가 평생 동안 몸을 단련한 무인들이었다. 그렇지 않아도 위압적인 체구를 지닌 자들이 무장까지 한 채 뚫어지게 쳐다보고 있으니 그 앞에 홀로 서 있는 이의 모습은 상대적으로 작아 보였다. 사실 실제로도 작았다. 아직 성인도 되지 않은 여자아이였으니까.

"네. 저기, 그게…… 그러니까……."

모두의 앞에 서서 입술을 깨물고 있는 사람은 바로 알리사였다. 그녀가 원망스러운 얼굴로 나를 힐끔거리는 것이 느껴졌다. 싫다는 것을 어르고 달래서 나서게 한 참이니 그럴 만도 했다.

어색하게 웃어 주자 그녀의 눈빛이 더 살벌해졌다. 끝나면 두고 보자는 의지가 선명하게 전해져서 식은땀이 저절로 흘렀다. 즐겁지 않은 일을 억지로 시킨 만큼 한동안 싫은 소리를 듣는 건 각오했던 바다. 하지만 이 일로 두고두고 원망을 사더라도 여기서 사람들 눈에 띄는 건 사양하고 싶었다. 덕분에 이 계획의 또 다른 주축 일원이기도 한 알리사가 대신 전면에 나서게 된 것이다.

"자네는 아직 약관도 넘기지 못한 나이 아닌가? 작고 어린 소녀의 몸으로 뭘 할 수 있다는 거지?"

다행스럽게도 공작의 고압적인 태도가 그녀의 투지를 불러일으켰다. 내키지 않은 표정이 역력하던 알리사가 그 말에 바로 태도를 바꾸고 정색했다.

"방안을 마련하는 데 나이와 성별은 상관없잖아요? 겉면으로 사람을 판단하려 하시다니, 공작님은 지난 일을 전혀 반성하지 않는 분이시군요?"

"그게 무슨 뜻이지?"

"저주에 걸렸을 때를 상기해 보세요. 공작님의 눈으로 내린 판단이 맞았던가요?"

"그건 저주에 걸렸기 때문……."

"아뇨! 공작님이 평소에 다른 사람의 의견을 듣지 않는 분이시기 때문이죠! 스스로의 판단을 숙고할 줄 아는 분이었다면 저주에 걸려 이지가 흐려졌더라도 그렇게 확고하게 자신의 생각만 믿진 않았을 거예요!"

박력 있는 답변에 공작과 그 가신들은 한 대 얻어맞은 얼굴을 했고, 이사나의 친위대들은 감탄한 표정을 지었다.

"지, 지금 공작님께 감히 무슨 말을……!"

"그래서, 알리사. 네가 생각한 방법이란 게 뭔지 말해 줄래?"

뒤늦게 정신을 차린 공작의 가신들이 나서려고 하는 것을 이사나가 자연스럽게 끊어냈다. 그들은 불만스러운 표정을 지었지만 상대가 황제이다 보니 아무 말도 하지 못하고 입을 다물었다. 부드럽게 웃는 이사나의 얼굴을 마주하자 알리사도 기분이 나아졌는지 표정이 밝아졌다.

"응! 그건 말이지……!"

이후 알리사는 준비한 계획을 열심히 설명했다. 그 결과, 지금 나와 알리사는 모두의 시선을 받으며 호수 앞에 나와 있는 상태였다.

이번 계획을 실행하는 인원은 나와 그녀, 단 두 명이었다. 누가 봐도 무모해 보일 수밖에 없는 일이 성사된 것엔 이사나와 친위대 기사들의 역할이 컸다. 그들이 공작 측 사람들의 반대를 물리치고 밀어붙였기 때문이다(이때 다들 나를 의미심장한 시선으로 바라봐서 아주 곤란했다). 카웰 공작의 경우엔 마뜩잖은 표정을 지었지만 반대하지는 않았다. 뭐든 좋으니 해 볼 테면 해 보라는 식인 것 같았다.

"거참, 아무리 정령사들이라지만. 고작 두 사람이서 무슨 일을 할 수 있다는 건지."

"폐하께서 허락하셨으니 지켜나 보죠. 자신만만하게 설명하던데 어디 얼마나 대단할지 궁금하군요."

"겁먹은 채 돌아와 병사들의 사기를 꺾지나 않으면 다행일 겁니다."

계획을 들었을 때부터 정색하고 반대하던 공작의 가신들은 불만스러운 얼굴로 수군거렸다. 나는 그들이 떠드는 소리를 한 귀로 듣고 흘리면서 라피스의 마나를 빌려 시큐엘 하나를 형상화시켰다. 마음 같아선 두 마리를 부르고 싶었지만 평범한 상급 정령사는 하나의 상급 정령밖에 두지 못하니 아쉬움을 눌러 참아야 했다. 다행히 시큐엘의 거대한 덩치는 성인 두 사람을 태워도 끄떡없을 만큼 넉넉했다. 나는 시큐엘의 등에 먼저 올라탄 다음 알리사를 앞에 태우는 것으로 모든 준비를 끝마쳤다.

"준비됐어, 알리사?"

"응!"

"좋아, 그럼 출발한다. 최대한 빠르게 달려, 시큐엘!"

—예, 알겠습니다!

힘차게 대답한 시큐엘이 단숨에 호숫가로 달려들었다. 그러자 지켜보던 사람들 사이에서 헛숨이 터져 나왔다. 물에 빠질 거라고 생각한 모양이다. 하지만 그들의 우려와는 반대로 우리를 태운 시큐엘은 그대로 물 위를 달려 나갔다.

슬쩍 뒤를 돌아보니 얼빠진 얼굴을 한 사람들의 모습이 보였다. 설마 이런 식으로 호수를 건널 수 있을 거라곤 상상도 해 보지 못한 것 같았다. 정령, 특히 물의 정령에 대해서는 정보가 알려진 것이 거의 없으니 그럴 만도 했다.

빠르게 달려가자 요새에서 바로 공격이 시작됐다. 그들 쪽에서도 당황했는지 허둥거리는 움직임이 선명하게 느껴졌다. 하지만 화살이 날아드는 속도보다 시큐엘이 피하면서 달리는 속도가 더 빨랐다. 그럼에도 날아오는 화살은 내가 눈치껏 쳐냈다. 인간보다 뛰어난 반사 신경과 동체신경이 빛을 발휘하는 순간이었다.

처음엔 몇 개 되지 않던 화살은 우리가 가까이 다가갈수록 점차 불어나더니, 끝자락에 다다랐을 땐 말 그대로 비처럼 쏟아질 지경이 되었다. 중간 중간 떨어지는 포탄 때문에 몇 번 물벼락도 맞았다. 타고 가는 것이 시큐엘이라 망정이지, 평범한 뗏목이었다면 물이 출렁거리는 압력만으로도 이미 여러 번 뒤집혔을 것이다. 물론 그 경우엔 처음부터 포탄을 피할 수도 없었겠지만 말이다.

어쨌거나 우리는 순식간에 호수를 건넜다. 노를 저어도 30분은 걸린다는 거리가 시큐엘을 타고 전속력으로 달리니 5분도 채 걸리지 않았다. 도착한 후에는 하늘에서의 공격이 뚝 끊겼지만(사각지대라 공격하고 싶어도 못할 것이다) 살기는 여전히 느껴지고 있었다.

"휴우, 생각보다 더 굉장하네. 고작 두 사람 넘어오는 걸로 이렇게 화살을 쏴대다니. 어지간한 사람은 절대 못 넘어오겠는데?"

"주, 죽는 줄 알았어."

졸지에 화살 비를 통과해야 했던 알리사는 시큐엘의 털을 꼭 붙잡은 채 부들부들 떨었다. 내가 함께 있어도 무섭긴 했던 모양이다. 나는 그녀의 머리를 쓰다듬어 준 다음 위를 올려다보았다. 까마득한 성벽 위에서는 한창 병사들이 웅성거리는 중이었다. 우리가 호수를 건너는 것을 막지 못한 탓인지 제법 날카로운 분위기가 느껴졌다.

우리 측 진영에도 소란이 일고 있기는 마찬가지였다. 호수 건너편에서 한창 우왕좌왕하고 있는 사람들의 모습이 보였다. 부드럽게 웃고 있는 이사나와 일행들, 그 옆에서 친위 기사들이 휘파람을 불며 손을 흔들고 있었다. 공작의 측근들 역시 뭐라고 소리치고 있기에 들어 봤다가 탄식이 절로 흘러나갔다.

"우리들, 진짜 신용이 없구나."

"왜?"

"다시 돌아와서 병사들을 하나씩 같은 방법으로 옮기라는데?"

"헐, 미친 거 아냐?"

경악하는 알리사의 표정에 피식 웃었다. 어차피 다음 일이 전개되면 저 사람들도 얌전히 입을 다물 것이 분명했다. 무엇보다 이번 계획에서 돋보일 존재는 내가 아니었으니까. 저 사람들이 그 사실을 깨닫기만 하면 된다.

"그럼 시작할까, 알리사?"

웃으며 건넨 말에 알리사가 비장한 얼굴로 고개를 끄덕였다. 나는 눈을 감고 천천히 주변에 기운을 집중했다. 요새 안으로 이어져 있는 수로, 그 너머로까지 구석구석 연결되어 있는 모든 물의 흐름이 느껴졌다. 그중에서 원하던 부분을 찾는 건 어렵지 않았다.

"여기, 이쪽이면 될 것 같아."

알맞은 위치를 짚어 주자 알리사는 심호흡을 한 다음 정신을 집중했다.

"멀든 소환!"

그녀의 부름에 바닥이 들썩이더니 순식간에 거대한 나무 하나가 불쑥 치솟아 올랐다. 소환되자마자 나를 발견한 멀든은 꾸불꾸불 줄기를 움직여 보였다. 나에게만 들리는 목소리가 정중하게 울렸다.

―물의 왕께 인사드립니다.

"어서와, 멀든."

가볍게 화답해 주자 멀든의 줄기가 더욱 빠르게 요동쳤다. 몹시 부끄러운 모양이었다. 나는 슬쩍 우리 진영 쪽을 바라보았다. 이쪽을 보라며 소리치고 있던 공작의 측근들이 멀든이 등장한 것을 보고 가만히 숨을 죽이고 있었다. 확실히 존재감만큼은 4대 정령들 중에서도 땅의 정령이 제일 크긴 한 것 같다.

클레이였다면 더 난리 났을 텐데. 나는 바위 거인의 형상을 하고 있는 땅의 상급 정령을 떠올리며 약간의 아쉬움을 삼켰다. 사실 클레이라면 더 재밌는 방식으로 이 상황을 해결할 수도 있을 것이다. 그냥 근처의 바위를 집어 들어 던지면 될 테니까. 타고난 힘 자체가 워낙 강한 편이라 그 정도는 계약자의 마나를 많이 쓰지도 않는다.

'뭐, 그래도 이번 계획엔 멀든도 적합하긴 하지.'

눈짓을 보내자 알리사가 본격적으로 나섰다. 그녀는 내가 아까 짚어 준 위치—가장 지반이 약한 부분을 짚으며 말했다.

"멀든, 여기 아래부터 성벽 쪽을 쭉 따라 뿌리를 뻗어줘."

콰드득! 쿠웅!

그녀의 부탁을 듣자마자 멀든은 바로 바닥에 뿌리를 뻗기 시작했다. 빠르게 빠져나가기 시작하는 마나로 인해 알리사의 얼굴이 한껏 찌푸려졌다. 나는 그녀가 버티기 쉽도록 몸에 기운을 불어넣어 주었다. 뿌리가 충분히 뻗기를 기다린 후 알리사는 바로 다음 지시를 내렸다.

"깊게 파고들어서, 큰 균열을 만들어!"

쿠궁! 쿠구구궁!

이번에도 멀든은 충실히 임무를 수행했다. 땅의 기운이 더 짙어졌고, 멀든의 뿌리가 마구 땅속을 휘젓기 시작했다. 그럴 때마다 성벽 쪽은 진동을 이기지 못하고 마구 요동쳤다. 그 위에 서 있는 사람들은 당연히 혼란에 빠진 상태였다.

"뭐, 뭐야!"

"땅이 흔들린다!"

"지진! 지진이다!"

위쪽에서 우왕좌왕하는 사람들의 비명 소리가 들려왔다. 그들의 입장에선 갑자기 천지가 개벽하는 기분일 것이다.

'지반을 무너트려 성벽을 허문다.'

이게 바로 나와 알리사가 세운 계획이었다. 건물이라는 것은 땅을 기반으로 세워지는 것이다. 아무리 단단하게 지어져도 지반이 무너지면 버티지 못한다. 마법 방어진은 외부의 힘을 막기만 할 뿐, 땅속까지 방어할 수 있는 건 아니다. 모두가 바깥의 공격에만 집중하고 있는 이 틈에 허를 찌르자는 생각이었다. 마침 땅의 정령은 이런 일에 활약하기에 가장 최적의 존재였다. 중급 정령이라곤 해도 지반 한 부분 정도는 망가트릴 수 있다. 다음으로 이어가는 부분은 내가 도우면 되니 딱히 문제가 생길 일은 없었다.

우르릉! 콰드드득!

오래 지나지 않아 안쪽에서부터 굵은 균열이 생겨났다. 나는 물을 끌어들여 압력을 더 강하게 받도록 했다. 덕분에 가속화되는 속도를 이기지 못한 바닥이 다른 쪽에도 마구 균열을 내기 시작했다. 그렇게 만들어진 균열은 빠른 속도로 성벽 전체로 뻗어 나갔다.

한번 무너진 균형은 도미노처럼 다른 부분까지 끌어내린다. 이젠 멀든이 굳이 건드리지 않아도 스스로 비틀어지는 중이었다. 내가 물을 끌어들인 덕분에 더 빠르게 진행되기도 했다.

성벽 위를 보니 조금 전까지만 해도 바글바글하던 사람들의 기척이 거의 느껴지지 않았다. 대다수 몸을 피한 듯했다. 성벽을 파괴하더라도 사람을 해치고 싶진 않았기에 내심 다행이다 싶었다.

그때쯤 알리사는 힘을 너무 많이 쓴 탓에 얼굴이 창백해져 있었다. 나는 그녀의 체력을 보충해준 다음 어깨를 가볍게 두드렸다.

"마지막이야, 알리사. 이제 마무리하자."

"응! ―멀든!"

그녀의 힘찬 신호에 지하를 장악하고 있던 멀든이 바로 응답했다. 한껏 파고들었던 뿌리를 일시에 회수한 것이다. 그만큼 빈 공간이 생기는 건 말하지 않아도 당연한 일이다. 그 순간, 아슬아슬하게 버티고 있던 지면이 한꺼번에 와르르 무너져 내렸다.

쿠구구웅! 쿠콰과과아앙!

더불어 까마득히 높던 성벽이 속절없이 허물어지기 시작했다. 사방에 울려 퍼지는 굉음과 함께 주변은 자욱한 흙먼지로 가득해졌다. 한 치 앞의 상황도 확인할 수 없을 정도였다.

이윽고 퍼져 있던 먼지가 가라앉으면서 시야가 환해지는 느낌이 들었다. 뿌옇던 하늘이 다시 본래의 색을 되찾을 때쯤 나는 결과를 확인할 수 있었다. 드높던 성벽 대부분이 눈앞에서 사라져 있었다. 남은 것은 처참하게 쌓여 있는 돌무더기의 잔해였다.

"해낸 거야?"

"응, 해냈어."

함께 같은 광경을 확인한 알리사가 지친 얼굴로 미소 지었다. 세워진 이래 단 한 번도 적의 침입을 허락한 적이 없는, 철옹성 같은 요새가 역사에서 막을 내리는 순간이었다.

제8화

1.

　이후의 상황은 상당히 싱겁게 진행됐다. 성벽이 무너진 충격이 컸는지 성 안의 병사들은 오랫동안 정신을 차리지 못했다. 덕분에 모든 공격이 멈췄고, 중간 지점에서 상황을 살피고 있던 우리 진영의 병사들이 본격적으로 밀고 들어오기 시작했다. 그들 중 가장 먼저 당도한 사람은 카웰 공작이었다. 그는 페리스의 도움을 받아 우리와 같은 방식으로 호수를 건너왔다.

　그걸로 끝이었다. 무너진 건물의 잔해 사이에서 혼비백산하던 상대 병사들은 카웰 공작을 발견한 즉시 전의를 전부 상실했다. 성벽이 사라짐으로써 그것을 기반으로 세워진 마법 방어진 또한 기능을 잃었다. 이런 상황에서 소드 마스터인 그의 등장은 토끼 우리에 배고픈 사자가 나타난 격이었다. 선두에 있던 자들이 들고 있던 무기를 떨어트리자 다른 자들도 일제히 무기를 버리고 투항했다. 이후 창백한 얼굴을 한 두 영주가 항복과 충성의 서한을 바침으로써 전투의 종결을 알렸다. 나중에 들어 보니 공성전 역사상 가장 빠른 함락이라고 했다.

항복한 두 영주는 황제에게 맞설 의도는 없었으며, 오히려 그를 클모어에서 구해내려 했다고 주장했다. 카웰 공작이 황제의 실종에 관여했다는 소문이 돌고 있는 중이라 그것을 굳게 믿었다는 것이다. 덕분에 반역죄까지는 적용되지 않아 즉결 처분은 면했으나 영지전에서 패배한 자의 규율대로 포로의 신분이 되어 감옥에 갇혔다. 이사나가 황성에 복직하고 나면 작위가 거둬지고 평민으로 강등될 것이다.

그들이 지니고 있던 영지와 백성들은 그대로 클모어에 귀속되었다. 기존 체제를 유지하는 선에서 주인만 바뀌는 것뿐이지만, 인사의 재편성은 필요하기에 한동안은 내부 정리를 하는 것만으로도 시간이 꽤 걸릴 것 같았다. 카웰 공작은 그 일을 부관에게 위임한 후 그 자신은 바로 다음 전투를 위한 작전 회의에 들어갔다. 첫 승을 올리긴 했으나 이제 시작인 전쟁이었고, 앞으로 거쳐야 할 전투가 더 많았다. 병사들에겐 충분한 휴식과 승전의 기쁨을 누리게 하면서도 지휘관들은 긴장을 늦추지 않은 채 똑같은 일상을 유지했다.

다만 이전과는 다른 소소한 변화들이 생겼다. 먼저 작전 회의에 나와 일행들도 참여하게 됐다. 지금까지는 정해진 결과를 전달만 해 주는 형식이었는데, 이제부터는 직접 회의에 참여해 발언할 수 있는 권한과 자격이 주어진 것이다. 우리들의 품행에 대한 건 여전히 논란이 있는 것 같지만 이전만큼 질색하는 시선은 아니었다. 특히 알리사를 대하는 태도가 눈에 띄게 달라졌다. 자리에 있어도 모를 정도로 관심을 주지 않던 자들이 이젠 알리사를 발견하기만 하면 경어로 정중하게 인사를 건네 왔다. 아직 소녀이지만 이번 승전에서 가장 큰 공헌을 한 존재이므로, 기사에 준하는 대우를 하기로 했다는 것 같았다. 이미 병사들 사이에서는 그녀의 이름이 거의 우상처럼 떠오르고 있는 중이었다.

'승리의 여신 스피어의 딸 알리사!'

벌써부터 거창한 호칭까지 붙은 모양이었다. 진영을 지나다 보면 하루에도 몇 번씩 그녀의 이름과 함께 찬양가가 울려 퍼지는 걸 들을 수 있었다. 성벽을 무너트린 게 정말 인상적이긴 했나 보다. 의도했던 일이긴 한데, 예상했던 것보다 반응이 더 뜨거워서 지켜보는 재미가 있었다.

"정말 창피해서 미치겠어."

그러나 당사자인 알리사는 아주 괴로워했다. 사람들 앞을 지나갈 때마다 그녀는 새빨개진 얼굴로 고개를 들지 못했다. 그럴 때마다 짓궂은 일행들은 피식 피식 웃었다. 나 역시 웃으며 말했다.

"네 공로를 칭송하는 거잖아. 그냥 좋게 생각해."

"그치만 나 혼자 한 게 아니라 엘 님이랑 같이 한 거잖아. 그것도 사실대로 말하면 엘 님이 거의 다 한 거고! 근데 정작 나 혼자서 한 일처럼 칭찬 받으니까 너무 부끄럽고 속상해."

"속상할 게 뭐 있어. 내가 일부러 드러내지 않는 건데. 그리고 내가 도운 건 사실이지만, 그렇다고 해서 네가 한 일이 대단하지 않은 건 아냐. 당당하게 자랑스러워해도 돼."

"그래 봤자 난 중급 정령사에 불과한걸."

"그래 봤자가 아니라 굉장한 거야. 주위에 상급 정령사만 있어서 네가 실감을 잘 못하는 것 같은데. 원래는 이게 이상한 거고, 보통 네 나이엔 하급 정령사가 되기도 쉽지 않아. 타고난 재능만으로 치면 너보다 뛰어난 정령사는 없을걸?"

"정말?"

"그렇다니까. 오죽하면 트로웰이 직접 관심을 보였겠어."

"응? 트로웰이라면 땅의 정령왕 말이야? 땅의 정령왕이 나한테 관심을 보였다고?"

"그래, 그래서 널 만나러 온 거겠지. 네 재능을 알아보고 정령술을 익히게 하려고."

"날 만나러 와?"

상기된 얼굴로 듣던 알리사가 그 말에 고개를 갸웃거렸다. 그러다 불현듯 무언가를 깨달은 듯 멍한 표정을 지었다.

"……설마 나한테 동화책을 줬던 그 오빠가 트로웰이었다고?"

"어? 내가 말 안 했었나?"

"안 했어! 지금까지 그런 내색은 한 번도 없었거든?"

"아······."

그러고 보니 그 사실을 알았을 당시엔 아직 내 정체도 밝히지 않았을 때였다. 선뜻 아는 척하기 조심스러웠던 시기라 말하지 못하고 넘어갔던 것이 떠올랐다. 이후에는 워낙 정신없는 일들만 연이어져서 알려준다는 사실 자체를 까맣게 잊고 있었다.

"미안. 깜빡했다."

난처한 기분으로 사과를 건네자 알리사의 얼굴은 더 멍해졌다. 느닷없이 알게 된 진실이 꽤 충격적이었던 모양이다. 하긴 그럴 만도 했다. 언젠가는 소환하겠다고 벼르고 있던 땅의 정령왕의 정체가 알고 보니 가슴 속에 고이 품어 둔 첫사랑 남자아이인 셈이었으니까.

"세상에······! 믿을 수 없어! 그 신비롭고 아름다웠던 오빠가 바로 트로웰 님이었다니!"

그녀의 탄성에 시벨리우스와 라피스의 얼굴이 똑같이 일그러졌다. 마치 못 먹을 걸 삼킨 듯 불쾌감으로 치를 떠는 모습이었다.

"누가 신비롭고 아름다워? 젠장, 귀가 더럽혀진 것 같아. 살다 보니 별 소리를 다 듣는군."

"어릴 때의 기억은 미화되는 법이지. 인간이라면 더더욱."

"하긴, 겉모습에 미혹되기 쉬운 종족이니까. 조금만 잘해 줘도 좋은 사람이라고 착각하더라."

"인간들이 너무 순진해서 그래."

심각하게 주거니 받거니 의견을 모으는 두 사람을 보니 이제 절친이 되는 것도 얼마 남지 않았다는 생각이 들었다. 그 과정에 자신이 지대한 공헌을 했다는 것을 알면 트로웰이 무슨 표정을 지을지 문득 궁금해졌다.

"그러고 보니 라피스는 전후 사정을 모르겠구나. 무슨 이야기냐면……."

"아니, 대충은 알겠어. 이미 들은 말도 있고."

"어? 누구한테?"

"누구겠냐. 당연히 트로웰 본인이지."

"정말요?"

그렇지 않아도 흥분해 있던 알리사의 호흡이 더 거칠어졌다. 평소엔 겁나서 라피스 쪽은 잘 쳐다보지도 않던 그녀가 지금만큼은 반짝거리는 눈으로 그를 똑바로 응시하고 있었다. 그런 알리사를 라피스가 희귀동물을 대하는 듯한 시선으로 바라보았다.

"그 오빠…… 아니 트로웰 님이 저에 대해 말했어요? 절 기억하고 있대요? 또 뭐라고 했어요?"

"정령왕의 기억력이면 잊는 게 더 어려울걸? 너랑 이사나 사이에 각별한 인연이 있다고 기대하던데."

"네? 저, 저랑 이사나 씨요?"

트로웰도 그들이 지닌 운명의 별을 알고 있었던 모양이다. 생각지 못한 말에 놀랐는지 알리사가 눈을 휘둥그렇게 떴다. 두 뺨은 사과처럼 붉어진 채였다. 라피스가 은근한 미소를 짓고 그녀의 모습을 빤히 훑어 내렸다.

"뭐, 잘해 봐. 나이 차도 적당하고 좋은 커플이 될 것 같네."

"무, 무슨 말씀을 하시는 거예요! 저랑 이사나 씨는 아직 그런 사이 아니거든요?"

"흐응. 아직, 이라고 하는 걸 보니 마음이 아주 없는 건 아니군. 인간들은 금방 자라니까 '아직'이 '곧'이 되는 날도 멀지 않겠는 걸."

"그, 그런 게 아니라니까요!"

"응? 뭐가 아닌데, 알리사? 무슨 얘기야?"

때마침 타이밍 좋게도 이사나가 문을 열고 들어섰다. 그의 얼굴을 보자 그렇지 않아도 붉었던 알리사의 얼굴이 더 빨갛게 달아올랐다.

"아무것도 아냐!"

"어어? 잠깐, 알리사?"

알리사는 이사나를 밀치고 그대로 밖으로 달려 나갔다. 당황한 이사나가 우리에게 양해의 표시를 하곤 서둘러 그녀의 뒤를 쫓아갔다. 나는 그 모습을 웃으며 지켜보다 중얼거렸다.

"……커플 지옥 솔로 천국."

"무슨 주문이야, 그건?"

"주문이라면 주문이지. 내 인생을 가장 감미롭게 만든 명언 같은 거랄까."

후후후, 음침하게 히죽거리자 라피스가 뭘 잘못 먹었냐는 시선을 보내왔다.

"근데 트로웰한테 저런 얘기는 언제 들은 거야?"

"별로 오래되진 않았어. 그 녀석 얼마 전까지만 해도 이곳에 있었거든."

"어? 그래? 나랑 헤어지고 나서 바로 수도로 출발했던 거 아니었나?"

"안 갔어. 동료가 경비를 잃어버려서 빈털터리가 됐다나. 별 웃기지도 않은 이유로 머물고 있던데."

"헉……."

당시 경비가 든 주머니는 헤롤이 보관했던 걸로 기억한다. 소매치기를 당할 사람은 아니니 어딘가 돌아다니다 부주의하게 흘렸을 것이다. 샴페인 용병단은 유명한 만큼 벌이가 좋은 편이다. 그 수입이 전부 들어 있는 주머니를 잃어버리다니, 살아 있긴 한 걸까? 워낙 괄괄한 성정의 사람들이다 보니 헤롤의 목숨이 매우 염려스러웠다.

"그럼 용병길드 승급 시험도 못 치렀겠네. 올해엔 금패를 받을 거라고 했었는데."

"그딴 거 알 게 뭐야. 어쨌든 덕분에 난 그 녀석한테 계속 시달렸다고. 로드도 안 하는 잔소리를 얼마나 해대던지. 너한테 무슨 일이 생긴 것 같다면서 어울리지도 않게 전전긍긍하질 않나."

"트로웰이 날 걱정했어?"

"물의 느낌이 좋지 않다는 둥, 네 기분이 저조한 것 같다는 둥, 사서 고민하던데?"

"……그랬구나."

내가 심리적으로 한창 불안정했을 때 트로웰도 그것을 느꼈던 모양이다. 그가 날 걱정하고 있었을 줄은 몰랐다. 그때쯤 난 그의 의도를 의심하기 바쁜 상태였던지라 조금 미안해졌다.

난 왜 그동안 혼자서 고민하고 웅크리고 있었던 걸까. 고개를 조금만 들어도 해답은 이렇게 명확히 보이고 있었는데. 과거의 엘이 실존인물이든 아니든, 이제 그 점은 별로 중요하지 않았다. 당사자에게 확인도 하지 않고 오해부터 쌓은 건 누가 뭐라 해도 내가 잘못한 거다. 겁이 나서 사실을 확인할 용기를 내지 못했다는 말은 변명이 될 수 없었다. 그만큼 상대를 신뢰하지 못했다는 뜻이기도 하니까. 엘뤼엔에게 그 사실을 지적받았을 땐 아니라고 말했지만, 사실은 온몸의 치부를 들킨 것처럼 부끄러웠다.

그가 날 걱정했다는 말을, 그동안 보여준 애정을 믿는다. 조만간 트로웰을 만나서 사과해야지. 그와 나눌 이야기가 아주 많을 것 같았다.

결론을 내리고 나니 갑자기 다른 정령왕들도 보고 싶어졌다. 그러고 보니 다들 한자리에 모여 본 지도 꽤 오래됐다. 언제든 만날 수 있다는 생각 때문에 오히려 가장 챙기지 않게 되는 것 같았다. 주기적으로 함께 만나는 자리를 마련해 보자고 해 볼까, 제법 나쁘지 않은 구상이라고 생각하며 고개를 들었을 때였다. 문득 가슴

속에서 쿵, 작은 진동이 울렸다.

"……!"

일순간 눈앞에 보이는 모든 광경이 한꺼번에 까맣게 점멸했다가 다시 원상태로 돌아왔다. 그것은 마치 까마득한 하늘에서 추락하는 듯한 기분이었다. 잠시 정신을 잃었다가 되찾은 것 같기도 했다.

'……이게 뭐지?'

머릿속이 새하얘지는 듯, 아무 생각도 할 수 없었다. 나는 얼른 머리를 흔들었다. 그러나 한번 느낀 감각은 지워지지 않았다. 아니, 오히려 더 선명하게 느껴지고 있었다.

틀림없었다. 지금, 아주 잠깐 세상의 '숨'이 멈췄다.

"말도 안 돼……."

"응? 뭐가?"

갑자기 굳은 채 신음을 삼키는 나를 일행들이 어리둥절한 얼굴로 바라보았다. 나는 혼미해진 정신을 가다듬을 생각도 하지 못하고 다급히 자리에서 몸을 일으켰다.

"저기, 미안해, 다들. 나 잠시 다녀올 데가 있어. 아마 며칠 걸릴 거야. 사람들한텐 알아서 잘 둘러대 줘."

"뭐? 대체 무슨 소리를 하는 거야? 갑자기 어디를 가?"

"미안! 설명은 다녀와서 할게!"

"어이? 이봐, 엘!"

황망히 부르는 소리를 무시하며 바로 그 자리에서 공간 이동을

했다. 도착한 곳은 오색의 꽃이 흐드러지게 피어 있는 찬란한 정
원, 에바스 에덴이었다. 그곳에 홀로 서 있던 한 사람이 내 기척을
느끼고 돌아보았다. 밤하늘처럼 새카만 머리칼, 초콜릿을 연상시
키는 짙은 피부를 지닌 소년이 날 발견하고 희미하게 웃었다. 평
소처럼 다정한 얼굴이었으나, 그의 황금색 눈동자는 슬픈 빛을 담
은 채 흔들리고 있었다.

"……트로웰."

이상한 일이다. 분명 조금 전까지만 해도 그를 만나면 해야 할
말들이 많았던 것 같은데, 지금은 그 흔한 안부의 인사조차 건넬
수가 없었다.

"어서 와, 엘."

망연자실하게 서 있는 나를 향해 그가 한 손을 내밀었다. 그는
이미 한참 전부터 내가 오기를 기다리고 있었던 것 같았다. 차분
하게 응시하는 그의 두 눈을 보며 나는 내 예감이 맞았음을 확신
했다. 더불어 그가 이곳에 있는 이유 역시.

"트로웰…… 너도 느꼈어? 방금, 바람이……. 미네르바가……."

목소리가 떨리는 걸 억누르느라 말이 드문드문 끊겼다. 맞잡은
손의 온도가 차가웠다. 트로웰은 부들거리는 내 몸을 한 팔로 가
만히 끌어안았다.

"괜찮아, 엘. 아직 늦지 않았어. 배웅할 시간은 있을 거야."

"……배웅?"

멍하니 되물었더니 그가 내 어깨 위에 이마를 댄 채로 고개를

끄덕였다. 직접 닿은 상태가 아니었다면 알아차리지 못했을 만큼 미약한 움직임이었다.

"바람의 성으로 가자. 명계의 사자들이 옛 바람을 전부 가져가 버리기 전에. 그와 마지막 인사를 나누고, 가는 길을 지켜봐 주는 거야. ……그리고 새로운 바람의 탄생을 축하해 줘야지."

"……!"

귓가에서 속삭이는 목소리는 아무런 감정을 담지 않은 듯이 담 담하기만 했다. 하지만 우습게도 나는 그 때문에 오히려 더 이 믿 을 수 없는 현실을 실감하고야 말았다.

바람의 정령왕 미네르바.

지금 이 순간, 그에게 허락된 시간이 끝나려 하고 있었다.

2.

미네르바의 거주성인 바람의 영역은 새파란 하늘을 그대로 옮 겨놓은 것 같은 모습이다. 적당히 기분 좋을 만큼 잔잔하게 흐르 는 청명한 바람, 바닥엔 솜사탕처럼 몽실몽실한 구름이 카펫처럼 깔려 있었다. 그 외에 공간을 채우고 있는 모든 형태들도 전부 구 름으로 되어 있어 마치 하늘 위에 지어진 세상 같았다. 솔직히 말 하면 신계보다 오히려 더 신이 사는 곳이란 느낌이었다.

지금 그곳에 무수히 많은 바람의 정령들이 정렬해 있었다. 엄숙하게 부복하고 있는 그들에게선 평소의 활기차고 명랑한 모습을 찾아볼 수 없었다. 그들이 만든 원형으로 된 행렬의 한가운데, 새하얀 여인이 서 있는 것이 보였다. 도자기 인형처럼 아름다운 바람의 왕, 미네르바였다.

"미……."

반가운 기분을 느끼기도 전에 들어오는 광경에 나는 입을 다물었다. 미네르바의 옆에 다른 사람들이 서 있었다. 그중 한 명은 내게도 익숙한 붉은 머리칼의 이프리트였다. 그 역시 미네르바의 이상을 느끼고 바로 정령계로 돌아온 모양이었다. 나머지 다른 사람들은 처음 보는 낯선 두 명의 남자였다. 그들에게서 습지를 연상시키는 짙은 안개 냄새가 풍겼다. 이런 냄새를 풍기는 이들을 나는 누구보다 잘 알고 있었다. 명계에서 온 인도자들이다.

명계인이 정령계에 놀러 오는 일은 흔하지만 왕의 영역엔 함부로 들어올 수 없다. 그들이 이곳에 들어올 수 있는 경우는 단 하나, 직무에 관계된 일뿐이었다. 물론 그 직무라는 것이 삶이 끝난 혼을 명계로 인도하는 일이라는 건 말하지 않아도 당연할 것이다.

이미 실감한 사실이면서도 막상 눈앞에서 그 증거를 보니 머릿속이 새하얘졌다. 가만히 숨을 삼키고 있는데 맞잡은 트로웰의 손에서 아플 정도로 강한 악력이 느껴졌다. 흠칫 놀라 바라보자 창백하게 굳어 있는 그의 옆모습이 보였다. 지금까지 한 번도 본 적이 없는 차가운 표정이었다.

"트로웰……?"

"아아, 미안. 조금 긴장했나 봐."

퍼뜩 정신을 차린 듯, 그가 바로 손을 떼고 아무렇지 않게 웃었다. 그러나 떨고 있는 눈동자는 감추지 못한 채였다. 속내를 쉽게 드러내는 편은 아닌데, 긴장했다는 말대로 확실히 그는 평소보다 여유가 없어 보였다. 물론 나 역시 별반 다를 바 없는 상태긴 했지만. 이렇게 동요하는 트로웰을 보게 될 줄은 몰라서 마음이 무겁게 가라앉았다.

미네르바는 인도자들과 대화를 나누고 있는 중이었다. 그때 이프리트가 우리를 발견하고 아는 척을 해 왔다.

"어? 너희들도 왔네."

그와 함께 우리의 기척을 읽은 인도자들이 정중하게 고개를 숙였다. 미네르바 역시 이쪽을 돌아보았다. 우리가 올 거라는 예상은 못 했는지 잠시 놀란 표정을 짓던 그가 곧 부드럽게 웃었다.

"둘 다 어서 와. 날 배웅하러 와준 거야?"

"미네르바……."

상냥하게 걸어오는 말에도 나는 따라 웃을 수가 없었다. 거리가 가까워지니 더 선명하게 느껴졌다. 미네르바의 힘이 굉장히 약해져 있었다. 늘 그를 휘감고 있던 짙은 바람의 체취도 거의 느껴지지 않았다. 그래서일까. 혈색도 멀쩡하고 여전히 아름다운데도 불구하고 그의 존재감이 흐렸다. 마치 생기 없는 조화를 보는 것 같았다.

어디서 어떤 말부터 꺼내야 할지 모를 기분에 나는 마른침만 꿀꺽 삼켰다. 이래선 안 된다는 건 아는데 좀처럼 마음을 진정시킬 수가 없었다. 미네르바는 그런 내 기분을 이미 알아차린 듯했다. 그의 얼굴에 떠오른 미소가 더 짙어졌다.

"와 줘서 고마워. 그렇지 않아도 너희들을 보고 가지 못하는 게 아쉽다고 여기던 참이었어. 이제 이곳의 생활에도 많이 적응했구나. 잘 지내고 있는 것 같아서 정말 다행이야, 엘."

"미, 미네르바. 정말······."

······정말 소멸하는 거야?

목구멍까지 솟아오른 말을 차마 내뱉을 수가 없어서 꾹 눌러 참았다. 보이는 모든 광경이 명백하게 상황을 알려 주고 있는데, 그걸 새삼 확인해 봤자 의미가 없을 것 같았다. 다음 말을 잇지 못하고 입만 벙긋거리는 나를, 미네르바가 다가와 가만히 끌어안았다. 그의 품 안에서 아직 사라지지 않은 희미한 바람의 냄새가 났다. 눈물이 쏟아질 것 같아서 나는 입술을 악물었다.

"정말 이날이 왔구나. 이맘때쯤일 거라곤 생각했는데 막상 헤어지려니 아쉽네. 특히 너와는 좀 더 많은 시간을 보내 주지 못해서 미안해."

"나, 나야말로······ 전혀 눈치채지 못해서······."

"그런 건 마음 쓰지 마. 보통은 알아차리는 게 더 어려우니까. 전대 이프리트나 엘퀴네스는 소멸한 후에야 알았는걸. 이렇게 모두의 배웅을 받고 떠날 수 있다니, 난 정말 운이 좋은 거야."

웃으며 답한 뒤 미네르바의 시선이 내 옆에 서 있던 트로웰을 향했다. 늘 웃고 있던 그의 얼굴에 지금은 아무런 표정도 떠올라 있지 않았다.

"특히 트로웰. 난 네가 안 올 거라고 생각했어."

"……안 오려고 했었어."

돌아온 답변은 굳은 표정만큼이나 냉담했다. 놀라서 돌아보는데 정작 미네르바는 즐겁다는 듯이 눈을 휘어 접었다.

"후후, 그래. 알고 있어. 넌 아닌 척해도 이런 이별에 약하지. 엘퀴네스 때도, 이프리트 때도. 전부 다 알고 있었으면서 일부러 배웅하지 않았잖아."

"……."

"그래도 나만은 보러 와 주다니 기쁜걸. 네가 조금은 날 특별하게 생각해 준 것 같아서. 그게 무엇보다 기뻐."

"……마음에도 없는 말 하지 마. 어차피 아무래도 상관없으면서."

트로웰은 미네르바와 시선을 맞추지 않은 상태로 낮게 혀를 찼다. 그의 퉁명스러운 말투가 왠지 투정을 부리는 것 같아서 나는 조금 숨을 삼켰다. 늘 어른스럽다고만 생각했는데, 트로웰에게도 이런 모습이 있을 줄은 몰랐다. 하지만 미네르바는 익숙하다는 듯이 웃었다.

"아무래도 상관없다니 그럴 리가. 네겐 늘 고마워하고 있어, 트로웰. 내가 힘든 시절을 버텨낼 수 있었던 건 전부 네 덕분이야."

"알긴 해?"

"당연히 알지. 네가 내 곁을 지켜줬다는 걸 어떻게 모르겠어. 네가 유희를 잘 다니지 않았던 것도, 인간들에게서 미운 부분만 찾고 그들에게만 유달리 엄격했던 것도. 전부 다 날 신경 써서 그랬다는 거, 알고 있었어."

트로웰은 아무 말도 하지 않았지만, 미네르바를 올려다보는 두 눈은 초조한 것처럼 흔들리고 있었다. 미네르바는 나에게 그랬듯 그의 어깨를 끌어안았다.

"가여운 트로웰. 땅의 정령왕들은 많은 것을 내다보는 힘 때문에 오히려 삶에 흥미를 갖지 못하지. 너 또한 태어났을 때부터 지독한 공허에 시달려 왔다는 거 알아. 네가 살아갈 목적을 늘 필요로 했다는 것도. 그걸 지금까지는 나를 챙기는 걸로 충족시켜 왔었지."

"……."

"그래서 사실은 걱정했어. 내가 떠나고 나면 네가 더 이상 마음 줄 곳을 찾지 못해 허무해질까 봐. 하루하루 소멸이 다가오기를 지루하게 기다리는 세월을 보낼까 봐."

"……그럴 리 없잖아."

"응, 내가 보기에도 지금의 넌 괜찮을 것 같아. 그런 의미에서 엘에게 정말 고맙게 생각해."

"으응? 나?"

갑자기 언급된 것에 놀라서 눈을 깜빡이자 미네르바가 부드럽게 웃으며 고개를 끄덕였다. 그의 손이 내 두 손을 맞잡아왔다.

"상냥하고 따뜻한 네가 와줘서 정말 다행이야. 너라면 트로웰이 무너지지 않게 붙잡아 줄 수 있겠지. 그를 잘 부탁해. 저렇게 보여도 트로웰은 외로움을 많이 타는 성격이라 늘 안주할 곳을 필요로 해. 부디 오랫동안 그가 애정을 쏟을 수 있는 장소가 되어 줘."

"어? 으음, 노력할게."

"후후, 고마워. 덕분에 안심하고 떠날 수 있을 것 같아."

"그렇게 말하니까 이상해, 미네르바. 꼭 영원히 못 보게 되는 것 같잖아."

"그러게 말이야. 너도 신이 될 텐데, 나중에 언제든 놀러 오면 되지."

당황해서 건넨 말을 이프리트가 바로 거들었다. 소멸하는 것이 아쉽긴 하지만 신이 된 후에 다시 만날 수 있을 거라고 생각했다. 최근엔 상급신이 부족해서 전부 다 신이 되는 추세라고 했으니까. 그건 아마 미네르바도 마찬가지일 거고, 그도 그 사실을 알고 있었다.

"응, 그렇긴 하지. 그래도 미네르바로서 너희를 보는 건 오늘이 마지막이니까. 다시 태어나면 기억은 남아 있어도 많은 것들이 달라질 거야. 엘뤼엔만 해도 엘퀴네스 때와는 달라졌는걸. 나 역시 너희가 아는 내가 아니게 되겠지."

"그치만……."

"아니, 그 말이 맞아."

단호하게 말을 자른 사람은 트로웰이었다. 그는 똑바로 미네르바를 응시하며 말했다.

"새로 태어났으면 그냥 다른 사람인 거야. 전생에서 어울린 관계 따위, 옛 인연이라고 할 수도 없지. 이곳에서의 일은 잊어버려, 전부. 아무것도 돌아보지도 말고 떠올리지도 마."

"트로웰……."

오늘 그는 아픈 말만 하기로 작정하고 온 사람 같았다. 이번만은 미네르바도 서운했는지 씁쓸한 표정을 지었다. 말려야 하는 건 아닌가 싶어서 나는 안절부절못하며 트로웰을 바라보았다. 하지만 그의 말은 거기서 끝난 것이 아니었다.

"……기억은 내가 할 테니까. 넌 그냥 모두 다 지우고 행복해지기만 해."

모두가 놀란 시선으로 트로웰을 바라보았다. 그는 한 팔을 뻗어 조심스럽게 미네르바의 얼굴을 만졌다. 담담한 손길이었는데, 내 눈에는 마치 그 손이 떨리는 것처럼 느껴졌다.

"다시는 남으로부터 상처 입지 말고, 배신당하지도 말고. 오로지 자신을 위해서만 살아. 너를 아끼는 사람만 만나서, 사랑받기만 하는 삶을."

그건 마치 세상에서 가장 감미로운 고백 같았다. 마주 닿은 두 사람의 눈동자가 금방이라도 울 것처럼 흔들렸다. 먹먹하다는 듯한동안 아무 말도 잇지 못하던 미네르바가 부드럽게 웃으며 트로웰의 손 위에 자신의 손을 포갰다.

"고마워, 트로웰. 마지막까지 너에게는 위로만 받고 가는구나. 넌 나의 가장 소중한 친구였어. 그것만은 잊을 수 없을 거야."

"……잊으라니까. 그래도 그렇게 말해 줘서 고마워. 내게도 넌 소중했어. 무엇하고도 바꿀 수 없을 만큼."

처연하게 말하면서도 트로웰은 끝끝내 표정을 흐트리지 않았다. 아마도 떠나는 사람에게 부담을 주지 않으려는 그 나름의 배려일 것이다. 그게 더 가슴 아파서 나는 입술을 악물었다.

"이제 가야 하실 시간입니다."

원하지 않아도 이별의 순간은 다가왔다. 대기하고 있던 인도자들이 건넨 말에 미네르바가 가볍게 고개를 끄덕였다. 이미 그가 지닌 정령왕의 힘은 다음 세대의 미네르바에게 거의 전이된 상태였다. 그는 이대로 명계에 간 후 그곳에서 탄생을 준비하고 있는 다음 세대의 혼에 마지막 남은 힘을 물려 주고 소멸하게 된다고 했다. 그래서 정령왕의 진정한 소멸은 정령계가 아닌 명계에서 이뤄지는 셈이었다.

"아참, 엘. 네게 부탁할 게 있어."

"으응? 무슨 부탁?"

걸음을 옮기려는 순간 잊은 것이 떠올랐다는 듯 그가 급하게 나를 돌아보았다. 나는 따라나서던 것을 멈추고 그가 말하기를 기다렸다.

"이번에 이프리트가 만든 정령검을 도와줬다고 들었어. 실은 나도 예전에 정령검을 만든 적이 있거든."

"아…… 뭔지 알아. 블레스터라는 검 말이지?"

미네르바가 한때 사랑하는 사람을 위해 만든, 그가 지닌 힘의 절반이 봉인되었다는 바람의 검. 하필 이사나의 정적이라 할 수 있는 카리브디스 공작의 손에 들어갔기 때문에 정확히 기억하고 있었다.

왜 갑자기 그 검을 언급하는 걸까. 어렴풋이 전해 듣기론 블레스터는 미네르바에겐 상처밖에 남지 않은 과거의 산물이었다. 방금 전 트로웰이 그의 행복을 당부하던 이유와도 관련 있음이 분명한. 힐끗 돌아보았더니 역시나 트로웰은 얼굴을 찌푸리고 있었다. 미네르바 역시 그 표정을 보았을 텐데도 신경 쓰지 않고 말을 이었다.

"그 검은 진의 봉인을 토대로 만들어졌어. 원래는 내가 소멸할 때가 다가오면 부여한 힘이 회수되면서 진의 봉인도 저절로 풀릴 예정이었지. 그런데 조금 문제가 생겼어."

"문제?"

"힘은 회수되었는데 정작 진의 봉인이 풀리지 않고 있어. 그 애 쪽에서 돌아올 생각이 없는 것 같아."

"본인의 의지로 남았다면 어쩔 수 없는 거 아니야?"

"응, 그렇긴 한데……. 그 아이의 성질이 조금 달라졌다고 해야 하나. 본인의 진짜 의지가 아닌 다른 작용이 영향을 미치고 있는 것으로 보여서 말이야."

"다른 작용……?"

그 말을 듣자 얼마 전 이프리트가 해줬던 이야기가 떠올랐다. 나는 가만히 헛숨을 삼켰다.

"……폭주하고 있다는 거야?"

이지를 지닌 검은 마검화가 되면 폭주하기 쉬워진다고 했었다. 블레스터 역시 만들어진 지 오래된 검이니 마검화가 되었을 가능성이 컸다. 아니나 다를까. 미네르바가 어두운 표정으로 고개를 끄덕였다.

"나도 그 사실을 깨달은 지 얼마 되지 않았어. 그동안은 사람의 손이 타지 않는 곳에 있어서 잠잠했었거든. 그런데 최근에 그를 깨운 인간의 영향을 받아서인지 빠르게 상태가 나빠지는 것 같아. 내버려 두었다간 그 애, 혼까지 타락하고 말 거야. 그럼 돌이킬 수 없게 돼."

설명하는 미네르바의 얼굴은 죄책감과 괴로움, 슬픔의 감정으로 가득했다.

"전부 다 내 잘못이야. 봉인된 진은 날 위해 갑갑한 검 안에 깃들기를 자청했던 아이였어. 이미 많이 늦었지만 지금이라도 그 아이가 더 괴로워지는 걸 막고 싶어. 하지만 내가 직접 나서려던 찰나에 상황이 이렇게 돼 버려서……. 엘, 염치없지만 네가 그를 도와주지 않을래?"

"상관없지만…… 왜 나한테……?"

내 입으로 말하긴 부끄럽지만, 난 아직도 엉성한 부분이 많은 정령왕이다. 나보다는 다른 정령왕들에게 맡기는 편이 더 확실하게 해결할 수 있을 것이다. 어리둥절해져서 쳐다보자 미네르바는 씁쓸하게 웃었다.

"트로웰이나 이프리트는 그 검을 보는 것도 싫어하거든. 그들에게 뒷일을 맡기면 봉인을 풀어주기는커녕 그냥 바다 한가운데 던져버릴 것 같아서 말이야."

"엥? 정말?"

믿을 수가 없어서 돌아보자 다들 나와 시선을 피했다. 여기서 아니라고 부정하지 않는 것 자체가 긍정하는 것이나 다름없었다. 충격으로 얼떨떨해져 있는 나를 향해 미네르바가 어색하게 말했다.

"내가 해서는 안 될 일을 했어. 왕의 힘을 동일하게 나눈 검을 만들다니. 그것도 고작 인간 하나를 출세하게 만들기 위해서 말이야. 왕이 지닌 상징과 권위를 모욕한 셈이었지. 그 검의 존재 자체가 정령계의 치부나 다름없다 보니 아무도 가까이하려고 하지 않아."

"……하지만 진은 잘못이 없잖아."

"응, 엘이라면 그렇게 말해 줄 줄 알았어."

미네르바가 반색하며 웃었다. 왠지는 모르겠는데, 그는 내가 지나치게 착하다는 인상을 갖고 있는 것 같았다. 민망했지만 이렇게까지 말하는데 거절하기도 뭐해서 나는 곧 그의 부탁을 받아들였다.

"봉인을 풀어 주면 되는 거지? 알았어, 그렇게 할게."

"정말 고마워. 스스로 나오려고 하지 않는 거라 아마 조금 까다로울 거야. 쉽지 않은 일을 부탁해서 미안해."

"아니, 괜찮아. 더 필요한 건 없어?"

"으음, 그럼 이것도 부탁해도 될까? 봉인이 풀리면 그 아이도 소멸하게 될 거야. 그 영혼이 편하게 떠날 수 있도록, 그의 마지막을 축복해 주지 않을래? 내가 하지 못하고 가는 사과도 대신 전해 줬으면 해."

"응, 알았어."

어차피 돕기로 한 일인데 그 정도는 별로 어렵지 않았다. 바로 고개를 끄덕이자 미네르바의 얼굴에 미소가 떠올랐다. 지금까지 보아 왔던 그의 얼굴 중에서 가장 환한 표정 같았다.

"고마워, 엘. 정작 나는 아무것도 해 준 게 없는데 마지막을 핑계 삼아 너한테 너무 맡겨 두고 가는 것 같아. 미안해서 어떡하지?"

"그런 말이 어딨어. 함께한 시간은 짧았지만 넌 내게 가족이었어. 마지막 부탁이 아니었더라도 들어줬을 거야."

웃으며 대답하자 미네르바는 더 미안한 얼굴을 했다.

"넌 정말 다정하구나. 내 삶이 조금 더 길었으면 좋았을걸. 그럼 너와 더 오래 어울릴 수 있었을 텐데. 그러지 못하고 가는 게 계속 아쉬워. 한 번도 내 수명이 짧다고 느낀 적이 없었는데, 마지막에 와서 이렇게 미련이 남게 될 줄 몰랐어."

그는 몇 번이나 아쉽다는 듯이 내 손을 붙잡았다. 그 손길에 담긴 애정이 느껴져서 가슴 안이 뭉클해졌다. 시끌벅적한 이프리트와 트로웰에 비해 미네르바는 늘 조용했지만, 그렇기에 모두를 든든하게 지탱해 주는 느낌이었다. 그의 초연한 분위기가, 단정한 말투가 좋았다. 나이 차이가 많이 나는 형제가 있다면 이런 기분이지 않을까 싶기도 했다. 이제 그 자리가 비워진다고 생각하니 견딜 수 없이 쓸쓸해지는 기분이었다.

"이제 정말 가야 할 것 같아. 다들 잘 지내. 다음 세대의 미네르바도 잘 부탁할게."

"잘 가, 미네르바. 널 잊지 못할 거야."

한 사람씩 포옹하는 것으로 마지막 인사를 나눈 후 미네르바는 두 인도자가 내미는 손을 잡았다. 그러자 그들의 몸에서 짙은 안개가 피어오르기 시작했다. 이제 완전한 이별의 시간이 도래한 것이다.

—우리의 왕께 작별을 고합니다! 다음 생에도 바람처럼 자유로우시기를!

마지막을 느낀 바람의 정령들이 정렬한 상태에서 한목소리로 외쳤다. 장내의 분위기는 숙연했고, 주위를 감도는 공기조차 슬픔을 토하는 것 같았다. 그의 모습이 희미해지는 만큼 남아 있던 바람의 흔적이 지워져 가는 것이 아플 정도로 선명하게 느껴졌다. 북받치는 감정을 참을 수가 없어서 나는 두 손에 꾹 힘을 쥐었다. 어느새 차오른 눈물이 내 의지와는 상관없이 후두둑 흘러내리기 시작했다. 당황해서 황급히 손등으로 닦아내자 옆에 있던 이프리트가 냉큼 핀잔을 건넸다.

"뭐야, 너 지금 우는 거야? 하여튼 이런 것도 인간 같기는."

"시, 시끄러! 슬프단 말이야! 마지막이잖아! 이런 상황에서 어떻게 울지 않을 수가 있어?"

"슬플 게 뭐 있어? 완전히 소멸하는 것도 아니고 다음 생이 있는데. 그냥 어디 먼 곳으로 거처를 옮긴다고 생각하면 될 걸."

"떠난다는 것 자체가 슬픈 거거든?"

울먹거리면서 쏘아붙인 말에 이프리트는 그냥 코웃음을 쳤다. 누가 근성부터 마녀가 아니랄까 봐 감정을 느끼는 부위가 고장 난 게 틀림없었다. 심지어 그렇게 애틋하게 작별인사를 건네던 트로웰조차 별다른 반응 없이 태연해서 더 야속해졌다.

"뭐야, 트로웰. 왜 너까지 담담한 얼굴을 하는 거야? 흐윽…… 내, 내가 이상한 거야?"

서운한 마음을 자각했더니 눈물이 더 마구 솟아올랐다. 트로웰은 조금 당황한 듯, 난처한 표정으로 대답했다.

"아니, 그런 건 아니지만…… 신선하긴 하네. 이프리트 말처럼 소멸해도 다음 생이 있으니 슬퍼할 필요가 없다고 생각했거든. 결국 어디서든 잘 살아갈 테니까."

"그런 게 어딨어? 만나고 싶고 그리워지는 때도 있을 텐데. 나는 그렇다 치고, 두 사람은 미네르바랑 오랫동안 알아 왔잖아. 함께 쌓은 추억과 교감하던 시절이 있을 텐데. 헤어지는 건 그 모두를 잃어버리는 거란 말이야. 이제 다시는 그걸 나눌 수 없는 거라고. 그건 슬퍼해야 하는 일 아니야?"

"……그래, 그렇네."

중얼거리는 트로웰은 조금 멍한 얼굴이었다. 그러는 사이 미네르바의 모습이 완전히 사라져 버렸다. 잔잔히 흐르던 바람마저 완전히 멈췄다. 정말 가 버린 건가? 이걸로 정말 끝인 거야? 뻔히 다 지켜봤으면서도 계속 실감이 들지 않아 나는 한참이나 흐릿해진 눈을 깜빡거렸다. 트로웰 역시 사라진 장소에서 시선을 떼지 못하고 있었다. 그가 문득 뜻밖의 질문을 해 왔다.

"엘……. 내가 소멸할 때도 지금처럼 울 거야?"

"뭐? 그런 당연한 걸 왜 물어? 내가 우는 게 그렇게 한심하게 보여?"

"아니, 그런 게 아니라…… 새삼 다행이라는 생각이 들어서."

"다행이라니?"

"몰랐는데, 정령왕의 소멸이라는 거…… 굉장히 초라하네. 고독하고 쓸쓸한 기분이었는데 네가 울기 시작하면서부터 뭔가가 채워지는 것 같아서 말이야. 응. 슬퍼하는 거, 의외로 나쁘지 않네. 내가 소멸할 때도 울어 준다니까 안심해도 되는 거지?"

웃으며 돌아보는 얼굴은 여전히 태연했지만 지독하게 아파 보였다. 나는 울컥 눈물을 쏟아냈다.

"지금 그런 말 하지 마! 상상하게 됐잖아!"

"아, 미안. 그치만 난 아직 소멸하려면 멀었는데?"

"그런 문제가 아니야! 늦든 빠르든 언젠가 겪어야 하는 일이란 게 괴롭단 말이야!"

"하하, 이렇게 열심히 괴로워해 주니까 난 오히려 좋은데?"

"트로웰, 이럴 때 보면 진짜 성격 나쁜 거 알아?"

"으응, 그런가? 그런데 말이야. 나 잠깐만……."

"……?"

의아한 표정으로 돌아보는데 그가 내 어깨에 이마를 기대 왔다. 맞닿은 부분에서 심한 떨림이 전해졌다. 처음엔 잘못 느낀 건가 했는데 아니었다. 트로웰이 온몸을 부들부들 떨고 있었다.

"트로웰?"

"……미안, 엘. 치사한 건 아는데…… 나 잠깐만 네 눈물을 빌려도 될까? 내가 흘려야 할 건 이미 옛날에 전부 말라 버렸거든. 하지만 지금이라면 울 수 있을 것 같아. 그래서……."

말이 끝나기가 무섭게 그의 두 눈에서 맑은 눈물이 흘러내렸다. 그 자신조차 자신에게서 일어나는 현상이 생소한 듯 당황스러움이 역력한 표정이었다. 그러면서도 치솟는 슬픔을 억제하지 못해 조금씩 흐느낌을 토해내는 모습이 가슴 아팠다. 나는 울먹이는 그를 끌어안고 천천히 등을 토닥여 주었다. 차마 본인 앞에서는 울지 못했던 그의 기분이 느껴져서 마음이 더 착잡했다.

"미안해, 엘. 미안해. 흐윽……."

"괜찮아, 트로웰. 후련해질 때까지 울어. 참는 것보단 그게 더 나아."

이 순간만큼은 이프리트도 더 이상 나무라는 시선을 보내지 않았다. 오히려 헛기침을 하며 고개를 돌리는 것을 보니 자기도 울고 싶은데 체면 때문에 참고 있는 듯 보였다. 정령왕들의 슬픔에 동조한 정령들 또한 흐느끼기 시작했다. 한동안 주위는 훌쩍이는 소리로 가득해졌다.

그날, 나는 새로운 미네르바의 탄생을 기다리는 내내 눈물을 멈추지 못하는 트로웰을 다독였다. 화사한 바람의 영역은 오랜 시간 함께 해 온 주인이 사라진 후에도 변함없이 아름답기만 했다. 그것이 더 서글퍼서 가슴 아픈 시간이었다.

3.

"집회?"

엘뤼엔은 눈앞에 내밀어진 봉투를 보며 얼굴을 가볍게 찌푸렸다. 회랑의 인장으로 봉해진 봉투는 공문서를 뜻하는 금색을 띠고 있었다.

"이 시기엔 공식 집회가 없지 않았나?"

한 번도 가지는 않았지만 신계의 일정은 대부분 파악해 두고 있었다. 확인하고자 건넨 질문에 전달받은 편지를 올린 수행천사가 정중하게 답했다.

"긴급 집회라고 하셨습니다. 중요한 일이니 반드시 참석하시라고도 당부하셨습니다."

"주최자가 누구지?"

"섀넌 님이십니다."

명계의 신이 주최하는 집회라면 대충 무슨 용건일지 짐작이 갔다. 엘뤼엔은 담담하게 인장을 벗기고 봉투를 열었다. 안에 들어 있는 서신의 내용은 역시나 그가 예상했던 그대로였다. 다만 회의 시각만은 짐작을 벗어나 있었다.

"서신을 받는 즉시 참석······인가? 불참을 알릴 시간적 여유를 두지 않으려는 거군."

필시 만년 불참자인 자신을 의식하고 정한 방식이리라. 공문이 내려진 모임엔 불참 시 반드시 사전에 서면으로 알리게 되어 있었다. 그렇게 하지 않고 무단으로 빠지면 징계를 받는다. 지금처럼 '즉시 참석'이란 문구가 들어간 경우엔 이미 서신을 받는 순간부터 적용되기 때문에 사전에 거절할 방도가 없었다. 엘뤼엔은 한숨을 내쉬며 서신을 내려놓았다. 몹시 귀찮았지만 아무래도 이번만은 빠져나갈 수 없을 것 같았다.

"나가실 채비를 돕겠습니다."

눈치 빠른 수행 천사가 바로 겉옷을 가져왔다. 다시금 한숨을 내쉰 엘뤼엔이 내키지 않는 얼굴로 그것을 받아들일 때였다.

"엘뤼엔 님!"

누군가 비명처럼 그의 이름을 소리쳐 불렀다. 엘뤼엔은 고개를 돌렸다가 의아한 표정을 지었다. 나드엘을 비롯한 여러 명의 천사들이 거친 숨을 내뱉고 있었다. 어딘가에서 급하게 달려온 듯 몹시 흐트러진 행색이었다.

"다들 왜 그래? 무슨 일이야?"

엘뤼엔을 수발하고 있던 천사들이 당황해서 그들에게 다가갔다. 나드엘은 금방이라도 울 것 같은 표정을 짓고 있었다. 반사적으로 엘에게 또 문제가 생겼나 싶어 얼굴을 굳히던 엘뤼엔은 곧 다른 천사들도 그녀와 비슷한 상태라는 점을 파악했다. 그런 점을 미루어 보아 그의 아들과 연관된 문제는 아닌 것 같았다. 그러나 다른 의미로는 더 나쁜 상황이기도 했다. 엘뤼엔의 수행 천사들은 그와 성정이 비슷하기에(나드엘을 제외하고) 어떤 일에도 침착한 편이었다. 그런 그들이 이렇듯 격렬하게 동요하고 있다는 건 평범한 일은 아니라는 뜻이었다.

"……무슨 일이지?"

"저, 저어…… 와 보셔야 할 것 같아요."

떨고 있는 천사들을 대표해서 나드엘이 말했다. 엘뤼엔은 두말없이 곧장 그들이 안내하는 길을 따라 걸음을 옮겼다. 천사들이 향한 곳은 궁처의 2층으로 이어지는 돌계단이었다. 뒤따라가면서 엘뤼엔은 다시금 의아해질 수밖에 없었다. 그 위에 있는 건 그의 침실뿐이었기 때문이다.

짐작대로 천사들이 도착한 곳은 굳게 닫힌 침실 문 앞이었다. 신에게 수면이란 반드시 필요한 부분이 아니다. 그렇기에 침실이라고는 해도 명목상의 장소일 뿐, 이곳을 찾는 일은 거의 없었다. 천사들 역시 가볍게 순회를 하는 목적 외에는 돌아보지 않는 곳이었다.

"여기는 왜……."

함께 따라나선 다른 천사들도 이해할 수 없다는 표정을 지었다. 안내한 천사들은 답하는 대신 서로 굳은 눈빛을 교환했다. 그것이 신호였는지 나드엘이 숨을 크게 가다듬더니 눈을 질끈 감은 채 문을 열었다.

끼이익, 이음새가 맞물리는 소리와 함께 상아처럼 하얀 문이 양쪽으로 열렸다. 이윽고 시야에 들어오는 광경을 보는 순간 엘뤼엔은 모든 상황을 바로 이해했다. 천사들이 왜 이곳에 왔는지부터, 그들이 충격은 받은 이유까지.

"흡!"

"허억!"

그의 얼굴이 가볍게 찌푸려지는 것과 동시에 여기저기서 숨을 삼키는 소리가 울려 퍼졌다. 엘뤼엔은 차분히 주위를 둘러보았다. 본래 그의 침실 안은 티 하나 묻지 않은 새하얀 색으로 장식되어 있었다. 그런데 지금 눈앞에 펼쳐진 건 온통 붉은색밖에 없었다. 벽지와 바닥은 물론 가구까지 전부 붉은 피로 범벅이 되어 있었던 것이다. 균일하지 않은 흔적들을 보아 누군가 피투성이가 된 채 여기저기 부딪친 것 같았다. 엘뤼엔은 굳이 이유를 멀리서 찾지 않았다. 마침 침대 한가운데 그 원인으로 보이는 것이 널브러져 있었으니까.

"……."

그건 누가 보기에도 사람의 형태를 한 존재였다. 피에 절어 있는 상태에서도 훤칠한 체격과 새카만 머리카락만은 눈에 띄었다.

"시, 신 맞으시죠?"

나드엘의 질문에 엘뤼엔은 가볍게 고개를 끄덕였다.

"천상수를 가져와라. 가능한 한 많이."

그의 지시가 떨어지자 굳어 있던 천사들이 급히 정신을 차리고 허둥지둥 움직이기 시작했다. 바쁘게 흩어지는 그들의 기척을 뒤로한 채 엘뤼엔은 침대 앞으로 걸음을 옮겼다. 무단 침입한 것으로 모자라 남의 침실을 엉망으로 만든 남자는 대(大)자로 누운 채 고요히 눈을 감고 있었다. 입가부터 가슴께까지 말라붙은 피와 채 마르지 않은 피가 지저분하게 엉켜 있는 것을 보아 꽤 여러 번 피를 토한 것 같았다. 살아 있는지 죽었는지조차 분별하기 힘든 모습이었다. 엘뤼엔은 그 모습을 한동안 빤히 훑어보다가 말했다.

"일단 묻겠는데, 죽었나?"

"……아직 안 죽었어."

그때까지 시체처럼 보이던 남자의 입에서 멀쩡한 대답이 흘러나왔다. 굳게 감겨 있던 두 눈이 어느새 떠져 있었다. 암흑처럼 까만 그의 눈동자를 보며 엘뤼엔은 아쉽다는 얼굴로 혀를 찼다.

"그거 유감이군."

"냉정하게 말하긴. 천상수부터 가져오라고 했으면서."

천상수는 주신의 성력으로 만들어진 성수로 신의 몸을 치유하는 효과가 있었다. 보통은 치유의 신을 찾아가면 더 빨리 해결되기 때문에 잘 쓰이지 않는 것이기도 했다. 누워 있던 남자가 희미하게 웃었다.

"역시 엘뤼엔이야. 치유의 신한테 데려가지 않고 천상수를 택하다니."

"남의 눈에 띄고 싶지 않아서 내 집에 무단 침입한 거 아니었나?"

"응, 맞아. 그래서 좋다는 거야."

중얼거리듯이 답한 직후 그는 쿨럭, 기침을 내뱉었다. 힘없이 벌려진 입에서 붉은 피가 한 움큼 쏟아져 나왔다. 얼굴을 찌푸린 엘뤼엔이 그의 이마에 손을 대고 신력을 불어넣었다. 천상수보다는 약하겠지만 치료에 들어가기 전까지 체력을 버티게 할 수는 있을 터였다.

"자상하네, 엘뤼엔. 왠지 사랑받는 기분이야. 가끔은 이런 것도 좋은걸."

"닥쳐. 지금 네 꼴을 보니 마왕이 금기를 어긴 건 확실한 것 같군. 네가 이 지경이 될 정도면 갔던 일은 확실히 마무리한 거겠지?"

얼마 전 마계 쪽에서 거대한 파장이 느껴졌었다. 예민한 이라면 누구의 힘인지 충분히 알아챌 수 있을 정도였다. 하지만 원인이 무엇인지, 무슨 일이 벌어졌는지 확인할 방도가 아무것도 없었다. 유일하게 대답할 수 있는 당사자는 그날 이후로 완전히 종적을 감춰 행방이 묘연해진 상태였다. 그러자 뜻밖에 가장 귀찮아진

건 엘뤼엔이었다. 혹시 연락받은 것은 없는지, 행방을 알고 있는
건 아닌지, 최고신들이 돌아가며 그의 궁처를 기웃거리기 시작했
기 때문이다. 오늘 열리는 집회도 그 일과 연관 있다는 것 정도는
짐작하고 있었다.

그들은 엘뤼엔이 전부 다 알고 있으면서 일부러 대답하지 않는
다고 생각하는 것 같았다. 엘뤼엔의 입장에선 이해할 수도, 이해
하고 싶지도 않은 일이었다. 대체 왜 엄한 곳에서 시간을 낭비하
나 싶었지만, 일이 이렇게 되어서야 그들의 추측이 맞아떨어지게
된 셈이다. 설마 사라졌던 장본인이 이렇게 느닷없이 그 앞에 나
타날 줄 누가 알았겠는가. 그것도 폐인이나 다름없는 몰골로.

"대답해, 카노스."

"……으응?"

재촉하는 음성에 남자—카노스의 눈이 감기려다 말고 다시 떠
졌다. 하지만 조금 전보다는 확연히 탁해진 눈이었다. 지금껏 강
제로 버티고 있던 의식이 안심할 만한 존재를 만나게 되자 본격적
으로 흐려지고 있는 것이다. 엘뤼엔은 가볍게 혀를 찼다.

"대답한 뒤엔 마음껏 기절해도 되니까 상황부터 설명해."

"……아아, 그 일 말이지……."

탁해진 눈빛만큼이나 기운을 잃은 목소리가 느릿하게 울렸다.
카노스는 어둡게 가라앉은 얼굴로 말했다.

"반은 성공, 반은 실패."

"……무슨 뜻이지?"

"말 그대로야. 그를 제압하긴 했어. 하지만 완전히 처치하는 건 불가능하더라고. 각성이 더 이상 진행되지 못하도록 제약을 걸어 봉인시키는 게 전부였어."

"설마 일부러 봐준 건 아니겠지."

"하하, 역시 그렇게 보이나? 나도 그런 거면 좋겠는데 말이야."

"……."

"믿어져, 엘뤼엔? 내가 고작 되다 만 신 하나 봉인했다고 이 지경이 됐다는 게. 악신이란 거 진짜 굉장하더라고. 아직 완전한 각성도 안 했는데 이런 힘을 낼 수 있다니. ……어쨌든 그 바보 같은 녀석이 탐낼 만한 힘이긴 했어. 그런 게 태어나면 신계가 발칵 뒤집히고도 남겠지. 그 녀석이 나한테 뭐라고 한 줄 알아? 자기 밑에 들어오면 신계의 한 부분을 떼어주겠대. 그걸 회유라고 하더라니까?"

카노스는 통증 때문에 얼굴을 찌푸리면서도 연신 키득거렸다. 목소리는 밝았으나 그답지 않게 자조적인 얼굴이었다. 엘뤼엔이 한 손으로 그의 눈을 덮었다.

"떠들 힘은 남아 있는 모양이군. 알았으니 시끄럽게 하지 말고 이만 자라."

"와, 너무하네. 들을 거 다 들었으니 이제 볼 일 없다 이거야? 우리 엘뤼엔 씨는 욕구만 채우면 후희는 모른 척하는 남자였어?"

"용건 다 끝난 김에 아예 다른 신한테 넘겨줄까?"

"……얌전히 잘게."

실행은 대답과 동시에 이루어졌다. 비척거리던 몸짓이 멈추더니 그대로 잠잠해진 것이다. 잔다고 했지만 사실은 힘겹게 붙들고 있던 의식의 끈을 놓은 것에 지나지 않았다. 마지막까지 헛소리를 하는 정신력을 칭찬해야 할지, 지독한 놈이라고 혀를 차야 할지 모르겠다. 엘뤼엔은 한숨을 내쉬며 머리를 쓸어 넘겼다.

"봉인이라……."

최악의 결과는 아니니 다행이라고 해야 하는 걸까. 완전히 제거할 수 없다면 봉인하는 것이 그나마 최선이긴 했다. 마신이 제약을 걸었으니 한동안은 깨지지 않을 테고, 다음 대책을 마련할 충분한 시간적 여유는 있을 것이다. 하지만 임시방편인 것도 사실이다 보니 뒷맛이 씁쓸해지는 건 어쩔 수 없었다.

그사이 천상수를 가지러 간 천사들이 하나둘 돌아오고 있는 것이 느껴졌다. 가볍게 훑기만 해도 알 수 있을 정도로 지독한 부상이었다. 사람 꼴을 갖출 만큼 치유하려면 앞으로 몇 번은 더 다녀와야 할 터였다. 엘뤼엔의 입에서 이제는 습관이 된 듯한 한숨이 다시 흘러나왔다.

"어쨌거나 집회는 징계 확정이군."

*   *   *

신계의 주요 집회 장소이자 공동 구역이기도 한 신들의 회랑. 지금 그곳엔 심각한 표정을 한 사람들이 둘러앉아 있었다. 섀넌의 서신을 받고 모인 다양한 계층의 신들이었다. 회랑의 좌석은 전부 지정석으로, 신들이 태어나면 그 숫자에 맞춰 저절로 생성된다. 본래라면 빈틈없이 채워졌어야 할 자리였지만, 두 자리만은 비워진 상태였다. 그중 하나는 만들어진 이래 단 한 번도 주인을 맞이하지 못한 자리이기도 했다.

"엘뤼엔 님은 역시 안 오시려나 보군요."

주최자인 섀넌이 난처한 얼굴로 중얼거렸다. 성실한 엘뤼엔의 성격상 거절할 틈을 주지 않고 참석을 촉구하면 징계를 받고 싶지 않아서라도 올 거라고 생각했는데 그 예상이 보기 좋게 빗나가고 말았다. 덕분에 회랑의 분위기가 온통 술렁거리고 있었다. 형벌의 신 엘뤼엔이 정기적으로 열리는 연회에도, 일정 회의에도 참여하지 않는다는 건 이미 유명한 사실이긴 했다. 그러나 최고신인 섀넌이 직접 주최하고 참석을 종용한 자리에까지 나타나지 않는 건 징계 여부를 떠나 명백한 실례였다. 신들은 조심스럽게 섀넌의 눈치를 살폈다. 하지만 정작 그는 아무렇지도 않았다. 엘뤼엔 같은 자가 오늘 집회의 중요성을 인지하지 않았을 리가 없다. 그럼에도 오지 않았다는 건 무시할 수 없는 다른 중요한 일이 생겼다는 뜻이다. 그 점에 관해서는 이오웬과 라데카도 같은 입장이었다.

"뭐, 상관없잖아. 어차피 엘뤼엔은 돌아가는 상황을 알고 있으니까."

"그에겐 붉은 만남이 내정되어 있다. 오고 싶어도 올 수 없는 상황인 걸지도 몰라."

천신에 이어 운명의 여신까지 그를 두둔하고 나서니 다른 신들은 불만을 품을 수가 없었다. 빈자리중 하나가 카노스의 자리라는 사실도 불참자를 함부로 폄하할 수 없는 데 한몫했다. 장내의 분위기가 산만해지자 섀넌은 가볍게 손뼉을 쳐서 자신을 주목하게 만들었다.

"자아, 그럼 오지 않으신 분의 사정은 나중에 듣기로 하고. 시간을 끌어서 좋을 이야기는 아니니 바로 본론으로 들어가겠습니다."

공문서엔 집회의 이유가 적혀 있지 않았다. 그렇지 않아도 목적이 궁금했던 집회였기에 신들은 모두 섀넌이 다음 말을 잇기를 기다렸다. 섀넌 역시 그런 분위기를 사양하지 않고 단도직입적으로 말했다.

"악신이 태어날 것 같습니다."

"……!"

술렁거리던 주위가 삽시간에 조용해졌다. 잠시 굳어 있던 신들이 하나둘 그 의미를 깨닫고 경악하기 시작했다. 마음의 준비도 없이 듣기엔 충격적인 이야기였다.

"바, 방금 악신이라고 하셨습니까?"

중급신들 중 한 명이 믿을 수 없다는 얼굴로 물었다. 섀넌은 고개를 끄덕였다.

"마왕 카류드리안이 금기를 어긴 정황을 포착했습니다. 관련 일로 마신 카노스가 조사를 나갔는데 지금까지 소식이 없습니다. 아마 여러분 중에 몇몇 분들도 얼마 전 마계 쪽에서 발생한 강한 파장을 느끼셨을 겁니다. 그게 우리가 찾을 수 있는 그의 마지막 흔적이었습니다."

"그, 그럴 수가……."

마신이 실종되었다니! 악신이 태어난다는 사실만큼이나 충격적인 이야기였다.

"라데카가 말하길, 카노스는 남에 의해 소멸할 운명은 아니라고 했습니다. 그러니 최악의 결말은 아닐 거라고 생각합니다. 허나 위협의 불씨 또한 사라진 것은 아니라고 하더군요. 그러니 마냥 낙관하며 기다리고 있을 수도 없습니다. 그러므로 저희들이 할 수 있는 대책을 강구하려고 합니다."

얼빠진 얼굴을 한 신들을 향해 섀넌은 지금까지 파악한 일들을 전부 설명했다. 악신의 각성이 얼마 남지 않았다는 것부터, 각성 전에 막을 수 있는 유일한 방법에 대해서도 말했다. 그 방법이라는 것 또한 충격적이었기에 신들은 재차 마른침을 삼켰다.

"악신을 소멸시키려면 상급신이 희생해야 한단 말입니까?"

"네, 안타깝게도 그렇습니다. 상급신의 희생은 그 누가 되든 간에 매우 뼈아픈 손실이 될 겁니다. 그러나 악신이 태어나는 것만은 막아야 합니다. 모두 그 사실만큼은 동의하시리라 믿습니다."

"……."

주변의 공기가 고요해지다 못해 서늘해졌다. 서신을 받았을 때만 해도 가벼운 마음으로 참여한 집회였다. 갑자기 닥친 엄청난 진실 앞에 그들은 표정조차 제대로 가다듬지 못했다. 특히 희생을 강요받게 된 상급신들의 얼굴은 완전히 굳어 있었다.

"그럼, 희생자는 어떤 방식으로 정해지는 겁니까?"

"좋은 질문입니다. 가장 좋은 방법은 지원자가 나오는 거겠지만, 지원이 없을 시엔 차선책으로 운명의 시계에 맡겨 보려고 합니다."

그 말과 동시에 회랑 한가운데 거대한 원형의 시계가 눕혀진 상태로 떠올랐다. 형태와 바늘은 평범한 시계와 똑같았지만, 본래 숫자가 있어야 할 자리엔 알 수 없는 기하학적인 무늬와 그림들로 채워져 있었다. 그것을 본 상급신들의 얼굴이 더 굳어졌다.

운명의 시계. 라데카의 주 능력으로, 어느 조건에 걸맞은 운명을 찾거나 미래를 읽어내는 데 쓰이는 물건이었다. 그러나 시계가 가르쳐 주는 운명은 추상적인 암시에 더 가깝다. 그저 조건—혹은 결과일지도 모르는 것—을 읽어내기만 할 뿐이라 듣는 사람에 따라 판단이 갈릴 수 있었다. 그래도 무작정 제비뽑기를 하는 것보다는 보기 좋은 방식이긴 했다.

"라데카. 부탁드립니다."

섀넌의 말에 고개를 가볍게 끄덕인 라데카가 시계 위로 뛰어 올라갔다. 그녀의 힘에 반응한 시계의 표면이 은빛으로 화사하게 빛나기 시작했다. 그 빛에 삼켜진 라데카의 머리카락 또한 기이한 빛을 품었다. 그러자 멈춰 있던 시곗바늘이 천천히 움직였다. 시계가 미래를 읽어나가기 시작한 것이다.

바늘이 움직일 때마다 그 방향에 앉아 있는 신들은 어깨를 움찔 떨었다. 잠시 후 감고 있던 라데카의 눈이 떠지며, 그녀의 입에서 첫 번째 조건이 흘러나왔다.

"고립된 채 고독한 자."

시곗바늘이 또 움직였고, 그녀의 시선도 따라 이동했다.

"부드러운 냉혹함."

"엄격하나 관대한 심판관."

"고결한 지주(支柱)."

짧은 문장이 내뱉어질 때마다 신들의 얼굴은 시시각각 다양한 색으로 변했다. 정적이 흐르는 공간은 머리카락이 떨어지는 소리마저 들릴 것 같았다.

"그리고……."

끼이익, 이윽고 기울어진 바늘이 마지막 단어를 가리켰다. 그것을 읽어내는 라데카의 눈동자가 파문이 일어나는 듯이 흔들렸다.

"……아버지."

『정령왕 엘퀴네스』 9권에서 계속

외전:
진실의 단상

1.

한참을 달려 나가던 알리사는 뜨거운 빛이 쏟아지는 정원을 얼마간 가로지르고 나서야 간신히 멈췄다. 정확히는 너무 더워서 멈출 수밖에 없었다.

"으아, 죽겠다!"

알리사는 잔디밭에 아무렇게나 누운 채 가쁜 숨을 몰아쉬었다. 머리끝까지 차오른 열기를 식힌 건 이마에 닿는 차가운 감각이었다. 눈을 뜨자 인어의 형상을 한 작은 물의 요정이 생긋 웃는 것이 보였다. 그 뒤편으로 부드러운 금발을 지닌 남자의 얼굴이 들어왔다. 그녀를 쫓아온 이사나였다.

"진정했어?"

"……."

진정했을 것이다. 저 얼굴이 보이지 않았다면.

알리사는 오만 인상을 쓰고 싶은 것을 꾹 눌러 참으며 천천히 고개를 끄덕였다. 하필 여기까지 따라올 건 뭐람. 그가 따라온 것이 싫었지만 싫지 않았다. 본인이 생각하기에도 모순되는 감정을 느끼려니 머리가 터질 것 같았다.

"그렇구나, 다행이다."

어서 빨리 가버렸음 좋겠는데 막상 그가 옆에 걸터앉는 것이 느껴지자 심장이 빠르게 뛰었다. 내가 진짜 미쳤나 봐! 알리사는 속으로 몸부림쳤다. 그러자 나이아스가 다시 그녀의 뺨에 차가운 물방울을 떨어트렸다. 그녀의 빨갛게 익은 얼굴을 더위 탓으로 착각한 것이다. 알리사는 울지도 웃지도 못할 기분으로 이사나를 바라보았다.

"정령, 불러내면 안 되는 거 아냐?"

"응? 아아, 저택에서 이 정도 떨어졌으니 괜찮겠지. 보이진 않을 거야."

"그렇다면 다행이지만……."

입을 다문 두 사람 사이에서 잠시 어색한 침묵이 흘렀다. 이사나가 조금 망설이는 표정을 짓다가 입을 열었다.

"저기, 알리사. 혹시 나한테 화가 난 건 아니지?"

"으응? 그게 무슨 말이야?"

"그냥 내 기분 탓인지도 모르겠지만. 요즘 왠지 얼굴을 보기도 힘들고, 나랑은 말도 잘 안 하는 것 같아서."

기분 탓이 아니라 사실은 대놓고 피해 다녔다. 알리사는 속으로 뜨끔했으나 뻔뻔하게 대답했다.

"내, 내가 언제? 난 똑같았는데? 이사나 씨가 워낙 바빠서 그렇게 느끼는 거 아냐?"

"아, 그런가? 하긴 내가 요즘 정신이 없긴 했지."

머쓱해져서 머리를 긁는 이사나를 보며 알리사는 한숨을 삼켰다. 차라리 화가 난 거라면 화해라도 할 수 있지. 괜히 얼굴을 보면 두근거리고 왠지 심술이 나고, 대화만 해도 쑥스러워지는 기분은 어떻게 해야 할지 모르겠다. 싫다, 좋다로 나누면 좋아하는 쪽인 건 분명한데, 그동안 알고 있던 '좋다'의 감정보다 더 복잡했다. 그래서 그 마음을 솔직하게 인정하는 것이 어려웠다.

"너랑 이사나 사이에 각별한 인연이 있다고 기대하던데?"

알리사는 슬그머니 이사나를 돌아보았다. 그는 태연히 정원의 풍경을 감상하는 중이었다. 이곳에 온 이후론 늘 눈코 뜰 새 없이 바빴으니 오랜만의 느긋한 시간이 반갑긴 할 것이다. 그 마음은 이해하는데 왠지 자기 혼자만 휘둘리는 것 같아서 울컥했다.

"저기 말이야. 이사나 씨는 만나야 하는 운명이라는 거에 대해 어떻게 생각해?"

"……만나야 하는 운명?"

"아, 미안. 그런 얘기 싫어한다고 했던 것 같은데……."

이사나의 아버지는 재앙을 타고난 운명 때문에 목숨을 잃었다고 했다. 물론 가짜 신탁이었으나 그런 탓에 이사나는 운명론에 회의적인 시선을 갖고 있었다. 분명 알고 있었는데 그걸 잊어버리다니, 바보같이. 알리사는 혀를 깨물고 싶은 기분으로 울상을 지었다. 좋은 모습만 보이고 싶은데 자꾸 실수하게 된다. 그중에서도 지금 저지른 실수가 가장 최악인 것 같았다. 차마 고개를 들지 못하고 있는데 머리를 쓰다듬는 따뜻한 손길이 느껴졌다. 이사나가 부드럽게 웃으면서 바라보고 있었다.

"운명이란 건 의미를 부여하기 나름이라고 생각하긴 해. 하지만 믿지 않는 것도 아니야. 만나야 하는 운명, 있겠지. 아니 확실히 있을 거야."

"그, 그렇게 생각해?"

"응, 그렇지 않고서는 설명할 수 없는 인연도 많으니까. 나와 엘이 만나게 된 과정도 그렇고. 단순히 운이 좋았다고 여길 만한 일은 아니잖아."

"그렇구나……. 그렇지. 엘 님이랑……."

뭘 기대했던 걸까. 이사나의 인생에서 가장 큰 전환점이라면 엘과 만나게 된 일일 것이다. 당연하다 싶으면서도 어깨에서 힘이 쭉 빠졌다. 억지로 웃고 있는데 이사나가 다시 그녀의 머리를 쓰다듬었다.

"알리사, 너와의 만남도 마찬가지야."

"어?"

"원래라면 우리는 평생 만날 일도 없을 만큼 멀리 떨어진 곳에 살고 있었잖아. 수많은 경로 중에서 택한 길 안에 네가 사는 마을이 있던 것도, 그곳에서 널 만나게 된 것도. 전부 운명 같다고 생각해."

부드럽게 웃는 이사나의 얼굴 안에서, 그의 푸른 눈동자가 청량하게 빛났다. 한 번도 본 적이 없는 바다가 아마 저렇지 않을까, 알리사는 속으로 멍하니 생각했다. 지금까지 숱하게 마주 봐왔던 눈동자인데 오늘따라 시선을 뗄 수 없는 건 주위가 너무 덥기 때문일 것이다. 보기만 해도 시원해지는 색이라서. 그래서 떨어지는 것이 아쉬운 것뿐이다. 그 안에 자신의 모습이 담겨 있는 것이 이토록 만족스러운 이유도 아마 그래서겠지. 지금 그를 만져 보고 싶다고 느끼는 것도 그래서일 거다.

알리사는 무심코 손을 뻗으려다가 화들짝 정신을 차렸다. 미쳤어! 방금 내가 뭘 하려고 한 거야? 아무리 날이 덥다지만 제정신이 아니다. 잠시나마 넋을 놓았다는 것을 자각하자 못 견디게 부끄러움이 밀려들었다.

이건 전부 다 이사나 때문이다! 그녀는 원망스럽게 이사나를 노려보았다. 어떻게 저런 간지러운 말을 아무렇지 않게 할 수 있지? 누가 봐도 한두 번 말해 본 솜씨가 아니었다. 저렇게 단정한 얼굴로 사실은 왕년에 난봉꾼이었던 거 아니야?

예전에 읽은 어느 책에 의하면, 여인이 듣기 좋은 달콤한 말을 잘하는 남자는 곧 여인을 상대해 본 경험이 풍부한 거라고 했었다. 하기야 황족이라면 어릴 때부터 주위에 예쁜 여자가 넘쳐 났을 것이다. 알폰프 제국 황궁엔 하렘이란 곳이 있으며, 각 국에서 공물로 바쳐진 아름다운 여인들이 그곳에서 매일 밤 황제가 찾아오기를 기다리고 있다고 했다. 알폰프 제국 황제는 70에 가까운 노인인데도 그렇다. 하물며 이사나처럼 젊고(젊다 못해 어리다) 잘생긴 황제라면 여자들이 앞다투어 줄을 설 것이 분명했다. 황성에 가면 그를 기다리고 있던 여자들이 우르르 몰려나올지도.

"……!"

거기까지 생각하자 갑자기 화가 부글부글 끓어서 알리사는 자리에서 벌떡 일어났다. 그녀의 갑작스러운 행동에 놀란 이사나가 당황한 얼굴로 올려다보았다.

"알리사?"

"……미안, 아무것도 아냐."

여기서 또 도망치면 처음과 똑같은 일이 반복될 뿐이다. 알리사는 현명하게 대처하기로 마음먹으며 다시 자리에 주저앉았다. 아직 제대로 알아본 부분이 없는 만큼 화를 내기엔 일렀다. 일단 현실적인 부분부터 파악할 필요가 있었다. 그래, 예를 들면…….

"선황 폐하는 부인이 몇 명이었어?"

대뜸 이어진 질문이 너무 뜻밖이라 이사나는 잠시 눈만 깜빡거렸다.

"……응?"

"황제는 보통 황후 외에도 여러 명의 비를 두잖아? 스왈트 제국에선 평균이 몇이야?"

"그, 그건 왜 갑자기……."

왜긴! 아버지를 보면 아들을 안다고 하니까 그렇지!

하지만 그렇게 대답할 수는 없었으므로 알리사는 아무렇지 않게 고개를 치켜들었다.

"그냥 궁금해서. 왜? 그냥 물어보면 안 되는 거야? 설마 대답할 수 없을 만큼 많아?"

"아니, 그…… 평균은 잘 모르겠지만. 아버님이 곁에 두신 여인이라면, 평생 어머님 한 분뿐이셨는데."

스왈트 제국은 몇백 년 동안 건재해 온 거대한 강국이었다. 그런 곳을 다스리는 황제에게 여인이 황후 단 한 명뿐이었다니. 최소 열 명쯤은 각오했던 차에 들려온 말이라 알리사는 두 눈을 휘둥그렇게 떴다.

"정말?"

묘하게 박력이 느껴지는 질문에 이사나는 식은땀을 흘리며 고개를 끄덕였다.

"정확히는 황비 전하가 한 분 계시긴 했지만…… 그분은 직책만 지니고 있었을 뿐 본궁에서 함께 살진 않았어. 서로 정치적인 목적으로 협력한 관계였지. 그분에겐 제국의 자금과 지지기반이 필요했고, 아버님에겐 황후의 빈자리를 가려줄 명목상의 비가 필요했으니까."

"응? 황후의 빈자리?"

"아, 어머님은 내가 어릴 때 돌아가셨거든. 여섯 살 때쯤인가."

그건 몰랐다.

알리사는 재차 놀란 얼굴로 이사나를 바라보았다.

"원래부터 몸이 약하신 분이었는데, 동생을 잉태하셨을 때 잘못되셨던 모양이야."

"그, 그랬구나. 미안해."

"미안하긴. 이미 다 지난 옛날 일인걸."

"으음, 그럼 황손은 이사나 씨 한 명뿐이었겠네?"

"맞아. 그래서 다들 걱정이 많았어. 황실이 굳건하려면 비를 더 들이고 더 많은 황손을 낳아야 한다고 했었지. 그래도 아버님은 전부 거절하셨어."

"돌아가신 황후님을 잊지 못해서?"

"응, 그런 것도 있지만, 아마 나 때문이라고 생각해."

"이사나 씨 때문에?"

"새 황손이 태어나면 내 위치가 위태로워질 테니까. 아버님은 당신이 그런 과거를 거쳤기 때문에, 나만은 이복형제들과 정쟁에 시달리지 않길 바라셨거든."

"그렇구나. 정말 이사나 씨를 많이 사랑하셨나 봐."

이사나는 말없이 미소 지었다. 그 얼굴에 담겨 있는 그리움과 자랑스러움이 충분한 대답이었다.

"아버님은 내가 가장 존경하는 남자였고, 이상향이었어. 나도 아버님처럼 살 거야. 평생 한 여인에게만 충실한 남편이자, 자녀들의 든든한 기둥이 되어 주는 아버지로."

'……좋았어!'

입 꼬리가 올라가려는 걸 억지로 참았다. 방금 전까지 쌓였던 서러움이 일시에 녹아 사라지는 것을 느끼며 알리사는 몸을 들썩거렸다. 자신에게 한 말도 아닌데 왜 이렇게 기분이 들뜨는 건지 모르겠다.

단둘이서 개인적인 대화를 나누는 이 시간이 너무 좋았다. 영원히 이러고만 있어도 좋을 것 같았다. 조금 더 그에 대해서 알고 싶다. 내가 알지 못하던 그의 이야기를 듣고 싶었다. 알리사는 차오르는 충동을 참지 못하고 물었다.

"저기, 어머니는 어떤 분이셨어? 그러고 보니 이사나 씨가 어머니에 대해 말하는 건 한 번도 들어본 적 없는 것 같아."

"오늘따라 궁금한 게 많네, 알리사."

"……혹시 내가 너무 무례했어?"

조심스럽게 묻는 말에 이사나는 웃으며 고개를 저었다.

"아니. 전혀 아니야. 오히려 알리사가 나에 대해 궁금해해 줘서 조금 반가운걸. 서로 더 친해진 느낌이라서."

"……."

그러니까 바로 이런 점이 문제라니까. 알리사는 티 나지 않게 그를 흘겨보았다. 역시 이사나의 과거가 의심스럽긴 하다. 이게 타고난 거라면 그건 그것대로 무서울 것 같았다.

"어머님…… 글쎄, 어머님이라……. 어머님에 대한 기억은 별로 없어서 잘 모르겠어. 그냥 표정이나 말이 별로 없으셨고, 조금 엄격하셨어. 상당히 정적인 분이셨던 것 같아."

"그리고?"

"그리고? ……으음, 아, 그래. 연회나 귀부인들과의 티타임보다는 승마나 사냥에 나가는 걸 더 좋아하셨어. 별궁에서 지내시는 일이 더 많았는데, 지금 생각해 보면 아마 황궁 생활을 갑갑해하셨던 게 아닌가 싶어."

"흠, 특이하셨네?"

"응? 왜?"

"정적인 분이셨다면서 취미 생활은 활동적이셨잖아. 보통 정적인 사람들은 얌전한 취미를 더 좋아하지 않나?"

"아아, 그러고 보니."

무심코 고개를 끄덕이다가 이사나는 살짝 얼굴을 찌푸렸다. 어렴풋이 옛 잔상이 떠올랐다. 누군가 어린 자신을 데리고 광장을 바쁘게 돌아다니는 광경이었다. 하늘은 까맸고, 주위는 온통 웃고 떠드는 사람들로 가득했다. 양쪽에서는 음식과 장난감을 파는 좌판들이 잔뜩 늘어서 있었다. 아마도 축제 기간에 수도 광장에서 열리는 야시장인 것 같았다.

잠깐, 왜 나한테 이런 기억이 있는 거지? 낯선 기억들이 떠오르는 것에 이사나는 당황했다. 야시장에 대해서는 늘 말로만 들었을 뿐 실제로 본 적은 한 번도 없었다. 황제의 단 하나뿐인 아들이었기에 그는 늘 엄중한 경호 속에 있었고, 암습을 피해 탈출하기 전까지는 한 번도 황궁 밖을 나간 적이 없었다. 아니, 그런 줄로 알고 있었다. 그런데 지금 떠오른 기억 속에서 그는 누군가와 함께 수도의 거리를 마음껏 걷고 있었다. 다른 평민 아이들처럼 아무렇지 않게 사람들 사이를 뛰어다니고, 길거리 음식을 사 먹기도 했다. 그것도 꽤 여러 번이었다.

[보렴, 이사나. 재밌는 게 많지?]

후드를 둘러쓴 채 자신을 안고 있던 사람이 돌아보며 웃었다. 이사나는 자기도 모르게 신음을 흘렸다. 소녀처럼 해맑은 얼굴로 환하게 웃는 사람이 누군지 알 것 같았다. 이젠 얼굴조차 잘 기억이 나지 않지만, 그녀는 분명 어머니였다.

"······이상해, 알리사. 그럴 리가 없는데······."

"이사나 씨?"

멍하니 중얼거리자 알리사가 의아한 표정으로 바라보았다.

왜 잊고 있었을까. 클모어의 선대 가주, 그러니까 외숙부가 아직 살아 있었을 때, 그는 황성에 올라오면 가끔 어머니의 처녀 시절 얘기를 해주곤 했다. 로아네즈 드 클모어. 화사한 백금발, 분홍색 눈을 지니고 태어난 그녀는 당시의 클모어 가주가 말년의 나이에 얻은 귀한 막내딸이었다. 얼굴은 요정처럼 어여뻤으나 성격만큼은 아무도 못 말릴 만큼 괄괄해서, 자청해서 무예를 익혔을 정도로 왈가닥이었다고 했다. 그것도 대충 배운 솜씨가 아니라 매우 수준급이라 전문적으로 전사를 양성하는 학관에까지 들어갔을 정도였다.

지금도 흔하지 않지만, 당시에 여인이 무술을 익히는 건 스왈트 제국에선 상당히 드문 일이었다. 그 태양 같은 활발함과 넘치는 생명력에 반한 선황이 그녀를 쫓아다니며 구애했다는 것도 유명한 일화였다. 분명 그랬다고 들었는데. 그럼에도 이사나는 지금까지 단 한 번도 어머니를 활달했다고 여겼던 적이 없었다. 그의 기억 속 어머니는 늘 무표정하고 고요했던 여인이었기 때문이다. 아들을 향한 시선은 항상 엄격했고, 호칭 또한 일관적이었다. 황자였을 때는 "황자.", 태자로 책봉된 후에는 "태자."라고만 했었다.

"태자, 오늘은 날씨가 좋군요. 공부는 잘하고 있나요?"

"태자, 황족은 힘들어도 힘들다는 티를 내서는 안 돼요. 그래선 다스리는 사람들 앞에서 위신이 서질 않아요."

"태자, 요즘 예법 수업을 게을리한다는 이야기가 있더군요. 좀 더 정진하세요."

그녀의 앞에선 늘 혼이 나기 일쑤라 매일 아침 안부 인사를 갈 때마다 긴장하곤 했다. 그럴 때마다 그녀는 매우 씁쓸한 표정을 지었다. "태자는 이 어미가 불편한 모양이군요." 스치듯이 들려오는 음성 또한 삭막해서 몸이 저절로 떨렸었다.

그런데 방금 지나간 잔상에서의 어머니는 달랐다. 그 화려한 광경 속의 어머니는 주위 사람들이 말했던 그대로 무척 활발하고 생기 넘치는 여인이었다. 황후의 신분이면서도 평민들의 옷을 입고, 몰래 황궁을 빠져나와 어린 아들과 야시장을 돌아다닐 정도로.

……그리고 자신을 향해 "이사나."라고 불렀다. 세상에서 가장 소중한 보물을 대하듯, 다정한 목소리로.

"그럴…… 리가 없는데."

어머니는 마지막조차 이사나가 알고 있던 그녀다웠다. 생명이 꺼져 가는 중에도 언제나처럼 침착하게, 표정 하나 흐트러지는 법 없이 고요한 죽음을 맞이했었다. 하지만 또 다른 기억 속의 어머니가 존재했던 것 역시 분명한 사실이었다. 너무나 오랫동안 잊어버리고 있었지만. 심지어 기억이 떠오른 지금도 믿어지지 않지만. 그렇다고 해서 그 기억을 없었던 걸로 부정할 수는 없었다.

"……네 말이 맞아, 알리사. 어머니는 무척 활발한 분이셨던 것 같아."

"으응? 그치만 방금 전에는 정적이셨다고……."

"응, 정적이셨던 것도 맞아. 아마 처음엔 활발하셨을 거라고 생각해. 그런데 점점 말이 없어지신 거겠지."

"황성의 규율이 너무 엄격해서?"

"그건 나도 잘 모르겠어. 황성에 규율이 많은 건 사실이니 어쩌면 그럴지도 몰라."

"으으, 그건 좀 무섭다."

질린 표정을 짓는 알리사를 보며 이사나는 씁쓸하게 웃었다.

정말 그 때문이었을까? 아득한 기억 속에, 언젠가의 어머니가 떠올랐다. 그녀가 둘째 아이를 잉태한 지 얼마 되지 않았을 무렵, 황성 안이 온통 새 황손에 대한 기대로 들떠 있던 날이었다. 그날 이사나는 어머니를 닮은 백합과 장미, 작약을 잔뜩 섞은 꽃다발을 품에 안은 채 어머니의 궁을 방문했었다.

[어머님, 잉태를 경하드립니다.]

떨리는 마음으로 꽃다발을 내밀었더니 그녀 또한 드물게 웃으면서 받아들였다.

[여인에게 꽃을 선물할 줄도 알게 되고. 우리 태자가 많이 컸군요.]

인자하게 내려다보는 얼굴이 부쩍 큰 아들을 대견해하는 얼굴이라, 이사나 또한 마음이 벅차올랐다. 그런 이사나의 뺨을, 그녀가 조심스럽게 매만졌다. 그의 머리칼을, 부친을 찍어낸 것 같다고 평가받는 얼굴을 한참이나 들여다보았다.

[어머님?]

[태자는 정말 폐하와 많이 닮았네요.]

[네, 어머님! 저는 아버님과 같은 남자가 되는 것이 꿈입니다!]

이사나는 자랑스럽게 장래의 포부를 밝혔다. 그가 이렇게 말하면 황성에 있는 모든 이가 기특해하곤 했다. 그런데 그의 어머니는 오히려 표정이 흐려졌다.

[그래요, 폐하는 굉장히 좋은 분이시고, 닮아야 할 부분 또한 많은 분이시죠.]

하지만 그녀가 곧 이렇게 말했기 때문에 어린 이사나는 그 표정을 깊이 생각하지 않고 넘어갔다.

[네, 맞습니다, 어머님. 전 아버님을 정말 존경합니다.]

웃으며 대답했더니 어머니는 흐뭇하게, 그러면서도 조금은 불안한 눈으로 그를 바라보았다. 이어진 그녀의 말에 이사나는 눈을 크게 떴다.

[태자, 태어날 아이와 사이좋게 지내 줄 수 있나요?]

[예? 그야 물론이죠, 어머님. 동생이 여아든 남아든 소중하게 대하고 아껴 줄 겁니다.]

[동생이 태자보다 더 똑똑하거나 뛰어난 능력을 지니고 있으면 어떻게 할 거죠?]

[자랑스러울 겁니다. 제 동생이니까요.]

그러자 창백하던 어머니의 얼굴에 겨우 미소가 감돌았다.

[그래요. 그렇게 말해 주니 이 어미가 무척 든든하군요. 잊지 말아요, 태자. 폐하의 뒤를 이어 이 제국을 다스릴 사람은 바로 태자입니다. 그 사실은 결코 변하지 않아요. 그러니 아무것도 불안해할 거 없어요. 정당한 방식으로 자신의 위치를 지키고, 아랫사람에겐 관용을 베푸세요.]

[네, 어머님.]

[약속해 주세요. 동생과 사이좋게 지내겠다고.]

[네, 약속하겠습니다.]

왜 이런 당연한 일을 약속까지 해야 하나 싶었지만, 그렇게 하지 않으면 어머니가 싫어할 것 같아 이사나는 당당하게 대답했다. 그때 기쁘게 웃던 어머니의 얼굴은 지금도 잊히지 않는 기억 중 하나다. 하지만 그 약속은 애초에 무의미한 것이었다. 그의 동생은 태어나지도 못하고 어머니와 함께 하늘로 떠났으니까. 여아였는지, 남아였는지 성별조차 확인할 수 없었다.

"이사나 씨?"

옷자락을 잡아끄는 느낌에 이사나는 퍼뜩 정신을 차렸다. 혼자 잠긴 생각이 너무 길었는지 알리사가 불안한 눈으로 올려다보고 있었다.

"아, 미안. 아무것도 아니야."

빙긋 웃자 알리사도 금방 안심한 얼굴로 따라 웃는다. 그 미소가 참 사랑스럽다고 생각하며 이사나는 그녀의 머리를 쓰다듬어 주었다. 그러나 머릿속에 남은 위화감은 지금 이 순간에도 여전히 지워지지 않은 채였다.

어머니의 약속은 무엇을 위한 것이었을까.

선황은 황제가 되기 전에 이복형제들과 치열한 정쟁을 치렀다. 그렇기에 하나뿐인 아들 이사나만은 그런 일을 겪지 않기를 바라며 그 외의 다른 자녀는 두지 않았다. 지금까지는 어머니와의 약속도 그런 의미로 이해하고 있었다. 그러나 상반되리만치 달라진 그녀의 성격을 떠올리니 왠지 또 다른 이유가 있을 거란 생각이 들었다.

2.

저택으로 돌아갔더니 상황이 조금 변해 있었다. 엘은 어디로 갔는지 보이지 않았고, 라피스는 소파에 드러누운 채 심통이 난 상태였으며, 그 옆에서 시벨리우스가 몹시 험악한 공기를 뿜어내고 있었다. 그런 두 사람의 모습을 조금 떨어진 곳에서 데르온이 흥미진진하게 관람하는 중이었다.

"엘이 사라졌다고요?"

"그래. 무슨 일인지 말도 안 하고 갑자기 사라졌어. 며칠 걸릴 거라고 하더라."

라피스가 짜증이 섞인 얼굴로 대꾸했다. 엘의 성격에 제대로 설명도 하지 못하고 떠났을 정도면 상당히 급한 용무였던 모양이다. 설마 정령계에 무슨 일이라도 생긴 걸까? 이사나가 생각에 잠긴 동안 알리사는 여전히 씩씩거리고 있는 시벨리우스를 돌아보았다.

"그런데 시벨 씨는 왜 화가 나 있어?"

그러자 시벨리우스가 기다렸다는 듯이 누워 있는 라피스를 가리켰다.

"저 녀석이 무슨 일인지 짐작이 된다고 하면서도 제대로 설명을 안 해 주잖아! 그래서 따졌더니 또 시퍼런 엘프라는 거야! 그래서 이번에야말로 제대로 말해 줬지! 난 유니콘이라고! 그랬더니 뭐라는 줄 알아?"

"뭐라고 했는데?"

"아, 그 이마에 뿔난 망아지? 라는 거 있지!"

그건 좀 너무 했네.

이사나와 알리사가 자기도 모르게 썩은 시선으로 라피스를 바라보았다. 그것을 느낀 라피스가 가볍게 이죽거렸다.

"말해 두겠는데, 저 녀석이 먼저 나한테 밴댕이 같은 도마뱀이라고 했어."

"……."

두 사람의 썩은 시선이 그대로 시벨리우스에게 옮겨졌다. 시벨리우스는 당황해서 두 손을 흔들었다.

"아니, 그건 나도 모르게 너무 열 받아서 그만…… 야! 그건 실수라고 인정하고 바로 사과했었잖아! 치사하게 그걸 물고 늘어지냐!"

"실수라도 한 말은 한 거지. 같은 험담이라도 너는 실수니까 괜찮고 난 고의니까 안 된다? 그럼 나도 실수라고 칠게. 미안. 됐지?"

"어우씨, 진짜!"

분을 못 이긴 시벨리우스가 가슴을 쳤다. 얼마나 화가 났는지 그의 푸른 피부가 울긋불긋하게 달아올라 있었다.

"젠장, 아무래도 안 되겠다! 야, 나와! 한 판 붙자!"

"흐음? 나랑 해 보시겠다?"

"그래! 오늘이야말로 진짜 끝장을 보자!"

"좋지. 안 그래도 요즘 몸이 근질거리던 참이었거든."

빙긋 웃은 라피스가 소파에서 바로 일어섰다. 정말 붙을 생각인 모양이었다. 설마 라피스가 저 유치한 도발을 기세 좋게 받아들일 줄은 몰랐기에 이사나는 당황했다. 엘도 없는 상황에서 저 둘이 날뛰기 시작하면 말릴 사람이 아무도 없었다.

"이사나, 30분만 연무장에 아무도 못 오게 통제해."

"라, 라피스 님! 설마 정말 싸우시려는 겁니까?"

"쟤가 붙자고 하잖아."

그러니까 난 책임 없어. 라고 당당하게 대꾸하는 라피스를 보며 이사나는 이마를 짚었다. 그동안 엘이 그에게 툴툴거리는 걸 완전히 이해하지는 못했었는데, 지금이라면 그 심정을 알 것 같았다.

"시벨 님!"

"나 말리지 마, 이사나. 오늘 진짜 저 건방진 녀석한테 뜨거운 맛을 보여 줄 거야."

이쪽도 설득이 통할 것 같지 않았다. 이사나는 지푸라기를 잡는 심정으로 멀뚱히 서 있는 데르온을 바라보았다. 마계의 공작이니 적어도 인간인 자신보다는 저 둘을 힘으로 제압할 수 있지 않을까 싶어서였다.

"데르온 님, 저분들 좀 말려 보십시오."

이사나가 간과한 점이 있다면, 이곳에 있는 이들 중에서 그의 사상이 가장 불순하다는 사실이었다. 그는 무슨 말도 안 되냐는 소리를 하냐는 얼굴로 눈을 치켜떴다.

"예? 저걸 왜 말립니까?"

"왜냐니……."

"드래곤과 성마의 대결이 얼마나 귀한 건 줄 아십니까? 자그마치 천마대전 이후로 처음 있는 일이란 말입니다! 이 굉장한 걸 볼 수 있게 되다니. 그야말로 마신의 은총입니다. 이거 정말 기대되는군요. 주군께 좋은 경험을 시켜드릴 수 있겠어요."

"……."

결국 이사나는 세 사람이 문을 박차고 나가는 것을 막아내지 못했다. 분명 이대로 나가면 엄청난 파란을 일으킬 것이 분명한 그들의 뒷모습을 이사나가 참담한 기분으로 바라보고 있을 때였다. 그 순간 그의 옆에서 뜻밖의 구원의 손길이 내려졌다.

"엘 님이 돌아오면 굉장히 화내실걸요?"

소리친 사람은 바로 알리사였다. 지극히 평범한 그 한마디에 위풍당당히 나서던 세 사람이 우뚝 걸음을 멈췄다.

"설마 다 지나간 일이라고 엘 님이 웃어넘길 거라고 생각하는 건 아니죠? 완전히 떠난 것도 아니고, 며칠 후에 돌아온다고 했다면서요! 아무리 급하게 떠났어도 이쪽 일은 맡기고 떠났을 것 같은데요? 그런데 잠깐 자리를 비운 그 사이에 피 터지게 싸웠다는 게 알려지면 엘 님이 뭐라고 생각하겠어요? 심지어 이사나 씨가 말리는 것도 무시하고 갔다고 하면? 아마 다시는 믿을 수 없다고 생각하지 않을까요?"

"……."

"차라리 그 정도로 끝나면 다행이죠. 엘 님이 정말 열 받아서 다들 꺼지라고 하면 어쩔 건데요? 반경 몇 미터 이내 접근 금지 같은 거, 남의 일인 것 같죠?"

"……."

그녀가 한마디씩 할 때마다 세 사람의 침묵은 길어졌다. 망부석처럼 굳어 있는 그들을 향해 알리사가 마지막 기회라는 듯이 명령했다.

"알았으면 다들 제자리로 돌아가세요!"

상황은 순식간에 종결됐다. 쳇, 하고 가볍게 혀를 찬 라피스가 몸을 돌려 다시 소파에 드러누운 것이다. 제일 문제아가 전의를 상실하니 시벨리우스와 데르온도 따르는 건 순식간이었다. 그들 또한 주섬주섬 본래 있던 자리로 복귀했다.

"아무튼 남자들이란."

쯧쯧 혀를 차는 알리사를, 이사나가 감탄과 존경이 담긴 시선으로 바라보았다. 저 작은 소녀의 모습이 오늘처럼 눈부시게 보인 적이 없는 것 같았다.

"이사나 씨도 이만 가 봐. 지금 굉장히 바쁜 거 아니야?"

"아? 하지만……."

"괜찮아. 이쪽은 내가 알아서 할 테니까, 얼른 가서 일이나 해."

알리사가 손을 휘저어 이사나를 강제로 몰아냈다. 눈앞에서 쾅 닫히는 문을 멍하니 바라보다가 이사나는 곧 헛웃음을 터트렸다. 안쪽에서는 끊임없이 잔소리가 울려 퍼지고 있었다.

"뭔가 굉장히 수선스럽군요."

그때 뒤편에서 목소리가 들려왔다. 카웰 공작이었다.

"형님."

"알리사라고 했던가요? 과연 승리의 여신이 낳은 딸답군요. 제게 당당히 맞설 때에도 범상치 않다 느끼긴 했습니다만. 저렇게 작은 체구로 성인 남자를 넷이나 꼼짝 못 하게 만들다니 말입니다."

그는 모든 상황을 지켜본 것 같았다. 이사나는 민망하면서도 자랑스러운 기분으로 웃음을 머금었다. 그런 그를 카웰 공작이 묘한 시선으로 바라보았다.

"전 폐하께서 엘이라는 정령사를 마음에 두신 줄 알았습니다만. 이제 보니 그게 아닌 모양이군요?"

"쿨럭! 예? 누, 누구요?"

"엘이라고 하는 파란 머리칼의 소녀 말입니다. 항상 그 소녀와 붙어 다니셨잖습니까?"

세상에. 엘이 들었다면 그대로 경기를 일으켰을 이야기였다(이미 엘이 그 사실을 알고 경악했다는 사실은 몰랐다). 이사나는 기겁하며 그의 오해를 정정해 주었다.

"저어, 형님. 엘은 남자입니다."

"이런, 그게 사실입니까? 그 얼굴로 남성이라고요?"

"아하하, 믿기 힘드시겠지만 정말입니다."

"그랬군요. 어쩐지 행동이나 말투가 묘하게 거칠더라니."

공작은 여전히 믿기 힘들다는 표정으로 턱을 쓰다듬었다. 부산스럽게 흔들리는 눈동자가 그의 마음 속 동요를 여실히 보여주고 있었다.

"그럼 알리사라는 소녀를 마음에 두신 것은 부정하지 않으시는 겁니까?"

"……형님도 정말 짓궂으시네요."

"하하, 그렇게 보였다면 사죄드리겠습니다. 그나저나 폐하는 이런 점도 정말 선황 폐하와 꼭 닮으셨군요. 여인을 보는 눈도 이렇게 똑같으시다니."

"그게 무슨 말씀이십니까?"

"알리사라는 소녀 말입니다. 선후(先后)이신 로아 님과 많이 닮은 것 같아서 말입니다."

이사나는 머리를 얻어맞은 것 같은 충격을 느끼며 그를 멍하니 돌아보았다. 그렇게 생각해 본 적은 한 번도 없었다. 아니, 오히려 정반대의 성격이라고 생각해 왔었다.

"어머님께서…… 알리사 같았습니까?"

"……하긴, 폐하께선 어리셨으니 잘 기억나지 않으시겠군요. 돌아가시기 전 몇 년 동안은 그분답지 않게 얌전히 지내기도 하셨으니까요. 그래도 본래는 정말 호탕한 말괄량이셨죠. 폐하와 함께 변복하고 평민들이 사는 마을에 나가 축제를 구경하거나 야시장도 다닌 적도 있었는데. 전혀 기억나지 않으십니까? 그때 제가 옆에서 수행했었는데 말입니다."

"……! 그때 형님도 계셨습니까?"

"완전히 잊어버리신 건 아니군요."

사실은 조금 전에야 막 기억났을 뿐이지만. 기뻐하는 그의 얼굴을 보니 차마 그렇게 대답할 수는 없었다. 이사나는 초조해지는 기분을 눌러 참으며 공작의 눈을 진지하게 응시했다.

"자세히 말씀해 주십시오. 형님은 다 알고 계시지요? 어머님의 본래 성격이 그러하셨다면, 왜 나중엔 그렇게 변하신 겁니까?"

카웰 공작과 선후는 가계도로는 고모와 조카의 관계였지만, 나이 차이가 별로 나지 않아 남매처럼 어울렸었다. 당시의 선후를 누구보다 정확하게 알고 기억하는 인물이기도 했다. 공작은 굳은 얼굴로 이사나를 바라보다가 가볍게 고개를 끄덕였다.

"……그렇군요. 이제 폐하께서도 아셔야 할 때지요."

"그게 무슨 뜻입니까?"

카웰 공작은 대답 대신 이사나를 데리고 자리를 옮겼다. 그가 택한 곳은 그의 개인 서재 안이었다.

"로아 님이 왜 변하셨냐고 물으셨습니까? 정확히는 변하신 것이 아닙니다. 다만 감추신 것이죠."

"어째서……."

"선황께서 그분의 활달한 모습을 가장 사랑하셨으니까요."

언뜻 듣기에 이해할 수 없는 말이었다. 이사나는 얼굴이 일그러지는 것을 억지로 눌러 참았다.

"아버님께서 사랑하시는 모습이라…… 감추셨다고요?"

"예, 그렇습니다."

"어, 어째서. 어머님은 아버님을 사랑하셨던 게 아닙니까?"

선황과 선후가 만난 건 황성에서 개최한 무술 대회에서였다. 그곳에서 두 사람은 결승 진출자와 시상자의 자격으로 처음 만났고,

한눈에 서로에게 반했다고 알려져 있었다. 선황은 그의 하나뿐인 아내를 지극히 사랑했고, 그건 그녀가 죽은 이후에도 마찬가지였다. 그런데 어머니는 아니었단 말인가? 믿을 수 없는 현실에 이사나의 얼굴이 창백하게 질렸을 때였다. 공작이 씁쓸한 얼굴로 고개를 저었다.

"사랑하셨을 겁니다. 아니, 사랑하셨습니다. 그래서 더 용서하실 수 없으셨겠죠."

"그게 무슨……."

"로아 님이 처녀 시절 무학관에 다니셨다는 건 폐하께서도 아실 겁니다. 그 무학관을 대표해서 나간 무술 대회에서 처음 선황을 만나셨다는 것도요."

"……알고 있습니다."

"그럼 그것도 아십니까? 로아 님과 유카르테 대공이 소꿉친구이자 같은 무학관 동기라는 것 말입니다."

"……!"

이사나는 자신도 모르게 고개를 들었다. 충격으로 멍해진 그의 얼굴을 보며 공작은 더 슬픈 얼굴을 했다.

"같은 스승 아래 지도를 받은 동기였죠. 저보다 더 형제처럼 지내던 사이였습니다. 성별 같은 것은 상관없이, 서로를 자신의 영혼처럼 여기던 친우였죠. 선황과 사랑에 빠지지 않았다면 아마 그와 혼인했을지도 모르겠다고, 지금까지도 생각할 정도로요."

"……형님."

"불경한 소리라는 건 압니다. 그저, 그만큼 소중한 관계였다는 걸 말씀드리고 싶었습니다."

이런 이야기는 한 번도 들어본 적이 없다. 이제 와서 알기엔 너무나 괴로운 진실이었다. 이사나는 뭐라고 말을 해야 할지 몰라 입술을 악물었다.

"하지만 그 관계는 로아 님에겐 매우 불행한 일이었습니다. 선황께선 백성들에게는 온유한 황제셨지만 형제들에겐 그렇지 않으셨죠. 전 사실 그분을 이해합니다. 그들로 인해 모후께서 평생 고통을 당하셨고, 그분 또한 1황자이면서도 치열한 경쟁에서 살아남아야 했으니까요. 살려 뒀다면 두고두고 후환이 될 존재들이었을 겁니다. ……설령 그들에게 선황을 거역할 의지가 없었더라도 말이지요."

"거역할 의지가 없었다……?"

"로아 님께선 그렇게 생각하셨습니다. 적어도 유카르테 대공 만은 제위에 관심이 없다고요."

"……."

"황태자 책봉을 앞두고 피의 심판이 일어나기 전날, 미리 그 사실을 직감한 로아 님이 선황을 찾아가 애원했었지요. 그러지 말아 달라고. 반드시 그래야 한다면 유카르테, 그만은 살려 달라고."

"……."

"선황께서 어떻게 하셨을 것 같습니까?"

대답은 처음부터 알고 있었다. 선황은 유카르테 대공을 가장 집요하게 제거하려고 했다. 누구라도 그럴 것이다. 그가 제일 위험한 정적이었으니까.

"하지만 숙부는 살아 있……."

"예, 죽진 않았습니다. 죽이려고 했을 때, 모두의 앞에서 기적적으로 마신의 표식이 나타났으니까요."

그래, 그랬다고 했다. 그리고 그 마신의 문장은 위조된 가짜였다. 아마도 마왕이 꾸며 주었을 것이 분명한. 거기까지 생각하다가 이사나는 다시 얼굴을 찡그렸다. 〈죽이려고 했을 때, 모두의 앞에서〉라니. 문장을 꾸며냈다면 이미 마왕과 계약한 상태였을 것이다. 그런데 대공은 왜 그런 극적인 방법을 선택했을까. 좀 더 일찍 위장했으면 굳이 죽음의 위협을 당하진 않았을 텐데. 모든 상황을 지켜보고 있을 어머님을 자극하고 싶었던 걸까? 그게 아니면…….

스치는 불길한 생각에 이사나의 얼굴이 창백해졌다. 어쩌면 그 당시에 대공은 아직 마왕과 계약하기 전이었던 걸지도 모른다. 만약 그렇다면 그때 나타난 마신의 문장은 어떻게 된 거지?

"전 사실 그게 로아 님이 한 일이 아닐까 생각하고 있었습니다."

"……예?"

마치 그의 생각을 읽은 듯이 이어진 말에 이사나는 반사적으로 고개를 들었다. 카웰 공작도 이번만은 말하기 어려운 듯 조심스러운 얼굴을 하고 있었다. 그는 몇 번이나 망설이다가 한숨을 토해

내듯이 말했다.

"로아 님은…… 어릴 때부터 무술 외에도 잡기를 좋아해서. 다양한 기술들을 익혀 왔었죠. 손장난으로 치는 간단한 마술 같은 것들 말입니다. 미리 준비하고 있었다면 피부에 그림이 나타나게 하는 것 정도는 그분에겐 몹시 간단한 일이었을 겁니다."

"말도 안 돼……."

"네, 물론 지금은 아니라고 생각합니다. 지금까지 그림이 지워지지 않고 멀쩡히 마신관으로 살고 있는 걸 보면 진짜 문장인 거겠죠."

다리에 감각이 느껴지지 않았다. 이사나는 자신이 주저앉아 있는 걸지도 모른다고 생각했다. 다행히 공작의 얼굴이 눈앞에 있는 것을 보면 그런 꼴사나운 짓을 하지는 않은 모양이었다.

"로아 님은 선황을 대신해서 그의 손에 죽은 황자들에게 깊은 죄책감을 느끼셨습니다. 유카르테, 그자에게도 자주 찾아가 용서를 구하고 그의 뒤를 돌봐 줬죠. 지금은 그의 오른팔인 카리브디스 공작에게 검술의 기본기를 전수한 것도 로아 님이십니다. 그래서 그의 검법은 로아 님과 같습니다."

"……!"

"하지만 로아 님이 선황께 마음을 닫게 된 결정적인 일은 그 후에 있었습니다. 선황께서는 포기하지 않고 유카르테 대공을 암살하려는 시도를……."

"……그만! 그만하십시오. 이제 그만 듣고 싶습니다."

속이 울렁거리는 기분에 이사나는 입을 틀어막았다. 오늘은 너무 바빠서 하루 종일 아무것도 먹은 것이 없었는데, 그게 정말 다행이었다. 조금이라도 먹었다면 이 자리에서 전부 다 게워 냈을지도 몰랐다.

"괜찮으십니까, 폐하?"

놀란 카웰 공작이 다가오려는 것을 이사나가 한 손을 들어 멈추게 했다. 그의 눈에 서린 경계의 빛에 카웰 공작은 더 이상 접근하지 못한 채 안타까운 얼굴을 했다. 이사나는 비틀거리며 서재를 빠져나와 정처 없이 복도를 걸었다. 미식거리는 속에선 자꾸만 헛구역질이 올라왔다. 다리도 자꾸 풀려서 몇 번이나 고꾸라질 뻔했다. 결국 얼마 가지 못해 그는 힘없이 자리에 주저앉았다. 가물가물해지는 의식에서 가느다란 목소리가 울려 퍼졌다.

[약속해 주세요. 동생과 사이좋게 지내겠다고.]

물끄러미 자신을 바라보던, 작약을 닮은 눈동자가 떠올랐다. 그때 그녀의 시선이 왜 불안해 보였는지 그 이유를 알 것 같았다. 그건 사랑하는 아들이 아니라, 두려운 괴물의 아이를 보는 눈이었다. 그 아이가 자라서 괴물이 될지도 모르는 것을 염려하는 눈.

[잊지 말아요, 태자. 정당한 방식으로 자신의 위치를 지키고, 아랫사람에겐 관용을 베푸세요.]

아아, 아버님. 사랑하는 내 아버님.

대체 무슨 일이 있었던 겁니까? 전 지금까지 무엇을 알고, 무엇을 몰랐던 겁니까?

"이사나 씨?"

점점 정신이 아득해지는데 누군가가 자신을 불렀다. 주위의 사물마저 분간하기 어려울 만큼 흐트러진 와중에도 그 목소리만은 분명히 들렸다. 이사나는 멍하니 고개를 들었다. 그의 눈앞에 한 소녀가 서 있었다. 햇빛으로 빚은 듯이 반짝거리는 금색의 머리칼, 노을처럼 화사한 주홍빛 눈동자가 보이자 캄캄하던 시야가 한순간에 환해지는 것 같았다.

"일하러 간 거 아니었어? 여기서 왜 이러고 있어? 어디 아파?"

"……알리사."

이름을 내뱉자 호흡이 조금 편안해졌다. 그제야 자신이 숨을 제대로 쉬지 않고 있었다는 것을 깨달았다. 그것을 깨닫자 두 뺨에 따스한 온기가 닿았다. 알리사가 손을 내밀어 그의 얼굴을 감싼 것이다.

"세상에, 몸이 왜 이렇게 차가워? 얼굴도 굉장히 창백하잖아!"

"알리사."

"왜 그래? 무슨 일 있었어?"

걱정을 담은 눈동자가 그를 똑바로 마주 응시해 왔다. 그것을 보자 더는 견디기 힘들다는 기분이 들었다. 그렇게 느낀 순간 몸이 부들부들 떨리기 시작했다. 갑자기 몸을 떠는 그를 보고 알리사가 눈을 크게 떴다. 이사나 또한 자신의 모습에 당황했다. 제어하려고 해도 막을 수가 없어 그가 얼굴을 일그러트렸을 때였다. 다음 순간 알리사가 이사나의 목을 끌어안았다. 그 갑작스러운 행동에 오히려 놀란 쪽은 이사나였다. 몸을 움찔거리는 그를 향해, 달래듯 속삭이는 음성이 들려왔다.

"괜찮아, 이사나 씨. 이사나 씨는 혼자가 아니야."

"……."

"엘 님도 있고, 라피스 님도 있고, 시벨 씨도 있어. 그리고 나도. 이사나 씨 옆에 있잖아. 난 무슨 일이 있어도 이사나 씨 편이 될게. 그러니까 아무것도 무서워하지 마."

아마도 이 순간 가장 듣고 싶었던 말이었을지도 모른다. 귓가에 쏟아지는 말들이 주문이라도 되는 것처럼, 떨리던 몸이 차츰 진정되어 가기 시작했다. 안겨진 품 안에서 따스한 온기가 전해졌다. 굉장히 오랜만에 느껴보는 타인의 온기였다.

알리사, 내가 널 좋아하지 않을 수가 있었을까?

이사나는 천천히 눈을 감았다. 차오른 눈물이 볼을 타고 방울방울 떨어져 내렸다. 이 달콤한 순간에마저 발아래 드리운 그림자가 점차 짙어지는 것이 선명히 느껴졌다. 그것을 결코 피할 수 없다는 것도.

한동안 기나긴 꿈을 꾸게 될 것 같았다.

아주 지독하고, 서글픈 꿈을.

이름: 이사나 란느 스왈트
생일: 5월 14일
키: 168cm(성장 중)
나이: 16세(엘과 계약한 시점 기준)
종족: 인간
성별: 남(男)
머리카락과 눈동자 색: 짧은 금발, 파란 눈동자.
특징: 스왈트 제국 황제. 부드럽고 유한 성격.
물의 정령사이자, '공식적'으로 정령왕 엘퀴네
스를 처음으로 소환한 인간 계약자.
선황의 억울한 죽음으로 어린 나이에 황제가
되었다. 숙부 유카르테 대공의 습격을 피해
황궁에서 도망쳐 나왔지만, 점차 자신의 몫을
다시 찾아가는 중.

캐릭터 복불복 QnA

(계왕 님의 질문)

Q. 엘이 더 예뻐요, 알리사가 더 예뻐요?

A. 음, 이런 건 거짓말 못하는데……. 객관적인 기준으로는 엘이 더 미형입니다. 하지만 제 취향의 외모는 알리사 쪽인 것 같아요. 아, 내가 이렇게 말했다는 건 두 사람한테 비밀이에요.

Q. 다시 대공 같은 사람들한테 당하더라도 엘 같은 사람들과 만날 수 있다면 그럴 건가요?

A. 생각을 많이 하게 되는 질문이네요. 솔직히 말하면 과거에 있었던 슬픈 경험은 두 번 다시 겪고 싶지 않아요. 하지만, 그래야

만 지금의 사람들을 만날 수 있다면…… 네, 얼마든지 그럴 수 있다고 대답하고 싶어요.

(JOTA 님의 질문)

Q. 이사나가 엘을 처음 만났을 때 여자로 생각했을 거 아닌가요? 그때 두근거렸나요?

A. 아, 솔직히 조금은. (하하하) 엘이 워낙 예쁘긴 하잖아요. 이렇게 말해도 되는지 모르겠는데, 남자라는 걸 알고 난 후에도 가끔 멍해질 때가 있었어요.

Q. 엘에게 자랑할 겸, 첫 자녀가 어떤 아이인지 소개해 주세요.(*원 질문이 길어서 간단한 형식으로 편집했습니다.)

A. 외모는 나를, 성격은 알리사를 닮았어요. 말썽쟁이지만 똑똑하고 다부져서 장래가 무척 기대돼요. 엘도 그 아이를 만나면 분명히 좋아하게 될 거예요. 이렇게 말하면 팔불출이라고 주위에서 뭐라고 하지만 말이에요.

(호키리 님의 질문)

Q. 엘이 라피스를 찾으러 가서 죽을 때까지도 돌아오지 못했는데 그때의 심정은?

A. 속상하기도 했지만 걱정이 더 컸습니다. 혹시 나쁜 일이 생겨서 돌아오지 못하게 된 건 아닐까 싶었거든요.

Q. 만약 알리사를 만나지 못했으면 어떨지?

A. 같은 결과였더라도 보이는 세상이 많이 달라졌겠죠. 엘이 내게 빛이었다면, 그녀는 향을 더해 주었다고 생각합니다. 만나지 않았다면, 그 삶은 지금만큼 온전하지 않았을 거예요.

(음음음 님의 질문)

Q. 생을 통틀어 가장 즐거웠던 날은?

A. 엘과 함께 여행하던 시절의 기억은 전부 다 즐거웠어요. 가장 특별했던 날은 알리사와 만났던 날이었던 것 같습니다. 처음 볼 때부터 "아, 귀엽다."고 생각했는데, 그때 그 순간을 지금도 여전히 잊지 못해요.

Q. 아름다운 부인을 얻게 되었을 때 어떤 기분이었나요?

A. 가슴이 벅차도록 행복했습니다. 어디든 자랑하러 다니고 싶었어요. 아버지가 이 자리에 계셨다면 좋았을 거라고, 그런 생각도 했던 것 같아요. 돌아가신 아버지는 물론, 내게 또 다른 삶을 준 아버지와 같은 존재도요.

(세이즈 님의 질문)

Q. 알리사의 어떤 모습을 보고 반했나요? 당당한 점인가요, 아님 모두 다인가요?

A. 사실 어떤 점에 반했는지 잘 모르겠어요. 그냥 어느 순간부터 그 아이의 모든 점들에서 눈을 뗄 수가 없었습니다.

Q. 살아가면서 가장 후회됐던 점과, 가장 좋았던 점, 혹은 가장 하고 싶었던 점은 무엇인가요?
A. 가장 좋았던 건 지금 내 곁의 사람들을 만나게 된 것. 후회되었던 건 엘과 지내는 동안에 그에게 좀 더 고맙다는 말을 많이 표현하지 못했던 것. 가장 하고 싶었던 건, 다시 엘을 만나 모험을 하고 싶었습니다. 이번엔 누구에게도 쫓기지 않는, 즐기면서 세상을 돌아보는 모험을.

Q. '엘' 과 '라피스' 라고 하면, 가장 먼저 생각나는 단어는 무엇인가요?
A. 선남선녀……라고 하면 엘이 싫어할까요? 하하.

네 칸 만화

1. 데르온이 엘에게 알을 부탁했습니다.

닦아주기

바캉스

보호하기

취미생활

우리애! 건들지마!!
도마뱀 씨샤!

저기…
라피스 님
오늘 계속
느낀
건데요…

?

…음… 어디서부터
잘못된 걸까요?

HAHA☆

아마…
엘한테 알을 맡긴 거?

2. 라피스의 양육법

방금 전

나 잠깐 외출하니깐
잘 보고 있어야 해!

음…

빤─

역시…

점심은
계란 후라이가
좋겠지?

※마왕의 알

야이!
도마뱀
자식아!
내가 제대로
돌봤지!!

노, 농담!

결국
들어오다
듣게 된
엘한테
맞았습니다.

3. 동생의 치료법

4. 본문과 상관없는 노래방

라피스의 겟잇뷰티☆

아… 아저씨…!